情報の運び屋
上巻◆情報の路
〜21世紀の真の豊かさを情報に求めて〜
大崎俊彦
青山ライフ出版

プロローグⅠ

私たちは、無限に拡がる時間と空間の中で生きている物質とエネルギーと情報で構成された〝情報の運び屋〟です。この事実と平和の尊さを理解して頂くために、筆者の人生経験などを材料にして〝情報の性《さが》〟の目線で判りやすく書いた、この『情報の運び屋』の「情報の路《みち》（上巻）」と「情報の詩《うた》（下巻）」が、新しい時代を担い、新たな価値観を構築するあなたの手元に、ようやく今、漂着したのです。

これまで私たちは、悲惨な世界大戦を体験してきました。また、緊迫した米ソ冷戦時代も終焉《しゅうえん》すると、民主主義を基盤とした自由主義と国家主義を基盤とした共産主義、資本主義経済と社会主義経済など、経済・政治・宗教・民族など、あらゆる違いを乗り越え、友情、連帯感、フェアプレーの精神で、平和な世界の実現に貢献しようとするオリンピック精神のように、いつかは地球上の人々がひとつの旗の下に集い、夢と希望と平和に満ち溢れた二十一世紀が開幕するだろうと、人々は期待に胸を膨らましていました。

しかし二十一世紀が開幕しても、地球環境はますます深刻化し、世界の核とその保有国は増え続け、この宇宙船地球号を放射能汚染で壊滅することが可能となりました。また人口の爆発的増加とグローバル経済の進展により、地域による経済格差もますます拡大しつつあります。さらに民主主義や社会主義の行き詰まりの中で、覇権主義やナショナリズムの台頭により、国際紛争や民族闘争、宗教的対立など、戦闘やテロが絶え間なく起こっています。今もロシアはウクライナへ侵攻し、イスラエルもパレスチナのガザ地区を攻撃し、また米国と台湾と中国の対立も激化しています。さらに難民や人種問題など、枚挙《まいきょ》にいとまがないほど世界秩序がギシギシと分断の悲鳴のような音を立てているのを聞くと、地球は泣いているように見えます。

これらの惨状を端的に表現すれば、

「緑の地球が、人口爆発で、悲鳴をあげている。

青い地球が、温暖化の熱で、もがき苦しんでいる。

赤い地球が、絶え間なき紛争で、血を流し泣いている」

と言えるでしょう。


こうした行き詰まりは、なぜ起こるのでしょうか？　それは、二十世紀以前の価値観や歴史的分断の経緯を背負い、そのまま二十一世紀に引き摺っているため、二十二世紀の夢を描けずに人々が過ごしているからです。

「これまで歩んできた過去と現在の延長線上に、我々の未来はない」

この自明の理は我々に対し、未来の立ち位置から現在を視座転換《しざてんかん》する必要性を訴えています。


二十二世紀という未来から現在を見れば、人類を含む生き物たちが個体間で情報交歓《こうかん》しているだけではありません。動物の体内にある脳と腸の間には密接なコミュニケーションがあり、また植物たちも揮発生物質などを駆使して情報交換《こうかん》しており、さらに地中でも菌糸ネットワークによって情報交感《こうかん》しています。情報にかかわるこうした新事実が次々と発見され続けている現代を未来の視点に立脚して振り返れば、物質やエネルギーなどを重視するこれまでの価値観だけでなく、情報にも新しい価値観を置き、これを重視する「情報明白時代」とも呼ぶべき新時代の思想に立脚して、現代の諸問題の解決に取り組むべきときが来たと言えます。

そこで本書ではまず、我々人類を含むすべての動植物たち生物は、物質とエネルギーに支えられた情報、この〝情報の運搬屋〟、〝情報の運び屋〟であることを、客観的立場で自分自身を理解し、全人類、全生物を位置付けることを通して新時代のあるべき思想を紐解《ひもと》くことにしました。そこで我々をはじめすべての生物は、新陳代謝する情報による〝自己複製できる情報システムである〟と私は定義したのです。

このように人類などすべての生物を情報の〝運搬屋〟と定義し、新陳代謝する情報を運ぶ〝運び屋〟として自分自身を客観的に位置付け、物質とエネルギーの争奪に明け暮れた従来の価値観から脱却して、新しい価値観である情報の視点から現代の課題に取り組むことが肝要だと本書は提案します。

しかし、宗教問題、民族問題、国家紛争など、現代の社会問題を情報の運び屋という視点で執筆しようとすると、宗教的過激主義者、民族主義者、国粋主義者などから命を狙われることが想定されます。それでもパソコンの前に居座って、国境や宗教の違い、人種や民族の相違などによる戦争や紛争の愚かさと平和の尊さに気づき、多様化の重要性を理解し、情報の運び屋として、お互いの価値観を相互に認め合い、共存共栄を図る方策を提言するため、本編「情報の路（上巻）」、そして「情報の詩（下巻）」を出版することにしました。

銃口の恐怖に怯えながらも……
二十一世紀の平和と真の豊かさを、情報に求めて……。

二〇二三年七月九日（八十二歳の誕生日）記

目　次——情報の路（上巻）

第二章　情報の悲——情報は情報を食べて生き抜く

第三章　情報の喜——情報は微笑んでいる　231

目　次――情報の詩（下巻）

第六章　情報の涙——真の豊かさを情報に求めて

最終章　情報の森——情報の路と詩は、情報の森の中で消えた

はじめに

さざめく朝日の中に黙して立っていると、情報たちが足音をたてて賑《にぎ》やかに通り過ぎていく。ふんわりと潤《うる》んだ春空を見上げれば、情報たちが囀《さえず》りながら軽やかに飛んでいる。生命《いのち》溢れる水中を覗けば、情報たちがゆったりと尾《お》鰭《ひれ》を閃《ひらめ》かして泳いでいる。新緑で覆われた情報の森を、緑の香りを運ぶ心地よい風が吹き抜け、満ち溢れる情報たちが微笑み、萌え出る木々の情報の芽が動き始めていた。麗《うら》らかな明るい日差しを受けて、情報の葉はのびやかに背を伸ばし、色とりどりの情報の花が咲き乱れていた。

さて、本編「情報の路（上巻）」の舞台に、真情《しんじょう》という主人公の人物が、

「私は『情報の運搬屋《はこびや》』真情です」

と言いながら、興奮と緊張のあまり顔を紅潮させて、マイク片手にのっそり登壇しました。この主人公真情が、舞台裏に待機していた情報たちに顔を向け、自己紹介するよう目配せすると、次々と情報たちが出てきてマイクを受け取り、キチンと一列に並んで順番に挨拶していきます。

「真情の身体を構成している我々は、『身情《しんじょう》』と名付けられました」

「我々の身体のそれぞれの臓器は全身に張り巡らせた血管を通して、相互に情報を交換する情報ネットワークを構築しています」

「このメッセージ物質である身情には、情善、日和見《ひよりみ》情報、情悪などの情報たちがおります」

「さらに我々身情が、お互い働きかけて『感働』を起こし、そこに『気』が生まれると考えられています」

と並んで挨拶すると、その身情全員が観客席へ向けて姿勢を正し、一斉に頭を下げた。そして司会役の真情へマイクを手渡すと、整列して足並みを揃えながら舞台裏へ戻って行った。

主人公の真情が、再び舞台裏に待機していた別の情報たちに顔を向け、眼で合図をすると、ひょこひょこと足早に出てきた情報の司会役が、真情からマイクを受け取り、

「脳という機能の中に棲んでいる私たち情報は、『心情《しんじょう》』と呼ばれることになりました」

すると少しうつむき加減な心情たちが、勝手気ままにぞろぞろと舞台裏から出てきて、

「脳の神経細胞から、心情と呼ぶ神経伝達物質や各種ホルモン等を出し合い、この神経ネットワークを通して、『感動』を起こします」

「この心情と心情の交わりにより、そこに『心』が生まれます」

「この脳と全身に張り巡らせた、複雑で巨大な神経細胞のネットワークの上を、私たち心情が駆け巡ります」

などと言いながらバラバラにお辞儀をして退場してゆく。

まとまりのない心情たちの中から、三人が舞台に残り立っていると、舞台裏で待機していた身情たち三人が足並み揃えて出てきて、この身情と心情の計六人が、舞台上の最前列へ出て並んだ。そして、揃ってペコリと頭を下げると、

「私は、いまご挨拶した情報の身情に所属する『情善《じょうぜん》情報』、同じく私は『情悪《じょうあく》情報』、同じく私は『日和見《ひよりみ》情報』と言います」

「そして私は、いまご挨拶した情報の心情に所属する『情善情報』、同じく私は『情悪情報』、同じく私は『日和見情報』と言います」

そして六人が揃って、

「ここにいる情報の心情と身情は、それぞれ情善・日和見・情悪のいずれかに所属しています」

と情善と情悪と日和見の各代表六人が声を揃えて叫ぶように挨拶すると、ペコリと揃ってお辞儀をして、身情の三人は足並み揃えて走って舞台裏へ消えた。しかし、残り三人の心情たちは、てんでんバラバラの姿勢で何も言わずに、まだ舞台の上に残っているものもおり、

「ゾロゾロ・バラバラ・ソソクサ」

と舞台袖の下手から楽屋裏へと、出演の支度に戻っていく。真情が再びマイクを持ち、説明を続ける。

「いま登壇した情報を構成する身情や心情、その身情と心情を構成する情善・日和見・情悪は、膨大な数の情報たちから成り立っています」

「しかしこの『情報の路（上巻）』と『情報の詩（下巻）』の中では、情報たち、つまり身情たち、心情たちと強調したい場合以外は、情報、身情、心情、情善、情悪、日和見情報と表現することにしました」

「皆様のお手元に漂着した本書は、『自分たちは、いま登壇した情報の運び屋だという認識と自覚そして自己客観視が、新しい価値観による新時代への道標になる』と、言おうとしています」

するると壇上の壁に設置された大画面に、テロップが流れてきた。

「我々の棲んでいる宇宙に浮かぶこの地球では、待ったなしで

『緑の地球が、人口爆発で、悲鳴をあげています』

『青い地球が、温暖化の熱で、もがき苦しんでいます』

『赤い地球が、絶え間なき紛争で、血を流し泣いている』のです」

テロップは、〝緑の森〟と〝青い海〟と〝赤い血だらけの地球〟を映し出したまま止まった。かけがえのない地球を、人類たちが仲間争いを繰り返しながら破壊し続けている現状を憂える筆者真情は、いよいよ人生終焉の後期高齢

者と呼ばれる満七十五歳の壁を越え、自分の父親が逝去した八十二歳の誕生日を迎えていた。これまで過ごした人生の雷雨のごとき出来事、落葉が舞い散るごとく逝去《せいきょ》した仲間たちの葉擦《はず》れ音、病と闘いながらも短い命を精一杯奏でた、親友の懐かしい虫の音色のごとき生き様など、それぞれが一生懸命生きた人生街道、つまり情報運搬屋としての足音が、しみじみとした晩秋の気配となって、筆者真情の心耳《しんじ》を通して心情と身情に響いていた。

いよいよ開演のベルが鳴りだしました。情報たちはもう待ちきれないという顔、緊張気味の尖った顔、嬉しそうなふくよかな丸顔、興奮気味の赤い顔、そしてたくさんの顔、顔、顔を近づけて、早速、お喋りをはじめました。


「この『Information』を『情報』、つまり『情に報いる』と漢字翻訳した訳者は、すご〜い人だよね」

「へぇ〜『情に報いる』かぁ！？」

「あら情報って、情に報いることなの？」

「あなた、あなたという人は、いつも素っ頓狂なことを言うのだから」

「漢訳した人は、二十世紀を超越した悟りがあったのじゃないかい？」

「えっへへへ……」

「ほんと、本当に粋な計らいを感じるよね」

「『情』に『報いる』という漢字を考えたヤツ、ほんと本当に、すげ〜」

「お前、いつも言うのが、ワンテンポ遅いの！」

「あははは……」

「おほほほ……」


賑やかな舞台の裏で、これから情報たちに、苛酷で悲惨な出来事が口を開けて待ち構えていることも、情報の運び屋には時間制限があり、死の最終駅へ向かって一歩一歩と近づいていることも、知っていながら気づかぬ素振りで、明るく笑顔を絶やさず振舞っている健気《けなげ》な情報たちの姿が、とても痛ましく、いじらしく見えます。

さあ、いよいよ開演です。

それではまず、開幕に先立って登場人物と家系図をご紹介しましょう。

登場人物《主人公真情家の家系図》～真情の家族とその姓名～

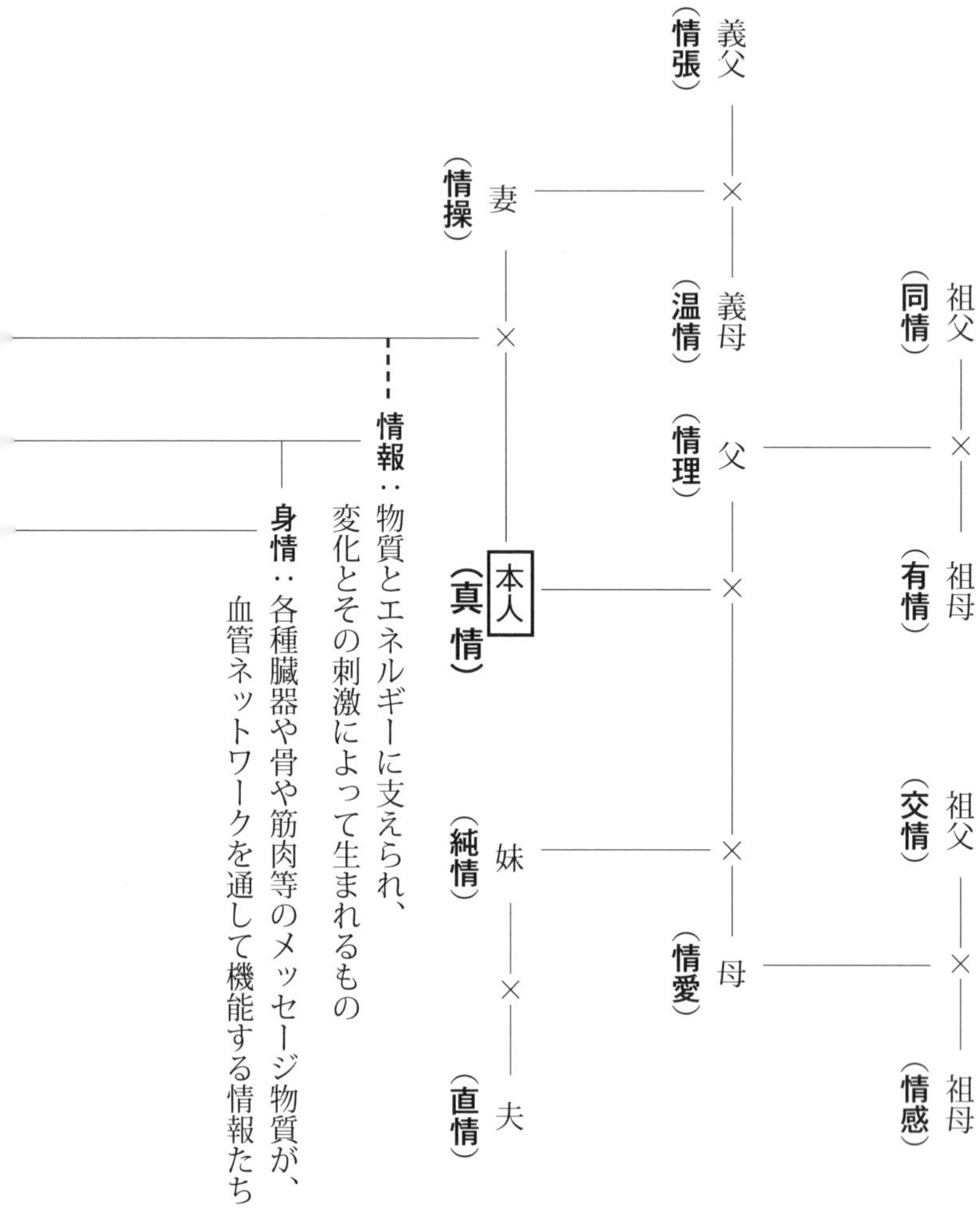

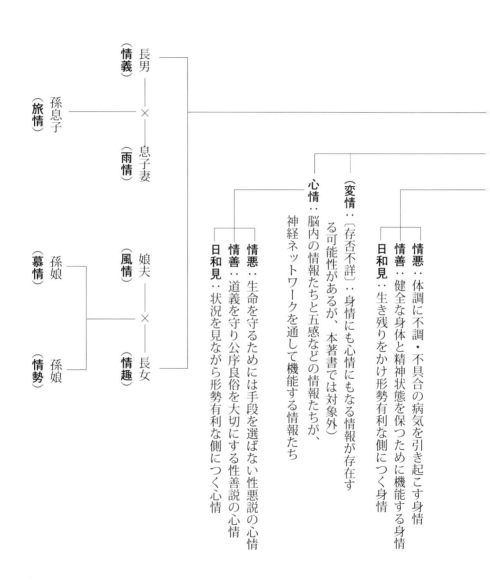

情悪：体調に不調・不具合の病気を引き起こす身情

情善：健全な身体と精神状態を保つために機能する身情

日和見：生き残りをかけ形勢有利な側につく身情

（変情：〔存否不詳〕：身情にも心情にもなる情報が存在する可能性があるが、本著書では対象外）

心情：脳内の情報たちと五感などの情報たちが、神経ネットワークを通して機能する情報たち

情悪：生命を守るためには手段を選ばない性悪説の心情

情善：道義を守り公序良俗を大切にする性善説の心情

日和見：状況を見ながら形勢有利な側につく心情

長男 **（情義）** × 息子妻 **（雨情）**

孫息子 **（旅情）**

娘夫 **（風情）** × 長女 **（情趣）**

孫娘 **（慕情）**　孫娘 **（情勢）**

〈主人公の家系図解説〉

真情：主人公（モデルは筆者）
主人公の真情は、身情と心情からなる情報の運搬屋
身情：主人公（真情）の身体を構築している情報
情悪・情善・日和見情報：身情の一部が、情報の本性を現す
心情：主人公（真情）の脳内で活動している情報
情悪・情善・日和見情報：心情の一部が、情報の本性を現す

情理：父（モデルは筆者父、病死）
情愛：母（モデルは筆者母、病死）
情張：義父（モデル架空）
温情：義母（モデル架空）
情操：妻（モデル架空）
純情：妹（モデル架空）
直情：妹の夫（モデル架空）
同情：父方の祖父（モデル架空）
有情：父方の祖母（モデル架空）
交情：母方の祖父（モデル架空）
情感：母方の祖母（モデル架空）
情義：長男（モデル架空）

雨情：長男の妻（モデル架空）
情趣：長女（モデル架空）
風情：長女の夫（モデル架空）
旅情：情義と雨情の息子、孫息子（モデル架空）
慕情：風情と情趣の娘、孫娘（モデル架空）
情勢：風情と情趣の娘、孫娘（モデル架空）

《その他、主人公真情を取り巻く登場人物と企業名》

情味：小学校の女性先生（モデルは恩師、病死）
熱情：バレー部監督（モデルは監督、病死）
情アトム：情理の米軍戦友（モデルは友人、病死）
情実：情理の次男（モデルは叔父、戦死）
情意：情理の三男（モデルは叔父、戦死）
情致：情理の四男（モデルは叔父、病死）
人情：中央駅の駅長（モデル架空）
情緒：真情の高校時代の親友、警察官（モデル架空）
厚情：G銀行頭取（モデルは頭取、病死）
情好社：真情の会社名（モデル架空）
恩情：情好社の社長（モデルは社長、病死）

情欲：情好社の社長（モデル架空）
詩情：情好社の副社長（モデル架空）
友情：友人警察官（モデル架空）
欲情：暴力団恐喝組組長（モデル架空）
無情社：コンピュータメーカー（モデル架空）
無情：無情社の社長（モデル架空）
レミゼラブル社：無情社の子会社（モデル架空）

謝辞

筆者大崎俊彦の父、故大崎六郎は一九一二（明治四十八）年、埼玉県深谷市で近彦旅館（江戸時代は深谷宿近江屋）を営む五人兄弟の長男として生まれた。東京帝国大学農学部林学科卒業後、朝鮮水原高等農林学校助教授、宇都宮大学農学部教授として林政学を担当し、農学部長や学長事務取扱、日本林学会会長としても活動した。第二次世界大戦中、父六郎は平和主義で戦争反対者だったが赤紙召集によって徴兵され、兵役では生死の境を彷徨《ほうこう》した。核兵器廃絶に向けた平和運動にも汗を流し、栃木県総合運動公園の「憩の森」に、広島・長崎で被爆され栃木県内で死没した方々の御霊を祈る慰霊の碑も、超党派の仲間や同志の協力を得て建立した。著書に『主張してきた山林などのこと』などがある。一九九四（平成六）年没。享年八十二歳。

筆者の母、故大崎（旧姓伊佐山）静子は一九一七（大正六）年、埼玉県熊谷市で獣医師の家庭の四人兄弟の長女として裕福な家庭で育った。朝鮮釜山市在住のとき東京のお茶の水短期大学へ内地留学して卒業、父六郎と結婚。男子五人を出産したが一人は死産。第二次世界大戦中は、応召《おうしょう》された夫六郎の留守宅を守り、爆撃に遭うなど筆舌に尽くし難い苦労を重ねた。洗礼を受けキリスト教入信。二〇〇八（平成二十）年没。享年九十歳。

筆者の妻、大崎（旧姓中島）のぶ子は一九四三（昭和十八）年、東京で生まれた。小樽・青森・東京で育ち、共立女子短期大学英文科卒業後、新聞社や特許事務所に勤め、一九六八年に筆者俊彦と結婚した。文学・音楽・絵画などの文化的素養豊かな優しく賢妻で、一男一女を産み、夫の家庭生活面や生計的側面を陰ながら支えてきた。

筆者俊彦は一九四一（昭和十六）年、大韓民國水原で生まれた。大学で父六郎教授の林政学を学ぶなど、両親から大きな影響を受けて育ち、また中学生時代からバレーボールに汗を流し、高校生時代の名監督やバレー仲間から数多くのことを学んだ。さらにIT業界で仕事をした筆者は、優れた経営者や卓越した研究者たちに出会い、数々の指導や教訓を受け、友人をはじめ素晴らしい仕事仲間、優れた部下たちに支えられ、産学官連携推進功労賞（文部科学大臣賞）、渋沢栄一ベンチャードリーム賞、埼玉ちゃれんじ企業経営者賞、日本計算工学会功労賞などを受賞して、情報の運搬屋構想を醸成し、本書を執筆する機会と素材の提供を受けた。

筆者も情報の運搬屋の一人として、偉大な父母と妻に心から感謝し、本書『情報の運び屋』の「情報の路（上巻）」と「情報の詩（下巻）」を両親たち、そしてバレーボールやIT業界で共に汗した仲間に捧げるものである。

人類を含む生物は情報の運搬屋であるという新たな客観的認識を共有し、世界の人々が会話を通して理解し合い、その多様な価値観を認め合って、戦争や紛争のない平和な二十一世紀の実現と、情報に真の豊かさを見出す時代が到来することを夢見ながら……。

深謝

第一章

情報の愛

――我々は情報の運搬屋である

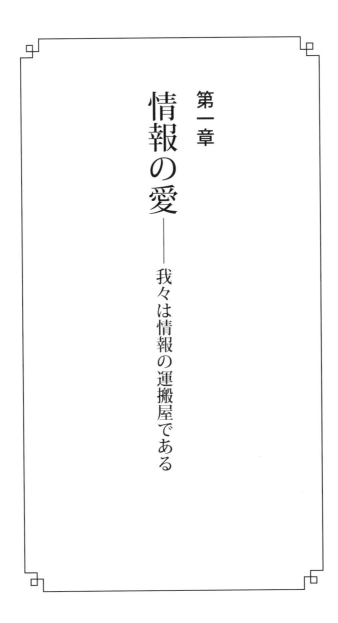

一・情報は歓喜し解き放たれた

十二月三十一日の大晦日《おおみそか》。今年という垂れ幕が、音もなく静かに下りようとしていた。凍《いて》つくライトブルーの西空に、吸い込まれるように沈みゆく今年最後の夕陽は、高層マンション群が林立する港町を、シックな赤黒いバラ色に染め上げながら、宵闇《よいやみ》の帳《とばり》を下ろしていく。

真情と新妻情操の二人が住む高層マンションも、夕闇とともに優しい月光に静かに照らされはじめた。歴史の息吹を伝える遥か遠くに見える神社や五重の塔なども、その過ぎ去りゆく歳月と、夢溢れる新時代の到来に期待しながら、静かに黒い造形を浮き上がらせている。暮れ往く年の瀬は、そのすべてが慌ただしく熱気と活気に溢れていた。

一週間ほど前のクリスマスの日に、森の小さな教会で結婚式を挙げた二人は、大晦日の今宵はマンション近くのレストランで、二人だけの食事をゆっくりとりながら、体中がやさしく揉《も》み解《ほぐ》され、手足の先まで溶けていくような幸福感で満ち溢れる新婚生活を満喫していた。

歳末の夕焼けは、いとおしくも短かく切なくて、建ち並ぶ裸身のビル街を鮮やかな色彩で染めあげると、西空を燃え立たせながらたちまち薄れていってしまった。太陽が沈み、星もいない都会の暗闇空に上弦の月がこれからの成長や飛躍を期待させるがごとく輝き出すと、マンション群には家庭の暖かな温もりが灯り、人が行き交う道路にも、街灯がにぎやかに点灯し始めた。結婚式を挙げて新婚旅行から帰ったばかりの仲睦まじい真情と情操を、自宅のあるマンションへと誘う街灯たちが、やわらかな愛の光で二人を優しく包み込む。

高層マンションの誰も居ないロビーを通り抜けてエレベータに乗り、降りて自宅玄関の扉の鍵を開け、情操が先に入り、真情が後ろ手でドアを閉めて鍵をかけると、振り返った情操は真情の首へ両腕を廻して抱きつく。靴を履いたままのふたりは、玄関の小さな土間で永い接吻をした。それは犯され傷ついた情操の自宅で、情操の両親の前で交わした涙の接吻とは全く別のものだ。誘《いざな》われた優しい生きもののように、灼熱した情操の舌は、真情の舌に燃えるごとく熱くからみついてゆく。

親密な空気が漂うマンションの部屋に入ると、狭い浴槽なので交代にシャワーを浴びて、うっすらとピンク色の薄化粧をした新妻情操と、暖かな冬の寝巻姿に着替えた真情の二人は、ダブルベッドに仲良く腰掛けると、真情はポツンと、

「いよいよ初めての『姫仕舞《ひめじま》いの儀式』と『姫始《ひめはじ》めの儀式』だね……」

と言った。この初体験の儀式を前にして、体内の身情たちは期待に胸を膨らませながら勇み立ち、細胞の一つひとつが小躍りしている。

「姫仕舞いの儀式で年を越し、姫始めの儀式で、新しい年を迎えようか……」

情操もポッと頬を染め、心情や身情も嬉しさと恥ずかしさで、少しかすれた小さな声で応えた。

「え、ええ……」

室内灯をうす暗くすると、暖房で汗ばむほど暖かな部屋からベランダ越しに見える美しく瞬《またた》く夜景と、そして寝室のテレビの年末番組を、二人は高鳴る期待と恥じらいの色で顔を染めながら、寡黙にジッと眺め、その時が来るのを待っていた。情操は何度も大きな溜息を吐きながら首をあげ、燃える目で真情の横顔と柱の時計を見上げる。情操には、気が遠くなるほど遅い歩みの時計の針は、その気持ちを知ってか知らぬか、急ぐこともなくコツコツと正確に時間を刻み、ようやく、二十三時五十分を指した。遠く遥かな鐘楼《しょうろう》から、百八煩悩《ぼんのう》を除去する除夜の鐘の音が分厚

い歴史の往《ゆ》きし日の調べを音色《ねいろ》に乗せて、
「グゥォ～ン」
「ゴゥォ～ン」
心底を静かに揺り動かすように、闇の中から重々しい余韻を耳元に残しつつ響いてきた。

新年を迎える初詣の風景を、部屋にあるブラウン管タイプの旧式大型テレビが生中継を流しはじめた。北国の雪混じりの寒風が吹く師走の繁華街、その活気溢れる街へ繰り出した人々の姿や、古都の神社境内に集まった新年到来を待つ、善男善女の静かに輝いた艶やかな顔、新妻情操のような悲惨な過去を葬り去り、新たな時代に夢を託そうとする祈り顔や願い顔、そして年末の喧噪《けんそう》の巷《ちまた》などを映し出している。

いよいよ新年の幕開けに向けたカウントダウンがはじまった。マンションの眼下に広がる港湾の海上でも、新年を祝う豪華絢爛《ごうかけんらん》たる花火が勢いよく打ち上げられ、冬の夜空に火柱と大火輪を鮮やかに焦がし始めた。ダブルベッドに仲良く並んで座っていた二人のシルエットは、素敵な花火の虹斑《にじまだら》模様に染め上げられていく。この時を待ちわびていた新妻情操は、花火に見入る真情の手を肩からそっと外して立ち上がると、目の前の窓を花柄模様のレースカーテンで閉め、部屋のスイッチを淡い暖色灯に変えた。

「ハッ」

としたように情操を見つめる真情の眼の中に、天使のように白く透き通った情操の肌が美しく輝き、薄い透き通ったピンクの花柄のネグリジェを通して、情操が動くたびにはちきれそうな豊かな胸の膨らみが、波を打つように弾んでいる姿が、何の遠慮もなく飛び込んできた。紅い宝石を想わせる硬くそそり立った小さな乳首は、乳房の乳輪《にゅうりん》の中心で踊るように跳ねている。

情操の美しく艶めかしい姿は、真情の情報たちをすぐさま興奮の坩堝《るつぼ》へ誘《いざな》いはじめた。その濃艶な姿を貪《むさぼ》るように見つめた真情の心情と、一瞬にして熱い興奮状態に陥った身情は、普段は柔らかい秘部が思わず熱く、そして硬くそそり立っていく。ほのかに漂う甘い情操の香水のかおりが、ダブルベッドの上に座った真情の心情も刺激し、その鼻孔を艶《なまめ》かしくくすぐる。そして二人の情報たち、真情の心情と身情、そして情操の心情と身情は、期待と嬉しさで胸の鼓動が破裂しそうに、

「ドキン、ドキュン」

と音を響かせ、真情の下半身は、興奮でさらに急激に硬直し、卒倒しそうになるほど硬く変化し、

「待ちきれない!!」

と大声で騒ぎだした。喉に渇きを感ずるほど興奮した真情の心情と身情は、情操の心情と身情に乾いた声で囁《ささや》き合う。

「情操の情宣《じょうせん》が、真情を扇情《せんじょう》しているぞ！」

「それで、いいじゃない……」

「君は会うたびに、美しくなるね！」

「なによ、会ったのは、ついさっきよ！」

「その短い時間で、とても艶やかになった……」

「あら、お上手も言えるのね」

「今夜、年越しのいい番組があるよ！」

「ねぇ、それよりもっといいことがあるわ！　ねっ！　そろそろ姫仕舞いの儀式を始めましょうよ！　ネエ～！」

情操がここ一番の勝負服と決めた、薄い透き通ったピンクの花柄のネグリジェと、花柄の薄いパンティを纏《まと》っただけの新妻情操は、情炎《じょうえん》で火照《ほて》るように激しく燃える情報たちで、身体が溢れんばかりに満杯となり、熱く息苦しくなっていた。情操は、とうとう待ちきれずに真情の首へ両手を巻きつけ、

「ネエーン、早く～ん！」

と艶かしい鼻声で呻くよう耳元で囁《ささや》くと、真情の顔の上に自分の豊満な胸を押しつけるようにして、身情をベッドの上へ押し倒した。真情の首に腕を回し激しいディープキス、そして情操は、身体を上下反転させると、顔と右手を真情の股間に伸ばして、下着を押し下げた。いとおしく大切なものを扱うように、そっと優しく片手を添え、王冠のふち下のくびれを舌先で舐《な》める。そして裏側の筋の縫い目に沿って舌を這わせる。さらに硬直した秘部を口いっぱいに含むと、その根元をしなやかな細く透き通った指で、優しく上下に撫でさする。真情の眼下に、豊かな白い乳房が神々しいほど優雅な曲線を描いて、透き通ったネクリジェ越しに迫ってきた。乳首がチョコンと恥ずかしそうに息づいている。ネグリジェを脱がせて、乳首にそっと優しく右掌の平で触れ、左手で薄い花柄のピンクの下着を、静かにやさしく下げようとすると、情操は脱がせやすいよう腰を少し浮かせ、スルスルと脱がされていく。

真情の目のすぐ前に広がる太陽の光が届かぬ可憐でかわいい茂みは、ぷっくりとした丘に煙る若草のように、恥ずかしげに群生していた。その奥に広がるビロードのような薔薇の花弁の秘部を眺めながら、情操の体の中で最も敏感な身情、硬くなった薔薇の芽の先を、やさしく絶妙な唇と舌先の愛撫で包み込みながら舐めシャブリついた。

「はぁ～ん、ダメ、ひぃぃ～」

「あうぅ、イヤ、ウフ～ン！」

炎のような快感に包まれた情操は、感極まった意味不明の吐息《といき》情報を吐いて、身悶えしながらベッドにのけ反り返った。仰向けになった乳房は、美しい円錐形を保ったまま前後左右に揺れる。純白で柔らかくみずみずしさを感じ

るきめ細かい肌と、薄絹に覆うような柔らかな恥毛で覆われた部分を大きく開脚してゆき、その美しい裸体と両脚の付け根を、惜しげなく真情の眼前に見せつけ、身情と心情を誘惑していく。真情は誘われるまま指をあて、薔薇色の対の秘部を左右にゆっくりと開いた。すると薄絹のような美しい直毛に覆われた肢体の中心部から、綺麗なピンク色の秘部が現れ、その中央下に小さな窓が開いて、その奥に情報宮殿への通路がわずかにみえる。そして溢れ出た愛液が輝いていた。

来るべき新年を祝う色とりどりの賑やかな花火が、真情と情操の高層マンションの壁や窓ガラスに美しく映し出され、天地に満ちる清らかで厳かな淑気《しゅくき》を、醸《かも》し出している。それでも沈黙している高層マンションを、凍《い》てつく孤高な月光が黙して照らす中で、今年最後の『姫仕舞いの儀式』がはじまっていた。そしていよいよめでたい色香が漂う『姫始めの儀式』は、午前零時からである。姫仕舞いの儀式をしている暖かな二人の部屋のベッドの上は、レースカーテン越しの花火の七色の虹斑模様《にじまだらもよう》に彩《いろど》られていた。

そして元旦の午前零時を境に、一瞬のうちに去年今年《こぞことし》の年が変わる。部屋の旧式ブラウン管タイプの大型テレビ画面は、カウントダウンを放映していた。

「五、四、三、二、一、ゼロ」

ドッと上がる大歓声。特設会場のくす玉が割れ、紙吹雪が舞い散り、大空へ花火も一斉に打ち上げられた。テレビアナウンサーが興奮気味に絶叫調で叫ぶ。

「明けましておめでとうございます！　いよいよ新世紀二十一世紀の歴史的幕開けです！」

めでたさの気配が、一瞬にして瑞雲《ずいうん》のごとく四方に漂っていく。これを見た真情の心情は、

「さあ、これからは『姫始めの儀式』だ」

と囁《ささや》くと、リモコン式のスイッチで、テレビを消すと同時に、コチコチに硬くなった真情の秘部が、情操の薔薇

の美しい秘部に押し入り、薔薇園の扉を優しく深く押し開いていく。

「あぁア～ン、あっ、うっ……」

悲鳴に近い歓喜情報が声を上げ、仰《の》け反《ぞ》った情操の裸体全体が悦びの歌を奏で、外窓に輝く花火の光が、情操の上気した白い裸体も七色に染め上げる。真情の身情は激しく強く、そしてゆっくりと優しくじっくり奥深く、そして軽く浅くと体位や角度や深さを変え、女体内に同化していく。悲鳴に近い歓喜情報たちの叫び声が室内に響きわたる。

「あぅ、あぁっ、いっ…いいわ！　いいっ…！」

スイッチが切られた大型テレビは、いつの間にか鏡の役割に代わり、その凸型ブラウン管の大画面に、まるでポルノ映画を放映しているような二人の美しい裸体を反射し映し出していた。

「ううっ～ん、いくっ、だめよ！　だめ！」

テレビ画面を見た心情たちは身情たちも巻き込んで、さらに興奮する。

「明るいときに見えなかったものは、暗闇で見えるようになる」

心情たちは感激し、目を閉じた情操の心情たちへ、ベッド横の大型テレビ画面を見るよう促した。薄く目を開いた情操は、最初はテレビに何が映っているのか判らない様子だったが、ハッとしたように顔を上げて大きな瞳で真情の顔を見た。

「きて！　ね…、早くぅ…きて！」

そして戸惑ったように一瞬身を固くする。

「あぁっ、もうダメッ！」

しかし感動と感激の嵐が身体を押し開き優しく突き抜けると、すぐに大胆な姿になって両足の親指までピーンと伸ばし、そして大きな溜息を吐いた。

「ああっ、いぐ～ぅ！」

淡い暖灯で映し出されるテレビの凸画面は、二人の美しく絡み合った裸体を反射させ、実況放送を映し続けるごとく、その赤裸々な姿を真情の眼前に展開していた。そしてその反射情報が、さらに真情の視覚情報を刺激し、再び興奮の坩堝《るつぼ》に巻き込んでいく。情操の情報たちは、押し寄せる絶頂の海岸に立っているかのように、何度も寄せ来る波に身を任せ、いくたびものオルガニズムに全身を痙攣《けいれん》させながら、膣情報をギュッギュッと波打たせていた。そして視覚から入ってくる濃厚な刺激情報に対して、真情の秘部の身情は、耐えきれなくなってきた。いや心情も身情もついに我慢することができず、一瞬息を止めると、顔を天井へ仰け反らせて口を大きく開いて、

「いくぞ〜ぉ！　いくっ！　ウォッ！」

という短い意味不明情報を呻《うめ》いて、秘部を一気に太くすると、

「あ〜んっ、あう〜ん、いくっ、いぐぅ〜っ」

情操も絶頂感にガクンガクンと仰け反り、次の瞬間に激しい収縮を見せ、ついに

「ヒクン、ピクッ、ドバッツ、ドピュッ、とろり」

と、真情の精子情報たちが青白い奔流《ほんりゅう》となって情操の中に噴出した。

真情の秘部から、一瞬にして勢いよく飛び出した身情の精子情報の一人が、ドクドク流れる精液情報の奔流に向かって大声で怒鳴った。

「おい、誰か真情の情報たちに『さようなら』と、お別れの挨拶を言ったか？」

「誰か運搬屋の身情たちに、『これまで、大変お世話になりました』と、お礼の挨拶をしたか？」

一億を超えるおびただしい数の精子情報たちであったが、誰一人として返事も、そして振り返りもしない。ただひたすら情操の情報宮殿、子宮へ他の誰よりも早く到達することだけ、すべての精子情報たちは考えていた。

「誰もお礼の一言の挨拶もせずに、出てきてしまったのか！」

しかし、すべては後の祭りだ。精子情報たちは、心に痛みを感じながら、たった一個の情報しか生き残れない、億分の一程度の確率しかない激烈な生存競争の荒波の真っただ中に、一瞬で放り出された。そのときこれからはじまる死滅への旅、その苛酷で厳しい現実を、精子情報は誰一人として知るよしもなかった。

二．情報のかけがえのない命

新年の清らかで厳かな淑気《しゅくき》で満ち溢れた月光が、冷え切った夜空の中に冴えわたり、清らかな神々しい雰囲気が漂う神社の境内に降り注ぎ、初詣《はつもうで》へ向かう人たちの行列を、くっきり照らしていた。

海上花火や林立するビル群が一望できる高層マンションの一室で、新婚間もない真情と情操は、記念すべき姫始めの儀式をベッドの上で繰り広げていた。真情の身情は秘部を怒張させると、精子情報たちを少しでも情操の卵子情報と受精しやすくしようと、膣深く結合した位置から勢いよく射精した。そして、射精の役割を果たすと硬直状態から急速に萎え、静かにやわらかな可愛い原型へと戻っていく。しかし情操の身情たちは、その新たな生命の源つまり新たな精子情報を受精しようと、エクスタシーを、何度も繰り返しながら精子情報歓迎の宴を催し続ける。卵子情報たちは、情流《じょうりゅう》により新しい精子情報と出会える機会と、新たな生命の誕生を夢見て、歓喜の生命《いのち》の詩を歌い続け、いまか今かと精子情報たちの到着を待っていた。

産まれ育ったわが家の卵巣の中の卵胞、この卵胞に包まれた部屋から排卵された情操の卵子情報たちは、ほぼ毎月、二度と戻ることのない生命短い旅路に出ていく。この卵子情報の生存期間も、排卵されるとわずか六〜二十四時間しかない短い寿命だ。この限られた時間の中で、卵子情報が目指す精子情報に卵管膨大部《らんかんぼうだいぶ》で出会わなければ、生き残れない厳しい掟《おきて》が待ち構えていた。しかし姫始めの余韻に浸る情操の心情たちも、この厳しい状況におかれた卵子情報の立場を、

「誰も、何も、あまり気にも留めず、理解もしていない」

と卵子情報たちは嘆いていた。

情操の卵子情報はただ一人、生まれ育った我が家の前に広がる漏斗状《ろうとじょう》の卵管という道路を、卵管膨大部《らんかんぼうだいぶ》へ向かってトボトボと俯《うつむ》き加減で歩きだした。この卵管膨大部は、子宮と呼ばれる情報の宮殿へつながる唯一の道だ。卵子情報は若く新鮮なほど妊娠できる確率が高い。そして六〜二十四時間の卵子情報の寿命期間内でも、その鮮度が大切だ。だから卵子情報が卵管膨大部に移動したとき、すでに精子情報が到着して待っているか、同時刻に精子情報も到着するのが理想的だ。卵子情報は突然涙が出そうになる。しかし性格の悪い情操の情悪が囁《ささや》くように口をはさむ。

「卵子情報のあなたも、精子情報の王子様に出会わないと、今日限りの生命だわ」

「そうなのよ。気弱になった私の変化に、誰も気付いてくれないわ」

そして、消しても消しても湧き上がる不安に、情操の卵子情報は、

「不安でたまらない私に、どうして誰も気付いてくれないの？」

と涙声で呟《つぶや》いていた。

「私のこれからの情生は、帰り道のない片道切符しか持っていないわ」

「私の実家からひとたびお嫁に旅立てば、精子情報という王子様に出会って受精しない限り、私の生命はありません……」

「あと残り六〜二十四時間以内に、精子王子様に出会わなければ、私は死ぬ運命なの……」

「早く来て！　精子情報様！　早く早くぅ…来てください」

これまで長年住み慣れたわが家卵巣の卵胞という部屋の暖かさが、いまは身に染みて感じられ、涙が滂沱《ぼうだ》のように流れて止まらない。

「もう、わが生まれ故郷には二度と戻れない」

一人寂しく永久《とわ》の別れを告げ、ただ精子情報に会えることを頼りに、命がけの出会いの旅路へ卵子情報は出かけた。止まることのない涙を拭きながらしずしずと歩んでいく。

その卵子情報に手を振って見送っていた残った卵子情報たちは、その寂しそうな後姿に不安を隠せずにいた。来月、旅立つ予定の卵子情報は、大きな溜息を吐いて囁《ささや》いた。

「卵巣情報として、生まれ故郷の卵母細胞、長年棲み慣れた生家を去るのは、とても寂しいわ…。これまで一緒に遊んだ卵母細胞の女友達とも、別れなければならないから」

「でも、卵母細胞の生家に残っているのも辛いわ。このままお嫁に行けなくなるかもしれないから」

「来月はお別れだわ…。私もあの卵管街道の角を曲がり、卵管膨大部で精子情報の王子様を待ちます。命ある限り到着を待ち続けます」

「そのときは、私は途中までお送りするわ」

「でもそれから先の道には、あなたは来ないで下さいね」

「あなた！　見送りに一緒に出ると戻れず、一卵性双生児が産まれる原因になるわよ。外には出ずに実家の卵巣の窓から、お見送りしなさい！」

「そうよ、二人で一緒に行けば、双子が生まれてしまうかもよ」

何とも言えず悲しそうな顔をしていた卵子情報が、言いようのない気持の昂《たかぶ》りに襲われ、少し震える指先を見つ

めながら

「でも、わたしはあなたを見送りに行きます！」

と俯《うつむ》いたまま決然と言った。感情を昂らせた卵子情報も、

「あなたが受胎できなければ、来月、今度は私が旅立ちます！」

「わたしは、あなたが来月受胎できなければ、再来月、今度は私が旅立ちます！」

激情にもみくちゃとなった卵子情報が、感極まり涙に濡れた頬を寄せ、

「通常の月経周期には、平均約千個の卵子情報が消えていくのよ」

この言葉を聞いた卵子情報たちを、慟哭《どうこく》の悲哀と断腸《だんちょう》の思いが、すっぽり包みこむ。そこには、無言という空間だけが拡がっていた。

「……、……」

激情が収まってきた卵子情報は、旅立ちの準備が終わった卵子情報へ、涙でぐしゃぐしゃに濡れた顔を向け、無理に微笑みを作りながら、

「ねえ！　もう時間がないわ。いつまでも受精する夢を捨てないで、いつも笑顔でいましょうよ！」

「そうね、これで最後かもしれないわ。でも最後まで笑顔でいるわ」

「では、永久《とわ》のお別れですネ……」

「お別れの言葉が、何も……見つからないわ……」

「笑顔よ、笑顔、笑顔を忘れないで…ねっ！」

卵子情報の孤独に耐える命がけの気持を汲んだ情操の身情たちは、一滴《ひとしずく》でも多く精子情報たちを受け取ろうと、萎えて柔らかくなった真情の秘部を手放すまいと、

「キュッキュッ、キュキュッ」

と、膣壁を痙攣させるように締め付けを繰り返し、精子情報の情流歓迎に向けて用意した痺《しび》れの宴を続けていた。

卵子情報が

「月経周期ごとに、平均約千個の卵子情報が消えていく」

と独白したとおり、母体内の胎児時代の卵巣には実に六百万〜七百万個、そして出生時の新生女児時代には百万〜二百万個もあった卵母細胞は、十歳頃に月経がはじまると一回の月経周期に約千個ずつ、一日換算で三十〜四十個ずつ減りはじめ、思春期から結婚適齢期や妊孕《にんよう》性が高い生殖年齢の頃には、約二十万〜三十万個まで激減し、そして更年期にはゼロになってしまう。そのうち思春期から更年期に、卵胞細胞から排卵される卵子情報は、個人差はあってもわずか四百個程が卵子情報として機能するだけで、残りの卵子情報たちは…、すべて卵胞細胞の閉鎖により消滅する。しかも現代日本女性は、平均値わずか一・四個の卵子情報が、精子情報と廻り合って出産し、情報の路を紡《つむ》ぐのが実態であり、毎年、この出生率は減少傾向が続いている。

この厳しい情報の掟によれば、精子情報とめでたく結びつき、流産や中絶などの試練をくぐり抜け、赤ちゃんとして出産される新生児情報に生きる卵子情報は、結局、その中で幸運に恵まれたわずか数個でしかないのだ。情操の心情の中で、悪女で名高い情悪たちが集まってきた。そして情善や日和見情報たちへ聞こえるように、大声で話をする。

「卵子情報の人生は、たった一度しかないのに、貞操を守って一人の男性しか経験しないなんてナンセンスだわ」

「そうだよ。精子情報たちも、結婚した相手と子供ができなければ、別の女性の卵子細胞と合体して情報の子孫を残すべきだよ」

「そうよね。卵子細胞の遺伝子情報たちも、結婚した男性と子供ができなければ、別の男性の精子情報と自分の子孫を残すべきよ」

卵子情報は、情悪たちといつまでも話を続けるのが厭《いや》になった。そして明るい話題に変えようと、笑顔の絶えない情善へ顔を向けた。

「私たちも、一人じゃないわよ…ね！」

「そうよ、情報には情報たち、同じ仲間がいるわ」

「そう、私たちは、永い情報の歴史を受け継いできた大切な仲間よ」

「だから、今のうちにやれることからやってみようよ」

「挨拶から始めようかしら」

「ともかく『周囲と比べて患《わずら》わず、昨日と今日の自分、今日と明日の自分を見比べれば、毎日がとても楽しくなる』と言うわ」

「『悔むな、悩むな、心配するな！』…だったわね」

「そうだよ。『おのれがまま、あるがまま、おのれがあるがままに、生きていこう』という言葉どおりよ」

「そうね。『無理せず、慌《あわ》てず、急がず往こう』ね！」

挫折の経験者として自負する情善が、アッケラカンとした笑顔を見せながらにこやかに囁いた。周囲の卵子情報たちも、いつも明るく愉快なひょうきん者の卵子情報へ、楽しい話へ切り替えるよう督促情報の目配せをする。

根から明るく気さくな性格でひょうきんな卵子情報は、まわりの期待に押し出されたかのように、話題の輪の中へゆっくりと歩を進めた。

「あ～らっ、しばら～くね。いよいよ私の出番かしらぁ～ん」

ニコニコと笑顔を見せながら口を開くと、待ってましたとばかり拍手が起こり、卵母細胞の部屋全体に和やかな空気が流れだした。湿った雰囲気を風もなく吹き飛ばし、笑顔が音もなく静かに情報たちに拡がってゆく。

「ねえっ、多情多子《たじょうたし》の世界記録を知っている?」

突然、根が明るい卵子情報が周囲を見渡しながら尋ねた。

「なにそれ?」

周りの情報たち、卵胞細胞から排卵予定の残された卵子情報たちが、一斉に身を乗り出すように視線を向けた。

「子だくさんの記録よ、私たち情報創出の世界記録保持者のことよ」

「え⁉ 一人で出産した子供の数の世界記録のこと?」

「そう、世界記録に残っている最高最多出産人数を知っている?」

「え〜と、何人ぐらいかしら」

「十人ぐらい」

「馬鹿ね、戦前は日本も産めよ増やせよで、十二人。一ダースの兄弟姉妹という話もよく聞くわよ」

「それでは倍の二十五人ぐらいかしら」

「それじゃ毎年一人、年子を産み続けなきゃならないわ」

「ね? 世界一の多産記録は何人なの?」

「早く教えてよ!」

いつも気さくな卵子情報は急に目をつぶり頭を下げると、世界記録を保持する女性に対する深い尊敬の念を表した。そして頭を上げると厳粛な顔つきで、重々しい声でおごそかに言った。

「それでは皆さん! いよいよ世界一多情多子の記録保持者のお子様の数を発表します。一人の女性の世界最多出産記録は、ロシアの農家の奥様でいらっしゃいまして、その数は、何と……六十九人!です」

「うっそ〜⁉ 信じられないわ」

「うっへぇ〜っ！……、ほんと？　一人で六十九人も産んだの！」

想像もできない数字を聞き、息を呑んだまま唖然となる卵子情報たち。飛び上がるほど驚いた卵子情報がつぶやく。

「毎年一人ずつでも、六十九人は産めないわ」

頭の中まで真っ白に溶け落ちるような衝撃を受けた卵子情報たちが、驚き顔でズラリゾロと並んでいるのを、愉しげに眺めながら
「ギネスブックによると、十八世紀のロシアの農家のご婦人が、四十年間で二十七回の出産で双子を十六回、三つ子を七回、四つ子を四回の合計六十九人を産んだ記録が登録されています」

開いた口が塞がらない卵子情報たち
「へぇ……」

感動が心の中を通り過ぎ、ポッカリと大きな風穴を開けた様子だ。

「ほんと…な…の…ね」

頭をガンと殴られたようなショックで全身を貫抜かれた卵子情報は、

「ふひゃぁ〜二十七回も出産したの」

拍手を送りたくなるくらい呆れ果て、感心した卵子情報も
「六十九人も子供がいたら、どうしよう」

頭の中がしびれて、世界記録の事実が受け入れられない卵子情報は、

「子供の名前も判らなくなるわ」

卵子情報たちは、ほぼ絶句の状態に陥った。しかし暗い話で塞ぎこんでいた卵子情報たちは、感動と驚嘆で、救われたように明るい気分になっていく。

「お幾つまで、お子さんをお産みになられたのかしら?」

「よく判りませんが、五十六歳でご逝去とのことです」

驚きが、静かな沈黙を呼び、

「う～ん、すると十代で初産ですか……」

感動が尊敬の気持ちに変化し、さらに畏敬《いけい》の念となって、静かに卵子情報たちの胸中に浸透していく。そのたおやかで穏やかな敬意の雰囲気が、さざ波のように拡がりはじめていった。

「六十九人もの子宝に恵まれた女性に生まれた卵子情報たちは、きっと幸せだったに違いないわ」

「羨《うらや》ましいわ!」

「本当に素晴らしい立派な女性だわ」

そんな羨望《せんぼう》の波が卵巣の卵胞という部屋に波紋のように拡がっていく。

気さくな卵子情報は、明るくなってきた雰囲気を、さらに希望と夢に満ち溢れさせようと、明るい笑顔で尋ねた。

「じゃあ!? 一人の男性が、複数の女性に子供を産ませ、その男性が自分の子だと認めたギネス世界記録は、何人か知ってますか?」

自分たちの未来に夢を持てず暗くなっていた卵子情報たちの顔々が、ポッと点灯したように明るくなった。興味津々と眼をキラキラ光らせ、愉しそうに笑顔を崩し息を弾ませながら、

「男性は、何人でも産ませることができるよ」

「でも、それだけ女性と子供を食べさせねばならないわ」

「王様のハーレムあたりが回答の正解かな……」

「そうよね。王様だから五十人の子供はいそうだから百人位かしら」

「いえ、百五十人はどう？」

「う〜ん、二百人の子供は、少し多過ぎるかな？」

先程まで暗い雰囲気だった卵子情報たちの顔に、明るさと笑顔が戻ってきた。

「狙いどおり」

と嬉しさを隠しきれない気さくで根が明るい卵子情報は、

「アッハハハハ」

喜びを顔に書いたような笑顔で、大声で楽しそうに笑って言った。

「正解なし。誰も当たりなし！」

そして一呼吸おいて言った。

「一人の男性が子供を産ませた世界記録は、ギネス世界記録によると、モロッコ王国の皇帝の歴史的に証明できる子孫として、八百八十八人の子宝に恵まれたそうです」

「うわっ凄い！　八百八十八人も子供がいるの！」

「なんとも、羨ましい記録だね！」

「すると八百八十八回以上、夜は頑張ったのね？」

「何を、馬鹿なこと言っているの！」

「えっ？　なぜ？」

「それは、当り前のことだわ」

「わっ、ハッハ」

「オッホッホ」

「何人の女性が産んだのかしら？」

「母親の数は判らないけれど、きっと八百八十八人以下よ」

「バカね！　当り前でしょう！」

「おっ、ホホホホ」

「でも、八百八十八人全部の子供の名前、ご主人の皇帝は間違わずに呼べるのかなぁ？」

「本当ねっ、心配しちゃうわね」


愉快そうに大笑いしながら、今、ここに情報として生きていること、その事実に感謝し、その幸せを認識しつつあった。しかし情操の情報たちには、実は辛い過去があった。

「楽しい時には、ただただ楽しむべきさ。そんな楽しさを、情報たちに憶えさせておかなければ、ね！」

「そうね……、でも…愉しみは一瞬でしかなく、苦しみは……死ぬまで永久に続くわ…」

喘ぎながら、そう言った情操の心情は、女学生時代に強姦された屈辱的な体験を思い出していた。しかし愛する真情に抱かれた情操の身情は、辛い過去を封印して、そのまばゆいばかりに白く透き通った美しい裸身を、深夜の新年を祝う花火の色にあわせて、色とりどりに変化させ、満ち足りて妖しくピンク色に染まらせ、そして輝いていた。

「ああっ、あっ、う〜……ン」

と短い声をいつまでも上げ続ける情操は、愛しい真情の柔らかくなった秘部を、いまだ入口近くに挿入したままだ。

真情の心情は、愛嬌《あいきょう》のある微笑みを満面にたたえながら、

「情操の情報と二人でこのまま一緒に生きていけたら、どんなに素敵だろう？」

「そうね。二人だったら夜もこわくないし、助け合えば、あなたの男性情報と私の女性情報が、性の違いがお互い

を支える力になって、何にでも積極的に取り組み、何でもチャレンジすることができる気がするわ……」

布団をゆっくりと首のところまで引き上げて、頷《うなず》いた情操の情報。この仕組まれた生命の精緻《せいち》な情報プログラムに、心が躍るほど感激した情報たちは、言葉をのみ込んだまま夢見心地で、黙ってお互いの素晴らしさに見とれていた。

三．神々による情報の設計図

都会の晴れ渡った物寂しい夜空に、ポツンと上弦の冬月が、夜気を白刃のように凍らせて浮かんでいた。北風も白い牙をむき、凍てつく寒気が手加減することなくしんしんと冷えた高層マンションにも襲いかかる。しかも年末年始という時間帯は、いつも忙しくせっかちで、暮は、油断している間に、フィルムのコマ落とし画像のごとく走り去り、新年は大騒ぎしながら近づいてきたと思ったら、アッという間に背を向けて遠ざかってしまう。

一月一日（元旦）、午前〇時五十六分。闇夜に聳《そび》える高層ビルのマンションの気密性が高い部屋で、真情と情操の二人の姫始めの儀式がめでたく無事執り行われた。二人は室内暖房の暖かな風とフワフワの柔らかな羽布団の中で、密着した温もりが、お互いの心身を柔らかくふんわりと包み込み、情報たちの情熱が、稲妻のように閃《ひらめ》き迸《ほとばし》り出たのは自然の摂理だ。情報運搬屋として責務を果たし、恍惚《こうふつ》と我を忘れる心地良い気怠《けだる》さが、格別の情感となって、抱き合う二人を覆い尽くしていた。真情の柔らかく可愛くなった秘部を、握りしめたまま眠っている情操の手をそっとはずすと、真情はベッドから降りて、煙草に火をつけ紫煙を吸い込んだ。微風とも言えぬ室内の空気のかすかな揺らぎを楽しむかのように、艶やかな満ち足りた表情の紫煙が、ドーナツ型に輪を描いてゆったりと立ち昇り、香ばしい煙草の匂いが部屋いっぱいに広がっていく。

二人の記念すべき往く年の姫仕舞いで去年の幕を閉じ、いよいよ新しい年が、来る年の姫始めの儀式で開幕した。二人の体内情報たちは、満ち足りた喜びに沸き返っている。煙草を一服し終えた真情が、情操の横にもぐり込むと、

「ウッフーン」

情操は艶かしい寝言を漏らして、目を閉じたまま真情の下半身に手を伸ばし、もう一度秘部を、その手でしっかりと握り紋めたまま、再びスヤスヤと寝息をたて、桃源郷《とうげんきょう》の眠りにつく。情報の運搬屋たるべき情操は、自分の遺伝子情報たちと真情の遺伝子情報たちを合体させた新たな生命、この宇宙に今まで存在しなかった全く新たな遺伝子情報を持つ我が子を宿すために、ひたすら静かに横になり、受胎率を向上させるべく眠り続けている。

熟睡する情操を横目に、真情はイヤフォンを耳に差し込むと、先程まで鏡として活用した大型テレビのスイッチをＯＮにした。すると二人の裸体を映す鏡役だった大型ブラウン管テレビ画面は、今度は放映役に変身した。そして新春記念創作テレビ映画『創造的ＩＴ（Information Technology）成果発表会《第一部》』を映し始めた。

テレビ画面は、雲間から射し込む光のカーテンに、美しく輝く大理石で造られた天国の神殿を映しだした。碧空《へきくう》の広がる秋晴れの天国では、円形コロシアムの大会議場に、偉そうに髭を生やした白髪の長老たちが、大勢階段椅子に座っている。その階段椅子には、さまざまな髭面《ひげつら》をした神々の情報たちがいた。不愉快でたまらないという顔、腹を立て気色ばむ顔、かんかんに立腹して青筋を立てた顔、腹の虫が収まらない苦虫顔、額に青筋を立てた憤怒顔、憤懣《ふんまん》やるかたない顔などがズラリと並び、その烈火のごとき怒り顔をほてらせながら、怒りの協奏曲を奏でていた。

「あの人間の馬鹿どもが大きな顔をして、のさばっている青い地球は、産業革命以来、便利、便利と利便性ばかり求めて、環境を破壊する経済活動が目立ちすぎる！」

「自然環境を守らないと、情報の宝庫、宇宙船地球号は危ういぞ！」

「人類の経済活動による地球温暖化は、青い地球の生態系に致命的なダメージを与え続けている……」

「人類の異常な増加を、地球上でストップさせなければダメだ！」

「毎年、ドイツ国の人口の八千万人と同じ数の人口が、地球上の開発途上国を中心にして、ドンドン急増している」

「毎年ドイツ国ができるほど、地球人口が急増しているって?!」

「その原因を作ったのは、ドイツだぁ？」

「わっはっはー」

「馬鹿者！　誰だ！　駄洒落《だじゃれ》を言ったのは？」

駄洒落を言って大声で嘲笑《あざわら》った情報に対し、集まっていた神々が一斉に立ちあがり拳を上げて抗議した。顔中に黒々と頬髭《ほおひげ》を生やした情報は、まなじりを吊りあげ声を荒立て怒鳴った。

「今、何て言った！　もう一度、言ってみろ！」

「許せない！　そんな駄洒落を言ったのは誰だ？　ドイツだ！」

轟々《ごうごう》たる非難そしてまた駄洒落への反論と、純白の美しい神殿の会議場は、混乱の極みを呈していた。ブルーサファイアのような美しい目と長い睫毛をした女神が、議長席へ女王様のように悠然《ゆうぜん》と現れ、両手を広げて騒ぎを鎮めると、

「静かに！　この神聖で大切な会議場で、喧嘩をしたり冗談を言っている場合ではないでしょう！　地球上では情報の大原則である多様化の掟を破り、人類情報だけが爆発的に増え、地球温暖化も進み、絶命危惧種の数多くの生物情報たちが、滅亡の危機に瀕している！」

美しく気品ある女王のような女神も、怒りに満ちた震える激しい口調で、叩きつけるように言った。

「人類の繁殖行動を、規制しなければ駄目だわ」

「もっと民族紛争を頻発させ、人間同士殺戮《さつりく》させればよい」

「いや、そんな程度の人口削減策では駄目だ。地球全体規模の戦争、人類が壊滅する第三次世界大戦を引き起こさせねば、駄目だ！」

「ならば原子爆弾や水素爆弾を使った戦争を、独裁国に勧めればよい」

「駄目よ！　そんな戦争をはじめさせたら、地球上は放射能で汚染され、人類は死滅しても、数多くの生物情報たちまで絶滅してしまうわ」

「地球を人類だけのものだと勘違いして、我が物顔で食い荒らしている人類を滅亡させるためには仕方がない」

「この広い宇宙の中でも、多様化した情報たちが、可憐な花や美しい小鳥、可愛い犬や猫となって謳歌している惑星を、放射能で全滅させるのはもったいないわ」

「放射能に耐性のある情報だけは、海底深く、地中の奥深く生き残るよ」

「いやいや人類の天敵が少ないためだ！　もっと人類減少に対してだけ有効な、人類だけに感染力の高い新型コロナウイルスや変異株など、より感染力や殺傷能力の強い病原菌や新型癌などを開発し、今開発されたワクチンなどでは効果がないほど耐薬性を強化し、人類に標的を絞って、人口を激減させないとダメだ！」

リーダー格の角張った顔の情報が、長い髭をビンと跳ね上げ雷のような激しい剣幕で、ハンマーを打ち下したような怒鳴り声を叩きつけると、ざわついていた会場は静まりかえった。憮然《ぶぜん》とした面持ちの髭面の情報に向かって、

「人類抹殺だけに効果があり、効果的な薬品が開発不可能な伝染力の強い新種コロナウイルスや、転移力が強く全身を蝕《むしば》み、手術もできない新型癌も開発し、地球の人口を激減させよう！」

指導的立場にある純白の髭を蓄えた神の情報が、高い場所にある席から座ったまま、まるで保護者が我が子を見つめるような、慈愛のこもったまなざしでキッパリと断言した。

「アフリカ大陸では、人類の生殖活動を利用して、エイズを蔓延させることに成功し、五人に一人はエイズ患者にした素晴らしい実績が報告されている。蔓延《まんえん》しやすい致死率の高いエイズを至急開発できないか？」

「変異しやすいA型インフルエンザウイルスを鳥の間で感染を繰り返えさせ、鳥から人へ、人から人へと感染を起こすタイプに変異させれば、簡単に人間どもが免疫を持てない新型ウイルスが作れます」

「中国の武漢で発生させた新型コロナウイルスは伝染力が強く、全世界にばら撒かれつつあり、肺炎による死者も多数出ています」

「それは良い案だ！　新型コロナウイルス毒素力・殺戮《さつりく》強化の研究開発で、より強力な死亡率の高い変異コロナ株を開発して下さい！」

この新春記念創作テレビ映画『創造的ＩＴ成果発表会《第一部》』を黙って見ていた真情の心情は、大型テレビに向かって吠えた。

「このＩＴ映画はヒドイ！　あまりにもひどい映画だ！　病気に苦しむ新型コロナ感染患者のことを、何だと思っているのか！」

と怒鳴ると、すかさず横にいた真情の情悪はニタリと笑って言った。

「これは、人類が滅亡しないための人口抑制策のひとつだよ」

さらに、情悪の意見を聞いた真情の情善と情悪そして日和見情報は、喧々諤々《けんけんがくがく》と怒鳴りあうような論議を始めた。

しかしテレビ映画『創造的ＩＴ成果発表会《第一部》』は続いていく。

「エボラ出血熱やエボラウイルス病が地球上では致死率が高いと大騒ぎしている。幸いなことに、まだ有効な治療薬や治療方法が、人間どもには開発できていない」

「エボラウイルス病などの感染ルートに対する各国の水際防衛作戦を突破する必要があります」

「大気汚染や海洋汚染、渡り鳥類や回遊魚類、季節移動昆虫類などを利用して、感染ルートが阻止できない多様な新汚染ルートの開拓は、できないのか？」

「感染ルートの多様化研究も開始しよう」

「地球各国で難病指定があり、日本にも百三十種類の国指定難病がある。人間共が手を焼いている、これらの難病の感染力をもっと向上させ、致死率を強化できないか？」

「難病を増やし、致死率を高めることも研究課題としよう」

「アフリカには、平均寿命が四十歳という国もあるのに、先進国では健康寿命を伸ばそうという不埒《ふらち》な取り組みをしている連中もいる」

「日本のように急速に人口が減少して高齢化が進展している国もある。欧米諸国などの先進国も人口は減少傾向だ。老齢化・高齢化すれば、人類は弱体化する」

しかし顔から髭が生えているのか、髭の中に顔が同居しているのか判らない様相をした神々は、まだテレビ映画の中で論議を続けていた。

「やはり人類が我が物顔で地球にのさばっているのが問題だ。あまりにも地球が人間どもに独占されてしまった。この基本的設計ミスが地球上の情報たちの悲劇だ」

「人類の繁殖力を弱体化するには、ともかく晩婚の風潮にして女性の卵子情報を劣化させ、男性の精子情報たちの機能低下を図る必要がある！」

「しかしその精子情報たちは、男性の体内で再生産されているぞ」

「いや、女性の体内では、わずか数日しか生存できない」

「だが精子情報たちは、いつも女体山に登りたいと思っている」

「最近日本では、優柔不断《ゆうじゅうふだん》で精子濃度が希薄な草食男子といわれる弱々しい男性が増えている。結婚は…、合体は…、明日にしようと言って、先延ばしばかりする意志薄弱な精子情報が増えつつある」

「それは、とても良い傾向だ！　もっと軟弱化させられないか？」

「精子の数が減少している冴えない精子情報たちには、卵子情報たちも魅力を感じないはずだ。おそらく永遠に、生殖活動のリスクを冒《おか》して女体山登りに挑戦しないでしょう」

「それも良い傾向だ。より一層軟弱精子情報たちを増やせれば、『明日は、明日こそは』と言い続けて結婚もせず、女性の卵子情報たちも愛想尽き、精子情報たちの民族は亡びるだろう」

「この〝明日〟と言い続ける軟弱精子情報たちに、情報が生きられるのは、今しかないことを、決して教えるな！」

「それは妙案だ。ウイルス開発コストも削減できて、大変好都合だ」

「こういう精子情報には、明日という日は永遠に来ない。明日になれは、それは今日なのだから…ね」

「そのうち精子情報たちの寿命がきて、墓場に入り込むその日まで、明日こそはと言い続ける自信喪失型《じしんそうしつがた》が多くなる方法を考えよう」

「そういった自信喪失型や軟弱型希薄《なんじゃくがたきはく》精子情報たちを、さらに積極的に育成して拡大し、該当する民族を消滅させ、もっと地球人口を抑制しなきゃ！」


真情の心情たちは、スヤスヤ眠る情操の横で、『創造的ＩＴ成果発表会《第一部》』を、我が意を得たりと見ている情悪側と、言いようのない腹だたしさとムカムカする不愉快な気分になった情善側とに分かれて見ていた。テレビ番組の映画とはいえ、創造主たる神々の人類に対する高慢な姿勢や視線、頭越なしの発言に屈辱感さえ覚えていた。我慢していた怒りが爆発寸前まできた情善、会話内容が面白くて仕方がない情悪、何の考えも意見もなくテレビを見続ける日和見情報が、三者三様の立場でテレビを見ていた。ようやく情操が目覚めてきた。

「うっふ～ん」

これを見て真情の情善は静かに言った。

「さあ、いつまでも原因など追求することに時間を割《さ》いていないで、限られた宇宙船地球号の人類情報の明るい将来を考えてみようよ」

「あらゆる生物の種たちと共存共栄できる、新しい価値観だね」

「環境に優しい人類のあるべきあり方よ」

「そうだよ。こうした新ビジョンのあるべきあり方を、二十一世紀には確立させるべきではないか？」

「人類だけの勝手なビジョンではダメだわ」

「地球上のすべての生物が情報の運搬屋なのだから、情報運搬屋に共通な情報の新しい姿と絵を描くべきだね」

心地よい眠りから目覚めた新妻情操の心情は、真情の顔とテレビを見詰めながら最後にポツンと言った。

「人類も生物の中の情報の運び屋であることを悟り、人類自身が気づき納得して、人類自らが再生する道を示すべきよ」

真情と新妻の情操は、大型ブラウン管テレビ画面の前で仲良く肩を抱き合うと、天国の神々の『創造的ＩＴ成果発表会《第二部》』という、何やら難しそうな看板が出ている大会議場の映像が、テレビ画面から二人の目に飛び込んできた。


青空が広がる秋晴れの天国では、円形コロシアムの大会議場に、偉そうに髭《ひげ》を生やした白髪の長老たちが大勢集まり階段椅子に座っている。その神々の前のステージ上で、創造的ＩＴによる天地創造時代の名作・逸品・傑作が次々と発表されていく。そしてこれら作品の審査結果を発表する場面となった。審査委員長である長老神は、ボサボサに伸ばした髭をなぜながら威厳のある声で言った。

「我々が天地創造した中で、遺伝子情報などで創り上げた最も美しい組み立て『ＩＴ製品』は、人類の〝女性〟であるとの意見が圧倒的であるが、最終弁論として、審査委員の神々のご意見があれば聞かせて下さい」

建築専門の若い男性審査委員の神が、一番後ろの席から挙手した。指名されるとすぐ立ち上がり意見を述べはじめた。

「誠に人類の女性は、組み立て製品としての完成度が高く美しく、我々の作った遺伝子工学分野のＩＴ製品で、最高の傑作だと思います。しかしひとつだけ構造的に欠点があります」

と大声を張り上げた。すると、これまでザワザワしていた会議場は一瞬にしてシンと静まり返り、全員が後ろの席を振り返って建築専門の若手審査委員を見た。審査委員長の長老神は、会場の末席に立っている若き神を眺めて、

「その構造的欠陥とは、一体何ですか？」

と、少し気色ばんだ顔色になって詰問した。新婚ホヤホヤの若き神は、横にいる新妻の神の顔を見ながら答えた。

「人類の女性には、男性用迎賓門の正門とも言うべき上下に、大小便用のトイレへ通じる横門が二つあるのは、設計的には好ましくない構造的な製品欠陥だと思います。大切な男性のお客様が中央正面の正門から出入りされるのに、その上下に大小便用のトイレ門が併設されており、出入口が近すぎるのが問題です。したがって人類の女性は、美しい組み立てＩＴ作品ではありますが、これが重大な設計ミスと思えるのですが、如何でしょうか？」

これを聞いた長老の神は、厳かに申された。

「男性のお客様がお入りになる男性客専用の迎賓門《げいひんもん》の上下に、大小便用のトイレの門が二つとも併設配置されているのは、男女の愛の交歓やセックスに大変利便性の高い設計です。つまりこの設計コンセプトは〝便利〟です」

と厳粛な顔で答えた。これを聞いたコロシアム大会議場の神々は立ち上がり、万雷の拍手の嵐となり、しばらく拍手が鳴りやまなかった。ここに遺伝子工学分野のＩＴ史上初めて、〝便利〟という言葉が使われ、情報表現のひとつに加えられた。そして人間社会でも使用してもよいと、テレビ放映『創造的ＩＴ成果発表会《第二部》』の席で公認された。こうした天地創造ＩＴ製品コンテストの最も栄えある最優秀作品には、結局人類の女性が満場一致で採択された。

そして休憩時間に入ると、神々は口角泡を飛ばして議論し始めた。「最近の人間たちは、便利、便利と言って利便性ばかり求め過ぎる。人間たちは、移動に便利な自動車などでエネルギーを浪費しながら、地球環境をますます破壊し尽くしている」

「そうだな。今後は利便性より、地球環境にウェイトを置いた採択基準に変えないと、このままではまずいぞ！」

「そうだそうだ。これまで情報たちは、進化や学習によって環境に適応して生きてきたのだ」

「本当だ。最近の人間たち、とくに情悪連中は、地球上で尊大な生物になりあがっている。他の生物情報を絶滅させ、人類情報中心にしか考えていないヤツらが多い」

会場はザワついたまま、休憩時間終了となった。

『創造的ＩＴ成果発表会《第二部》』が再開されると、森に囲まれた円形コロシアムの大会議場で、引き続き第二部の『ＩＴ部品』のコンテストが開始された。創造性で最も優れたＩＴ部品は何かについて、昼食をはさんで神々の間で延々と激論が続く。最優秀ＩＴ部品の推薦発表時間が迫る中で、審査委員長の長老神は、会場の神々に最後の質問をした。

「我々が天地創造した数多くのＩＴ部品の中で、最もすばらしい傑作は男根《だんこん》であるとの意見が、今のところ約半数以上を占めておりますが、反対の審査委員のご意見もあるようです。反対の神々のご質問と、ご意見をお聞かせ下さい」

長老神は重々しい声で厳かに言われた。

「反対質問があります！」

前回質問した建築専門の神の新妻は、新夫の横の席から挙手して立ち上がった。

「ＩＴ部品の傑作候補である男根の基本設計では、女性訪問用の大切な精子という手土産を持参する道が、小便用トイレへの道と共用になっていて、何かと問題だと思います。つまり男根の尿道は、尿だけでなく精液との共通通路になっています。これは、設計ミスか、製作時の手抜き工事ではないでしょうか？」

「……」

「かく申しますのは、男根が、海綿体組織の充血によって膨張し、硬化した勃起状態では、共用通路のため小用が使用不可能になります」

「この設計ミスまたは手抜き工事問題の指摘について、ＩＴ部品設計担当の神の説明を求めます」

と長老神は、会場に並んだ神々を振り返って申された。すると男根ＩＴ部品の設計担当の神が、コンテスト出品者の席から、憮然《ぶぜん》とした顔でモッソリと立ち上がって答えた。

「通常は…、排尿活動に支障がないよう柔構造でして、女性を訪問する必要時には、海綿体組織の充血で剛構造になるのです。硬軟両用のすぐれものであることは、皆さんにはすでにご経験済みで、ご理解の上で、十分ご活用されていることと思います」

会場全体に同感だという静かな沈黙が拡がった。

「……」

「今、ご質問のあった点ですが、特に射精時に尿意をもよおしても小便ができないようにするため、設計コンセプトは〝不便〟になっております」

「……」

「つまり精子情報の最優先通路として使用している期間は、小便進入禁止マークの〝不便〟という印が掲示され、小便の利用は一時禁止の状態で、膀胱《ぼうこう》口プールで待機させる設計となっています」

「したがって、射精中に小便が混入することがないように、セフティガード付きの〝不便〟設計になっているのです」

「また射精後に共用通路に付着し残った精液は、小便によってきれいに流されるという、水洗洗浄機能付ＩＴ部品が内部に組み込まれている大変精巧な部品、それが男根なのです」

男根ＩＴ部品の設計担当の神は、自信満々の顔で胸をドンと叩いて自席に座わった。会議場にいる男性の神々の席から、思わず大きな拍手が湧き起こった。そして『創造的ＩＴ成果発表会《第二部》』最優秀ＩＴ部品には、圧倒的多数で男根が選ばれた。またここで、遺伝子工学分野のＩＴ史上初めて〝不便〟という言葉が使われ、便利という言葉とともに、この〝不便〟も情報表現のひとつとして普及することが認知された。そして〝便利〟を楽しむだけでなく、この〝不便〟も楽しむことが、神々の世界で流行していく。表彰式で花吹雪が舞う中、神々の全員が拍手しながら立ち上がり、男根の彫刻像が御神体として映し出され、新春テレビ記念映画の『創造的ＩＴ成果発表会《第二部》』は、ここでビデオ放映終了となった。

真情はテレビを消して時計を見た。時計の針は午前三時二十五分を指していた。新妻の情操の顔を覗き込むと、満ち足りたしっとり潤った寝顔で、いつの間にかスヤスヤと眠っていた。真情の心情たちは、テレビ番組に刺激されたらしく、まだ興奮気味で落ち着かない様子だ。

しかし新春記念創作テレビ映画『創造的ＩＴ成果発表会《第三部》』の『破局への道程《どうてい》』では、情報などの文化には眼もくれず、相変わらず、物質やエネルギーの争奪と文明競争に明け暮れる愚かな数多くの人類たちが、限られた宇宙船地球号の環境を、喰い散らかし破壊尽くして、その結果、行き場を失った厖大な数の人類たちが、その先は断崖絶壁の深い奈落《ならく》の海に繋がる破局への道程《みちのり》を、ゾロゾロと歩みはじめ、その行列の人々が次々と膨れ上がり、前が見えない後の人々から、前にいる人々がどんどん押し出されて、その先頭の人々が断崖絶壁から次々と奈落の海へと落ちてゆく、こうした様子を描いた第三部映像は、今回は新春テレビ放映のため全面カットされたことに、真情も情操も気づいていなかった……。

四．情報と情報が出会うとき

冬木立《ふゆこだち》が強風にあおられて木の葉時雨《しぐれ》となり、切れ目なく舞い散る。冬が深まり落葉樹が葉を落とし尽した寒林の情報の路は、枯れ木、枯れ枝、枯葉一色に敷き詰められた蕭条《しょうじょう》たる姿になる。膣口から膣、外子宮口から子宮までの産道一面には、これまで挑戦して息絶えた精子情報たちの屍《しかばね》が、この枯れ木、枯れ枝、枯葉のごとく、累々と敷き詰められていた。

しかし情報の運び屋である勇猛な精子情報たちは、仲間の屍を飛び越え乗り越えながら、躊躇《ちゅうちょ》することなく子宮内で右へ左へと別れ、それぞれの卵管街道へ飛び込んでいく。分岐点で怒鳴っている情善情報がいた。

「おおい！　ここは、俺たち精子情報の人生において、生死の分岐地点だぞ〜！」

「気をつけろ！　この二つの道の先は、ひとつは目指す卵子情報がいる可能性のある卵管街道の理想郷へ、他のひとつは誰もいない墓場へ通じている卵管街道だ！」

この声を聞いた精子情報の中には、子宮頸管《しきゅうけいかん》や卵管の休憩所で待機し、休憩しながら様子を眺め、飛び込むタイミングを待つものもいた。卵巣から放出された卵子情報がいない、空洞の卵管街道へ進んでしまった精子情報には、もはや戻る余裕も、そこで生き残れる可能性も皆無である。つまり時間切れという名前がついた片道切符の悲劇の墓場が、そこに待ち受けているのだ。この空洞の卵管街道へ突き進んでしまった精子情報に、挫折《ざせつ》と落胆《らくたん》が踵《きびす》を返すように襲いかかる。腰をがっくりと落とした精子情報たちは、打ちひしがれてジッと眼を落とし大きな溜息を吐く。

「すべての情報の運搬屋が目指すところは、それは情報の伝達と死である」

くやしさに満ちた悲痛な顔が、挫折した精子情報の無念さを表現していた。しかし死を覚悟した精子情報は、精一杯生き抜いた情生を想起すると、満ち足りた笑顔となり、

「すべての生命ある情報が目指すところ、それは新たな情報の誕生を夢見て、精一杯生きることだ」

「精一杯生き抜くプロセスこそ、情生のすべてだ」

運良く卵巣から放出された卵子情報の待つ卵管街道を突き進むことができた精子情報たちも、全精力と全エネルギーを使い果たし、疲労困憊《ひろうこんぱい》の極みの状況だった。満身創痍《まんしんそうい》の精子情報たちだが、射精されてから五〜六時間を経過すると、当初には無かった受精能力の向上が図られ、今は強靭《きょうじん》な受精能力を、その小さな身体に装着している。これまでの峻烈《しゅんれつ》な生き残りの競争をくぐり抜け、受精能力を高めながらここまで辿り着いた精悍《せいかん》な面構えをした精子情報たちだ。

「いよいよ最後の力を振り絞り、卵子情報の周囲にある放射状冠《ほうしゃじょうかん》を通って、透明膜のバリアーを突き破らなければ、ゴールの卵子情報に出会い、そして受精することはできない」

興味深いことに、精子情報の受精能力は卵子情報の受卵能力よりも長く維持され、射精後四十八時間と言われている。そして、ここまで辿り着けたエリート精子情報は、四十八時間で受精能力がゼロになるわけではない。この四十八時間を過ぎると徐々に受精能力は低下し、精子の活力が落ちて劣化していくが、エリート精子情報にはまだまだチャンスは残されている。

「情報たちの生涯設計は、つくられ与えられるものではなく、自分自身で身に付け強化するものだ」

「そこには必然や運命などという言葉は、影や姿もない」

次々と到着してくるライバルの精子情報たち。しかし、この最後の関門である透明膜のバリアーを突破し卵子情報と結合できるのは、つまり受精できるチャンスを得るのは、原則としてたった一個の精子情報だけだ。

「先着順、御一人様限りだ！」

こう叫ぶと、最初に卵子情報に到達したエリート精子情報は最後の関門に挑む。男性の一回の射精で一〜二億個もの精子情報たちが膣内にほとばしるが、この中で強運な一個の精子情報だけが、その情報を残すことが可能なのだ。しかし可能性があるだけで、保証という文字は書かれていない。

暗闇の広がる二つの洞窟前の分岐地点では、どちらに進むべきかをいまだに佇《たたず》み悩みながら、深刻な目で通り過ぎる仲間の様子を窺《うかが》ったり、横にいる精子情報に相談している日和見情報たちや、なりすまし情報たちの姿があった。

「情報たちの生涯とは、情報と情報の出会いがすべてさ」

「だから、その出会いの招待を受けるか拒否するかが、問題だ」

「でも出会いというものは、二度と同じ繰り返しはないわ」

「そして初恋のように、恋することによって失うものは何もないよ。しかも恋することを怖がっていたら、何も得られないね」

「掲げた目標を達成している精子情報と卵子情報、あるいは今の自分に満足している精子情報と卵子情報に、出会えることは滅多にないさ」

「ともかくどちらかに、御姫様がいると思うよ」

「ではどうすれば、御姫様の居場所は判るのだろう？」

「臭いだ」

「勘だよ」

「大勢が飛び込んでいく方さ」

「大勢が行く方へ進んでも無駄さ。競争が少ない方へ行くべきだ」

「精子情報と卵子情報の生涯を左右するような進むべき道の選択を、周囲にいろいろとあれこれ相談し、大多数の意見に委ねてよいのか？」

こうした議論をしながらジッと佇《たたず》んでいる精子情報には、最早《もはや》その未来はなかった。その未来には死が待っているだけだ。しかし真情の心情たちには、こうした精子情報と卵子情報たちの何か淋しく虚しい心の動きが、少しわかるような気がしていた。


「この精子情報と卵子情報の出会いである受精とは、すべての生命がはじまる重要な決定的瞬間だ」

「そして情報と情報の出会いによって意識が生まれ、ここに心が生まれる源がある」

「だが男女二人の情報にとって、その決定的瞬間というものは、自分たちの情報の子孫を未来に残せる可能性と権利があるだけで、その保証書も付いていない片道切符を、やっと手に入れただけだ」

「このとても小さな、しかしとても重要な片道切符が、受精だ」

「この片道切符こそが、過去から引き継いだ汗と涙の結晶である。遺伝子情報たちの足跡を、次の世代へ引き継げるとても大切な、そして戻ることはできない第一歩である」

「射精された精子情報、排卵された卵子情報、そこには戻れる路はなく、前進するだけの一方通行の情報の路だ」

「そして受精した情報には、もはや未来にしか生きる場所がない」

受精卵には、これまで存在したことのない新たな情報創造への路、その未来の夢に繋がる路へ突き進むしか、他に選択できる路はなかった。

この片道切符には、二組の染色体情報が二十三セット書かれている。その内の二十二セットの染色体情報は、運搬屋を作るための遺伝子情報である。また残り一セットの染色体情報は、男女の性を決定する遺伝子情報だ。

「私たちは、片方の翼しかもっていない情報という天使です。そして、お互いに抱き合って、合体することにより比翼《ひよく》の鳥となり、初めて新たな情報を生産できる身体になり、未来へ向かって羽ばたくことができるのです」

染色体として書かれた情報は、その姿を比翼の鳥に譬えて、さわやかな調べに乗せながら力強く声高らかに歌っていた。

「女性はＸＸの染色体情報であり、男性はＸＹの染色体情報を保有している」


卵子情報に出会う道程《みちのり》を道半ばにして諦め、残りわずかな生命に灯を点けながら、命ある限り議論をして生涯を終えようとしている精子情報たち。こうして卵子情報に廻り会えなかった億を超える精子情報の群れ。そのほとんどが女性の体内で行き場を失い、体力も気力も言葉も徐々に失って、残り二十四～四十八時間という生存限界時間の到来とともに次々と死滅し、膨大な無言の屍《しかばね》となって女性の体外へ排出されていく。

「情報は死に向かって生きるのではない。精一杯生きて、死の終着駅に到着するのだ」

「ほとんどの情報たちは、延命治療を施さずに、自然な最期を迎える自然死や平穏《へいおん》死で、その情生といわれる生涯を終える」

精子情報たちは、こうした運命と知っているのに、異常なほど満ち足りた顔と顔、顔、そして満足の微笑に満ちた笑顔が、あちらこちらに溢れていた。情善情報は語る。

「情報の種を残すには、自分が犠牲になっても種の誰かが生き残り、種全体が生き残るよう最善を尽くすことが大切だ」

「情報たちは、生きられるだけ生きるのではなく、生きなければならないものだけ生きていくのだ。これが情報多様性の真髄だ」

「だから残り少ない人生つまり情生を、より良く生きることが大切さ」

「生きる必要のない情報たちは、みずからの死をもって生き抜く仲間たちを守る」

「これこそが、神から厳命された情報運搬屋の極意《ごくい》だ」

しかし、黙って聞いていた情悪は憤怒で顔が真っ赤になり、たまらず怒鳴り、噛みついた。

「情報は自分だけでも生き残ろうと、もがき抗《あらが》うから多様性を維持できるのだ！」

「必死に生き残ろうとするところに、情報が情報としての尊厳を保って死に臨める。そこに情報の尊厳という死神様がおられるのだ」

「我々の生まれ故郷の神様は、その尊厳の死神様と一緒に、情生の終焉《しゅうえん》の終着駅に立っている」


論議が尽きない精子情報たちは、散開体制をとって、卵子情報を探索し続ける。そしてついに、探し求めていた卵子情報を見つけると、精子情報は極めて素早く卵子情報の表面に群がり集まる。殺到した精子情報たちは、たった一個の卵子情報に向かって、われ先にと群がっていく。しかしこの数多い精子情報の中で、幸運にも最初に卵子情報バリヤーの殻を破った精子情報だけが、ここまでの苛酷な生存競争に打ち勝ち、その遺伝子情報を残せる権利を獲得できるのだ。憧れの卵子情報に劇的な出会いを果たし、そしてめでたく情報同士が合体できるのは、原則として先着順で、御一人様限りだ。


透明膜バリヤーのシャッターを閉じる大音響が鳴り響いた。

「ガラッガラッガラッ、ガッチャ〜ン」

バリヤーシャッターの大音響が子宮宮殿の中に轟きわたり、卵子情報透明膜バリヤーの殻に首まで突っ込んでいた精子情報は、鼻先からボロボロに擦《す》り切れた尾部の先まで、シャッター内へ転がり込むように取り込まれてしまった。精子情報が卵子情報に飲み込まれた後は、侵入点の卵子表面から透明な受精膜が持ち上がり、周囲に殺到していた精子情報たちの眼前でシャッターは閉じていく。そしてようやく、すべてが卵子細胞質内にとりこまれ、我に返った精子情報は、目的を達成した雄たけびを張り上げた。

「ウォー、いよいよ受精だ！」

「受精、大成功！　やったぞー！」

「精子と卵子の原形質膜の融合だ！」

「精子という運搬屋に運ばれてきた情報と、卵子の情報である原形質膜が、融合を開始したぞー‼」


受精、それは生命の誕生を意味する。

「次世代に情報を伝えられる唯一の細胞は、精子と卵子である」

その精子という運搬屋に身を委ねた精子情報。この精子情報にとって受精成功の報は、まるで月面軟着陸に成功したカプセル（精子）に乗った宇宙士（精子情報）が、月面（卵子情報）に第一歩を踏み出したような光景（受精）である。拍手快哉《はくしゅかいさい》。怒涛《どとう》のような心情たちの歓喜の叫び声と拍手がその場を揺るがし、喜びの声と拍手の音が入り混じって壁や天井に跳ね返る。

「ワァーン」

という響きになって部屋中に轟いた。初めて出会った卵子情報と精子情報の二人は、抱きあい握手し合い、そしてキスをしながら、

「やった！　やった！　やったわー！」

「万歳！　万歳！　万々歳！」

と飛び上って叫ぶほど素晴らしい画期的な出来事だ。満面の笑顔を浮かべた美しい卵子情報から、精子情報にソッ

と手渡された賀状筒《がじょうとう》に入った受精成功証明書を、精子情報はドキドキと高鳴りする胸の鼓動を押さえ、ブルブル震える手で恭《うやうや》しく額に押し頂いた。そして精子情報は、眼を真っ赤にして嬉し涙をポロポロ流しながら、筒から抜き出してリボンを外すと、恐る恐る受精成功証明書を開き、そして読んだ。

だが実は……、その受精成功と日付が書かれた証明書の最後には、冷酷極まりない文章が、いろいろな言語、日本語、英語、ロシア語、ドイツ語、フランス語、スペイン語、中国語、韓国語等々による遺伝子語で記載されていた。

「ヨクヤッタ。ジュセイノアカシニ、オマエノイノチモラッタ。セイシハ、センショクタイダケノコシ、スグニキエロ！　サ・ヨ・ナ・ラ」

そして取り扱い説明書、いわゆるトリセツには、

「ここに受精したことを認める。この受精成功証明書と取り扱い説明書を読んだ精子情報と卵子情報の二人は、ただちに核内の遺伝子情報が書かれた染色体を交合して、細胞分裂に入れ」

「ただし、この受精卵が細胞分裂しながら卵管を下り、子宮内膜に着床《ちゃくしょう》するまでは、妊娠とは認めない」

「なお、精子情報の核姿が消えて卵子情報の染色体の遺伝子情報と混ざることが、受精成功の証となる。おめでとう！」

「しかし不要になった精子情報は邪魔だ。一刻も早く消え去るのだ！　さようなら！」

と書いてあった。

しかし周囲に殺到していた精子情報たちは、誰もこの苛酷な受精成功証明書と取り扱い説明書の文面を知らない。そのため精子情報たちは死に物狂いで、最後の関門である透明膜バリヤーの殻を破ろうと迫るが、精子情報たちは卵子情報の表面から締め出されてしまう。最初に透明膜バリヤーの壁を貫き抜け、受精成功証明書と取り扱い説明書を

手にした精子情報は、感極まってしばらく言葉を失った。

「受…精…、受精…」

すると…、すべてが卵子細胞質内に取り込まれたこの精子情報は、その核を消し、核の中にあった遺伝子情報が書き込まれた染色体を、卵子情報の染色体に混ぜ合わせ始めた。いよいよ新たな情報創生である。精子情報と卵子情報の全身を、強い恍惚《こうこつ》の歓喜の光が一瞬貫き、甘美と満足の感動が波打ち泡立ちながら、美しく瞬《また》き輝いた。卵子の室内で切れ飛んだボロボロの尾も、興奮でピクンピクンと痙攣《けいれん》したように飛び跳ねて歓喜の姿を見せ、悦びにシッポを震わせている。そして精子情報は、達成感に満ち溢れた至福《しふく》の笑《え》みを浮かべ、受精成功証明書と取り扱い説明書を枕にして静かに息絶え、永久に……動かなくなった。


このとき情操の運搬屋である体内の諸器官たちは、精子情報を受精したという快挙を聞いて、熱狂的な拍手や歓喜と歓呼《かんこ》の声が、女性身情の心底《しんそこ》から溢れ出ていた。心情の心を満たし、さらに溢れ出てくる強い歓喜の感情が、女体を仰《の》け反《ぞ》らせて震わすほど、あとからあとから怒涛のように襲っていく。そしてぽっちゃりと愛らしい乳首や、むっちり盛り上がった豊かな乳房の身情たちは、興奮の坩堝《るつぼ》と化していった。秘部の繁みの中で、ほんのり赤くなって硬直化した観音様や、白く美しい肌がピンク色に輝き、女体内の各種器官の情報たちは、大喜びで踊り狂い、身を打ち震わせながら隋喜《ずいき》の涙を流していた。しかし突然、

「うわ〜ん、やめて、やめて〜！」

「きゃー、やめてょ〜！」

「うぎゃ〜！！　だめ、だめ、だめよ！　だめ！」

火がついたように身を震わせた大きな悲鳴と、堰《せき》を切ったように泣き叫ぶ声が、卵巣の卵胞という部屋から聞こえてきた。長い黒髪を振り乱しながら大声で泣き喚《わめ》いているのは、来月そして再来月、そしてこれから十ケ月間あまり

の間に、毎月、卵胞から排卵される予定だった卵子情報たちの情悪が、大声を上げて泣き叫ぶ声だ。そう、彼女たち卵子情報は、出産までの最終生理開始日より十月十日の間、卵胞のシャッターが閉鎖されたため、排卵することもなく死を迎えることになった卵子情報たちだ。排卵されることなく死滅命令が出て、嘆き悲しむ悲痛な卵子情報の情悪たちの泣き声は、歓喜の声を上げて大騒ぎする受精の歓声と、飛び散る紙吹雪や祝砲の音にかき消されて、聞こえない。たとえ嘆き悲しむ情報たちに気づいても、女体全体の情報たちは誰一人として、振り向こうとも、耳を傾け慰めようともしない。

情報たちは詠う。

「情報の世界では、勝者の歴史しか残さない。
情報の世界では、勝者の歴史しか残せない。
情報の世界では、勝者の歴史しか残らない」
これが情報の路の厳しい掟《おきて》だ。

五．林住期は情報の収穫期

都会に自然を持ち込んだ公園でも、春が幕を開けようとしていた。晩冬の都市に根付いた情報が息吹《いぶ》く街中の公園では、人工的に持ち込まれて造られた気配も感じさせない草木や庭石の情報たちが、すでにしっかりとした小さな芽を育んでいた。それが確かな形となりふくらんでくると、早春は近い。公園に配された池でも、越冬した鴨・百合《ゆり》鴎《かもめ》・鳰《かいつぶり》、そして鴛鴦《おしどり》などの水鳥たちの情報が、北帰行へと旅立つ準備に忙しく賑やかだ。

この公園に面した静かなカフェで、真情は安くて美味いコーヒーを、一人気分良く飲んでいた。そこへ突然ドカドカゾロゾロと、ガングロ少女たちが足音情報高く乱暴に入ってきて、ドサドサッと騒々しく隣席に座り込んだかと思うと、機関銃のように辺り構わず喋り出した。

「えっ！　三十三歳！　ヘチョイ、オバンじゃん？」

「超ムカツクあのダサボン、四十五！」

「げ～ぇ、四十五歳！　ジジィじゃ～ん」

この会話を聞いた真情と情報たちは、唖然《あぜん》と口を半開きにして
「カッカッ」

と血が昇り、胃袋は怒りで
「グチュグチュ」

と煮えたぎる音を立てた。そしてガングロ少女たちを怒鳴り飛ばしてやろうと思った。


だがしかし…、立ち上がって怒鳴ることもできず、何も言わず下を向いて座ったままで、悔しく悲しそうに下唇を
「キュッ」

と噛むと、耳をダンボのように大きくした。激怒した真情の情悪たちは、無言で怒鳴り立てていた。

「おいおいコギャルたち、四十五歳でジジィなら、八十歳を超えた俺は、バケモノか？」

と怒鳴ろうとした。確かに真情の心情たちは激怒していた。しかし怒りが口外に飛び出すような心情たちの激怒とは違っていた。多くの心情たちは、コギャルたちの発言に激怒し、怒りに燃え狂っていたが、残りの心情たちには、癒《いや》しがたい寂しさと悲しさ、やりきれない虚《むな》しさが、空虚の塊《かたまり》となって襲ってきて、その灰色の霧の中へと誘っていく。そして、何ひとつとして言葉を発することなく、コギャルたちに嘲笑《ちょうしょう》された屈辱感に固く口を閉じ、できた

ことと言えば、コギャルたちを眼光鋭く睨みつけただけだ。しかしコギャルたちは全く気付かず、真情たちなど周囲の客を気にしないばかりか、全く無視して愉快そうに大声で談笑を続けている。

真情の情善たちは、情悪たちの怒りを抑えながら、

「冷静に、冷静になれ」

と説得し言い聞かせながら、コーヒーを啜《すす》っていた。

「一般的には、ゴギャルたちの会話のように、老いるということが不快な現象のように語られている」

「しかも老いとは、肉体的な年齢のことだけでなく、精神的な心の問題でもある」

「心身がいつも青春であれば、そこに老いはない。しかし自分で駄目だと思った瞬間から老いははじまる」

「おいおい、ところで一体このコギャルたちは、人生のクライマックスというものを、一度ぐらいは考えたことがあるだろうか？」

「いまの平均寿命は男性が八十二歳、女性が九十歳の時代、人生五十年といわれた時より長生きできるようになった。この山あり谷ありの人生にも収穫期や黄金期というものがある」

「人生の最初の四分の一は、若くて人生の使い道もわからないうちに、学業や文芸活動や運動などでアッという間に過ぎ去ってしまった」

「しかも最後の四分の一は、病気と折り合いをつけながら病と共存共栄して、有終《ゆうしゅう》の美を飾るべくフィナーレを楽しみながら過ぎ逝くことだろう」

「残りの期間の四分の二は、立派な社会人、良い母親、良き父親、すばらしい企業戦士とおだてられ、毎日睡眠不足、過酷な労働、さまざまな苦痛、そしていろいろな束縛《そくばく》があった。しかし、あらゆる種類の楽しみと自由と束縛が満ち溢れている中にどっぷり浸かって、それに費やされる時間がとても多かった」

「ともかく時間の前を、通り過ぎていく人生は短く、その情生はとても忙しいよ」

「本当に、時間の前、時計の前で右往左往した人生だった……わ」

「ところで、ここで注目すべきは、古代インドのバラモン教法典だ。この教えでは、人生を四つの時期の四住期《しじゅうき》に区切っている。

一、学生期《がくしょうき》…これは〝情学期〟
　師のもとで本集（讃歌、歌詞、祭詞）などを数多く学ぶ時期
　（〜二十四歳頃）
二、家住期《かじゅうき》…これは〝情家期〟
　職に就き、家庭にあっては子をもうけ、一家を取り纏める時期
　（二十五〜四十九歳頃）
三、林住期《りんじゅうき》…これは〝情林期〟
　まさに人生の収穫期であり、森林に隠住《いんじゅう》し修行する時期
　（五十〜七十四歳頃）
四、遊行期《ゆうぎょうき》…これは〝情遊期〟
　人生の黄金期、住所をもたず乞食遊行《こつじきゆうぎょう》する時期
　（七十五歳以降）だよ」

「素晴らしい！　素晴らしいバラモン教の四住期だ！」

「この林住期における修行と修業とは異なる意味で使われている。すなわち修行とは、バラモン教における精神鍛錬のことで、これまで家住期で求め続けた財産・名誉・性欲といった人間的欲望の相対的幸福から解放され、生きていること自体に満足する状態の絶対的幸福とすべく、人生の収穫期として追求する。そして森林などに隠住して、バ

ラモン教の教えにそって精神を鍊鍛《たんれん》する。これが林住期の修行だ」

「だから、世間的な学問や技芸などを学び習い修める〝修業〟と、バラモン教の〝修行〟とは明確な違いがある」

「これがバラモン教でいう四住期であり、情報における、情学期・情家期・情林期・情遊期の四情報期です」

「インドのバラモン教は、素晴らしい凄い宗教と教えですね⁉」

「仏教やバラモン教、そしてヒンズー教などを心の故郷にもつのがインドの情報たちだ」

「本当にインド人とは、凄い情報の運搬民族ね」

「ところで、最近の日本人は、どうなっているのだ！」

ガングロコギャルたちを睨みつけた情悪たちは、心情たちに向かって無言で怒鳴った。

「我が国で戦後の第一ベビーブームに生まれた団塊の世代が、建国以来の初体験として、しかも世界でも未だかつて前例もない、最大級のシニアグループとして登場しつつある」

「静かなカフェで、ガナリ合っているムカつくゴギャルたちよ。お前たちが青くなってビビルほど、大量のジジィやババァが林住期や遊行期へ向かって続々と歩み初めているのだぞ！」

「そうだよ、世界の奇跡と呼ばれた高度成長を体現《たいげん》したＹＭ（やる気満々）のバブラー（バブル）ジジィたちや、ヨユ～（余裕）のババァたちが、黙って引き下がる訳があるまい……」

この情悪の言葉に、ようやくニッコリと笑う余裕を取り戻した真情の心情たちは、我に返って論調高く、しかしながら、それでもガングロ少女たちへ面と向かって話す気迫も勇気もなく、下を向いたままコギャルたちの心情へ黙って話しかける。

「だからいいかい、コギャルたちもよく聞きなさい。君たちも含めて人はみな生きるために働いている。でもよく考えてみれば、生きることが目的であって、働くことは手段であるべきだ。だが敗戦後、焦土化した日本を再建するため、貧しかった我々日本人は働くことが目的となっていた。そして汗水たらして働いた結果、世界第二位の経済大国を造り上げたが、『より良く生きよう』という大切な目的を忘れていた。我々シニア世代は、こうして家住期で汗を流しながら、家庭をつくり子供を育て上げた。残りは林住期と遊行期だ。だからせめて…身体的には健康でお金の余裕も少しある林住期は、自分の好きなことを何かやって、この一回限りの生涯を終えたい」

しかし、心情は情善たちに自問した。

「ところで、自分の人生で本当にやりたかったことは一体何だったのだろうか？」

「だからバラモン教では、これを改めて、情報たちが自問自答する時期を林住期としたのだ」

「これまでの家住期では、生活と仕事に追われ、あまりの忙しさに考える余裕もなかった」

「だから人生の収穫期である林住期にさしかかった我々シニアたちは、自分の一回しかない人生で、最も大切なものを真剣に考え探しながら、生活の足しにならないようなことを楽しみながら、情報運搬屋として心の時を過ごすのも悪くはないだろう…」

この情善たちの意見を聞いた情悪や日和見情報たちは、コギャルたちへの憎悪に満ちた表情や、若さへの嫉妬《しっと》と羨望《せんぼう》が混じった腹立たしさの表情から、一挙に余裕とゆとりの微笑みがはじける笑顔となった。真情の表情は、これまでとは別人のような新たな歓びの笑みで光り輝き始めた。

「そうだよ。バラモン教の林住期は情林期ともいうべきときで、人生の中で自分の時間を取りもどす季節だ。この林住期つまり情林期は、情報の運搬屋としての人生における収穫期たる黄金に輝く季節でもある。これまで蓄えてきた体力、気力、経験、人脈など、自分が磨いてきた財産を土台にして、その人生を大きく開花させ結実させる情報の収穫期、つまり心の黄金期とすべきだ」

「家住期までの人生の体験つまり情家期までは、若々しく甘く魅力的で夢多く、しかし辛くひもじく苦しいこと、そうしたことの連続だったかもしれない」

「しかし情報の運搬屋の人生つまり情生というものは、決して苦しむために生きることではない。林住期つまり情林期は、ちょうど天気の良い日に高原をゆったりと歩いてゆくように、生まれ故郷から、無のゆらぎから生まれた情報の故郷へと、爽《さわ》やかな時という名の風に運ばれて、たおやかに穏《おだ》やかに歩んでゆくものだ」

六．情報の歴史絵巻物語

新しい年の初めは、見るものすべてがめでたく改まって感じられる。しかしまだ寒明けにはほど遠い時季である。廊下の窓には、結露した雫の一部が凍てつく寒さで凍りつき、トイレに行くため暖房した寝室から廊下に出ると、そこで待機していた寒気が、

「待ってました」

とばかり寝室へ飛び込んできて、冷気が全身にまとわりつくように襲ってくる。

情報担当アナウンサーが、記録ビデオの放送担当を命じられた。もう一人、生放送担当アナウンサーも、細胞たちの劇的なドラマの説明役に任命された。二人にとって初めての大役だったが、その大役を果たすべく、発令されたその日から膨大な関連資料を読みふけり、地道な事前練習を何度も繰り返していく。二人ともこの貴重な生放送担当とビデオ記録の仕事ができる喜びを隠しきれず、事前勉強した知識に輝く笑顔を上乗せして、放送用台本を片手に本番に備えていた。

いよいよ世界で初めての情報の歴史絵巻物語の生放送、その記録ビデオ製作の本番が開始された。子宮にめでたく無事着床して妊娠に成功した桑実胚《そうじつはい》情報たちは、組み込まれているドミノ式全自動プログラムの指示に従って、胚の

表面を被う細胞層の一部を内側に陥没させ始めた。そして大切な神経管造りの取り組みを、正確に一つひとつ着実に開始していく。若く美しい瞳をもった情報担当アナウンサーは、自動プログラムによる画期的な変貌《へんぼう》と、その猛烈な速さに、大きな瞳をさらに大きく見開きながら驚嘆の声を上げ眺めている。そして興奮のあまり喉がカラカラに渇き、かすれ声になったが、書かれた記録ビデオ用原稿を必死になって読み上げる。

「この神経管は、その後ES細胞などの幹細胞《かんさいぼう》から、神経細胞をはじめとするさまざまな細胞を創り、情報たちのねぐらやスーパーハイウェイとなる脳や脊髄《せきずい》などの中枢神経系を創ります」

もう一人の説明役の生放送担当アナウンサーは、無精髭《ぶしょうひげ》に覆われた喉の皮膚が薄暗がりの中でヒクヒク動き、乾いた口元の周りに白い泡をつけながら、眼前に繰り広げられるドラマチックな展開に遅れまいと、機関銃のように早口で原稿を読み上げ、生放送を続ける。

「このすぐれものである幹細胞たちは、ご覧のとおり背筋がピシッと通ったスマートなイケメンボーイです。女性たちも美人でグラマーぞろいのエリート中のエリートの細胞たちです」

「幹細胞は、自らコピーを創って増殖すると同時に、多様な細胞を生み出す機能と能力を保有しており、いま、私の眼の前で、そのすばらしい能力を如何《いかん》なく発揮しています」

原稿が一段落するところにくると、自慢げに無精髭を左手で撫でながら、背筋をビシッと伸ばし誇らしげに周囲を見渡した。

情報担当アナウンサーも、説明役の生放送担当アナウンサーも、この歴史的な情報絵巻物語のビデオ放映を担当する喜びを隠しきれない。

「このダイナミックでドラマチックなアクション、まず心臓という臓器から、そして臓器を一つひとつ創りはじめる絶妙なコミュニケーション、こうした調和と連携のとれた数々の細胞たちが、ここにいます」

「そうです！　進化過程の記録制御プログラムに従って、情報たちが歴史を語る感動的な絵巻物を、いま眼の前で展開しているのです！」

この情報担当アナウンサー役に抜擢《ばってき》された笑顔美人の情報も、その純白の肌から素敵な人柄が透けて見えるような情報だが、とても素直な頑張り屋で、徹底的な事前準備をしていた。今は、手渡された説明資料と放送用マニュアルを片手に、

「その一糸乱れぬ情報たちの進化による計画された振る舞いと、記録による計算されつくした仕組み造りが、女体というとても高度で複雑な身体も、ドミノ式全自動プログラムどおり…しかも寸分のタイミングの狂いもなく…、膨大な手順の取り違いもなく…、順序どおりに進行して造り上げていく！　とても素晴らしい！」

眼前で繰り広げられる精緻《せいち》な仕組みに感動した笑顔美人情報は、多様な細胞が次々と生み出されるあまりにも凄い出来事に、感極まってハラハラと涙を頰《ほほ》にこぼし、その涙のしずくが天井から吊り下げられたスポットライトの光を受け、頰の上で白銀色に輝いている。

「素晴らしい出来事だわ！　本当に素晴らしい！　素晴らしい！　本当に素晴らしい出来事だわね！」

嬉しさが感動に重なって歓喜の涙となり、放送用原稿には用意されていない言葉を繰り返しながら、感激した気持ちをそのまま素直に吐露《とろ》し、涙が頰を止め処《とど》もなく流れていた。

「ねぇ！　見て、見て！　心臓から肝臓、脾臓《ひぞう》、膵臓《すいぞう》と、新しい臓器の機能や形状の原形が整然と形づくられていくわよ…」

「新たな運搬屋の体と運搬屋の情報たちのネットワーク網を、情報たちは進化の過程に従って、最終生理開始日から十月十日間、ただ黙々と創りあげていくのね！」

「この拍動し始めた小さな心臓……。この心臓を細胞たちが、入れ替わり立ち替わりながら、その人生の終着駅ま

で動かし続けていくのか…」

無精髭の生放送担当アナウンサーの情報も、興奮を鎮《しず》めようと大きく息を吸った。情報担当アナウンサーの情報たちも、ゴクッと嬉しさを呑み込み、ソッと横から言葉を添えた。

「見てよ…、ほら身体の背中やお腹、身体の前後左右の軸をつくる仕組みが決定され、さらにそれらの体軸情報をもとにして、各細胞の運命が次々と決定されてゆくわ」

横に広がった茶釜のような顔の広い情報が、

「どうして…、こうした発生過程をたどるの？」

と真顔で聞くと、すかさず横のでっぷりとした恵比寿《えびす》顔の情報が、

「どうしてこうした細胞たちの運命が決定され、どうして運搬屋の体の基本構造がつくられていくの？」

と繰り返し同じ質問を、心も体も踊るようなワクワクした感情を抑えながら小さく呟《つぶや》いた。感動に突き上げられるような嬉しさと、この絵巻物が完成するまでには、数多くの情報たちが死滅していった悲しみの惜別《せきべつ》の情と、新たな情報の誕生の喜びの情とが混じり合った旋律が、リズムとメロディのハーモニーを奏で、そこに居合わせた情報たちを覆い尽くしていく。心情たち、そして身情たち情報たち自身も、実はこれまで何も判らず知らなかった。ともかくあまりの凄さに感極まった不思議な気持ちで佇み、次々と目の前で繰り広げられていくドラマに眼を奪われたままだ。しかし大部分の情報たちは、眼前に広がる歴史絵巻物の大スペクタクルを、驚愕《きょうがく》と感動のあまり言葉も出ずに、ただ口をポカンと大きくあけて夢中で眺めているだけだ。

そこへドカドカと乱暴な足音がして、茶髪のモヒカン刈り、スキンヘッド、ウルフセット、さらにリーゼントなどの異様な髪型をカラフルな色で染め上げたロカビリー族、ハマトラ族、竹の子族、カラス族などの恰好をした若い情報たちが、ドヤドヤと入り込んできた。大勢の情報が静かに見守っているのをわざと無視して、

「こりゃすげ〜ぇ！　いろいろな器官の形成は、正しい順序で、正しい場所に、正しい細胞分化が発生しちょるぜよ」

「おらこぎゃんたまげたこたぁ、無かったぞ！」

「ほんまや！　ほんまにすんげえ…」

「限界オタク！」

「好ハオ！」

「マジでエモい」

「羽ばたいてるね」

訛《なま》った言葉が飛び交う。無精髭の説明役の生放送担当アナウンサーと、笑顔美人の情報担当アナウンサーたちは、機転を利かせて、放送用台本の言葉を変えて説明を始めた。

「それな、こりゃあ人類の進化の過程ちゅうもんや」

「すっげぇ高度で複雑なドミノ式全自動プログラムちゅうもんでな、寸分違わぬ時間と場所と、ものすご〜く複雑な組み立て過程を経て、てぇてぇ臓器一つひとつが出来上がってゆくんやぞ」

びっくり顔のロカビリー族などの恰好をした若い情報を、嬉しそうに眺めながら、

「周りの組織と緻密なコミュニケーションをとりながら、膨大な細胞や臓器が、順序も間違わずに、機能的に統合されてゆ〜くぜよ」

それはまさに、ものづくり歴史館の匠《たくみ》の究極絵巻物であった。

「ちょえ！　ほんまやね、見ちょると〜り、寸分の狂いもなく、作成順序やタイミングや場所をひとつとして間違わず、一つひとつ丁重に、かわちい臓器・器官の形成を進化させながら完成させちょるよ！」

素晴らしい感動が、周囲に大勢いる情報たちをガン無視していた若い茶髪情報ヤローたちの心を完全に圧倒し、支

配していく。

　こうなったら、もはや異論が入り込む隙間も時間もない。二人のアナウンサーの情報たちと、聴衆側の情報たちが感動を一緒にしながら、

「この壮大なスペクタクルという べき絵巻物語は、大自然の中の生物すべての情報たちが、いつも当たり前のように繰り広げている…のだよ」

「そうなの…ね。このような多様な細胞たちとその情報たちは、誰の命令でどのようにしてお互いを認識し、接着し合って臓器組織形成から神経回路形成まで、私たち運搬屋のような多細胞動物の複雑な新しい組織構造を創り上げていくのかしら?」

「そう…そうなのです。身情のいる運搬屋の身体は、膨大な数の細胞からできているのに、一つとして間違いなく創り上げます」

「人間では、どのぐらいの数の細胞なのかしら?」

「これまで一人の人間は六十兆個と言われていたのが、最近の学説では三十七兆二千億個の細胞から構成されていると言われている」

「えっ！　地球の人口の五千倍の細胞が、我々一人の体内に棲んでいるのですか?」

「そう、そうなのです。しかも、さらに驚くべきことは、その三十七兆二千億個もの細胞たちはお互いに調和し、自律的な組織とネットワークをつくり、各種の臓器をつくりあげ、運搬屋全体をシステマチックに動かしている」

「わぁうぉ！　ワォ！」

「げっ！　すんげぇ！」

「固まる…」

「チョベリバ、かんげ～る」

感動のあまり、言葉もなく静かにしていたアパッチスタイルの若情報たちが、再び雄たけびを上げる。

「そして情報たる遺伝子は、生き物を形づくり生命を維持するための設計図を描き、体内で一分一秒一刻も休むことなく、遺伝子情報は働き続けている……」

「そして十万種類以上の蛋白質《たんぱくしつ》を創り上げ、その組合せで人間の体を造り上げてゆく」

無言の感動と歓喜が、大きく見開いて眺める視線を、眼前で繰り広げられている大スペクタクル情報絵巻物語に釘付けにしていた。


しばらく無言という沈黙がその場を覆い尽くして、その感動の大きさと深さを表していた。そして散髪していないのか、ぼさぼさの髪が伸びてウェーブしている詩人風の情報が、飄々《ひょうひょう》とした風貌で謡うように話し始めた。

「私たちがいう情報の路と詩、その先にある情報の森とは、情報たちが共同で栽培し利用する葡萄《ぶどう》畑のようなものです」

大スペクタクルの情報絵巻物語に見とれていた情報たちは、我に返ったように一斉に詩人風の情報を振り返った。

「なんで葡萄畑なんだよぉ？」

突然、次元が異なる話をしたように聞こえた、モヒカン刈り頭で眉が太い怒り顔の情悪が、口を尖らせながら猜疑《さいぎ》心《しん》を露《あら》わにしてきつい眼差しで睨みつける。そんなことは全く意に介しない素振りの詩人風情報は、笑うと糸のように細くなる眼をさらに細くして、にこやかに奏でるように話を続ける。

「我々情報たちは、皆で一緒に栽培して、真夏の日照りや乾ききった季節、そして豪雨や台風などに遭遇しても、それでも生き残った葡萄の実を、今年も皆で共同収穫し、来年も皆でその種を蒔いて次世代の苗木を作り、共同の葡萄畑で収穫し続けます」

茶髪のリーゼント刈り頭で派手な服装をした若い情悪も吠えた。

「何で共同のブドウ畑で、なきゃならねぇんだ！」

そんな愚問は馬耳東風《ばじとうふう》とばかり、詩人情報はリーゼント刈りの情悪にクルッと背を見せると、質問を無視して情報の路と詩と、その森の生涯を語り続けた。

「男性と女性の異性による合体により、『子は親とは似て非なるもの』という諺《ことわざ》どおり、これまでの人類史上になかった全く新しい情報の種子が、ここに生まれつつあります。この事実は葡萄畑の葡萄の房の実でも同じで、受粉した一粒ひと粒の花が、全く異なる葡萄の実を誕生させていきます」

ぼさぼさ頭で細面の詩人風情報はグルリと振り向くと、今度は細眼をカッと大きく見開き、人一倍気が強い性格を露わにして、鷲のように吊り上がった大きな眼を、ガンを飛ばしたモヒカン刈りとリーゼント刈りの情悪たちに向けた。

「受粉により全く新しい遺伝子情報を宿した葡萄の花は〝雑種強勢《ざっしゅきょうせい》とも呼ばれる新たな情報を宿した〟ことになります」

「葡萄畑で出会って結婚した両親情報よりも、病気に対する抵抗性、環境における適応性と生命力など、より優れた形質を保有する可能性と将来性も秘めた情報に成長すべく、葡萄の花と呼ばれる情報の運搬屋の母体内で、新たな運び屋の体造りが進められていきます」

「そうですわ。情報の運び屋の生涯というものは、過酷な環境を生き抜いて毎年収穫される葡萄畑のように、決して寂しいものではありませんわ。楽天的に気楽に考えるべきものですね」

「そうね。水不足や日照りにも耐えて生き残り、そこに新たに宿す情報たちは、その生命力も、日々進化していくものですから…」

清廉で質素な服装をした美しい情報が、諭《さと》すように静かに語る。

「そうよ。生物として情報の運び屋にゆだねた私たち情報は、いわば二回この世に生まれ、誕生しているのよ」

「その一回目の誕生日は、両親から授かった情報の運び屋の中に、身情と心情という情報として生まれたときだわ」

「二回目の誕生日は、運搬屋の中の情報たちが、異性との性的な営みにより、精子情報や卵子情報となって新たな情報と出会い合体し、新しい情報に生まれ変わるときだわ」

モヒカン刈りとリーゼント刈り頭の情悪たちの顔と眼が、いつの間にか仏様のような優しい顔になり、納得した自分を周囲の情報に知られたくないと、顔を伏せるようにして下を向いた。

貴重な生映像がそのまま放送され、ビデオ記録されている間にも、みごとなまでに上手に子宮の粘膜へ着床した胞胚情報は、卵子情報と精子情報の期待を小さなその一身に集めて、分割と成長を繰り返しながら、日に日に着実に成長していく。

「そして葡萄畑のように新たな命の核となった情報たちは、定められたプログラムの指示に従って、ただ黙々とさらに働き続けていきます」

清廉な美しい情報担当アナウンサーだが、誰もが納得してしまうような素晴らしい語りかけでビデオ記録に収めていく。詩人風の情報も少し物知り博士顔になってきて、目線を低く喋《しゃべ》っている。

「このように、親から子へ伝えられていく生物のさまざまな性質を形質といいます。そして、この形質をつくり上げるための設計図にあたるものを遺伝子といいますが、この一個の生物を作るのに必要な最小限の遺伝子セットをゲノムといいます」

メガネ顔の痩せたソクラテス風の情報が、口をはさんだ。

「父親から約三十億塩基対の一ゲノム、母親からも約三十億塩基対の一ゲノムを受け継ぎます」

「そのたった一個の受精卵が、分裂・増殖・細胞分化・組織化という過程を経て、三十七兆二千億個の細胞で構成する運搬屋の体と情報たちを創りあげていきます」

清廉で質素な服装をしたパッチリした大きな黒い瞳に親しみを込め、同調する声で美しい情報も語り続ける。

「そうなの。しかも驚くべきことは、細胞の分化は転写因子《てんしゃいんし》たちの協奏的働きによってきっちり制御されているのよ！」

「それはそれは…とても素晴らしく、絶妙で完璧な働きをしているね」

「そう…そうなのよ。そのあまりの凄さに驚嘆して言葉が出ない」

「転写因子たちの協奏的な働きが凄過ぎて、言葉が見つからない…」

「そうだぜ！　我々の視線が釘づけにされるほど、細胞の分化は、正確に間違いなくきっちりと制御されて、かつスケジュールどおりタイムリーに実施されていく！」

ようやく聞き手も語り手も、ロカビリー族やハマトラ族、竹の子族やカラス族などの恰好をした情報たちの差別や区分もなく、一大スペクタクルの劇的な情報絵巻物シーンに圧倒され、感動と同調の輪が、次々と拡がっていく。

「ところで体内にある細胞は、どれもみな同じＤＮＡ（デオキシリボ核酸）をもっています」

眉毛の太い大きな眸《ひとみ》から鋭い視線を放つ剛毅な顔の情報も、

「そうなのだ…、そうなのだぜ！　人間のＤＮＡは三百〜四百塩基に一つ程度の割合で、個人ごとに配列が異なる部分があるのさ！」

「その同じＤＮＡが、凄いことに、ある細胞は心臓に、ある細胞は血球に、そしてある細胞は筋肉細胞になる。これは凄い！　物凄いことですよ！」

「それは、個々の細胞で働いている細胞のプログラム、つまり分子ネットワークが存在するから…だ」

「こうした超大作のドラマが、妊娠したその日から十月十日間も、大スペクタクル情報絵巻物語として展開され、そしていよいよ出産というイベントまで続くのですね」

「これは凄い感銘の情報ドラマです！」

「そう、感極まるときめきの出来事です！　人間の赤ちゃんを構成する情報たちは、地球の生命誕生の瞬間から三十八億年の進化のドラマを、たった十月十日間という短期間で経験していく」

「換算すれば一億年分の情報の進化を、一週間程度のシナリオに圧縮し、母体の中で胎児として経験し、再現していく計算になるのかな？」

「情報たちは、はじめは魚に似た形、つぎは爬虫類に似た形、そして哺乳類に似た形になって、そして…情報たちは次第に人類の姿に近づかせていく…」

ようやく情報たちは、ドミノ式全自動プログラムが、

「この進化による新たな情報誕生への緻密《ちみつ》な設計方法と、これをなぞり辿《たど》って実践することで、両親から引き継ぐ異なる遺伝子情報が、『これまでにない新たな情報たちを着実に実現するために考案された方法』だった…」

と気付き、

「これは、我々情報の〝先祖が構築した深謀遠慮《しんぼうえんりょ》の策〟である」

ことを理解し始めていた。そして、そのご先祖情報様たちの凄さに、胸が震えるような感銘と感動に襲われていた。

「ねえ、私たちの情報は、こうしてずっと引き継がれていくのね！」

「そうだったのだ！」

「我が子、孫、曾孫へと、情報は運び続けてゆくのか…」

情報たちの心がほのかに温まり、ゆったりとした歓喜が月光のあかりのように照らすのを感じていた。若い茶髪情報ヤローが感極まって呟いた。

「いやぁ〜、こりゃぁ凄げぇ〜や」

「あぁ、これまで胸の中がもやもやしていたのがスッ飛んで、冬の青空のように心が晴れてきたぞぉ！」

しかし、これから生まれ過ごす巷《ちまた》の世界では、こうした祖先たちの恩顧《おんこ》に報いることなく、同じ情報運搬屋同士で殺し合い、みずから命を絶たねば耐えられないような苛酷な現実が、その巨大な手を拡げて待ち受けているとは、いや情報が死滅するまで過酷な現実と闘い続けなければ、生き抜いてゆけないことを、このとき誰も気付こうとはしない。いや気付いても、誰も論議する気分にならなかった。

七．生理痛は情報たちの怒り

晩冬の幕が開けて、初春のまばゆい風光に春らしい柔らかさを感じると、凍っていた山野もゆるんで泥濘《でいねい》な姿になる。この泥濘による柔らかで生命力溢れる解凍時節は、まさに山裾から早春到来の詩声が響きわたる時であり、情報たちの新たな命の芽吹きを告げる凍土解放《とうどかいほう》のときだ。

数々の種類の桜が咲き乱れる春がやってきた。染井吉野《そめいよしの》、江戸彼岸《えどひがん》桜、大島桜、霞《かすみ》桜、枝垂《しだれ》桜等々、そして八重桜などの遅桜まで、春爛漫《らんまん》と咲き誇り、美しく開花した花びらは、花風に散り去りながら春の訪れを祝福していた。しかし桜は、二度散る。花吹雪に心奪われ陶酔の幕が閉じると、桜の花びらの萼《がく》に残った蘂《しべ》たちが、雨風で散り乱れる。その桜蘂《さくらしべ》降る時節に、生理のごとき朱色の桜蘂で埋め尽くされた地面に立つと、新緑の葉を伸ばすゴツゴツした黒い樹肌の桜は、ふしくれ曲がった指で働く熟女情報のように、艶めかしさの中に、逞しい美しさが漂ってくる。

こうした美の掟は、桜の花と蘂だけではない。桜の花のように若き女性には、一年に一度の桜蘂降るように、一ヶ月にほぼ一回の生理が訪れる。女性の平均で三十五〜四十年間にわたり生理がある。月平均五日間程度とすると、女性の情報たちの一生では、その生涯の六年半以上も生理との付き合いがある。女性の子宮の内側は子宮内膜というもので覆われているが、生理前になると子宮内膜が約一センチメートルほどまで厚くなる。そして生理がはじまると、内膜の表面部分にあたる機能層という組織が溶けてはがれ落ち、出血が起こる。生理のときに出る血液は、この子宮内膜がはがれ溶けて出てきたものだ。白衣をまとい煤《すす》けた眼鏡をかけた医者のような男性情悪が、突然、おごそかに呟《つぶや》いた。

「この女性の生理痛は、桜蘂降るごとく散りゆく卵子情報が、成熟した女性の体、つまり子供を産もうとしない女性情報へ与えた、お仕置きの罰としての痛みだ！」

これを聞いた独身女性の情報たちは、

「ハッ」

としたように顔を上げ、煤《すす》けた眼鏡をかけた男性情悪を見上げて、聞き捨てならないと不快感をあらわにし、気《き》色《しょく》ばんだ表情でその顔を一斉にジッと睨んだ。白衣を身にまとった男性情悪は、独身女性情報たちが睨む視線をまるで気にしない素振りで、それらの女性情報に背を向けながら淡々と話を続ける。

「月経は受精されなかった証《あかし》としてほぼ毎月、子宮粘膜から出血する現象で、卵子情報たちがその悲しみと怒りを爆発させた証拠だ！」

とさらに続けた。

しかしこの話を聞いて、飛び上がらんばかり喜んだ卵子情報たちは、この男性情悪の周りに殺到してきた。

「そうよ！　女性の体内には、出生時に約二百万個もの原始卵胞の卵子情報を、持参金代わりに持って生まれてくるわ！　でも女性の一生で、わずか四百個ほどしか排卵されないのよ！」

「そうだわ！　皆、判っていないのよ！　約百九十九万九千六百個もの私たち卵子情報の仲間が、ほとんど…世に出ることとなく消えてしまうのに……」

「女性情報の運搬屋たちは、この悲しい卵子情報の気持ちになったことはあるの？」

「大体の女性情報たちは、卵子細胞に無関心どころか、生理が邪魔だと思っている！」

そしてついに女性心情の情悪や日和見情報たちも、一斉に男性情悪側に廻ると、男性情悪の後ろに従って、旗やプラカードや鉢巻き、そしてビラを持って騒ぎだした。

「黙っては、いられないわ！」

「腹に据えかねる。もう我慢できないわ！」

と気色ばみ激昂《げきこう》した女性心情の日和見情報や情悪たちは、旗やプラカードを振りかざしながら、金切り声を張り上げ始めた。

「こんなに貴重な女性成熟期なのに、限りある卵子情報、その大切な卵子情報がオギャアと言って生まれた。そのときから今までズゥーッとジィーッと、精子情報との相思相愛、熱烈なラブラブを夢見て生きてきて、そしてようやく私の順番が来て、私の精子情報様、わたしの王子様のご訪問を待ち続けているのに！」

日和見情報たちも拳を上げて立ち上がり、

「そう！　そうだよ！　セックスもしてくれない。セックスしても避妊具をつけたり、避妊薬を呑んでセックスをする。そんな不届きな女性運搬屋が多過ぎる！」

「今夜は精力アップの家庭料理を作るなどの工夫もしない」

「今宵は魅惑的な衣装や美しい裸体を、透けた衣服などで装い、男性情報を誘惑して、セックスしようとの努力もしない」

「ラブホテルやモーテルなどへ誘われるために、男性に対する誘惑的な夜の行動をしない…」

「今月も排卵日を計算して妊娠しやすい日を割り出し、男性情報を迎え入れて妊娠する努力もしない！」

「こうした女性情報運搬屋の努力不足、こうした女性情報たちの怠慢《たいまん》が招いた悲惨な結果が、毎月の生理だわ！」

「生まれ初めて、今月ようやく私の順番が回ってきたのに…」

眼尻を釣り上げて激怒した卵子情報とその情悪たちが、数えきれないほどの日和見情報たちを引き連れて、ゾロゾロと集まってきた。皆、かなり興奮して怒り狂った顔つきだ。プラカードや旗やマイクを持った卵子情報たちは、その情悪や日和見情報たちが中心的役割を果たしながら扇情《せんじょう》していた。

「子宮で精子情報を待ち焦がれている卵子情報のことを考え、性生活のやり方を変えるべきよ！」

「女性情報の運搬屋として、その役割や職務放棄よ！」

「女性情報の怠慢だわ！」

「そうよ！　そうよ！　女性運搬屋が悪いわ！」

「もっと男性を誘惑してセックスするとか、毎晩、毎朝ともかく性行為に励むとか、ともかく努力不足よ」

「不妊薬ピルを飲むことを中止してセックスするとか、コンドームを使用させないとか、受胎する努力が足りないわ」

「やるべきことは、やる！」

「そうよ！　そうだわよ！」

「女性運搬屋の身情が誘惑など受精のための努力をしないから、卵子情報の私たちが生きていくことができずに、未受精卵子情報のまま一人寂しく、毎月、毎月、生理という名のもとで厖大《ぼうだい》な数が死んでいる！」

「受精さえしてくれれば…、精子との合体さえあれば…、それから何十年も生きていけるのに…」

「受精さえしてくれれば…、私たちが『オギャア』と叫んで生まれ、その情生を全うすることができるのに…」

「そして幼友達《おさなともだち》を作り、小学校や中学校そして高等学校で勉強して、楽しい青春時代の想い出も創れるのに…」

「受精さえしてくれれば…、大人になって恋愛し、旅し、素晴らしい芸術に触れて感動し、楽しい想い出もたくさんつくることができるのに！」

卵子情報たちは慨嘆《がいたん》し、両眼から滂沱《ぼうだ》の涙を流して泣いていた。

「くやし～い！」

「くやしい…わ」

卵子情報たちの悲しい定めが身に染みて、涙が流れて止まらない。

「女性運搬屋の身情のバカ！　バカ！　大馬鹿よ！」

「わたし、女性情報の運搬屋のバカ共に、わたしたちがどんなに悲しんでいるか、思い知らせてやるわ！」

卵子情報の情悪が吊り上がった大きな目で睨みつけると、子宮内膜の表面部分の機能層という組織に爪をたて、噛みついた。同調する大勢の日和見情報たちも興奮状態になり、女性運搬屋の子宮をひっかき、歯をむき出して子宮内壁を咬んだ。

「痛い！」

「痛いわよ」

女性身情が生理の痛みに耐えられず、下腹部を抱えた。

「そうよ。運搬屋の身体と身情たちを、生理痛で痛めつけなさいよ」

「毎月生理で死んでゆく卵子情報たちの報われない悲しい運命を、寂しく終焉《しゅうえん》を迎える卵子情報たちの悲しみを教えて上げなさい！」

「それにつけても情報運搬屋の怠慢、無責任、思いやりの欠如など、わたしたち卵子情報の視点に立って考えようとしないことへの怒りを、生理痛として身に染みさせてやろう！」

大柄な体型をした眼光鋭い眼差しの卵子情報の情悪は、旗やプラカードを持った厖大《ぼうだい》な数の日和見情報たちが参加しているこの機会が、生理痛を与える絶好のチャンスと考えた。

「でも、今月も生理がはじまってしまったよ……」

「生きてゆきたい卵子の涙、情報の涙…。そしてわずか二十四〜四十八時間という生存限界時間なのに……」

命消えゆく卵子情報が、涙を流しながら悲しそうに下唇を噛んだ。

「ただひたすら待ち続けるのは、卵子情報の宿命なのでしょうか…？」

しかし男性情報たち自身は、こうした悩みの卵子情報たちを暖かな目で見つめながらも、悔恨《かいこん》で胸を焼かれる思いだった。

「一回の射精で日本の人口ほどの精子情報が死滅していく。この情報たちの心境も推し量らねばかわいそうだ……」

男性情報はぼそっと呟《つぶや》くと、気弱になった自分を、女性情報に知られたくなくて目を伏せた。

突然、大きな黒い眼差しに悔しさと残念さを漂わせた美しい女性情報が、高い声で言い放った。

「だから人間という生物はダメなのだわ！　長期間にわたる歳月をかけて生まれ出る準備を整えるけど、〝生まれるとすぐに死へ向かって歩み始める〟のよ」

氷の世界に踏み込んだような冷たい雰囲気が、会場を覆いつくした。その冷徹な静寂をヒステリックな金切り声が切り裂く。

「もう駄目よ！　期待して待っても無駄よ！　そう！　人間という生物を死へ導くには、一瞬の時間しか要らないわ！」

ドキッとする捨て台詞《せりふ》を残し、踵《きびす》を返しヒールの響く足音を残して、走り去っていく情報がいた。彼女は来月、子宮でお客さんの精子情報を待つ予定でいた卵子情報だ。しかし受精が見事に成功して妊娠できた今は、もう彼女は、不要な卵子情報となった。次の当番は、出産の後に排卵される卵子情報である。だから彼女の出番は回ってこない。永遠に……。

八．情報の傷跡

うららかな明るい日差しが春めき、木々の芽は蕾《つぼみ》の殻を解き放ち、木の若葉も爽やかな春風に軽やかにそよぎ始めると、枯葉の絨毯《じゅうたん》の下に温もりを閉じ込めていた土布団の中で冬眠していた蟻・蛇・地虫・蛙などの情報たちが穴から這い出る啓蟄《けいちつ》の頃となる。生命の息吹は、新たな情報となって、新緑の森の中に木霊《こだま》する。

高層マンションが林立する都会でも、ほのぼのとした春の朝日が部屋の窓を柔らかな淡いピンク色に染め、春風が軽く窓をたたき、朝の到来を伝える。その暖かなマンションのベッドの中で、真情と情操の二人も抱き合い、爽やかな早春の朝を迎えていた。情操は、愛しい真情のがっしりした肩に上気した頬をのせ、受精の感動に身を委ねながら、体の芯の奥底まで幸福感と満足感に酔い痺れていた。

二人の体内に集う身情たちは、触れ合う皮膚感覚を通した肌情報や、肌からお互いの血が交換されるような血流情報、そして規則正しい心臓の鼓動情報など、温かな親愛の心が通じる仲間意識情報たちが、誰はばかることなく嬉しそうに、勝手にガヤガヤ話している。

「新しい環境への船出だとしても、いろいろと悩み迷っていつまでも留まっていたら結局はダメよ。『まずやってみることだ』と言うわ」

「新しい環境は、どうなっているのか、分からない……」

「失敗するのが、怖い……」

「失敗の定義は、『何もしなかったことを、失敗』と言うのだ」

「それは名言だ！　学習しチャレンジした経験の糧は、新たな飛躍への貴重な礎として残るから…」

「何もしないことが失敗なら、ともかくトライするしか道はない」

「トライすること、それ自体が大切なんだ。成功するまでトライすれば、必ず成功者になれる」

「成功者の定義は、『成功するまで諦《あきら》めなかった者』のことさ」

「恐れない、繰り返さない、活かすこと。これが『失敗の三原則』だ」

「そう、自分たち情報の人生哲学、つまり情生哲学は、情報たちの行動理念だわ。だから成功するまでトライを続けるしかないのよ」

「情報たちの感情は、心情たちの感情だわ。失敗を恐れる感情は、自分自身に自信がないだけよ。自信がないのは、怠惰《たいだ》と努力不足の結果だわ」

「じゃあ情報運搬屋の人生は、どうなるのだ？」

「情報運搬屋の人生つまり情生は、身情がトライしなきゃ判らないさ。いくら心情が考えても、情生は判るものじゃないぜ！」

「情生の哲学は、うまくゆかない膨大な経験の上に成り立っている」

「ただその時その瞬間を、心情たちが運搬屋の身情たちと力を合わせて、力の限り精一杯生きていれば、答えが見えてくるだろう」

「だからこの宇宙船地球号の中に、誰ひとり理解してくれる仲間がいなくても、我々の故郷である太陽や月や宇宙の星たちは見ているよ。昼夜なく情報の生き残りをかけて、孤独に耐えてただひたすら、生命の限り信ずる先へ突き進むしかないさ」

「いずれ結果は、明確になるさ」

「時間の問題だね」

「ともかく、皆それぞれが、一生懸命生きている」

「だからたとえ相手の情報が、これまでに何を信じ、どんなことをしてきたとしても、そのあるがままの相手を、そのまま受け入れて愛そうよ。それが情報なのだから……」

「そうだね」

「〝相手の価値観をそのまま認める〟こと、まずそれが情報として生きる基本的マナーとしてのスタートラインだ」

「そして、たとえ相手の情報たちが、〝これまでに何を行い、どんな破壊的行為をしても、そのあるがままの他人を、そのまま受け入れて愛そう〟よ。それが情報の愛なのだから……」

「そうね」

「過去は変えられないよ。でもこれからの未来は変えることができる」

「だから相手の罪は憎んでも、その罪を犯した相手を恨まず、その相手の立場を理解し愛し、一緒に力を合わせ平和な未来を築こうよ」

「これが情報としての基本原則だね」


これが凶弾に倒れる真情の最後の言葉となるとは、まだ知らない二人は、情操が真情の肩を枕に寄り添う姿のまま、春眠暁《しゅんみんあかつき》を覚えずとばかり快い春の眠りにつく。しかし情操は、その浅い眠りの中で、情操が経験した女子高校生時代のおぞましい辛い過去の傷跡の正夢を見ていた。

早春の夜。どんよりと垂れ込めた灰色の空から、季節外れの無数の雪がすべてを消し去るように静かに落ちてくる。すべての情報が息をひそめた静寂という闇の中で、女子高校の校門の陰に、黒塗りの大型ワゴン車が、暗闇に塗り込められたように駐車していた。その車の中には、黒いヤッケを頭からすっぽりと被った三人の男が息を殺して座っていた。

女子高校の校舎の中の暖かな明かりの点る部室では、情操が時間軸情報を忘れてただ一人、バレーボールクラブのクラブ雑誌の編集に熱中していた。この女子高校へコーチに来てくれた先輩、真情。今は東京の国立大学へ進学してしまった真情の懐かしい香り情報と、胸躍るファーストキスの思い出情報の場所を、狭い部室で懐かしく思い出していた。真情がバレーボールのコーチに来てくれた帰り道、真情と情操は自転車に乗って、清流の流れる河原の土手まで花摘みに行った。新緑に覆われた土手の上を自転車から降りて押して歩きながら、情操は大好きな真情へ、その長い睫毛《まつげ》の黒い大きな瞳を向けたまま静かに言った。

「わたし花は大好きよ。特に紫色の花がいいわ。清楚な淡い紫の花を見ていると、心が洗われるような気分になってくるから」

これを聞いた真情は、急に土手の上に自転車を放り出して、土手の下へ向かって一人走り出した。そして息を切らして戻ってくると大きく肩で息をしながら、河川の土手近くで見つけてきた淡い紫色の美しい花菖蒲《はなしょうぶ》を1本、情操へそっと差し出した。その花菖蒲は可憐な情操のように、一点の濁りもない淡い紫色の花をつけていた。走ってきた真情が

「ハァハァ」

という息に波打つ花弁が陽光に美しく輝いている。そして自転車を立てかけ、花菖蒲を手にして土手に座った情操

の手を、優しく握り締める。握り合った両手の信頼関係は、次第に互いを包み込みあう両腕の強い絆となり、その花菖蒲を横に置くと、情操の純白なブラウスの上からそっと肩を抱きしめ、瞳を合わせながら顔を近づける。すると大きな黒い瞳を静かに閉じた情操の可愛らしい口元が、真情の顔の下へと誘うように近づいてきた。愛おしさに胸が締め付けられた真情は、優しくそっと初めてのキスをした。

軽く重なった唇は、ほんの一瞬の出来事だった。それでも胸がときめく甘美な世界に二人を誘い、胸がどきどきして頬がポオッとほてり、胸に暖かいものが込み上げてきた。唇同士が短く重なり合って、そしてすぐに離れたあとも、二人の胸が激しく動悸《どうき》を打ち、わきたつ暖かい吐息が甘美な余韻を残し、ゆっくりと情操の睫毛の長いまぶたを静かに押し上げてゆく。情操の黒い瞳の中に映る真情の幸せな優しい笑顔は、情操の心底からの情報たちを短く翼をはばたかせ、もっと強く抱きしめ、もっと激しくキスをして欲しい、直接肌や胸に触れて欲しいと身悶えさせていた。そしていつか自分の清廉な処女のすべてを、そして自分の人生を捧げる人は、この真情しかいないと心から願望した。真情の情報たちはつぶやく。

「花菖蒲の花言葉は『優しい心』と『あなたを信じています』です」

情操の情報たちは自分の夢を花菖蒲の花に託しながら、

「わたしの情報はあなたを信じています。あなたの情報と完全そして永久に、どこまでも一緒にいたいと熱望しています」

二人の清廉で情熱的な情報交流は、二人の中に熱い心を創出していく。そしてその〝燃える心の化学変化〟は、〝恋愛〟というべき情報現象を引き起こしていった。

情操が懐かしい想い出からフッと我にかえって、時計を見る。針は午後八時を告げていた。時間軸情報が情操を現実に押し戻した。あわてて片づけて帰宅準備をする情操。クラブの部室を飛び出し傘を忘れたことに気がつく。しかしそのまま走って校門を出た。冬が居座る早春の真黒な空から、白い雪が舞い落ちる灰色の暗闇の中で、薄暗い街灯の光にいぶし銀灰色に照り輝く雪の舗道。情操の駆け抜ける足跡だけが、誰も犯していない平和な処女雪を蹴散らすが、しかしすぐに暗闇の空から落ちてくる無数の純白な雪が、その足跡を再び美しく埋め尽くしていく。すると黒色の大型ワゴン車が、音もなく暗闇の画面から抜け出してきた。息を切らせながら道路の右側を走る情操の横へ並ぶと、運転席の窓が音もなく開いて、どら声が飛び出してきた。

「よお、情操じゃね～か！？」

「アラーッ!?」

運転席の男は、情操の小学生時代の同級生であった。

「お前の家の前を通るから乗れよ」

「ありがとう。助かるわ！」

開いた後部座席に、嬉しさと感謝の気持で満ち溢れた情操は勢いよく飛び乗った。すると乗ると同時にドアが内部からも開かないように、

「ガチッ」

と固いロックの音をたてて閉まり、雪面を猛スピードで車が走り始めたとき、ヤッケを頭から被った見知らぬサングラス男が後部座席の横に一人、そして助手席にもう一人いることを、情操は、はじめて気づいた。この黒の大型ワゴン車は、ずいぶん前から校門横の暗闇で待ち伏せていたことを、情操は知らない。情操は、急に沸き起こった不安情報を抑えこむため、後部座席の横にいる大柄な男に向かって、顔面一杯に愛想笑いを浮かべ、その見知らぬ男たちに頭を下げ挨拶をする。しかしそのサングラスをかけた男は笑顔どころか挨拶もしてくれない。情操の家へ行く交差点にさしかかった。しかし車は、その交差点で情操の家のある明るい街並みとは反対方向の、森や林に囲まれた暗闇

方向へ急カーブを切った。そして灰色の暗黒情報が支配する闇の中を、人里離れた深い森へ通じる道を突進する。

この緊迫した状況に危険を察知した情操は、ドアを開けて逃げようとしたがロックされたドアは微動だにしない。窓ガラスを叩いて助けを求める情操を、後部座席の男の太い腕が羽交い絞めにし、助手席のもう一人の男が振り向きざま平手打ちを食わし、二人がかりで情操の両手を動かせないようロープで後ろ手に縛りあげた。情操の顔面は痛情報で熱く痺れる。車を暗黒が支配する森の林道の上で止め、運転席と助手席の座席が後ろへ倒される。悲鳴を上げて暴れる情操の学生服のボタンを引きちぎり、スカートの中のパンティストッキングと純白の下着が悲鳴の声を上げながら引き下げられ、そして破り捨てられる。

清らかにあるべき処女情操の心身は、ついにその夢を実現することなく、地獄の業苦に血が逆流するような暴力と苦痛の波に襲われ、押し広げられた両脚がわなわなと震え、悲鳴を上げ助けを求める情操の口の中に、持っていた情操のハンカチが無理やり押し込まれ、粘着テープで二重三重に口を塞がれてしまった。その凶暴な男どもは、情操を座席シートにたたきつけると、二人が情操の体を押さえ、残る一人の性器が、抵抗できない情操を突き刺した。

激痛と恐怖で、全身がひきつるように痙攣している情操を野獣のごとき狂暴な嵐が襲いかかり、その清らかな天使のように真っ白な肌を肉食獣のごとく貪りながら、情操の体と心がボロボロになるほど、彼らの性欲が枯れ果てるまで、何度も何度も交代で繰り返し犯し続けた。情操は汚れた精液まみれの悲しく痛ましく言語に絶する悲惨な姿となっていく。

そしてボロボロになった情操の身情たちと、ズタズタになった情操の心情たちは、海岸の吹き溜まりに泡立つ汚れた大きな泡のごとき闇の中へ、取り返しのつかない、生涯消すことのできない情悪の記録と一緒に落ちて往った。処女の美しかるべき鮮血が、スカートや下着と衣服に血痕として付着し、無惨に破れ引き裂かれた清らかなるべき学生服のブラウス姿から、打ち身の痣だらけの肌をむき出しにして、パンティストッキングと純白な下着と一緒に、自宅玄関前に車から放り出されたのは、情操が黒色の大型ワゴン車に乗ってから、三時間半後のことである。帰宅が遅いのを心配した情操の両親、情張と温情が必死に学校や友人宅へ電話を掛け、警察に捜査願を提出した直後のことであった。

そして強姦犯の三人は、朝日も昇らぬ翌早朝、黒色の大型ワゴン車とともに警察に全員逮捕された。しかし無政府状態の欲望情報の情悪を持った三人の少年野獣たちに輪姦されたという情操の悲惨な情報は、小さな町に大きな衝撃を与え、情操の両親は新聞記者やテレビ・ラジオの報道番組の取材を受け、夕方には匿名ではあったが、地方新聞の夕刊トップニュースとなり、すぐに町中の人が知る周知情報となった。情操はすぐさま入院して医者の不妊処置や傷口の治療を受けたが、暴行された翌日から学校に休学の届けを出した。情操の情悪や日和見情報たちは、

「もう生きてはいけない。死ぬしかない」

と自殺を毎日、毎晩のように勧める。そして毎日、天を仰ぎ自らの悲惨な運命を憎み、地団太を踏んで、夜遅くまで課外活動したことを恨み、ただひたすら嘆き悲しみ、落涙する情操だった。両親の慰めや情報たちの言葉も耳に入らず、

「ぼろぼろに汚された身体と心の私を、愛する真情には見せられない、知られたくない。とても会うことなどできやしない」

と、恋人の真情からの手紙さえも封も切らずに温情に突き返していた。

そして嘆き悲しむ哀れな毎日を、締め切った湿った自分の部屋で、ただただ泣きぬれて過ごしていく。

「今は太陽の光も、神のお恵みも、幸せの便りも、自分のところにだけ、何も届かない…」

情操の情報たちは、涙の川に溺れながら泣いていた。

「『人間の存在の尊さは、他人ではなく自分を苦しめるところにある』のですか…？」

「そのうえ『ケダモノたちは、自分の欲望を満たすため他人を苦しめ、しかも平気で生きることができる』…のは何故？」

いまわしい出来事に怒り心頭に達した情操の情悪は、日和見情報と一緒になって暴漢を罵倒《ばとう》する言葉を惜しまない。

「こうしたケダモノたちは殺してやりたい。人間であろうが生物であろうが、もはや生きる資格もなく、彼らを生かしておくべき道義的理由や根拠も見つからない…わ。しかも彼らは刑期を終えて出所したら、のうのうと生きていく」

「私は『生涯、この傷を背負って、生きていかなければならない』というのに、どうしてこうも不公平なの？　彼らを生かしておけないわ。そうよ！　この世から抹殺《まっさつ》すべきだ！　ケダモノたち全員を死刑で抹殺すべきだ！」

しかし情悪の心に釘を打ちこむような罵詈《ばり》雑言《ぞうごん》は、情操をますます苦悩の淵《ふち》に追いやっていく。

「私が何でこんな目にあうの？」

「私だけが、どうしてこんな目にあわなきゃならないの？」

「もう、何もかもいや！」

「早く、死にたい！」

「私を、殺して…ください…」

情操の情悪は、日和見情報と一緒に囁く。

「そんなに悩むなら、死んだ方がいいよ」

「こんなに汚れた情操なんか、真情も相手にしないさ」

「早く死んだ方が、悩むことが少ない分、楽だぜ！」

情操は、〝忘却の機能がついていない記憶情報〟の中に、永遠に消えることのない焼印のごとく、生涯消すことができない傷跡を焼き付けられてしまった。情操は一ヶ月以上にわたり自分の部屋から一歩も外に出ようとはしない。両親は情操の自殺を心配して、ハサミや刃物、首吊りに使いそうな紐などの危険物は、すべて持ち出してしまった部屋で、情操は一日中生活している毎日であった。情操の情報たちは涙を流しながら、

「身体の傷は治癒することがあっても、『心の傷という情報は、生涯背負っていかなければならない重荷』なのよ」

「『忘却とは、忘れ去ること』と言うわ。でもいくら忘却を願っても、『心の傷は、決して忘れることができない』わ」

情悪たちは、繰り返し自殺を勧める。

「強姦された女の烙印は、一生ついて廻るぞ」

「真情には、もう会わす顔もないよ」

「暴漢に犯され汚れた高校生に、誰が会ってくれるというの…」

「ともかく早く死んだ方が、これから悩むこともなく、楽でいい…よ」

九．離れ離れの情報

桜は受粉・受精しない自花不稔《ふねん》性の樹木のひとつだ。しかも黒紫色になった種子の実には、発芽抑制剤《はつがよくせいざい》が含まれている。これは親木の根元から子木が生え、競合しないようになっているのだ。そして桜の種子は、鳥の消化管を通って、発芽抑制剤が含まれている実の部分が消化され取り除かれない限り、発芽しない仕組みになっている。〝自然の

摂理の美しさと、その裏にある親子の厳しい掟〟を垣間見《かいまみ》るような情報たちの生きざまを見せつけられる。

関東北西部に聳《そび》える日光那須連峰、三国山脈、秩父連山などの豊富な雪解水によって、勉学に励む真情のいる東京の街を流れる川の水は水嵩《みずかさ》を増していたが、どことなくのんびりとした風情で流れている。愛しい恋人情操のいる故郷を後にした真情の心情は、ポツリと言った。

「人生つまり情生は、情報たちの志によって、切り拓かれる」

だから、

「苦難の征服を志す情報たちは、その過程で鍛えあげられる」

「学問を志す情報たちの才能は、その勉学や実験によって育ち、その学習によって開花する」

と頑《かたく》なに信じ、不言実行していた。

「情報たちが学び、知識を吸収することは大切だ」

「しかし本当に大切なのは、吸収した知識の量や質ではない」

「知識を吸収する過程で醸成された情報たちの情熱や人間性、そして知的、道徳的な人格である」

と心情が語る真情は、大都会に古い街並みと人情味が残る下町に、格安だが狭いアパートの一室を借りて、電車賃を削るために大学まで歩き、艱難辛苦《かんなんしんく》の生活に耐え、休日もなく早朝から深夜まで勉強と実験、そして同好会のバレーボールで汗を流して体力づくりにも励み、学費を稼ぐのためのアルバイトに精を出していた。情操が恋い焦がれていた真情だが、真情にとっても愛しい情操のため、出費削減のために新聞やテレビそして雑誌代も削り、国立大学や図書館と下宿先をひたすら往復し、昼夜を問わず寸暇を惜しんで、勉強と実験に勤《いそ》しんでいた。学業以外の無駄な時間を削るため、新聞も取らずラジオやテレビも見ない、俗世間の情報に対しては、絶海の孤島の状態で勉学に没頭していた。だから新聞やテレビなどのマスコミでニュースになった事件、真情の恋人情操の輪姦事件についても、全く何も知らなかった。

真情は毎日、下町の安アパートから駅まで歩く川横の歩道に、敷き詰められた古色蒼然《こしょくそうぜん》とした石畳の道が好きだった。

「人生は、この凸凹の石畳に似ている」

と、石畳の上を歩きながらつくづく思う。中央がすり減ってくぼんだ石畳の姿には、情報の運搬屋の真情と同じように、その一枚一枚に何万人もの人生の足跡が刻み込まれ、その上を歩み佇《たたず》んだ人々の汗と歓喜と涙の歴史が息づいている。夫の情理が病気で倒れた後も働いて、息子真情の大学院卒業の費用を支えていた母情愛。真情の両親である父情理と母情愛の人生も、この一枚の石畳のごとく毎日すり減らし続けているのかと思った。しかし、たった数十秒の電話の声、

「あ、僕だけど、進級試験に合格したよ！　心配していると思って、今キャンパスの公衆電話から電話している！」

の一言で、母情愛の情報たちは、

「お互いの心が、たった一本の電話による、情報と情報の交わりによって繋がり育まれていく」

と感じていた。情愛が腹を痛めて産んだ息子真情。身体が不自由な娘純情と病に倒れた夫情理を支え、大学院進学は生活苦の原因と恨んだが、たった数十秒の息子真情の電話で、

「毎日の労苦が、薔薇色《ばらいろ》の歓喜に変わっていく」

と嬉しさに胸がはちきれそうになる母親の情愛であった。

数々の艱難辛苦《かんなんしんく》と奇跡の生還をしてきた夫情理も、いまや高齢となり体調を崩して入院中だ。働きながら家計を支える妻情愛への申し訳なさが募る。病院のベッドで仕事で荒れた妻情愛の手を見つめ、そっと夫情理のやせ細った

両手で、妻情愛の手をいたわる。そこには年老いた情理と情愛の老夫婦が、お互いを助け合う美しい情報の姿があった。

「結婚という絆で結ばれた家族でも、お前ばかりに苦労をかけるね」

「いいえ、そんな…、ともかく早く元気になってネ」

「血縁とは、その遺伝子情報の連続性を言うのだよ」

「ええそうね。家族愛を含むすべての愛のルーツが情報であることを知りながら、その〝情報の交わりの中に心があることを知るために、人は苦労しながら生きる〟のかもしれないわ」

病に伏した情理へ向かって、情愛は力なくポツリと言った。こうした家庭の経済事情を知っていた真情は、アルバイトをしながら寸暇を惜しんで我武者羅《がむしゃら》に勉学に励んでいた。ただ情操の強姦事件の日以来、情操からの手紙が突然途絶えた。そして情操の自宅の電話は、マスコミの執拗《しつよう》な取材攻勢を絶つため、真情にも一言の断りもなく解約され音信不通になった。電話連絡もつかなくなった真情は、余裕がないギリギリの時間を割いて、何度も何回も情操へ手紙を書きまくった。

「いつか二人で旅行したい。世界各地の美しい風景写真を送る」

「たとえ僕が汚れた都会に住んでいても、君が何処で何をしていても、〝美しい君と君の情報たちを思う清らかな気持ち〟に変わりはないよ」

「僕の心情たちと君の心情たちの恋は、恋をしている二人の情報たちだけでなく、周囲の情報たちみんなが、とても幸せな気持ちになるよ」

しかし何度手紙を送っても、情操から全く返信はなかった。

真情から情操への一方通行となったラブレターは、いつも情操の母、温情が郵便受けから取り出し情操の部屋へ届けたが、一度も開封されることなく、母温情の手元へ戻されていた。情操と両親情張と温情は、情操がレイプされたことを真情も知っていると思っていた。だから真情からの手紙は怖くて開封できず、そのまま山積みになっていく。しかし新聞も読まずラジオやテレビのニュースも聞かない真情は、情操の強姦事件のことを知る術《すべ》もなかった。毎日、毎晩、真情は情操から嫌われ捨てられたと思い、また情操に別の男友達ができたと想像して、身を焦がし胃が焼き付くような嫉妬心と、情操の笑顔や一緒に行った場所の想い出が次々と思い出され、忘れようとすればするほど、想いが募り悩み苦しんでいた。

「しばらく情操に会わないと、胸が疼《うず》き、大切なものが消えてしまう気がする」

「〝恋とは、本来どうしようもないほど引きつけられ、しかも満たされずに苦しくつらい気持ちを言う〟のだろうか」

「キスした土手で、もう一度あの紫色の花菖蒲の匂いで、二人の仲を取り戻せないだろうか」

「所詮〝恋というのは、はかない〟ものだ。花菖蒲が萎《しお》れるように、いずれは色褪《いろあ》せる」

「まるで〝貧乏人の恋愛は、サンタクロースの居ないクリスマスのようだ。いつまでもプレゼントが届かない〟のだろうか…」

「鮮やかな色合いの羽をつけた情操には、いろいろな雄鳥たちが寄ってきて、枝にとまってさえずりながら誘っているに違いない」

「情操は、またどこかに飛び立っていくみたいに、僕のところへやってきて、そして離れていった。情操にとっての僕は、そばをたまたま通り過ぎていく、淡い影の鳥でしかないのか…」

真情はムシャクシャした気持ちを抑えきれず、気分転換のために、なけなしのお金を全部持って、思い切って夜の繁華街に出かけた。大都会の繁華街には、溢れる人ごみと渋滞する車からの排気ガスが、喧騒《けんそう》の街全体をドームのように覆っていた。真情は独白する。

「汚れ淀んだ空気は、ネオン輝く光さえくすんだ灰色に染め、夢や希望や未来への光さえ容易に通さない」

しかしこの濁った淀みが、疲れ果てた真情の心情に、何か優しい安堵感を与えていた。真情は、どんよりと汚れた喧騒の夜の繁華街を歩きながら、高校時代の親友情緒に公衆電話ボックスから電話をかけてみた。すると運良く情緒が下宿の部屋にいて、下宿の管理人に呼び出された情緒が電話口へ出てきた。

「オイ、俺は今、上野駅近くのアメ横街に来ている。遅い時間だが、お前、これから時間空いていないか?、久しぶりにこれから酒でも飲まないか?」

と懐かしい情緒に語りかけたとき、友人情緒の電話口で、

「ほぅ〜っ」

という安堵《あんど》の溜息のような声が漏れ聞こえた。

「……、……」

そしてしばらく無言の時が続き、

「俺もなぁ…、毎日毎日、お前のこと気になっていたよ…」

「ありがとう」

「毎晩、今日は電話しよう、明晩は電話しようかと思っていたのだが、でも俺からはどうしても電話しにくくて…」

「ああ…」

「お前は、もう大丈夫なのか?」

「うん、身体は元気だ。だが最近は、何もかもうまくいかないし…」

情緒は情操の輪姦事件を、当然真情も知っているつもりで慰めていた。

「しかし情操も、大変だったなぁ…」

「……？、……？」

情緒は、真情が情操の輪姦事件を知っていることを前提に、何も知らない真情の耳に向かって、機関銃で銃殺するような殺人的言語を発し、猛烈な勢いで乱射した。そして混乱する真情の心身のすべてを、その身情と心情、その情善や情悪、そして日和見情報さえも完膚なきまで、血みどろのボコボコの穴だらけにしていく。

「情操が雪の降る学校の部活の帰り道で、三人もの暴漢に襲われるなんて…、本当にヒデェー奴等だ！」

「……？……？……？」

「あの小学校の同級生のヤツ、お前も知っているだろう？　アイツも…、ワゴン車の中へ情操を引き摺りこんで、輪姦した仲間だと知ったとき、正直、俺もアンチクショーを殺してやりたいと思ったよ」

「…？…！…?!」

「しかも、あんなに大きく新聞やテレビで報道されたら、情操だけでなく家族も、もうたまんないよなぁ～」

「…！…！」

「彼女、あれ以来学校をずっと休んでいて、もう一ヶ月以上も家の中に閉じ込もったきりだと風の便りで聞いたが、今、情操どうしているのだい？」

「…！………！」

「おい、お前！　真情！　おい、聞いているのか？」

「…！…！！……！！！」

「もしもし、モ～シモ～～シ、お～い！　お前！　どうしたんだい？」

「…！！！！」

「もしも～し、もしもしィ～！　もしもしっ！」

公衆電話ボックスの電話機に、ショックを受けた真情の手から転げ落ちた受話器が、

「ぶらん～ブラン～」

とぶら下がっていた。そのぶら下がった受話器から、親友情緒の大きな叫び声が真情の耳に届いていたが、真情の頭の中は真っ白な空白で埋め尽くされ、誰の声かも判らなくなっていた。あまりにも突然の大きなショックで気が狂いそうになり、ただ呆然と電話ボックスの中に立ちすくむ真情。一ヶ月以上も前に情操に何が起こったのかを、ようやく理解した真情は、突然、

「グァオ～～ッ、ウォ～ゴゥ～」

という雄叫びに近い悲鳴声を上げた。電話ボックスの中から突然響きわたる大きな奇声に、周囲を歩行していた群衆が驚いて、電話ボックスを見詰めた。その電話ボックスの中から、涙でグシャグシャに濡れた顔の真情が飛び出してきた。

情操が輪姦されたという事実が、とても真情には信じられない。いや信じたくない！　しかしいろいろ符号する出来事が、頭の中でゴッチャごっちゃになって重なり、あってはならない強姦事件が、情操や両親の対応と符合していく。

「大体、親友情緒が、こんな重大な出来事で嘘を言うはずがない」

「しかし嘘であって欲しい…」

「だが…、本当かもしれない…、チック～ショー！」

「畜生！」

絶望的な怒りで胸が張り裂けそうになった真情は、強姦したという同級の男の薄笑い顔を想い出し、むらむらと激怒の炎が噴き出してきた。

「すぐにでも輪姦したヤツのいる刑務所で、捻《ねじ》伏せ打《ぶち》のめし殺さねばならない！」

憤怒《ふんぬ》情報化した情悪たちで、真情の全身がわなわなと痙攣《けいれん》したように震えている。怒りで血走った真情のすべての情報たち、身情や心情そしてその情善や日和見情報などすべてが、情悪化して一体となった。仁王のような吊り上がった目で掴みかからんばかりの形相になり、髪を振り乱し眼を吊り上げて、悪鬼《あっき》のような形相《ぎょうそう》となった真情の情悪化した情報たちは、猛獣のような荒々しい息使いをしながら、情操のいる故郷の町へ復讐に帰るべく全力で駆け出した。

大都会のネオンサインが、汚れた色の光を点滅させ、酔っ払いや怠惰な人々がたむろする不浄な街の汚れきった路地裏を、故郷へ通じる駅を目指して駆け、そして走った。情善や日和見情報も全員が、情悪化した情報になって吼えわめいた。

「バッカヤロー　輪姦したおめえたちを殺して、八つ裂きに切り刻んでやる!!」

「テメエ、いまどこにいやがるのだ!?　警察の拘留所か？　刑務所か！」

息せき切りながら情悪一色になった真情は、非情な運命に向かって叫び、そして吼《ほ》えまくる。周囲の人たちがあわてふためき避け、道を開けて逃げる。そして驚き振り返る雑踏の街中を、情操の待つ町へ向かって駆けに駆け、そして復讐すべく故郷へ通じる駅へ向かって走りに走った。憤怒で溢れた頭の中は、それでもわずかに冷静さを残したほんの一握りの情報たちが片隅で、真情の運搬屋に平常心を保つよう必死になって訴える。

「真情落ち付け、真情…、おまえが悪いのではない！」

「情操は大丈夫。両親と一緒にいるのだから…」

「情操は、きっと元気になっている…」

「ほら、この汚い大都会のビルたちを見てごらんよ！　星も見えない暗闇で、涙も流さず電灯を灯して佇んでいる」

「でも情操…、ごめん…、知らなかった！」

「情操、生きていろよ。死ぬなよ！」

真情が愛《いと》おしい情操の美しい姿を想起すると、晴れた青空から情操への愛の白雪が尽きることなく降り注ぎ、おぞましい事件に対する情悪の憎しみを、限りない愛情の白雪で覆い尽くそうとしていた。真情の情報たちは、憤怒と慕情と孤独感が混濁し、混沌《こんとん》とした無政府状態なっていた。

「誰一人知る人もない雑踏を、かき分けて走り抜けていくときほど、強い孤独を感じるときはない」

「孤独が、どこまでも影のように追いかけついてくる」


しかし事件から随分と時間が経ってしまった今になると、真情と情操、その二人の狭間《はざま》には、事件を知らなかった真情の無知情報たちと、心身ともに傷ついた情操の傷心情報たちが居て、その大きな時間的空白情報が、荒れ狂う暴風が通り過ぎた大海原のように口を開けて、不気味な深い海溝となって待ち構えていた。真情には、漂流し続ける深い傷跡のついた孤独な情操の小舟が、いま何処へ流されているのか、その位置さえ想像できなかった。

十．情報の心の叫び

故郷というのは、月も出ていない春の夜闇《よるやみ》でも柔らかく、みずみずしさを感じる。そして春の暗闇《くらやみ》の中に瞬く春の星は、柔らかい夜気に潤み、春風駘蕩《しゅんぷうたいとう》と呼ぶ暖かくのどかな宵闇《よいやみ》風の中でも必死に輝いてくれる。そうした新緑の山野が美しい町、澄み切った渓流が流れる懐かしい思い出の町、我が愛する情操のいる甘く切ない故郷の町へ向かう電車に乗るため、月も星も見えない汚れきった夜宴《やえん》の臭気が漂う大都会の雑踏をかきわけ、孤独という長い影を引きづりながら、真情は汚れた街から逃げ出すように駅に向かって駆けに駆けた。

何とか最終電車に間に合い、発車ベルの鳴る列車に飛び乗った。ボロボロになり疲れ切った運搬屋の身情と心情を、ガランとした車内の座席に横たえ、怒気《どき》に満ち溢れた涙と汗と埃《ほこり》まみれの顔を、暗黒の暗闇が支配する窓の外に向け、街灯や家の明りが悲しく走り抜ける車窓の夜景を眺めていた。

「この手で強姦犯人を殴り蹴って、たとえ殺しても、犯され傷ついた情操の心身が、いまさら元通りに治るものではない」

「情操に、これまで知らなかったと詫びても、犯された情操の心身が、いまさら癒されるものではない」

「しかし心身ともに傷ついた情操には、真情の暖かな愛情が必要で、以前と変わらぬ真情の永久の愛が不可欠だ！」

「いまの情操の孤独というヤツは、汚れたビル街の中、つまり情操の情報自身の中にいるのでなく、各ビルとビルとの狭間に、即ち情操と真情の情報の狭間《はざま》に潜んでいる」

「つまり情操の心情や身情たちの中に孤独が棲んでいるのではない。情操と真情の〝心情そして身情たちの狭間に、孤独は身を潜めていやがる〟」

「だから真情、おまえは情操の元へ、その〝距離と時間と空間にある孤独の狭間情報を、一刻も早く埋め戻しに〟行かねばならない！」

「それには真情！　犯され傷ついた情操には、真情の〝永久の愛の告白が不可欠〟だ！」

「傷ついた情操には、真情の〝永久の愛の証が必要だ！〟」

「遅過ぎたけれど、ともかく急げ！　急ぐのだ！」

「変わらぬ永久の愛を伝えるために！」

着のみ着のままの姿で故郷の駅に辿り着いた真情は、深夜の帳《とばり》が降りた無人ホームを脱兎《だっと》のごとく駆け、トイレに飛び込み、用事を済ませた。そして涙と汗で汚れた顔を洗面所の水道水でゴシゴシ洗うと、すぐに無人改札口に切符を放り投げて通り抜け、誰もいない駅前広場を走り抜けると、再び汗と涙と埃だらけの姿になって、駅前通りから懐かしい閑静な住宅街を駆け抜け、そして情操宅へ向かって走った。

「ハァハァ、ハァハァ」

と荒い息をしながら見覚えのある情操の家の玄関前に、ようやく辿り着いた。

ダークブルーの闇夜に、いつの間にか輝きだした満月が太陽の光を反射し、無言の月光となって深夜の情操の家の玄関を照らしている。真情の眼前に、真っ暗な深夜の闇を背にした、深い悲しみを背負った家がひっそりと佇むように建っていた。しっかりと締め切った玄関のベルを、真情は何度も何度も押し鳴らす。玄関の灯りがポッと点灯して、聞き覚えのある情操の母、温情の声がした。

「こんな夜分に、どちら様ですか?」

「真情です‼　真情で～す‼」

真情は自分を奮い立たせるために、暗闇の孤独を突き破るような怒鳴り声で、自分の名前を大声で叫ぶ。玄関の扉がわずかばかり開いて、化粧を落とした顔見知りの情操の母親、素顔の温情がドアから半分だけ顔を出した。

「ご無沙汰しております。わざわざ遠いところをおいで下さいまして、誠にありがたく存じますが、本人は誰ともお会いできないっ…」

丁寧な言葉で話を始めた温情の顔前に真情はズカッと手を伸ばすと、強引に玄関の扉を乱暴にグィと引き開いた。驚いた温情が玄関土間にひっくり返って尻もちをつき転がる。その寝間着姿の温情を無視して、真情はドカドカと玄関土間に踏み込み、靴をポンポンと乱暴に脱ぎ棄てると、玄関の上《あが》り框《かまち》へ登ろうとした。

「お止め下さいっ!」

土間に尻もちをついたままの温情が、両腕で真情の左足にしがみついて制止する。真情は両手を上り框について、母親温情の身体を強引に振りほどくと、玄関から二階へ繋がる階段を、そのまま、

「ドンドンドン」

と音をたてて駆け上がった。

「お止めになって！」

「止めてぇ！」

温情の絶叫に近い声が玄関土間から聞こえる。何度も来たことのある勝手知ったる二階の情操の部屋。その部屋のドア前で立ち止まると、

「うっ～ふぅ…ぅ」

真情は大きく深呼吸をした。

「真情さん！　お止めになってぇ！」

階段下から温情が悲鳴に近い声で制止するのを背中に浴びながら、真情はノックもせずに、

「ドン」

と大きな音をたてて力一杯引き戸の扉を開けると、真情は情操の部屋に飛び込んだ。

薄暗いカビ臭い部屋のベッドの上に寝間着姿でボォーと座り込んでいた情操の顔は、頬骨が飛び出し、痩せこけた青白い肌に美しい大きな瞳を、さらにまん丸く見開いて、真情を見つめた。しかし目の前に立ちはだかった男性が真情であることを判っているのか判らないのか……、まるで別世界の知らない他人を見るような無表情で無気力な目付きで、突然飛び込んできた真情を、ただ呆然《ぼうぜん》と見上げている。

真情は見る影もなくやせ細った情操の傍にゆっくりと歩み寄ると、その痩せこけた身体全体を静かに優しく包み込

むようにして、その逞しい腕でしっかりと抱きしめていった。情操は無抵抗で、真情にされるがままベッドの上に座っている。真情はしばらくそのままの姿勢で、ジッと情操を抱きしめていた。真情の強姦犯人への憎しみや憤怒、そして殺意や恨みは、暴風雨が吹き荒れた台風のあとの天候のように、どこかへ吹き飛んでしまい、眼の前に座っている情操の哀れな姿だけが、真情の心情と身情、その情善や日和見情報や情悪たちすべての情報たちを、すっぽりと覆い尽くしていく。

そして真情の心の底からほとばしり出る言葉となった情報たちが、とめどもなく溢れ出る涙と一緒に吐露《とろ》する声情報となって、心底《しんそこ》から湧き出て溢れた。

「ごめん、知らなかった…」

「……」

「ごめんね。今日の夕方まで知らなかった…」

「……」

「辛いときに、一人ぼっちにしたままで…」

「……」

「本当にごめんよぉ…」

「……」

「でも『過去は変えられない…、変えられるのは現在と未来だけだ』」

「……」

「過ぎ去ったことはすべて忘れろ！　もう決っして気にかけるな！」

「……」

「『これからが人生と考え、過去のことはあきらめろ』よ！」

「……」

「『すべての悩みは忘れ去ろう』よ…」

「……」

「『これからの二人とって大切なのは明日だ』。明日だって困難だらけだ」

「……」

「過ぎ去ったこれまでの出来事をどうすべきだったか、今さら振り返ってそんな反省などしても、過去は変えられない」

「……」

「むしろこれから…次々と襲い掛かってくる出来事に、『二人で力をあわせて立ち向かう、その力と勇気を、君への愛と、君からの愛で、強く大きく育ててゆかねばならない！』」

「……」

「でも、ごめん、ごめんよ…。本当にごめんなさい。今まで知らなかった。いや今日まで、いやさっき情緒と電話して初めて知ったばかりだ…」

「……」

「そのまま電車に飛び乗って来た。ごめんね、君がこんなに苦しんでいたのに、何も知らずに、何もしてあげられず…」

「……」

「ごめん、ごめんなさい、ごめんよ」

溢れる涙が滂沱《ぼうだ》となって真情の頬を流れる。そして涙まみれの心情たちが、ふり絞るかすれた涙声になって叫んだ。

「だから……な、結婚しよう！」

「……」

そして涙に濡れた小声で力強く、

「結婚しようよ！」

「……」

そして力一杯情操を抱きしめると、家中に聞こえるような怒鳴り声で叫んだ。

「俺と結婚してくれ！」

「……」

そして情操の耳元に口を近づけるとささやくように言った。

「情操ぅ〜！　俺と結婚してくれ〜ぇ〜!!」

「……」

そして深夜の家中に響く大声で、宣言する真情。

「お前を、必ず…必ず幸せにしてみせる！」

「……」

「俺のこの手で、俺の熱い心で…、お前への永久《とわ》の愛で……」

優しく背中を抱いた真情の声は、また涙声となり、囁《ささや》くように、

「な！　結婚しようよ、なぁ……」

と、譫言《うわごと》のようにつぶやく真情の眼から次々と暖かな愛の落涙《らくるい》が溢れ、いく筋もの涙痕《るいこん》が真情の頬に広がり、抱きしめた情操の長いみどりの黒髪へ春時雨のように、はらはらと降り注ぎ落ちていった。

孤独の寂しさに長い間さいなまれ続けた情操の顔に、真情の熱い涙が恵みの雨のように降り注ぎ、愛しい真情にしっかりと抱かれた情操が少しずつ、ようやく反応を示しだした。情操は痩せこけた顔を上向きにして、まだ何を言われているか判らないという失せた目で、真情の涙顔をマジマジと見上げた。その仰向けの顔に、涙でグシャグシャになった真情の顔が近づき、そっと優しく熱い唇が重なった。そしてキスされたままの情操の青ざめた白い顔中に、再び真情の熱い涙が春雷の雨のように、ポロポロととめどなく降り注いでいく。情操は強く抱かれ、優しくキスされたまま、唐突な信じ難い言葉のその意味すら理解できず、しかし懐かしい甘い香の優しいファーストキスの想い出に、昔懐かしい恋焦がれた想い出が全身を駆け抜けるまで、しばらくそのまま、されるがままの姿勢でいた。真情情報たち全員が号泣《ごうきゅう》しながら、

「この慈雨《じう》のごとく降り注ぐ熱い情報の愛涙《あいるい》が、疲れ乾ききった孤独な情操の顔と体と心の芯の隅々まで、暖かく優しく沁みわたって欲しい」

真情の情報たちは、全員声を揃えて詩う。

「この愛を、貫き通す、わが心、情報なれど、血潮流れる」

突然、開け放しの扉の外で、

「ワッ」

と母親温情の泣き声が響いた。真情が振り返ると、様子を見守っていた情操の父の情張と、母の温情が二人立ったまま抱き合って廊下で泣いている。その声で我にかえった情操は、全身をブルブルと震わせると、突然、真情の広く逞しい胸に頬のやせた大きな眼ばかりの顔を埋めて、細身に骨と皮だけの両腕で力一杯しがみつき、泣き崩れていく。懐かしい真情の香りと優しいキス情報の電撃的訪問は、かつて抱かれた懐かしい想い出の胸を、その熱い胸のと

きめきの鼓動情報を思い出し、両手でしがみついていた右腕を解き放つと、その痩せこけた右手で、顔を真情の胸に埋めたまま、

「ドンドン」

「ドンドン」

「ドンドン」

と真情の胸をたたき、そして情操は声を上げて泣きだした。その涙が枯れるまで泣きに泣き、そして泣き、さらに泣き崩れていく。いつまでもどこまでも…泣きに泣いている。そして時間情報が、無となって消えていった…。

どのくらいの時間が過ぎたのか、その場の誰にも判らなくなった。この無の時間は、時計の針が止まったような長い時間でもあり、苦しみ悩み抜いた一ヶ月という期間と比較すれば、あまりにも短い一瞬の時間でもあった。真情の心臓の鼓動が、大太鼓の音のように情操の胸の奥まで鳴り響き、情操の心臓の速い鼓動が小太鼓となって、真情の胸を叩き、二人の鼓動がリズムとなって共鳴しながら鳴り響き始めた。

真情の熱い血潮が、痩身の情操の体の中を情流として流れ、氷で凍りついたような情操の心の芯を、熱い心の湯で溶かすように温め、二人の血潮がメロディを少しずつ一緒に奏でていく。真情の涙が情操の乾いた頬に潤いを与えていき、厳冬の闇夜で絶望の大海原を漂流していた情操の小舟に、真情の吐息と涙と愛の言葉が、情操の耳にハーモニーとなって聞こえるようになってきた。そして二人の心臓の鼓動と熱い血潮と吐息と涙が、リズムとメロディとハーモニーとなって響きだし、希望の歌と夢の萌芽を詩い始めた。

真情は落涙しながら情操をしっかり抱きしめ続けている。フッと真情は開いたままの情操の部屋の入口を振り返った。そこには廊下の板の間の上に両手をついて頭を下げ、膝を揃えて正座し、真情に対する感謝と信頼の気持ちを身

体いっぱいに表しながら、頭を垂れた情操の両親情張と温情がいた。真情の心情たち情報も、ようやく自分を取り戻しつつあった。

「夕焼けが、今日の別れを告げると、闇は青黒い幕を降ろして、我々を闇の中に閉じ込めます」

「その闇が底なし沼のごとく、青黒く染まった泥沼の暗闇へ、我々を誘い込むのです」

「そして夜明け前は、一日中で暗闇が最も青黒く染まり、寒々とした時刻となります」

「しかし、夜明けがこない夜はありません」

「そう、どんなに辛く激しい嵐の夜でも、たとえ暴風の闇夜が何日間続いても、いつかは嵐が止んで青空となり、そして、いつか明るい夜明けがくるのです」

優しさに溢れた真情の心情たちが、情操の心情たちに語りかけている。嗚咽《おえつ》する情操の声が、小鳥のさえずりのように小さくなり、小川のせせらぎの音のようになり、そして森の樹木の青葉情報が、

「ザワザワ・サワサワ・カサコソ・カサカサ」

と春風にそよぐように語りかけ、情操の鼓動と泣き声も、真情の鼓動と言葉のリズムに合わせて、静かなメロディとハーモニーを奏ではじめた。


まだ地平線の下にある太陽が、青黒く染まった朝空に暁光《ぎょうこう》を放ちながら、東の地平線を黄金色で溶かしてきた。そして天地は、朝日がじっくりと放つ金色の光に包まれつつあった。締め切ったカビ臭い情操の部屋の東側のカーテンが薄開きになっていた雨戸と密封したガラス窓を突き抜けた光が、黄金色の光の帯になって差し込んでいる。

東の地平線が、燃えるような真紅色に灼《や》けて、大地を目覚めさせようと、黄金色の輝きで情操の家を照らし、明るい暁光の色で情操の部屋いっぱいを染めあげようとしている。今朝は、淡青色の空に浮かぶ雲を、真っ赤に焦がす朝焼けだ。母情温が静かに立ち上がると、長い間、開かずの間となっていた娘の部屋の東側と南側のカーテンを開けて

両側に止めてゆく。父情張も立ち上がり、カーテンが開いたガラス窓を力強く開ける。そして愛嬢情操の汚れた想い出を袋戸へ封じ込め、解き放つかのように、力一杯、雨戸を開けて袋戸へ押し込んだ。

それは、情操とその情報たちの心の窓が、閉ざされた過去から解き放たれ、真情の元へと羽ばたいた瞬間であった。地平線と居並ぶ家屋の屋根越しに立ち登る黄金《こがね》色に輝く陽の光は、ベッドに染み込んだ悲しみに濡れた布団の上を照らし、部屋壁から天井まで黄金色に塗り上げ、新しい旅路への幕開けを告げている。真情の情報たちは詠う。

「太陽が朝日となって、黄金色の暁光を放ち幕を開ける。太陽が夕日となれば、西の空を茜《あかね》色で覆いつくし幕を閉ざすだろう。この黄金色と茜色の二色の間に、今日という一日がある」

真情の心情たちと情操の心情たちは、涙に濡れて黙して抱きあう真情と情操の身情たちに拍手を送りながら、

「その二色の間に、無数の色彩が多様な織物を綾なす今日が営まれる。その無数の色彩の中に、今日という日の幸せの七色の虹が輝きわたる」

東の空からほのぼのと差してくる暁光に向かって頭を垂れ、両手を合わせながら、声をそろえて情報の詩を歌っていた。

十一．若き情報の礎

峻峰《しゅんぽう》が連なる山腹の雪も解けはじめると、その山腹に春を待つ雪間草《ゆきまぐさ》の芽吹きを見ることができる。降り積もった雪が、まだらに残る山腹に描き出す雪形情報は、地域の人々にとって、農事暦となる季節絵でもある。

情操と出会う五年ほど前、中学校を卒業した真情は高校生となり、いよいよ春を謳歌する青春時代を迎え、この季

節絵の山々を望む、創立百二十年の県立U高校に入学した。U高校は県内屈指の秀才が集う進学校であり、同時に文武両道の学風を誇る公立高校でもある。この歴史ある高校の運動部の中には、全国大会レベルで活躍しているクラブが多数あり、真情が所属したバレーボール部（当時は九人制バレーボール）も、輝かしい戦績情報を残している名門運動部だ。

真情がU高校の二年生になった時のシーズン開幕の際、三年生にはバレーボール専門誌の全国版に紹介されるほどの超高校級のエースアタッカーと、スーパーレシーバーの二選手を擁する、前評判の高いチームであった。しかしバレーボール部の部員はマネージャーも含め十二名しかいなかった。県内にひしめく私立高校、商業高校、工業高校などのライバルチームは二十〜三十人の選手を擁し、中には五十〜六十人に近い選手を抱える名門私立高校もあった。真情が二年生のときのU高校バレーボール部は、強豪校を相手によく戦ったが、県内大会では中部地区大会で優勝した以外、一度も優勝杯を手にすることが出来なかった。

真情が二年生の惨憺《さんたん》たるシーズンが終わった秋、選手全員から推薦され、真情がチームの新キャプテンになった。しかしエース級の選手がいた三年生が抜け、残ったのは二年生と一年生はドングリレベルの真情たちで、しかも二年生七人と一年生三人の合計十名だけであった。

また監督は、戦績不振の責任を取って辞任してしまった。監督もコーチもいない中で、シーズンオフの練習が開始された。このチームの惨状を見て、またライバルチームの選手層の充実ぶりを知って、U高校バレーボール部ＯＢ会の情報たちの中から、

「U高校バレーボール部の再興を、俺がボランティアとしてやる」

と言って、みずから手を挙げ監督に就任してくれたＯＢがいた。全日本大学バレーボールの一部リーグで活躍して東京オリンピックの代表候補にもなった先輩、熱情であった。

熱情監督は大学チームの現役プレーヤーを辞任して、新監督に着任したその日から、寸暇を惜しんで作成した真情たち一人ひとりの体力・技力・気力と、ポジション別の個人メニューを作成した。これは東京オリンピック代表候補にもなった熱情自身が習得した、近代バレーボール技術修得の秘訣を盛り込んだものであった。そしてこの技術修得へ向けた苛酷な練習メニュー情報を惜しげもなく提供し、画期的なチームづくりへ向けた猛特訓を開始した。熱情監督から真情の心情と身情が学んだことは数えきれないほどあるが、特に印象的な人生訓は次の言葉である。

「青春という情報時代の土壌に、バレーボール情報の種をまき、太陽という卓越した技術情報と指導を受け、自ら努力という情報の肥料と、汗という情報の水をやり続ければ、必ず勝利という情報の花が咲く」

「しかし、この勝利を勝ち取ることができない情報がいる。それは〝もう駄目だと諦めた〟情報たちだ。〝情報の可能性を潰すのは強豪相手ではなく、自分の情報の内なる〝諦め〟にある」

「すなわち自分自身の〝情報たちの意志の弱さと諦め、それが勝利を手にできない理由〟のすべてだ」

「〝まだできる〟と信じている情報たちは、たとえ〝どんなに年輪を重ねていても、決して老いることはない〟」

「そしていつの日にか、必ず勝利を手にすることができる。いや〝勝利を手にするまで諦めないから、最終的に人生つまり情生の勝利を手にする〟ことができるのだ」

などの熱情監督の名言が、真情の心情と身情に叩き込まれ焼きついていく。そしてこれらの言葉情報と最新技術の革命的指導方法が、真情の若き情報の人生たる情生の糧《かて》となり、真情が挫折《ざせつ》の果てに自殺しようとしたとき、その自殺を思い止まらせ、そして大きな人生転換と成功への心の礎《いしずえ》にもなるのだ。しかし当時、高校バレー部のキャプテンを務めていた真情には、まだ予想できない将来の出来事であった。

「ザクザク、ザクザク、ザクザク、ザクザク」

薄暗い早朝、寒風が走り抜ける森の原のグラウンドに、霜柱を踏む真情たちバレーボール部員の足音情報が聞こえてくる。

「時間を浪費するな！」

「ボール拾いも重要な練習の一つだ！　サーブ練習のボール拾いの情報諸君、ボールに対する〝心眼情報を養う〟のだ」

「サーブは相手が打った瞬間に、そのボールはアウトかセーフか、判断できる心眼情報を鍛錬しろ！」

「時間を浪費するな、心眼情報を養え！」

「アタッカーがボールを打つ瞬間に、前衛ブロック陣は、どのコースへ打つか予測して、ブロックに飛ぶ位置情報を確定せよ！」

「レシーブ練習では、ボールがヒットされる瞬間に、どのコースへボールがくるか推定情報で、そのコースへ飛び込め！」

「人生もバレーも、判断力と推察力の心眼情報が勝負を決定する」

「ボールが手元に飛んできてから対応するのでは遅すぎる！」

「一度だけの人生、そして情生だ。今、この瞬間情報だけで判断しながら全体情報に照合し、今後の即応情報を考えろ！」

「明日のテストや宿題のことは考えるな、今はこの練習に没頭しろ！」

「過去は及ばず、未来は知れず、この瞬間こそ人生のすべてだ！」

真情たち全選手に危機情報がみなぎり、受験勉強の時間も削りながら、昼夜を問わず、近代バレーボールの最新技術の習得に没頭した。ライトの灯った体育館でバレーシューズに履き替えると、熱く厳しい冬の猛練習が、さらに黙々と展開されていく。練習を終え疲れた身体を引き摺りながら深夜自宅に帰っても、個人別トレーニングの献立情報が、両手を挙げて待っていた。日常生活の隅々まで、近代バレー理論と個人情報に立脚した最適、そして最新の筋力トレーニングが組み込まれていた。

「人生の限られた時間の価値を知れ」

「あらゆる瞬間情報をつかまえ、その時間を活用せよ！」

「今日やるべきことを、明日へ延ばすな！」

「怠惰《たいだ》なものにとって、明日は永遠に、今日とはならない」

練習後の夜の教室では黒板を使った最新バレー理論の解説、そしてチームワークを形成するためのフォーメーションの図上訓練、体育館では竹刀で叩かれた痣《あざ》マークを誇りにしながらの実技猛練習、情報理論と実践に向けた特訓。超高度な近代バレーボールを実践できる体質転換に向けた筋トレなど。


いよいよシーズン開幕を直前に控えて、近代バレーボール理論・実技・情報に立脚した仕上げの時を迎えた。これはU高校バレーボール部の伝統的な春季合宿のことで、合宿時期は四月一日から始業式の前日、つまり四月七日までの一週間にわたって、二年生と三年生になったばかりの在校生十名と、まだ入学式が済んでいない、入部を確定した素晴らしい素質を持つ新入生五名を交えた総勢十五人の合宿である。そしていよいよ〝伝統的春季合宿の最後日〟の朝を迎えていた。

合宿終了の明日八日は、U高校の始業式や入学式のある大切な日だ。その〝伝統的春季合宿の最後の日〟というのは、OBチームに現役チームが一セットでも勝てば合宿は終了するという、U高校バレー部の伝統的な春季合宿終了ルールの日だ。翌日は新入生にとっては入学式の日であり、今夜の夕食には赤飯の祝い膳を用意している家庭も多い。新二年生、新三年生にとっても、新学期の授業がはじまる日だ。しかし一セット勝たないと、合宿は終わらないサバイバル・ルールだった。

合宿最後の日の早朝七時から、今年のメンバーは全くダメだと情報や評判を聞いて駆けつけた実業団や大学で現役バリバリのOBたち三十人あまりの情報が、真情たちの試合前の練習ぶりを見て、

「おおぅ、これはすげぇ！」

「おう、こりゃぁなんだ？　こんなことまで、やるのかぁ？」

と、躍りあがるほど驚き、そして狂喜した。昨年秋から半年の冬の期間、お正月休暇期間も元旦しか休まず、熱情新監督の名指導のもとで理論と実践を基礎から徹底的に学び練習し、ついに最先端の近代バレーボールの技術を身につけプレーを展開している。しかもまだ、発芽していないホロニック精神的プレー、つまり個々には異質な要素が組み合わされている技術にもかかわらず、チーム全体として調和がとれている最新プレーも訓練中である。熱情新監督情報は、集まってくれた三十人に近いOBたちに、近くへ集まるよう指示すると、小さな声でコッソリと伝えた。

「ようやく少数精鋭の理想的なチームの基礎ができつつある。この合宿の仕上げは、これからはじまる一年間の長いシーズン中、ホロニック精神で仲間を信じてチームプレーに徹する、最後の最後まで粘り強く、なかなか負けないチームに仕上げたい」

集まっていた現役バリバリのOBたちの情報たちが叫んだ。

「本当だ！　これは凄いチームができそうだ！」

「いやはや驚いた！　高校生離れした近代バレーの最新技術と理論をマスターしている！」

「そのためにはOBチームも、実業団や大学レギュラーメンバーとして、全員が全力を出しきって現役チームを完膚なきまでに痛めつけて欲しい」

「おいおい、そんなことしてもいいのか？」

「その敗北の中にこそ、今シーズン中にどんな極限に追い込まれても、仲間を信じ力を合わせて極限状態を打破して勝利を勝ち取る、その強靭なホロニック精神の習得が、この合宿の最終目的なのだ」

「しかしこのことは彼らが卒業するまで、絶対に内緒にしてくれ。そうしないと驕《おご》りや過信がチームを崩壊させる危険性がある」

ボランティアで集まったＯＢの情報たちが小躍りして喜んだ。

「よしわかった。約束しよう」

「よおっし、熱情新監督情報！　確約するぞ！」

Ｕ高校バレー部が卒業式で県内最優秀チームとして表彰され、三年生七名全員が各ポジションの県内最優秀プレーヤーに選ばれ、しかもキャプテン真情がＵ高校内の全クラブ活動を代表して、Ｕ校同窓会賞として最優秀スポーツ選手賞を受賞するまで、この合宿最後の日のＯＢたちの会話は、真情たち部員全員、誰一人として知らなかった。

十二．情報の共鳴現象による新たなドラマ

春になると、ふわふわした綿のような白い筋雲が、ほんわかした暖かい日光を浴びようと、春空全体に白く薄く刷いたように並んで浮かび、地上のゴチャゴチャした営みとは関わりたくない風情《ふぜい》を見せる。こうした春の陽気に誘われて、スポーツシーズンがいよいよ到来した。

これまで最先端の近代バレーボールの技術を身につけた、自己中心的な各メンバー情報たちが、自己最適化のプレーと全体最適化のプレーを絶えず一体化させて、いついかなる強豪チームに対しても、その場で自チームの情報最適化と最強能力を発揮する戦術を絶えず思考しながらプレーし、しかも情報全員が同じ考えで一致協力するホロニッ

ク情報チーム、その情報考働《こうどう》チームをマスターするための合宿の最後の日を迎えていた。
「これを完成させることが合宿の目標だ」
と熱情監督の情報は考えていた。

さて、いよいよ朝七時から熾烈《しれつ》な特訓が開始された。全日本実業団や大学に所属する現役選手であるOBとその情報たちは狂喜し、今シーズン活躍する期待と夢に歓喜し、そのパワーを全開させ、怒涛のごとく真情たちのチームへ襲いかかった。疲れたOBは交代しながら、全力で強烈な攻撃を浴びせていく。大学トップクラス、実業団上位クラスの現役であるOBたちと情報たちが、雨あられの剛球サーブ、猛打のアタックを、真情たち高校生チームのコートに次々と叩きつけた。

これに対する真情たち高校生チームの十五人と情報たちは、特訓を耐えに耐え抜き、コートに這いつくばり、転がりながらボールを拾い上げては立ち上がり、学んだばかりの近代バレーボールの技術を駆使して、反撃へと結び付けていく。

休養十分な新手を繰り出してくる相手OBチームに対して、真情の高校生チームの情報たちは、昼食後の三十分間休憩と、夕食後の四十五分間休憩、そして二時間ごとに十分間のトイレ休憩をとる以外、交代要員がベンチで休むだけで、マネージャー一名と新入生五人、そして選手の三年生と二年生の九人、その合計十五名の選手情報で闘うしかない。しかも真情たち主力メンバーの情報たちは、朝から夕方までフル出場で、OBチームに立ち向かうしかない。一セットを勝利するまで…。

体育館の時計は、すでに入学式や始業式がはじまる前日七日の夜、つまり合宿終了予定時刻を過ぎ、二十時過ぎを示していた。学校側から合宿延期の連絡を受けた選手の家庭から、子供たちの帰宅が遅いことを心配して駆け付けた父兄の情報たちが、体育館の二階の観覧席や一階の窓にへばりついて、体育館内の激闘シーンに釘付けになっていた。負け続け、黒星が連なっても起き上がり、合宿の練習で疲労困憊《ひろうこんぱい》した傷だらけの体を引き摺りながらも、ＯＢチームへ挑み続け、そしてコートへ崩れ落ち、また這い上がる。しかしその上から猛烈なボールが容赦なく飛んでくる。真情たちチームの選手の情報全員が、足を引き摺りながら試合をし、そして負ける。再開してはまた敗北の連続であった。熱情監督情報の怒鳴り声と檄《げき》がとぶ。

「人生や情生は負けたら終わりではない。諦《あきら》めたら終わりなのだ！」

「試合も負けたら終わりではない。ここで辞めたら終わりなのだ！」

「試合は勝つまで諦めずに戦い続けるのだ。そうすれば、いつか試合には必ず勝てる！」

「お前たちの人生も同じだ！　勝つまでは人生も情生も絶対に諦めるな！　諦めなければ、いつか必ず、人生や情生に勝利するときがくる。いや勝利するまで諦めるな！　そうすれば、いつか勝つ日がくる！」

「継続は力なのだ！」

次々と入れ替わり立ち代わり出てくる休養十分なＯＢチームも、流石に疲労の色が濃くなってきた。しかしそれでもなお、熱情新監督情報の要請に従い徹底的に真情チームを痛めつけていく。飛び交う白いバレーボールは、身情たちの割れた爪や指先の血で無数の斑点がつき、次第に真っ赤に染まっていた。

午後二十一時三十五分。三年生部員の情報が、突然、試合コート中央で、

「ワーオォ、ワァーワァー」

と大声で泣きだした。真情たちコートの中の仲間情報全員が、ベンチに座っていたマネージャーや横にいた新入生たちの情報も、チーム全員の情報が、

「オ〜ィ〜オィオィ」

「ワァ〜ォワァ〜ォォ、ワ〜ワ〜」
勉学とバレーボール以外のすべてを犠牲にして、学校生活や日常生活そして青春のすべてをかけて、近代バレーボール技術のマスターにかけてきた部員全員の情報たちが猛練習に励んできた。しかし、交代をしながら次々と猛打を繰り出すＯＢチームの前に、わずか一セットも取れない。その非力感、情けなさ、その不甲斐なさに、チーム全員の情報たちが同じ思い、同じ口惜しさで涙を流していた。

この様子をジッと黙って見ていた熱情新監督情報は、ＯＢ情報たちに腕で大きなＯＫの輪を描き、ニコニコしながら小さく拍手をした。そう、そうなのだった。ついにこの瞬間、この同じ涙の大合唱で、合宿の最大の目標としたホロニック精神情報の第一歩が完成したのだ。全く同じ悔しさを同時に共有する心技情報が強固に結束関係をもつ素晴らしい新チームが、ついに完成した瞬間がきたのだ。そして学校側から事前連絡を受け心配して駆けつけた父兄の情報たちが観覧席から見守る中で、泣きやんだ真情たちの現役チームが、ようやくＯＢチームから一セットを勝ち取った……。

そのとき深夜の暗闇に明かりが漏れる体育館に、割れんばかりの拍手と感動と激励の声援情報が延々と木霊《こだま》のごとく鳴り響いた。しかもしたたかな熱情新監督情報の当初からの狙い、つまり真情たち部員の情報同士のホロニック精神だけでなく、生徒情報たちを支える最も大切な各家族情報と学校情報と選手情報たちその三つがガッチリと三位一体となり、そのホロニック精神情報のチーム構築を、鳴りやまない拍手の嵐の中でしっかり築き上げていた。

合宿最後の日が終了したのは、始業式の前日の深夜二十二時十分である。駆けつけた父兄情報に引き取られてゆく疲労困憊《ひろうこんぱい》した真情たち情報に向かって、朝からボランティア協力した三十名あまりのＯＢ情報たちが、

まりでもあった。


「頑張れよ！」

「自信をもって頑張れよ！」

などの声援そして嵐のような拍手情報が、深夜の体育館の中に木霊して、いつまでもいつまでも鳴りやまない。そしてこれは、真情情報がキャプテンという重圧に押し潰《つぶ》されて、今も傷跡が残る十二指腸潰瘍を患《わずら》う苦しみのはじまりでもあった。


U高校のバレーボール部は本格的な試合シーズンを迎えた。

「ピピッピーッ、ピーーッ。」

試合開始のホイッスルとともに、新任の熱情監督から学んだ近代バレーボール理論と最新技術や情報で武装した部員わずか十五名のU高校バレーボール部の公式戦がはじまった。白線で囲まれたバレーコート内で、知恵と汗、体力と気力、理論と実践、技術と情報などが、ネット越しに激しくぶつかった。

真情たち少数精鋭のU高校チームは、スポーツ推薦の選手などを擁し大部員を抱える名門私立高校の強豪チームを相手に、破竹の連勝を続けた。そしてシーズンが幕を閉じたとき、数多くの練習試合や県大会、関東大会、全国大会、国民体育大会、実業団や大学との試合も含め、ほとんどの試合に圧倒的な強さで勝ち進んだ。そして真情たちバレー部の全戦績は、五十戦四十勝九敗一分、県内の高校生同士の対抗試合では、二十八戦二十六勝一敗一分という、U高校バレーボール部の歴史の一頁を飾る好成績を収めた。


「ザクザク、ザクザク、ザクザク、ザクザク」

地面が固く乾いた屋外バレーコートの傍を元気に走り抜けるバレーボール部員の足音情報が聞こえてくる。しかしながら近代バレーボールの技術と理論と情報、そしてホロニック精神情報が体現できる少数精鋭のバレー部であったが、その破竹の勢いが阻止される重大事件が起こった。それは県内の高校対抗試合で二十八戦二十六勝一敗一分の中に、厳然と残る一敗という敗北。勝つべきして負けた試合だ。

春風も麗《うらら》かな日の屋外コートで、県内の中部地区バレーボール大会が開催された。この大会はスーパーアタッカーとスーパーレシーバーを擁したU高校バレーボール部が前年度に優勝した大会であったが、選手六十人を擁する名門のS学院チームと第一回戦で激突した。ここでセットカウント〇対二でストレート負けする大事件が起こった。真情たちU高校チームが県内の高校バレーボール大会で唯一の一敗を喫したその敗因は、前衛センターを務める真情が、キャプテンの重圧のために十二指腸潰瘍《かいよう》で倒れたことにあった。

「昨年までの惨めな成績は残せない」

「U高校チームのキャプテンとなった自分のなすべき責務は何か?」

「心技情報一体のキャプテンとは、何をすべきか?」

連日連夜、キャプテンに選ばれた重圧に悩み耐えきれず、真情の心情はノイローゼとなり自滅した。食事は喉を通らず、下痢と嘔吐《おうと》に悩み、体は痩せ細っていった。大会十日前、ついにストレスによる十二指腸潰瘍と診断され、医師から入院を強く勧められた。だが真情情報は熱情新監督情報だけに医師の診断書を見せて相談し、点滴による栄養剤補給に頼るという体調ながら、授業や練習を休むことはなかった。真情の心情、情善たちは言い張っていた。

「いいか身情たち。たとえ十二指腸潰瘍だとしても、ポジティブな身情とネガティブな身情が、同時に俺の運搬屋を独占することはない。どちらか一方が他方より勝るはずだ。ポジティブな身情が病気で気弱になったネガティブ身情を、しっかりサポートして試合に臨めるかどうかは、いいか身情たち、結局お前の気力と意欲と責任感しだいだ」

しかし九人制バレーボール競技において、ボール支配率が六十~七十%のセッター真情のトスワークが微妙にブレてしまい、味方チームのアタック陣は得意な決め球を打てず得点がとれない。それどころか、前回開催されたU市内リーグ戦で圧倒したS学院が徹底的なU校分析により編み出した特殊フォーメーションである四三二システム、つまり前衛四人、中衛三人、後衛二人という新布陣の前衛陣により、つぎつぎとその鉄壁ブロックの餌食となった。

結果は〇対二のストレート負け、完敗であった。試合終了直後、勝利の歓声や大拍手が渦巻き、飛び上がり抱き合って喜ぶS学院とその情報たち、選手たちの父兄情報や、さらにS学院関係者百名以上の大応援団の情報たちの大合唱が、会場コートいっぱいに轟き渡っていた。名門S学院の校歌や応援歌が鳴り響く横で、沈痛な空気が重くのしかかった十五名しかいないU高校真情チームは、ただ黙して悄然《しょうぜん》と立っていた。

春の合宿でも深夜まで指導してくれたボランティアOB情報たちや、そして優勝を期待して駆けつけた何人もの父兄情報たち、その前に整列して深々と頭を下げる敗者、真情たち情報のみじめなうなだれた姿があった。しかし応援にきていたOB情報たちは納得せず、一番年上の大先輩情報が、整列して首をうなだれた選手の前で怒鳴った。

「この敗北は一体誰の責任だ!?」

責任という言葉の圧力が真情の情報たちを覆い尽くした。

「自分だと思うヤツは三歩前に出ろ!」

「私です!」

キャプテンという重圧に自ら潰《つぶ》れた真情情報、その精神的弱者セッター真情が十二指腸潰瘍《かいよう》を患い、そのトスワークの乱れが敗戦の原因であることは誰の眼にも明らかだった。涙情報で潤んだ顔の真情は頭を上げ、怒りに満ちてボロボロと涙を流している大先輩の顔を真っ直ぐ見つめた。すると次の瞬間、

「バシ〜ッ!!」、

そして

「ビシ〜ッ！」

と乾いた空気を切り裂くような情報音が、学校教師情報、選手情報やＯＢ情報、そして父兄情報たちがジッと見守る試合会場に鳴り響いた。往復ビンタが真情の両頬《りょうほほ》を襲ったのだ。真情情報の口内の歯が折れたかのような軋《きし》み情報音を出し、痩せ細った顔がゆがんで左右に大きく揺れ、口の中から鮮血情報がドッと吹き出し、たちまち血で口内がいっぱいになった。真情は口外に血を流すまいと、

「ゴクン、ゴクン」

と血を飲み込むと、真っ赤な口を大きく開け怒鳴るように叫んだ。

「申し訳けありません！　ありがとうございました！」

その声が終わらぬ間に、エースアタッカーが三歩前に出て、

「私もです！」

自分から大先輩の前に顔を出した。その頬にも鉄拳情報が飛ぶ。

「バシ〜ッ!!　ビシ〜ッ！」

会場にどよめくような情報音を響かせ、エースアタッカーの口からも鮮血情報が飛び散った。

「私もです！　バシ〜ッ!!　ビシ〜ッ！」

真情のチームメイト情報たちが次々と続く。試合の敗北の全責任は、

「私もです！　バシ〜ッ!!　ビシ〜ッ！」

敗因は誰が見てもトスワークが乱れた十二指腸潰瘍のキャプテン真情にある。

「私もです！　バシ〜ッ!!　ビシ〜ッ！」

うな垂れ嗚咽する真情の身情と心情の心耳に、ホロニック精神情報で強くしっかりと結ばれたチームメート情報たちが殴られる、その激しいビンタの情報音が、次々と突き刺さる。

「自分の責任です！　バシ〜ッ!!　ビシ〜ッ！」

現在、我が国の体育指導における体罰は、いかなる場合も許されない。確かに情報における〝心情の育成〟、つまり〝心を育む教育〟である学問や技術、文明や文化などの教育や学習には、体罰は無用である。しかし、本誌の情報における〝身情の育成〟つまり〝体を育む体育〟では、当時は〝身情の学び〟には、その身体や身情に直接記憶させる体罰は、愛情溢れる効果的な〝体育指導法〟の一つであった。

例えば競馬のゴール直前に騎手がムチを入れて馬が保有する最大能力を引き出し勝つことができれば、その身情たちにとって自分の限界と伸びしろの可能性を知る、貴重な体験学習となるのだ。このことを知っている学校教師情報、選手情報やOB情報、そして父兄情報たちが、感謝の面持ちで見守る中、涙を流しながら鉄拳を振るって下さった愛情溢れる大先輩の指導を糧に、多様体のホロニック精神は、選手一人一人の身体に深く刻まれ、さらに強化されていく。

この体を育む体育指導法による体罰を境に、その後の真情のU高校バレー部は、県内の高校対抗試合では一セットも取られることがない、全戦全勝の心技一体となったホロニック精神情報チームへ、さらに大きく成長していく。その結果、関東大会、全日本大会、国体北関東予選大会などの県内大会は、すべてストレート勝ちの完全優勝を果たし、県の代表チームとして県外大会でも好成績を残していった。

真情の情報たちは、〝我が闘争〟と名付けた決意表明文をチームメイト全員の前で発表し誓った。そして、この試合シーズンのみならず、真情の情生たる生涯を通して、二度と同じ過ちを繰り返さなかった。

「私（情報）はやる、ただひたすらに。

どんなに前途が険しくとも、

どんなにそこが遠くとも。
私（情報）はやる、ただひたすらに。
いかなる苦悩が付きまとい、
いかなる重圧があろうとも。
私（情報）はやる、ただひたすらに。
いくらプレッシャーがあろうとも、
いくらピンチが襲ってこようとも。
私（情報）はやる、ただひたすらに。
この努力が報いられるその時が、
いつの日にかくることを夢見ながら」

真情の青春時代の辛くも貴重なバレーボールの想い出情報は、第二次世界大戦で辛酸《しんさん》をなめた若者たちの体験情報には遠く及ばない。しかしバレーボールの体験情報と想い出情報は、情報の運搬屋としての真情の情生を生き抜くための大事な青春の素晴らしい体験情報となった。決して忘れない丸い白い柔肌のバレーボール……。

十三．情報たちの結婚式

雪は空からの贈り物である。柔らかくふんわり降り積もった雪は、輝やく日差しを受けて光が迷子になったように、いたるところで、

「チカチカ・ぴかぴか・ツヤツヤ」

と冷たく燃えるように反射し、目が痛くなるほど眩《まぶ》しい。昨晩から気温が下がり、細雪《ささめゆき》は一晩中音もたてずにしんしんと早朝まで降っていた。

真情と情操の二人は、

「永久《とわ》の恋愛の実現には、お互いに尊敬する心がなければならない」

そう固く心に誓って、情操が二十四歳を迎えた記念すべき誕生日、つまり十二月二十四日のクリスマスイブの日に、この温泉街の森の中の小さな教会で結婚式を挙げることにした。

朝になって雪が降りやむと、冬空が温泉街の頭上に大きく顔を出した。抜けるような碧空の中に森閑《しんかん》と静まり返った森の小さな教会は、初雪を白いバージンロードのように敷き詰め、ひっそりと静かに二人の清楚な挙式を待っていた。青空から舞い降りる風花は、カラマツの樹林を吹き抜けながら、柔らかな太陽の光に輝き、

「しとしと・サワサワ」

と歓びの曲を奏で、静寂の中で興奮し、ざわめいている。

森の小さな教会での結婚式は、一般的な結婚式とは大きな違いがあった。一般的な結婚式で見る花嫁の父親の顔は、ポッカリと胸に穴の開いた寂しげな顔と、娘の幸せのためと自らを説得させている引き攣《つ》った複雑な笑顔が同居している。そして結婚式や披露宴などの場の環境変化に応じて、父親の顔はカメレオンのごとく歓びと寂しさが交叉し、頻繁に変化する。ところが新郎真情と花嫁情操の結婚式では、花嫁情操の父親情張が、喜色満面《きしょくまんめん》の笑顔で相好《そうこう》を崩して喜んでいる姿があった。その花嫁情操の父親情張が別人のように喜び溢れ光り輝く笑顔には、娘の情操が暴漢に襲われた辛い過去から立ち直り、今日のこの良き日を迎えることができた至福感に満ち溢れている。喜びと感謝

を礼服いっぱいに包み込んで抑えているが、その破顔《はがん》と感動で今にもはちきれそうに膨らんでいた。

ひな壇の新郎真情の幸せそうな姿を、羨ましそうな顔で眺めている、真情の妹、車椅子に乗った純情がいた。その純情の姿を父情理と母情愛は見逃さなかった。

真情は父情理が海外の大学で教鞭をとっていたとき、その大学の近くにあった総合病院の産婦人科病棟で産まれた。しかし妹の純情は、父情理が短期間教鞭をとった専門学校近くの僻地《へきち》の寒村、医師が一人しかいない小さな病院で産まれた。当時、出産期を迎えた母情愛は、一人で出産に向けた準備をしていた。陣痛情報が母情愛に出産が近いことを伝えると、父情理はお守りとして一対のマンボウガイを持ってきた。そして妻情愛に握らせ、残りのマンボウガイを自分の手に握りながら言った。

「情愛、大丈夫かい？　日本では、鶴は千年、亀は万年と縁起もの。トウカムリガイの別名は千年貝で、このマンボウガイは万宝貝と書き、縁起物として、またイタリアの装身具カメオにも使われている。地元の教え子から妊娠中の奥さんのお守りと言って、さっき頂いたんだ。さあ、しっかり手に握っていなさい」

真情の父情理は、妻情愛を愛おしむかのようにしっかりと右手を握り、左の手の平にマンボウガイを握らせた。

しかし寒村に来てから病気がちだった妻情愛の陣痛は弱く、出産時間がとても長引き、大変な難産となった。病院に一人しかいない医師は、内科と外科が専門で、看板に書いてあった産婦人科は、あまり経験がない。

「オギャーア」

という産声が、弱々しくも分娩室から響いた。生命の情報初発信の産声で、両親とは似て非なる新たな情報の誕生だ。

「二千七百五十グラム、女の子です。破水し酸欠状態が長かったので、緊急に帝王切開の手術をしました。問題ないと思いますが、完全を期すため、しばらく無菌の保育器に預からせてください」

「この間は母体も安静が必要で、当面お子さんは抱けませんが、病院側もできる限りのことは致します」

父親情理に対する医師の言葉は、身体障害児の誕生を暗示していた。しかし父情理を含め母情愛は、娘が身体障害者として産まれたこと、そして身体障害者としての人生を過ごすことを、このときはまだ知らなかった。父情理の情報たちは謡う。

「たとえ難産であろうが、無事に産まれ、母体も大丈夫そうた」

「情愛……、本当によく頑張ったね！」

「本当によくやった。お疲れさま」

情理が長男真情を抱いて戻ると、情愛の母親情感が駆けつけていた。隔離された部屋の中に置かれた保育器の孫をガラス越しに見て大喜びしている。

「まあ、可愛い赤ちゃんだこと！」

「女の子です」

「あら、嬉しいわ、きっとお母さんに似た美人よ！」

孫の誕生は祖父交情と祖母情感たちの遺伝子情報たちにとって、

「自分の情報が確実に二世代にわたって伝承された証だ」

つまり
「孫の誕生は、自分が情報運搬屋として役目を、立派に果たした証拠」

であり、

「隔世代を、情報の記録が継承された証である」

ここにいる母情愛の心情たちは、その行く末には自殺すべく彷徨《ほうこう》することになるが、まだそのことは知らない。しかも、つい先程までは生死の境を彷徨《さまよ》ったことも忘れてしまう。情報たちが逞しく生き抜く秘策が、ここにあるのだろう。

骨の中まで凍りつくような厳しい寒さが続く異国の寒村の病院で、夫情理と息子真情に支えられながら、生と死の境を乗り越え娘を出産した母情愛の心情は、その重苦しい過去を、真情の結婚披露宴のテーブルに座って想い出していた。その想い出とは、ブルーがかった灰色の底なしの空から、絶え間なく雪が降り続く見渡す限り蕭条《しょうじょう》とした冬景色の中を、家族三人で自殺するため、真情の手を引き、身体障害の重荷を持つ娘を背負って、鉄道の線路を死に向かって、足を引き摺りながらトボトボと歩む姿であった。

第二章

情報の悲

——情報は情報を食べて生き抜く

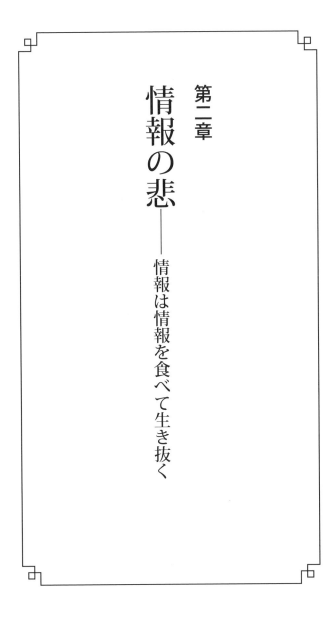

一・戦争に罹病した消えない血糊情報

かつて、戦争という〝死に至る病〟に取り憑《つ》かれた軍人という名の情報運搬屋が国政を動かす、軍国主義の国があった。その国は、御国《おくに》のため天皇陛下のための戦争という美名の下で、罪なき人を殺戮《さつりく》し、情報を抹殺し、その未来を奪っていった。しかもマスコミ商業主義者も、マスコミの理念や信念を放棄し、販売部数を伸ばすべく、富国強兵、植民地拡大の記事を書き散らし、その国民も戦争正当化への街道、軍国主義礼賛《らいさん》に通じる橋造りに協力していた。

当時の西欧列強は、アフリカ・アジア各国を植民地化し、その国の資源や富を収奪して自国に持ち帰り、奴隷にしたり、その民族と情報を抹殺して、寡婦《かふ》をつくっていた。悲しいことに情理の国も、西欧列国の白人と同じ植民地化施策をとり、同じアジアの同胞と情報たちに、陳謝してもしきれない多大な被害と犠牲を強いていく。そしてついに、狂気が跋扈《ばっこ》する第二次世界大戦という嵐が、赤い地球全体を飲み込んでいった。この嵐に巻き込まれた一般市民の死亡者数は、全世界で約六千万人以上、アジアだけでも約二千万人以上、そして日本も三百十万人を超える人々と、その情報運搬屋に託された情報たちが死滅したと推定される。

帝国大学を卒業した真情の父情理は、植民地化した隣国の大学の助教授となった。そして隣国大学に在学していた地元の学生や近隣アジアの学生たちに対しても、日本人学生と差別することなく、むしろより親切に、親身になって教育を施していた。そして父情理達と情報たちは、戦争の嵐が襲来するのを予期し、絶望的局面でも平和的解決を熱望しながら、

「殴り合い、殺し合う戦争に、正義なし！」

「戦争反対！　軍国主義反対！」

「武力的解決方法反対！　話合いによる平和的解決を！」

「平和の世、守り通すは、この身体、運搬屋なれど、血潮流れる」

などと叫んでいた。こうした平和主義者で戦争反対者の父情理には、当時〝特高〟と呼ばれていた特別高等警察の監視員が、連日のようにつきまとっていた。


しかし情理は、学生時代に宮内庁からの要請により、皇族のご令息の家庭教師の一人に選ばれていた。そのため特高は情理を簡単に逮捕することができなかった。そして教壇に立っても、集まった学生たちへ平和の尊さを説き、

「戦略なき闘いに、勝利なし」

「国家予算の五十パーセントも軍事費に投入し、軍国主義を中核に据えた日本国民の情報たちは、西欧人によって植民地化され、略奪や収奪されて奴隷化され、苦しみに喘《あえ》ぐアジアの人々と情報たちを解放し、その独立運動を支援するという正義感やアジア解放構想が必要だ」

そして、

「アジア人による、アジア人のための、アジアの国造り」

という理念を掲げて、アジアの人々へ貢献すべきと訴えていた。しかし戦争という病に取りつかれた軍国主義日本国には、西欧列強と肩を並べられるのは植民地政策だけで、世界全体を見据えた戦略構想は、残念ながら無かった。

昭和十六（一九四一）年、日本が真珠湾攻撃した年になって、ようやく国会で当時の首相が〝大東亜共栄圏構想〟を発案した。情理の情報たちは嘆く。

「しかし、この〝大東亜共栄圏構想〟も、アジアの国々を西欧列強の植民地から解放し、独立させるものでなく、日本だけの視点に偏った身勝手な共栄圏構想であった。そして近隣の国々の人々と情報たちを、日本の属国や植民地にしようと計画し、蛮行を繰り返し、隣国の多くの人々と情報たちに塗炭《とたん》の苦しみと多大な犠牲を強いる結果を招い

てしまった」。

慟哭《どうこく》する情理の情報たちは、悲痛な声を震わせながら叫ぶ。

「こうした時代で一番難しいことは、我が国を黒雲のように覆い尽くしている戦争賛歌旋風に、もはや反対することは到底できない。しかし戦争という狂気には加担せず、銃口を向けている敵兵にも戦争という名で人殺しをしないでいられるのか？」

戦況は風雲を告げて敗色濃くなり、宮内庁から軍へ要請が出され、情理など皇室に関係深い者と情報たちには、より安全な国内勤務への転勤・異動命令が出された。情理准教授も、国内のU大学の教授として転勤するよう辞令が出た。しかし軍は情理の異動も看過《かんか》することなく、召集令状、すなわち通称〝赤紙〟を、情理の手元へ送り届けてきた。この召集令状（赤紙）を拒否すれば、皇室につながる自分といえども法律違反者として投獄されるばかりか、皇室関係者にも迷惑をかけ、最愛の家族たちも非国民として、周囲から白い眼で見られる。

「国が百年兵を養うは、戦わずに平和を守るためだ。一兵卒として国のためだけではなく、世界の平和を守るため、西欧植民地主義の束縛《そくばく》から、アジアの国々の人々と情報たちを解放し、自決自治の独立を支援するために闘う」

情理は覚悟を決めると、赤紙に書かれた士官候補生の資格を辞退し、兵隊として最も格下の二等兵の資格で入隊手続きの申請をした。

情理は、男四人女一人の仲の良い五人兄弟姉妹の長男であった。しかしこのときすでに、平和主義の情理とは考えが異なる次男情実は国を守る日本軍の志願兵を希望し、南方面陸軍の兵士となって、激戦地で日夜戦闘の渦中にいた。さらに海軍士官学校でトップクラスの成績だった三男の情意も学徒動員令を受けて、海軍士官学校の速成コースに編入され、そして大海原へ駆逐艦に乗って出撃していた。志願兵の軍人になった次男情実と三男情意の弟二人が、永遠に還らぬ人となるとは知らず、情理は赤紙を受け取ると、入隊手続きをした。当時戦域は拡大の一途で、真珠湾攻撃の勝ち戦《いくさ》とは様相も一変し、神風特攻隊やバンザイ突撃による玉砕など、戦況は悪化の一途をたどっていた。

旧陸軍の場合、実際に情理たち初年兵を指導するのは下士官の助教、二年次以上の古参兵の助手であった。入隊すると、まず、

「気をつけ！」

「敬礼！」

などの基本動作からはじまり、銃剣術、兵器の取り扱い、戦術的な訓練などへ進んでいく。兵における上下関係は、どちらが古年兵《こねんへい》か、誰が先任かで従うべき順位が決まっていた。したがって新兵は無論、ほとんどの兵隊にとって、最古参の上等兵殿は一挙手一投足《いっきょしゅいっとうそく》を見習わなければならない相手であった。

起居《ききょ》する部屋が一緒の上等兵は〝夜の内務班長〟とも呼ばれ、防災、防犯、風紀の取り締まり、人員の確認などの任務に当たるトップとして、現場に君臨する絶対的な力を持っていた。そして情理たち初年兵を苦しめたのは、この古参兵からの私刑《リンチ》である。軍隊で正式に認められたものではないが、情理が入隊した頃の日本陸軍では黙認されていた。多くはビンタや拳骨《げんこつ》、精神棒の竹刀などによる体罰だが、セミやウグイスの真似をさせて精神的な苦痛を与えたり、長時間自転車漕ぎの真似をさせる肉体的苦痛など、さまざまなシゴキが連日のように情理と情報たちを待っていた。この軍律厳しい猛訓練は、どんなに過酷な環境下でも、情報たちが生き抜く術を磨く、訓練の場であった。

初年兵の過酷な訓練を短期間で終了した情理とその情報たちが、船と列車を乗り継ぐ長い旅路の果てに到着した駐屯地は、大陸の戦闘激戦地のど真ん中であった。大陸の秋夜《しゅうや》は日一日と長くなり、もうすぐ過酷な冬将軍到来の時節であった。厳冬の到来は誰も望まぬが、歓迎されざる情理達部隊の到着も、地元住民たちからは、冷たい視線や

厭な顔で迎えられていた。情理の情報たちが黙して見つめる裸の灯火や、月の光、虫の音、秋雨《あきさめ》の音など一つひとつに、故郷への想いが募る。澄み渡る碧空に浮かぶ秋雲たちも、次々に故郷のある南東方面へ、情理の想いを載せて吹き流されていく。もの寂《さ》びた趣がある名残の月が、寂寥《せきりょう》とした夜空に浮かぶ異郷の地で、歩哨に立った情理の心情は、望郷《ぼうきょう》の気持ちに襲われながら、残してきた家族のことを考えていた。紅葉した草木は葉を落とし、大気は冷やかに澄み、吹く夜風が肌寒く感じられる。

そこへ突然、敵来襲のラッパが鳴り響き、重装備で警戒態勢のままでいた情理の部隊に緊急出撃命令が出た。慌てて隣町の方向へ目を向けると、満天星の寒空に十三夜の月が寂しげに浮かぶ漆黒《しっこく》の地平線の一部が、血の色に染まって燃えていた。情理の部隊は、闇夜の地平線に火の手が上る隣町へ急行した。

しかし泥濘《でいねい》と待ち伏せた敵兵の殲滅《せんめつ》に手間取り、部隊の到着は遅れた。情理の部隊が、朝日が差し込む頃、ようやく街へ到着したときには、炎に包まれた街全体が地響きの音を立てて崩れ落ち、灰塵《かいじん》に帰すところだった。しかも包囲していた敵兵は、全員が逃げるように引き上げてしまった後だった。日本人が入植者として千人ほど住む町が、数倍の敵兵に急襲され、駐屯していた警備兵二百名だけでなく、婦女子を含む住人のそのほとんどが殺害され、わずかに生き残った人たちは瀕死《ひんし》の重傷を負っていた。息絶え絶えの重傷情報の話では、

「住民になりすました敵兵が、住民の手引きで街に入り込んだ」

「まず工事請負の地元業者に『通信施設が故障した』と報告させ、その間に通信装置と電力設備、送電線施設などを完全に破壊した」

「さらに門番全員を殺害すると、密かに地元住民全員に、街を取り囲む防衛壁から即刻出るよう徹底し、日本人だけを残して地元住民を逃がした」

「それから街全体を密かに包囲していた敵兵軍は、まず日本の警備兵士二百名をせん滅し、抵抗する民間兵士に襲いかかり、そして街中に油と火を放った」

という。街を取り囲む防衛壁の中は阿鼻叫喚《あびきょうかん》の火の地獄と化し、

「耐えきれず防衛門から飛び出した日本人の男たちだけでなく、白旗を掲げた子供まで、無慈悲にも銃弾の雨を浴びせ、男性は全員を銃殺した」

「防衛門から日本人婦女子が逃げ出したと見ると、これを捕らえて幼い少女たちまで輪姦した上で射殺し、さらに妊婦も強姦したのち、腹の中の赤子まで銃剣で刺し殺した」

という。見るも聞くも無残な街の中は、逃げまどった人々の焼死体が至るところに転がり、そして焼けただれた防衛門の周囲には、血にまみれた男性や男の子の屍、敵兵に犯され殺された裸婦や、まだあどけない素裸の少女たちが強姦され、刺殺された遺体や衣服などが草藪や灌木や溝の中に転がっていた。その中から、昨夜、隣町へ訪問していた軍団長や部隊長の妻や娘たちも輪姦され、黒く焼け焦げた素裸のお姿のご遺体で発見された……。


しかし情理の部隊の戦果は、待ち伏せ攻撃を受けた際に捕虜にした二十人ほどの敵兵だけである。真っ赤な鬼のような形相になった部隊長の指示に従い、情理たちは即製の大きな墓地を造り、綺麗に洗われた亡くなった日本人千人あまりの遺体を丁寧に死装束をお着せして、お一人おひとりを丁重に埋葬していった。焼き尽くされ灰燼《かいじん》化した街で遺体を捜して埋葬し、その遺留品などを回収して一週間が経った。しかしこの間の残酷《ざんこく》無慈悲な体験は、情理の両手と情報たちの心に、生涯忘れることのできない悲劇の血糊《ちのり》をこびりつかせ、拭いても洗っても消すことができない捕虜虐殺事件となった。

軍団長や自分の妻や娘も虐殺されたことを知って、半狂乱になった部隊長から命令を受けた情理たち新兵は、まだ

焼き焦げた異臭が漂う街の一角の暗い湿った庭に、一週間前の待ち伏せ攻撃を受けた際に捕らえた捕虜二十人が、上半身裸で後ろ手に縛られて座っている所へ集められた。彼らが座っている眼前には、凍りついた地面を一週間かかって捕虜自身に掘らせたという長さ十メートル、幅二メートル、深さ一メートル程の穴が、

「チクタク・チクタク」

と時刻を刻んで、捕虜たちの死を口を開けて待っていた。

「新兵、まず情理！　前に出ろ！」

「あっ、はい！」

部隊長から最初に二等兵の新兵、情理が呼ばれた。

「やつらが抵抗しない婦女子を犯し、白旗を上げた民間人や子供まで惨殺した残忍な戦争犯罪行為をした者は、どうゆう結果になるか！　その間違った犯罪行為の罪の深さを、その身体に教えてやれ！」

情理の情報たちは拒否反応を示し、両足は立ちすくんで動かない。情理の情善たちは無言で怒鳴った。

「武器を持たない捕虜殺害の行為は、国際法違反の戦争犯罪である！　抵抗しない捕虜を殺害すれば重大な犯罪行為として戦犯に問われ、いずれ弾劾《だんがい》されます！」

情悪も無言で喚いた。

「捕虜殺害は国際法違反だぞ！」

しかし部隊長は怒鳴る。

「おいお前、情理！　もう一歩前に出ろ！」

「はっ、はい！」

「構え！」

情理はあわてて、三八式歩兵銃の銃口を捕虜の後頭部に向けた。

「撃て！」

情理は目を瞑《つむ》った。そして引き金を引いた。

「ズキューン」

と鈍い音がした。情理が目を開くと、捕虜は目の前に座ったままで、銃弾は捕虜の後頭部からはずれ、凍った地面に深くめり込んでいた。次の瞬間、情理の左頬に部隊長の鉄拳が、

「バギッユ～ン」

と飛んで前歯が折れ、左耳の鼓膜が、

「ウワォーン、ウォン」

と鳴り響き、口内に生温い血が溢れ出して、地面に叩きつけられた。そしてすぐさま軍靴で蹴飛ばされ、情理の肋骨は、

「グキッ」

と鈍い音がしてヒビが入り、情理の顔は激痛でゆがみ蹲《うずくま》った。そして次の瞬間、

「ダァーン」

部隊長の腰の拳銃が火を噴き、その捕虜はもんどり打って穴の中に転げ落ちた。

「バカヤロー！　どこを狙って撃っている！」

「この日本人町の婦女子や妊婦まで強姦され、民間人の仲間が千人も惨殺《ざんさつ》された時に、お国を護《まも》り仲間を護るために来ている軍人が、血みどろに汚れないで生き抜くことができるのか！」

「次！」

「撃て！」

次々と新兵へ部隊長から命令が飛び、その銃口の前で両手を縛られたままの捕虜たちが、穴の中へころがり落ちて

死んでいく。

この地獄のような悍《おぞ》ましい風景を悲しむように、雪混じりの霙《みぞれ》が、

「はらはらパラパラ」

と慰霊の涙音を奏でながら降ってきた。そして大粒の湿った弔《とむら》いの涙雪となり、家族もいるであろう捕虜の鮮血がにじむ衣服や、捕虜の遺体で埋まった血の匂いが充満する墓穴を覆っていく。しかし凄まじい怒りが眉の辺りに這い、自制できない怒りと悲しみが全身に拡がっている部隊長は、

「貴様ら！　よく聞け！　貴様らはその弱さから逃げることはできない」

「いいか貴様ら、ここは戦場だ。戦うのは今だ！」

「今は、何処にいると思っているのか？」

「ここは、敵に囲まれた戦場だぞ！」

「残った数人は幹部クラスの捕虜である。軍刀によって名誉ある死を与えてやろう」

「名誉挽回だぞ！　剣道三段の情理！　まずお前が見本を見せろ！」

氷のように冷たい光沢を輝かせた軍刀をゆっくりと手渡された情理は、軍団長や部隊長の情報たちの気持ちと、その心中を理解した。体中に疼《うず》く痛みをこらえ、降りしきる雪の中で軍刀を上段に構えた。情理の情報たちは、軍団長や部隊長の妻と娘たちの冥福を祈り、敵将校の帰りを故郷で待っているであろう家族へ祈った。

「惨殺された我が仲間やご家族たちと情報たち、これから生命を絶つ敵国将校の運搬屋と情報たち。そしてご家族、ご兄弟、ご親友たちのお嘆きを、わが刀の一振りの責めに帰す！」

「南無妙法蓮華経！　エイッ！」

一閃鋭く首をはねると、鮮血が噴出して首だけが、前の穴に落ちた。

「お見事！」

微動だにせず、まだ座したそのままの捕虜の遺体。その背中にそっと右手を添えて、冥福を祈りながら前の穴の中へ落とすと、情理の右手には首から流れ出たドス黒い血が、血糊となってべったりと付着した。右手の血糊は、いくら洗い流してもべったりとした黒い想い出となって、いつまでもどこまでも、情理の情報の身情と心情の中に、永遠に消すことのできない戦争犯罪体験として、赤黒い血糊情報を焼き付けた。

灰塵《かいじん》に帰した街に、黒雲が死者の情報たちを弔《とむら》うごとく低く垂れ込め、凍《ひ》し凍《ひ》しと泣くような霙《みぞれ》混じりの悲嘆雪が、悲しみ情報と憎悪情報を増幅するがごとく冷たく容赦なく降り注いでいた。瓦解《がかい》した街を取り囲む山々は鎮魂歌を口ずさむ情報の涙雪で、山頂まで真っ白に覆い尽し、山裾はガックリと両肩を落とした姿で、黙祷《もくとう》を捧げるごとく押し黙り、うなだれ静まり返っている。汚れを知らない雪片《せっぺん》だけが、ポロポロはらりポロはらりと寂しげに、情報の形見の遺体や焼け焦げた廃屋《はいおく》を、覆い隠すように降りしきる。情理の情報たちは、あまりの辛さに耐えきれずぼやく。

「歴史や時代という潮流に押し流される時は、これまで平和主義の信念で操縦していたはずの小舟も、いまや歴史の激流に協力して、押し流されながら周囲の壁や岸や家に激突し、罪なき一般人をも巻き込み傷つけ、木の葉のようにモミクチャになりながら、情理も小舟と一緒に溺《おぼ》れかけている」

「こんな時代に、自分は、何故生まれてしまったのか？」

「人生は、その生まれた時代の流れに逆らわず身を託していれば、苦しみや苦労をしなくてすむさ」

「どんなに邪悪で汚れた時代の環境でも、そのままどうしようもないものとして、まず受け入れるべきだ」

「そして正義観や罪悪感は捨て去り、身軽になろう。今は個人の理念や価値観も置いていけ。そうすれば耐えがたきことも耐えられる」

「今、最も大切なことは、何とかして生き残ることだ」

「どんなことがあっても生き残って、妻情愛のもとへ帰るのだ。それ以上は望むな……」

「私は今、ここに存在する。だが私は何故こんな時代に存在するのか？　その存在理由を見つけたい。そして何故こんな悲惨な時代に、私が生きてゆかねばならないのか？　その生存理由を知りたい……」

「人と情報は、生まれる時代と、生まれる場所を選べない。しかし人と情報は、生きていく術《すべ》と道は選べる」

「こんなむごたらしい時代に、どうして我が人生を費やし、どうして我が青春を費やして、何故生き抜かねばならないのか？　こんなむごたらしい時代に至った、その原因と理由を知りたい」

「我が青春を取り巻く現実と過去は変えられない。しかし我が未来は変えられるはずだ！」

「お国を護《まも》るとは、天皇陛下を護ることですか？　誰のために護るのですか？　それは単にわが妻や子を護るためなのでしょうか？　それが情報の運搬屋としての役目なのでしょうか……」

「国を護ることも妻子を護ることも、情報運搬屋たる自分のためだ」

「人も情報も、その生まれた時代を選べない。人生もその青春も、その謳歌すべき時代を選べない」

「それが自分探しの旅なのだ」

「しかも自分探しの旅は、永遠に終わりのない情報の旅路ではないだろうか？」

「そう、情報たちの終わりのない旅路が、この今なのだ」

こう予感し想像しつつも、

「今は自分の理想や願望とは最も遠い処へ漂流していた……」

二・情報が情報を抹殺するとき

情理の自宅があるU市地域の夕立ちは、上昇気流によってできた積乱雲による熱雷と呼ばれる激しい雷雨で有名だ。晩夏の夕暮れの太陽がまだギラつく頃、入道雲と呼ばれる積乱雲が急に真っ黒く上空を覆いつくしたかと思うと、威嚇するように稲妻が閃《ひらめ》き、天地が逆さまになったような雷鳴を鳴り轟《とどろ》かせながら、雨を激しく地面に叩きつけてくる。こうした激しい夕立ちで有名なU市にも、至るところに国民や世論を戦争に駆り立てるプロパガンダが林立していた。

「進め一億、火の玉だ！」

「欲しがりません、勝つまでは！」

「ぜいたくは敵だ！」

「頑張れ！　敵も必死だ！」

「鬼畜米英《きちくべいえい》を撃て！」

「撃ちてし止まん！」

「本土決戦！」

「一億玉砕《ぎょくさい》！」

休暇をもらい情愛の住むU市に戻った情理は、愛おしむように、

「久しぶりに会った夫婦が楽しく会話ができる秘訣は、同じブランコに乗って、二人で話をすることだった」

と言い残して部隊に戻っていった。

情理が戻った部隊では、すぐに南方のジャングル戦線や、海岸で待ち受ける敵前へ上陸するための猛訓練が開始さ

れた。またたく間に季節が通り過ぎ、冬将軍来襲の気配が濃くなる。こうした厳しい訓練が一段落した駐屯地の初冬の朝、情理の部隊に非常呼集のラッパが鳴り響いた。そして緊張感漲《みなぎ》る整列した部隊全員に、季節外れの真夏用半袖シャツが支給された。毎日、軍参謀の将校のそばで、戦況の情報整理と報告や、軍用雑務と秘書官的事務作業をしていた情理には、半袖が配布された目的が即座に理解できた。

半袖を必要とする南洋諸島戦線の戦況は大変深刻であった。今は制空・制海権は敵に完全に奪われ、兵站《へいたん》設備と戦力装備で圧倒的に優位な敵国の前では、次々と転戦と称する敗退や撤退をせざるを得ない過酷な戦況に追い込まれていた。情報通の心情は語る。

「これから我々が向かう南洋諸島戦線は、制空・制海権を敵に牛耳《ぎゅうじ》られて補給路を断たれた地域だ」

「各陸軍部隊は、飢えとマラリアなどの病気に犯され、飢餓状態の部隊を救援することもできない悲惨な戦況である」

「南洋諸島戦線へ出掛けて行った部隊は、どの部隊も帰国していない」

「たとえ戦地に上陸できても、二度と母国の土を踏むことはできないだろう」

情善、情悪そして日和見情報たち心情は嘆く。

「ああ、何でこんな時代に、生まれてしまったのか……」

「戦争のない別の時代に、生まれればよかった」

「生まれてきて、生きることがこんなに辛《つら》く難しいものならば、いっそのこと生まれてこなければ良かった」

学者風の風采《ふうさい》のあがらない心情の情善が悲しそうな顔で、本音をポロリと告白する。

「確かにいまは本音が言える時代ではないけれど、どんなことがあっても何とか生き残って、愛する妻情愛や可愛い真情や純情、そしてその情報たちのところへ帰り、一緒に平凡な生活ができたら、最高に幸せな人生だったと言える気がする」

「平凡な生活が、最高の幸せ」

という言葉の重さに万感《ばんかん》の思いが胸に迫ってくる。

情理は、許可されたハガキ一枚の手紙の他に、部隊の仲間の目を忍んで、こっそりと妻情愛へ遺言状として封書の手紙を書き、検閲の目に留まらないようにわざと汚した封筒に入れて、住所をたどたどしい下手な文字で書き、さらに封書の発信地も隣町のデタラメな住所と地名を書き、そして発信人も情理とは異なる名を書いた。たとえ届かず返却されても情理の手元には戻らず、また開封され検閲にひっかかっても、本人が軍規律違反に問われる可能性はないよう、軍隊駐屯地の外から郵送することにした。出陣準備に忙しい中で、限られたわずかな外出許可の機会を得て、教え子でもあった信頼できる地元出身の元学生に会い、

「私の妻への遺言となる手紙を秘密裏に、この異国の隣町から投函《とうかん》してくれるようお願いしたい」

と頼むと、

「情理先生にはとてもお世話になりました。必ず隣町の郵便ポストから責任をもって、こっそり投函しておきます」

と快諾した。当時は、軍や郵便局などあらゆる所で、すべての郵便物が開封され、

「内容に国家機密に触れるものがないか」

検閲や報道管制が徹底して実施されていた。しかし情理が命がけで書いた軍事機密も含んだ遺言状のこの封書は、吹雪が吹き荒《すさ》む遙かな海外の北大陸から、郵便列車に乗って国境を通り、山や谷や川を越え、船で海を渡り、そして長い歳月と時間をかけ、しかも奇跡的な幸運にも恵まれ、開封検閲されたが軍や憲兵たちは読まなかったのか、さらに郵便局での検閲の目を偶然が味方したのか、真情と純情たちと留守宅を守っていた情理の妻情愛の手元に無事届いた。

賢い情愛は、この汚れた封筒を手に取ると、

「汚れた裏面の知らない地名の知らない差出人の下手な文字だが、筆跡を見て愛する夫情理の直筆である」ことが直ぐに判った。そしてこの瞬間、開封しなくとも夫情理が決死の覚悟で出した重要な、もしかするとこれが最後の手紙、遺言状なのかも知れないと理解した。そしてハサミを、ブルブル震える右手に左手を添えて持たせると、息を殺し、ようやく気持ちが落ち着いたところで、何とか封筒を左手の上に押し頂いて、封書の中身を傷つけないよう細心の注意を払って開封した。立ち上がり、直立不動のまま、まだ震えが止まらない両手でしっかりと手紙の両端を持って、夫情理が書いた懐かしい綺麗な文字を、その一字一字を穴のあくほど見つめながら一行そして一行、一行戻ってまた一行と繰り返しながら読んでいく。

「情理から情愛への手紙〔著者注：原文のままのため旧仮名遣い〕

（消印：昭和十九（一九四四）年二月三日）」

「只今、命を受けて、いよいよ南方第一線に勇躍征途《ゆうやくせいと》につきます。お前の今までの貞節《ていせつ》に対し厚く感謝します。どうも有難う。勿論生還を期しないが、精々《せいぜい》自愛自重する心算だから安心して下さい。便りも恐らくあまりできないと思ふけれど、絶対に心配しないでくれ。

出陣の命を受けて出発まで殆んど時間がない為、この手紙以外は、実家の父上同情にのみハガキを書いただけです。兵長へ昇進させられましたので、兵長服で撮った遺影用の写真は、写真の焼き付けができたら両親とお前へ、戦友が送って呉《く》れる手筈《てはず》になっています。ですからお前の許へも一枚届くことでせう。

二人の子の父として、恥しくない行動を最後までとる覚悟だ。子供達への無言の教育だと思っています。凱旋の日、お前や子供達の健康な顔を見るのを、唯一の楽しみとして戦陣生活を終始します。

行先は不明だけれど、想像するところ、激戦が続き転進の報が伝わるニューギニヤ方面らしい。出陣直前の去る一月二十五日に、更に伍長に任官したので、分隊長として出掛けることになりました。

子供達本位によく教育をくれぐれも頼みます。父上への孝養《こうよう》も私の分まで頼みます。今や遠く離れた戦地にいる弟の情実、情意の消息は不明だが、それぞれ任務を全うしていることでせう。大学のS先生、N先生、T先生へもついでのときよろしく伝えて下さい。K市のお前の両親にもお前からよろしく御伝へ下さい。

出発を前にしては最早《もはや》何も言い残すことはない。真情は私の相続人である。真情は、長男として自分の母と家を助け、純情も父の代わりに母と家族を守って下さい。

私は科学者として栄達の機は、此《こ》れで或《あるい》は永久に逸するかも知れないが、その代わり靖国《やすくに》の英霊となり得る機会を持ち得るわけだ。自分自身として、此の時局に此れ以上の本望はないと思ひます。子供は二人とも立派に大成させ、名利《めいり》共に一致して、一意国家に尽くせるやうにしたいものだと考へます。

お前の健康が、先づ子供達にとっては最も嬉しいことだから、くれぐれも身体を大切にして留守を頼みます。

今日は祖父上の命日です。外は雪です。感慨無量です。
では左様なら。

二月二日夕

我が最愛の情愛へ

永遠の夫、情理より」

夫情理の言葉の一行一行は、妻情愛の切ない胸の奥底へとそのまま真っ直ぐ飛び込んできて、その秘めたる戦死の覚悟が、情愛の心を突き動かしていく。そして、その美しい一文字一文字が、もう生きては戻れないという決意の文字情報となって、情愛の胸を叩き目頭を涙の泉と化していく。瞼《まぶた》からは熱い涙が、弾《はじ》き出るように流れ出て、拭いても拭いても止まることを知らなかった。

「もしかすると夫情理は、戻って来ない……」

幼子の男の子真情と身体障害者の娘純情を抱え、当面女一人で、

「これからどうやって生きていけば良いのか……」

「どうすれば食べてゆけるのか？」

情愛の眼前には、切羽詰《せっぱつ》まった生活の問題が、避けることができない土石流のように次々と押し寄せてきた。

心情たち情報は語り合う。

「情報の運搬屋である我々の情報の特性には、情報と情報の間にあるいわゆる行間情報や、その文面や内容を透かして伝わり理解される、シースルー情報と呼ばれるものがある」

「そしてこのことは情報以外のもの、すなわち物質やエネルギーなどの分野には見られない、運搬屋としての存在形態以外には見られない、情報という存在形態にしかない特徴だ」

「いま情愛は、遥かに遠く離れた国外という場所で、何ヶ月も前に書かれた時間的ズレを乗り越え、戦場と市民生活という異なる環境も超えるなど、二人が置かれているあらゆる壁や違いを乗り超え、手紙を通して夫情理の情報と情愛の情報とが、二人の深い心の交わし合いをしている」

「妻情愛は、こうした夫情理の手紙を見ながら、シースルー情報を読み解いて、情理が文面に書いていない情報の心を理解している」

「そうだよ。情理の情報と情愛の情報が、時空間を超えて直接語り合い、ともに涙し、ともに抱《いだ》きあう、共鳴現象を起こしている……」


破れた窓や傾いた玄関扉、その古色《こしょく》蒼然《そうぜん》とした家に情愛と真情と純情は、三人でひっそりと留守宅を守り住んでいた。三人の家から眺める遥か遠くに連なる雪をかぶった山々は、神々しいまでの静寂さを漂わせている。近くの草木の枯れた冬の丘は、蕭条《しょうじょう》とした寂しさを漂わせていた。裏庭の雑木林には、落葉樹が葉を落とし尽くした冬枯れの寒林が冬木立の厳しい姿を晒《さら》していた。低くどんよりと曇った空、北風が冷たく枯れ枝を奏でる音しか耳に入らない静けさが、情愛たち三人を取り囲んでいた。

しかし夜明けにはまだほど遠いある早朝、東の空がほのぼのとしらみかける頃、黒い防寒服を頭から被った郵便配達人が、忘れられたようにひっそりと佇《たたず》む情愛たちが住むこのアバラ屋の傾いた玄関の扉を激しく叩く。

「ドンドン、ドンドン」

「書留速達郵便です！　郵便ですよ！」

夫情理の部隊を乗せた民間から徴用した船十七隻あまりの輸送船団は、東シナ海沖の海上で敵潜水艦に二度も遭遇し、その二度にわたる魚雷の猛攻撃で、回避行動と戦闘の甲斐もなく、輸送船団を守るべく同行していた三隻の護衛艦もろとも全輸送船が沈没し、乗船していた夫情理が所属する部隊全員が、海底に沈んだとの悲報が、帝国海軍本営から妻情愛が住む地方軍司令部へ届いた。ハサミと印鑑を持って飛び出した情愛は、郵便配達人の眼の前で開封し、中身を確かめてから捺印しようと書類を見て、真っ青になる。

「分隊長の伍長情理氏は、皇国《こうこく》のため立派に戦死し、靖国の英霊となった。よって一階級特進し、陸軍軍曹の勲章を授与する」

日本帝国の印がついているたった一枚の書類。役所からの連絡文書と軍曹の勲章も入っている封筒を手渡すと、郵便配達人は茫然《ぼうぜん》と立ったままの情愛の手から印鑑を奪うように取り、持ってきた受け取り票に勝手に押印すると、印鑑を情愛の右手の中へ押し込み、深々と敬礼をして、すぐに自転車に跳び乗り、黒い防寒服を魔女のマントのようにバタバタとひらめかせながら、振り向きもせずに雪が残る泥道を、

「ギコギコ、ガラゴロ、ガラガラ」

と自転車の騒音を奏でながら行ってしまった。傾いてはずれかけた玄関扉の前で、突然の悲報に青ざめて呆然《ぼうぜん》と佇む情愛の情報たち。

「伍長情理氏は、皇国のため立派に戦死し、靖国の英霊となった」

このたった二十六文字の文字情報。

元来、楽天的で気丈夫な情愛だったが、この書留郵便を受け取ると、早朝の玄関先に崩れるように座り込み、地面を叩きながら取り乱して激しく泣き叫び嗚咽《おえつ》する。

「わぁんわぁん、えっえっえ〜ん」

体のどこかが破れてしまいそうな激しい泣き方で泣きじゃくる。

「おいおい〜いおい、ヒックヒック」

玄関先に蹲《うずくま》り、

「ヒックヒック」

となだれるような声をあげて泣き叫ぶ激しい泣き声情報は、古色蒼然とした家の中で寝ていた真情の耳を、寒風のように凛冽《りんれつ》に強打した。そして、母の号泣する声を聞いて泣きだした不自由な身の純情を抱きかかえて、真情は家から飛び出してきた。

「うえっ、ええっえ〜ん、え〜ん」

玄関先に崩れ落ちて泣きじゃくる情愛、いままで見たこともない母の狂乱ぶりとその悲嘆にくれた悲しい姿に、まだ母が泣いている意味さえ理解できない幼気ない真情と純情。その二人はお互いに、

「ブルブル」

「ガタガタ」

と震える小さな手をしっかりと握り合い、母情愛の粗末なモンペ服の端を掴み、泣きたくなるのをジッと我慢して、しゃがみ込んで見守っていた。いつまでもいつまでも、母が近所の人に抱きかかえられ、自宅の中へ運び込まれる時まで……。

未亡人となった情愛の心情たちは、情理の戦死という非情で過酷な真っ黒い現実が、いつの日か灰色の過去の思い出となり、さらなる時間の経過とともに白色に癒《いや》されることを祈った。情愛の情報たちは、苦しい現実に耐えるため、

「神様……。いつの日にかこの苦しみを、明るく楽しく美しいバラ色の思い出へと変えてください」

と悲嘆《ひたん》のため息まじりに願ってみた。天国に逝ってしまった情理の情報たちと、見えない情報同士で励ましあいながら、声を振り絞って語り合っていた。

「人生とは、台本のない物語のようなものだ」

「そうね。でもあなたの人生は、あまりにも短か過ぎたわ」

「人生の物語で重要なのは、その物語がどんなに長いかということではなく、物語の内容がどんなに良いかということだよ」

「でもあなた、障害のある純情を連れては働けないわ」

「君たちの生活が、どんなに厳しく辛くとも、そして君がたとえ働けなくても、二人の子供のために生き抜いて……、く…だ…」

最後の声は春吹雪の悲しみの音にまぎれて、情愛の情報たちの耳には届かない。情愛は、これからどう生き抜けばよいのか、それを知る術《すべ》さえなかった。

夫情理が戦死したとの電報を手にしてから後は、ひもじい日々が一ヶ月近く続いた。夫情理が戦死する前は、情理の両親の同情と有情や、情愛の両親の交情と情感から送られてきた生活資金や食料が、三人の生命をつなぐ糧《かて》であった。しかし情愛の両親も空襲で亡くなり、夫情理が戦死した後は、情理の実家からも食糧が届くことは、その後一度もなかった。三人ともこの数日間は、雑草などのスープや配給されるわずかな穀物以外は、ほとんど何も口にしていない。しかし自宅付近でお金を出さずに食べられるものは、見当たらない。情愛の情報たち、とくに情悪や日和見情報たちは、

「いまは餓死するべきか、それとも自殺すべきか？　それが問題だ！」

と怒鳴りまくっていた。戦争真っ只中の物資欠乏時代では、情愛が住む町には身体障害児の娘純情を預かってくれ

る保育所もなく、純情を背中に背負ったまま情愛が働ける仕事も探し廻ったが、人的な伝手《つて》もない情愛には、何も見つけることができなかった。そして悲しいことに、結局、体を売る仕事以外に、情愛が現金収入を手にする仕事は見つからない。情愛の情報たちは、自分たちがいかに生活力や経済力がないかを痛感していた。

「曲がるべき角を曲がらず、進むべき道も知らず、死すべきときを知らざるは、生くべきときを知らずと言うわ」

生きる希望も意欲も喪失した情愛の心の中に、にやにやと不逞《ふてい》な面をした情悪が、誘惑《ゆうわく》しようと札束をチラつかせながら、

「飲み屋やバーで働きなよ。美形な酌婦《しゃくふ》で評判になり、お店も繁盛して、その上お客と寝れば金になるぞ」

日和見情報たちも情悪に付和雷同《ふわらいどう》してうそぶく。

「売春婦なとど言っても、結構楽しい仕事だよ」

「いやよ、それなら死んだ方が楽よ」

「いやいや戦争はもう終わるよ。ともかく生きていれば何とかなるさ」

情悪と日和見情報たちは、毎晩のように情愛の心の奥底まで、土足でズカズカと無遠慮に入り込んで説得する。そして、情悪の意見に真っ向から反対する情善の意見と激突する。情善が毅然《きぜん》とした態度で、

「売春婦をやるくらいなら、死んで夫情理とあの世で会おうよ」

という意見に傾いていく。実家の両親も空爆で死亡し、情愛の母情感の形見ともいうべき、あの大切な麻の着物一反でさえも、いまや子供たちの食べ物に変わっていた。

結局、情善の強烈な意見が情愛の全情報を制圧し、支配した。情善の結論に従い、情愛は家にあった白いシーツや白い手拭で、死出の旅路への衣装を縫《ぬ》い、子供二人に着せた。そして近所の人たちに気づかれないように、うす暗くなった夕刻に、最終列車が自宅近くを通過する時刻を見計らって自宅を出た。白装束の身体不自由な娘の純情を情愛

が背負い、白装束の息子真情の手を引いて、情愛は死処《ししょ》を求めて鉄道線路の上を最終列車が目指す終着駅へ向かって、履き慣れない草鞋草履《わらじぞうり》を履いた足で、

「トボ、トボ。ひた、ひた」

「ペタ、ペタ、パタ、パタ」

と歩いていく。最終列車が自分たちを車輪に巻き込み轢死《れきし》するまでが、今は三人の人生において、その情報の情生において、わずかに残された時間となった。

「ごめんなさい。あなたの遺言を守れなくて……。でも、もうすぐあなたのおそばに行きますので、お会いできるわ……」

夫を亡くし生活に疲れ、生きる希望も夢も喪失《そうしつ》した情愛の情報たちは、沈痛《ちんつう》な想いで情善が誘《いざな》う自殺への夜道をひたすら歩き続けていた。

「でも死とは、ありとあらゆる悲しみと苦しみから、すべてを解放してくれるわ」

しかし情悪の大部分は、どんな手段をとっても生き抜くことを、まだ頑固に主張し続けていた。

「いまや少数意見ではあるが、俺は何度でも命ある限り生きろと言い続ける。いいか、どんなことをしても生き抜くのが、運搬屋の使命だぞ！」

情善と情悪たちの論争に、日和見情報も加わり議論は続く。

「人生も情生も素晴らしいが、その終わりはすべて死だ」

「死は、いかなる情報でも避けられない終焉《しゅうえん》の姿で、究極《きゅうきょく》の到達点だ」

「死は遅かれ早かれ皆に平等に訪れる。情報の運搬屋は、この事実から免《まぬが》れることはできない」

「だから、死という事実を受け容れた上、死が訪れるまで、どう生き抜くかを考え努力することが大事だ」

情善は星のごとく澄んだ微塵《みじん》の濁りもない清らかな瞳で、

「どのみち死なねばならぬなら、私は納得できるうちに死にたいわ」

「そうよ、妻の私が娼婦《しょうふ》になったことを亡き夫情理が知ったとき、母親が娼婦だったことを大人になった子供たちが知ったとき、亡き夫も子供たちも絶望の淵に落ち込むわ」

しかし情悪は怒鳴った。

「それでも、遺言にあったとおり！　子供のために生き抜くべきだ！」

情善や日和見情報たちは、情悪の言葉には耳も貸さず、

「人生や情生において二つの道が拓《ひら》かれているわ。一つは理想へ、他の一つは死へと通じている。でも理想を望んで生きることができない今、死の道しか残っていない」

「死に至る病《やまい》とは、絶望のことさ」

「人の足を止めるのは、絶望ではなく諦観《ていかん》。人の足を進めるのは、希望ではなく意志。このことをどうか履き違えないで欲しい。人の足を止めるのは、絶望じゃなく、諦めだけだということを……」

「どうあがいたって、受け止めるべき現実がたくさんあるわ。どうもがいたって、変わらない現実がいくつもあるの」

それでも情悪は主張する。

「だけど、それを和《やわ》らげる方法は、死以外にもいくつかあるはずだ」

情善と日和見情報達は、頑《がん》として意思を変えない。

「ええ、でもいろいろと考え努力したけれど、娼婦以外は、もう思いつかないわ」

「娼婦で生活費を稼ぐしか、生きる術が見つからないの……か」

「娼婦をするくらいなら、死ぬ方がいいわ」

「死は人生の終点ではない。その情報たち情生の頂点さ」

「情報の『情道とは、死ぬこと』と見つけたり」

「『朝《あした》に道を聞かば、夕べに死すとも可なり』と言うぞ」

「『未だ生を知らず、いずくんぞ死を知らん』とも言うよ」

「だが情報の命というものは、はかないからこそ、尊く厳《おごそ》かで美しいものなのだ」

「いろいろと意見は聞いても、やはり死んで情理の膝元に手をついて、天国でお詫びするしかないわ」


生命を守ることを最優先する情悪以外、純粋な情善を中心にして、日和見情報たちのほとんど全情報たちが、

「自殺しか残された道はない」

と情愛の中で語り合う。そして情善に勧められた自殺の意思は、圧倒的な数の日和見情報にもそそのかされ、

「子供も一緒に、夫情理の元へ旅立つ」

としか考えられない情愛だった。白装束の体の不自由な娘純情は、母情愛の背で安らかな寝息をたてている。白装束の息子真情は、これから何が起こるのかも知らず、たとえ知ったとしても、

「どうしたら生き残れるのか」

判らない年頃であった。そして今は、母情愛とその情報たちを信じ、

「その後を、黙ってついて行く」

しか選択肢はなかった。紅葉のような右手を母情愛に握ってもらい、轢死《れきし》する予定の冷たい鉄道レールの上を、左手でバランスをとり、死出の草鞋《わらじ》を履いて陽気にはしゃいで歩いている。思い詰めた死相《しそう》で、死に急ぐ情愛の情善と日和見情報たちと、生き延びようとする情悪との議論を聞きながら、歩き続ける母親情愛。しかしどこまでも続く

レール遊びに飽《あ》きた息子真情は疲れ果てて、下を俯《うつむ》いたままの母情愛の後を、

「トボッ、トボ・トボ」

「ぺったん、ぺったん」

いつのまにか無口になり、黙ってついて歩く姿になっていた。このとき母情愛は、娘純情の出産のお守りであった万宝貝《まんぼうがい》は、純情の死出のお守りに入れて腰に縛りつけたが、真情には何も持たせていないことに気付いた。母情愛は、雪に覆われた線路の敷石の上を歩きながら、その砕石中《バラスト》から、雪間から覗く月光の下でさやけさが際立《きわだ》つ、青光りに輝く綺麗な砕石を見つけた。

「あらっ、ブルーの綺麗な石だわ！」

その石を拾うと、

「ほら、お父様が、お月様の光の中からプレゼントしてくれたわ」

と言いながら、あの世へのお守りとして持たせるべく真情の腰袋の中へ押し込んだ。そして情愛自身は、自我喪失した潤んだ目で、久しぶりに雪雲の間から見る、凍てつく冬の孤独な月を見上げた。

「人生というものは、私たちに夢と失望を与えてくれるわ。それは夫情理の戦死のように、思わぬときに思わぬところで、思わぬ方法で与えてくれる。それが夢なのか、それが失望なのか、死という終着駅に着くまでは誰にもわからないわ」

と悔しく悲しそうに下唇をキュッと噛んで、死の終着駅へ向かってトボトボと歩き続ける。しかし背中から迫ってくるはずの最終列車の終焉《しゅうえん》の音は、なかなか聞こえてこなかった。

その日の早朝、操車場のある中央駅が敵機により空襲を受けて、情愛の家近くを走る路線の列車は、朝から一本も走っていなかった。しかしラジオも質屋で食料に代えてしまった情愛には、雷鳴のような爆撃の音は聞いたが、こう

した事実は全く知らなかった。そして、いつの間にか情善や日和見情報の意見に従い、自殺への道を彷徨《ほうこう》していた。

「どんなに災難に遭っても生命さえ永らえれば、どこかの扉が開いて、いつかは希望の光が当たる道が見つかるはずよ」

「夫情理のいない世の中に、生きる希望の夢も光もありません」

それでも最後まで、情報の運搬屋として生に執着《しゅうちゃく》する情悪たちは、情善や日和見情報の意見に反対し、必死に自殺を止めようとしていた。

「どんなに困難な状況にあっても、夢を抱き希望を持ち続ければ、生き抜く道は必ず見つかるよ」

「生きてさえいれば、救いの道は必ずどこかに見つかるよ」

「救いの道など、どこを探してもないわよ」

「それでも、子供たちのために生き抜くのだ！」

「自殺というのは、運搬屋が病気になったことだぜ」

「いや自殺することは、運搬屋を放棄したことだ」

「自殺という罪は重いぞ。これまで脈々と繋げてきた、情報運搬屋のご先祖様たちへの反逆罪だ」

「もう食べものは何もないのよ。子供たちはどうやって生きてゆくの？」

「売春婦でも何でもやって、お前が生き抜く方法を自分で考えろよ！」

「いいえ、体の不自由な娘純情を抱いて働ける道が、娼婦のような職業しかないと言うのなら、夢や希望は持てないわ」

「そうよ！　あなたは、私に売春婦として生きていけというの！」

「娼婦になったら、どん底に転がり込むだけよ」

「子供のためだ、仕方ないだろう！」

「真情や純情が大人になって、自分は売春婦の子供だと知ったら、どんな大人になるのか判って言っているの！」

「そんな先のこと、いま心配している時じゃねえだろうが！」

「そうだよ、今を生き延びることができるかどうかだ。明日のことなど考える余裕はないぞ！」

「ともかく子供を道連れにして、死ぬのはやめろ！」

「うるさいわね！　私の夫に子供も連れて会いに行くと約束したの。情善の意見に反対する情報たちは、今後は黙っているか、それとも私の運搬屋の中からトットと出て行ってよ！」

情愛はピシャリと扉を閉ざして聞く耳を持たない。死を覚悟した情善たちの強固な意見は、情愛の揺るがない信念、固い決意となって死出の旅路を続けさせる。


いよいよ懐中電灯の電池も切れて、月明かりだけが頼りになった。厳しい寒気をもたらす暗闇の切れ目から、孤独で物寂しげな新月が、今生《こんじょう》の別れを告げながらぼんやりと霞んで見えてきた。情愛の両親も夫情理も逝ってしまった今、こんなに心寂しい孤独感に満ちたひとりぼっちの月を眺めたことは、これまで一度もなかった。

「おかぁさん、足が痛いよう」

深夜の静寂を突き破って、息子真情の大声が鳴り響いた。

「お家に帰ろうよ……」

情愛は何も疑わずにトボトボ歩いている真情の顔を、死を決意した夜叉《やしゃ》の眼差しでギョロリと睨みつけた。

「ブルブルッ」

母の鬼のような形相を見て震えあがる真情。その小さな手を掴むと、

「グイグイ」

と強引に引っ張って無言で歩き続ける情愛。幸いにも雪は小降りになってきたが、最終列車は通らない。冷酷なま

でに冷たい鉄道線路の上を、三人は夜通し歩き続けた。そして明け方近く、とうとう中央駅が見えるところまで歩いてきた。

敵機から守るため要塞化《ようさいか》した操車場のある殺風景な中央駅は、冷たい鉄の箱のように扉も窓も鉄製のシャッターで閉め切っていた。そろそろ始発列車が走る時間だが、昨日の爆撃で人影はまばらだ。焼け残った駅舎の電灯、非常用の信号系電灯や街灯が、ジージィと音を立てながら暖かな光を放っている。空襲を受けた情愛たちが歩いた鉄道路線とは別に、空爆を免れた無傷の鉄道路線では、真黒な煙を上げた蒸気機関車が、元気よくホームに滑り込んできた。列車から降り立つモンペ姿の女子学生、ボロ制服の男子学生、軍事工場の埃と汗と油まみれの工員風の若者や軍服姿のビジネスマン、制服を着たＯＬ風の女性たちの姿もチラホラ見える。

その列車が到着した後、空襲を受けた鉄道路線の方面から、駅員に促され娘純情を背負い息子真情の手を引いた死装束姿《しょうぞくすがた》の情愛が、冷たく氷ついた中央駅前の道を足袋《たび》のまま、真情には自分の草履を履かせ、鼻緒の切れた息子の草鞋草履を片手に、よたよた歩いてきた。三人とも細い顎《あご》、尖った鼻、ガリガリにこけた頬の顔は、栄養失調である証拠だった。

三、情報の温もり

屋根に積もった雪水の滴りが棒状に垂れ下がった氷柱《つらら》が、凍《い》て風冴《さ》ゆる軒端《のきば》に並ぶようにぶら下がり、東の空からほのぼのと差し込んできた曙光《しょこう》に燦然《さんぜん》と輝いていた。冬なかりせば、春の喜びは失せ、人生の味わいもまた色あせたものになろう。厳しい環境を生き抜く術《すべ》を身につけた情報たちだけが、絶えることのない地下水のように、静かに情報の生命の流れを引き継ぐことができる。

夫情理の死と障害者を抱えた生活苦という過酷な環境に晒《さら》され、自殺を決意した情愛は、死装束《しにしょうぞく》の白装束姿に身をかため、追い詰められた恐怖が顔面を覆い尽くすと、思考停止した真っ赤に充血した目は、出会う人たちをオドロオドロしく見廻しながら死場所を探していた。駅員は情愛にいろいろと質問するが、顔色ひとつ変えずに眉間《みけん》にしわを寄せると、質問してくる駅員の顔を充血した失せた目で睨みつける。放心状態で視線も定まらず、質問に何も答えない情愛と、何も答えられない状態の息子真情と、餓死寸前の純情たちは、焼け残った中央駅舎の暖かな駅長室に通されると、応接ソファにぐったりと座り込み、そのまま突っ伏すように寝入ってしまった。情愛の夢の中で情報たちが囁いている。

「今は十分にお休みなさい。こんなに悲しみと苦しみの多い人生は眠って過ごしていたほうが、辛い時間が少なくていいよ」

「死んで永久《とわ》の眠りについた後は、嬉しく楽しいときをたくさんつくって、もっと起きている時間を多くしようね。わくわくする時間が多ければ、起きていても楽しいから」

そして情愛の情善と情悪たちは日和見情報たちも巻き込んで、喧々諤々《けんけんがくがく》の議論をしていた。

「人生つまり情生には、たとえ金銀財宝などの財産をすべてなくしても、生きているそのことに、失った財産以上に大切なものがあるのではないか？」

「死ぬことと同じように、情生には避けられないことがある。それは情報運搬屋として生きることだよ」

「子供たちはせっかく情報の運搬屋として生まれてきたのに、その人生も情生も、また自分たちの青春も味わうこともなく、死んでしまって良いのか？」

「自分が産んだからといって、母親に我が子を、幼少のままあの世に旅立たせる権利があるの？」

「そもそも自分の子供だといっても、その尊い命を奪う権利が親のあなたにあるのだろうか？　自分の子でも殺人罪だぞ！」

中央駅の駅員からの緊急電話で、町から婦人警官二人が駅長室へ飛んできた。その二人は駅員から顚末《てんまつ》を聞くと、お金も持たず名前も名乗らない女の前に膝まずき、自身の手で子供と母親の手足をマッサージし始めた。瘦せこけた顔の真情と純情もマッサージに気がついて目を覚まし、大きく伸び、欠伸《あくび》をした。笑顔の婦人警官たちは静かに話始めた。

「私たちも、こうして同じ人間に生まれてきたの。だから世の中に役立つ、何か生きがいを感じられようになるまで、運搬屋や情報として生きている義務があるような気がするの」

そして周囲にボーッとつっ立っていた駅員たちの顔を見渡し、

「お湯の温度をぬるいお風呂程度に沸かして、洗面器に入れて二つ持ってきてください」

と、駅員に向かってテキパキと作業依頼をした。ぬるま湯に凍傷しかかっている情愛の両足を浸すと、真情の両足も別の洗面器に両足を入れさせ、二人は両手で黙々と母親と子供たちの凍りついた傷だらけの手足をマッサージし続ける。黙っている情愛の情善や情悪たちを尻目に、日和見情報たちがボソボソと頭を持ち上げて語りだした。

「そうだわ。死ぬなら楽に死のうよ。苦しむなら苦しんだ分だけ生き抜こうよ！」

「そうよ。どちらかにしてもらいたいものだわ！　だって苦しんだ上に死ぬなんて、それじゃ割りに合わない話だわ」

婦人警官は自分の財布からお金を出すと、横に立って見ていた駅員に手渡し、空襲による爆弾の被災を逃れた駅前の食堂屋から、

「暖かなうどんを二つと、少し温かくしたミルクを哺乳瓶に入れて、駅長室へ持ってきて下さい」

と頼んだ。

しばらくして、温かな湯気の立つ醤油の薫りが、

「ふわぁ～ん」

と漂う素うどん二杯と、哺乳瓶に入った暖かなミルクが届いた。情愛の唾が口内からドッと溢れ出る。その冷え切った体は熱い飲み物を欲していた。真情が、

「いただきまぁ～す」

と大声で言うとドンブリの中に顔を突っ込むような姿勢で、うどんをすすり始めた。情愛はその姿に目を細めて嬉しそうに眺め、温めてもらった哺乳瓶を純情の口元へ持っていく。ガリガリに痩せた純情は、久しぶりのミルクに、吸いつく力は弱々しかったが、しっかり哺乳瓶にしゃぶりついた。暖かなミルクが純情の体にしみわたり、少しずつだが吸いつく力が出てきた。ほんの少しのミルクであったが、小さな幼い純情には、まさに貴重な命の糧だった。飲み干した哺乳瓶をいつまでもくわえて離さない純情。その純情へやさしく手をさしのべた婦人警官が、情愛から純情をしっかり受け取り優しく抱くと、情愛に、

「おうどんを暖かいうちに召し上がってください」

と促《うなが》した。婦人警察官の情報たちは、優しく母情愛に語りかける。

「私たちが生きているのは、そのことに、意義があるのではないの？」

「わたしたちは、使い古した物を捨ててしまうことがあります」

「でも着古した洋服や磨り減った靴のように、生命というものを簡単に取り扱うべきではないわ……」

「私たちの生命というものは、人類の…いえ全生物の運搬屋として、永い歴史と過程を経た身情や心情などの情報の流れに支えられて、今、ここにあるのではないかしら……」

痩せこけた目ばかり大きな情愛の顔から、親切が身に染みて涙が滂沱《ぼうだ》のように頬を流れ落ちて止まらない。ポロポロと涙が堰《せ》きを切ったように流れるのを拭こうともせず、頭を駅長室の床に摩りつけるように土下座し、お礼を無言で何度も何度も繰り返すと、両手を暖かなドンブリに添えた。白装束の情愛の汚れた髪の毛がドンブリの麺つゆの中へ入って濡れていくのも構わずに、

「ズルズル」

と音を立て一気に素うどんを飲み込むと、ドンブリを両手で持ち上げて、麺汁を一滴も残さず全部飲み干す。久しぶりに食べ物らしい食事を摂った情愛の情報たち、身情と心情の情善や情悪や日和見情報たちは、全員が涙を流しながら、

「運搬屋と情報たちの冷えた心は、時には素うどん一杯だけでも、その暖かさを取り戻すものかもしれない」

「いや、温かな婦人警官の情報たちが、温かなミルクや素うどんを通して、情愛の情報たちに温かな生命の大切さを伝えたのかもしれないわ」

いまや情愛の心情や身情、そして情善や悪情や日和見情報の区分なく、全情報たちが感謝の御礼を、心の底から叫び始めていた。

「ありがとうございます。本当にありがとうございます」

婦人警官は真情と純情そして情愛の手足をぬるいお湯の入った洗面器の中に入れ、手足のマッサージを続けている。そして今度は、

「もう少し熱めのお湯を、持ってきてください」

と駅員に頼んだ。お湯が届くと、

「私の両手は魔法の両手なの」

と言いながら、婦人警官はニコニコと笑顔を向けて、真情と情愛そして純情たちの少し暖まった傷だらけの手足を、お湯の中でマッサージし続ける。

「凍傷にかかって動かなくなった足に、チチンプイプイとおまじないをかけて歩けるように、そんな魔法をかけてあげるのよ」

と言いながら、純情と真情そして情愛の手足をマッサージし続ける。


情愛の情報たちは、ガチガチの氷のように凍りつい状態で押し黙ったままであったが、暖かな食事とお湯による笑顔のマッサージは、その氷塊《ひょうかい》のごとき情報たちの気持ちと心を、徐々に融かしていった。駅長室には時間的には長いそして人生から見れば短い時が、音もなく静かに流れていく。このときの時間とは、過去から未来へと、絶えることなく連続して移り流れていく時間だ。そして突然、マッサージが終わった真情が直立の姿勢から、頭が床につくほど腰を曲げて深々とお辞儀をして、そして再び起立の姿勢をとって婦人警官の顔を見上げ大声で叫んだ。

「おまわりさん！　ご馳走様でした！　マッサージありがとうございました！」

このとき時間が、未来から現在そして過去へと逆流し始めた。突然の真情の声に情愛はハッと我に返った。情愛が氷結していた心の扉の鍵を開け放つと、砕け散る細氷《さいひょう》が、

「キャラキャラ、キャラッ」

とガラスを混ぜ合わすような、侘《わび》しい扉の音を立てながら砕け散り、

「ギギィ〜」

と音を出しながら、婦人警官に向かって心の扉を開け始めた。

「本当にありがとうございます。大変ご馳走様になりました……」

しかしベテランの婦人警察官たちは、ただ黙って聞くのが今は大切であると、静かに耳を傾けながらメモをとって

いる。

「私は夫情理と一緒の人生を、とても重要なものと思っています」

「……」

「夫が戦死した今、これから生きていく夢も気力もありません」

「……」

「わたしは何故、夫なしで生きていなければ、ならないのですか？」

「……」

「その生きていく意味と目的が、今は全くわからないのです」

「……」

「私は子供と一緒に、主人のいるあの世へいくつもりです」

少しずつ情愛の平常心が戻り始めていた。しかしベテランの婦人警官は、情愛の心情たち自身が、その情悪や情善や日和見情報がお互いに話し合うことが、そして情愛が自我《じが》を取り戻すことが、今は最も大切であると知っていた。

「……」

何も質問もせず、ただ黙ってうなずきながらメモする婦人警官。

「終電車に轢《ひ》かれて自殺するもりで昨夜遅く自宅を出て線路の上を歩きましたが、電車が来ないため今朝早く……操作場のあるこの中央駅まで着いてしまいました」

「……」

「空襲で焼け爛《ただ》れた線路の上を歩いているうちに、足は凍傷で腫《は》れて痛くてたまらないので、この中央駅まで何とか辿り着こうと娘を背負い、息子を抱いたりして、やっとの思いで駅にきました」

と心の窓を開き、心の底を叩いて重い口の扉を開くと、氷結していた心が融け始め、悲しみの氷のかけらが融け落ちて、潤んだ黒い瞳から熱い涙となって溢れ出ていく。絶望と悲しみが瞳《ひとみ》から溢れ出て、いく筋もの涙が頬の上を流れ、情愛は悲しみの海に溺れた話を赤裸々《せきらら》に続けていく。

四．情報が蘇るとき

雪国の晩冬は、自然と生物が生命を言祝《ことほ》ぐ舞台を開幕させる前に、情報たちが舞い踊る土台と舞台装置を入念に造るときである。特に晩冬の朝は、まだ春の近さを思わせる陽の温もりもなく、ときおり骨まで滲《し》みる北風に乗って、晩冬が見境なく襲いかかる。特に今朝は何もかも寒さのために身動きできず、凍てつく空模様である。

しかし晩冬の寒気が厳しく物寂しい朝ではあったが、澄んだ晩冬の光が注ぐ中央駅舎内では、灯火を囲む駅員の親切さ、特に婦人警察官たちの食事やミルク、そして暖かなマッサージが、情愛たち三人の心身を心底《しんそこ》から温め、その頑《かたく》なな情報たち、情善、情悪、日和見情報たちの凍結した心を解凍《かいとう》していく。婦人警官の情報たちも優しく、少しためらいながら語りかける。

「でも…この地上には、あなたのお子さんを支える私たちの暖かな手の温もりがあり、暖かな太陽の光と夜道を照らす月と星たちもいるわ」

「こうした昼間の陽光は、生きる力と心の温もりを育み、夜の月光は生きる道標と疲れた心を癒《いや》すわ」

「そうだわ、食するものがなく、そしてどんなに乏しくとも、私たち運搬屋の体は、その貧しく乏しい荒地を渡る風のごとく、爽やかな情報たちが棲んでいるはずよ」

「……」

情愛の情報たち、特に情善や情悪や日和見情報たちも、さすがに沈黙したまま黙って聞いている。

「……」

婦人警官の鋭い眼差しは、情愛の微妙な変化を読み取りながら優しく輝いていた。その暖かな優しさに情愛の凍りついた情報の心が溶けて涙となり、重い口という扉のダムに、雪解け水のような涙水は、ドッと流れ込んで心の門扉を開かせていく。そして情愛の住所を尋ねられると素直にうなずき、亡夫情理の名前、住所を正確に返答した情愛の顔には、すでに婦人警官の暖かな手と情報と、その心の温もりに触れて蘇《よみがえ》った情愛の情報たちが、見違えるように生気と正気を取り戻していた。


そして教職にあった情愛の夫情理の戦死や、食べるものは何もなく餓死寸前であり、身体の不自由な純情がいるためどこにも働く場所がなかったこと。売春宿の経営者に働かないかと誘われた以外に仕事が見つからず、体を売って生きるしかないなら、清らかな身のまま死んで夫情理の元へ行こうと決心したこと。死出の白装束姿で最終列車に轢かれて死ぬために、夜通し路線を歩いてきたことなどを話すと、自殺できずに生き残ってしまった後悔《こうかい》に、情愛は悔しく悲しそうに下唇をキュッと噛んだ。


「今も人生の一時《いっとき》。こうしている時も、だんだんと過去になっていく。だから、後で後悔しないように精一杯今を生きなさい。人生は今なのよ、それが人生なのですよ」

「心の温もりは、どうして生まれるの?」

「心は情報と情報のお互いの触れ合いにより生まれる」

婦人警官の献身的な暖かな情報たちは、情愛が食事をご馳走になり、マッサージを受けた皮膚感覚での温点の暖かさの記憶だけでなく、凍結していた情愛の心の奥底深くまで、決して生涯忘れない情報の永久の温もりとなって、深く刻み込まれていく。

そこへ突然、空襲で焼けおちた駅の修復《しゅうふく》に早朝から飛び回っていた中央駅の駅長が、警察と駅員からの報告を聞いて驚き、息せききって駆け込んできた。

「奥様！　奥様は…、情理先生の奥様ですか？　私は、情理先生の教え子の人情です、人情ですよ！」

「……？」

「憶えていらっしゃいませんか？　このお子様は、情理先生のお坊ちゃんとお嬢様ですか？」

「あっ、ハッハイ…」

「もっと小さい頃のお写真、先生から見せて頂きましたが、確かに似ておられる。奥様は随分お痩せになられて……。しかし相変わらず美人だ！」

「でも主人は、もう戦死しました」

情理先生が戦死という言葉に人情駅長は驚き、顔色を変えた。情理が戦死したことは、警察と駅員からの報告書には記載されていなかった。

息苦しく凍った重い空気が駅長室を覆い尽くした。しかし人情には、障害児を抱えた情愛が生活に困窮し、生きる希望を見失って自殺しようとした理由が一瞬で理解できた。

恩師の情理が戦死したと聞いて沈黙した人情駅長は、すぐ決断した。この重苦しい雰囲気を破ろうと、障害児の純情を抱く死装束を纏った情愛に向かって、にこやかに明るい笑顔をみせながら、

「私は情理先生にいろいろと教えて頂き、特に可愛がって頂きました」

「……」

「それはとても、とても情理先生には良くしてもらって、だから今、この中央駅の駅長にもなれました」

「……」

「卒業後も課外授業と言っては、よく一緒にお酒を飲み、ご馳走になりましたよ！　情理先生は日本酒がお好き

だった」

「でも、主人はもう亡くなりましたから……」

「先生には、とてもお世話になりましたよ。だから大丈夫！　これから食べることぐらい、情理先生にお世話になった恩返しをしますよ」

温かな人情駅長の言葉に、情愛は再び涙が出そうになる。

「……」

「さあ、元気を出して！　きっと情理先生が天国から指示して、僕のところへ奥様をお連れしたのでしょう！『おい人情、お前が俺の女房や子供の面倒を見てくれ！』と言っているのですよ」

人情駅長の言葉が身に染みて、情愛の涙は、再び瞼からはじけるように頬を転がり落ちてくる。

「……」

「早速これから食料を奥様のご自宅へ運ばせます。あまり贅沢《ぜいたく》はできませんが、取り敢えず自宅にあるお米や麦とサツマ芋やジャガ芋、野菜など、それから薪や炭などの燃料も、すぐに荷車で運ばせます。まだまだ寒いですから、…ね」

情愛は、嬉し涙がとめどもなく瞳の外へ溢れてくるのを、もはや止めることができない。

「おい君、すぐに駅長官舎へ行って、うちの奥さんへ『お世話になった情理先生の奥様やお子様に駅でお会いしたと言ってくれ」

駅員の一人が、人情駅長に敬礼すると飛び出すように走っていく。

「……」

「奥様、うちの女房も情理先生のファンでしたから。いや、変な意味じゃありませんよ！　わっははははは」

涙が乾く間もなく再び眼から溢れて頬を流れ、鼻水を啜りあげる情愛の姿があった。

「……」

「それじゃ、今日はこれで失礼します。昨日、この中央駅が敵機にやられて、今日はテンテコ舞いです。落ち着いたらご自宅へお伺いします。しっかり頑張ってください。天国からご主人が見てますよ！

今日からは、食料や燃料などの生活物資には、絶対に不自由させませんから安心してくださいね！」

と言うと、駅員を連れて被災箇所へバタバタと走り去って行く。

「あの〜、人情駅長様」

すがるような姿勢で純情を抱きながら情愛が立ちあがり

「ありがとう…ございます」

と頭を深々と下げると、真情が直立して最敬礼しながら大きな声で

「ありがとうございます！」

と怒鳴るように叫びながら最敬礼をした。その大声に人情駅長が立ち止まり、笑顔で振り返って返礼をすると、大きく手を振って走り去って行った。

「心が変われば表情が変わる。

表情が変われば出会いが変わる。

出会いが変われば友人が変わる。

友人が変われば人生が変わる」

そしてその日から毎日のように、駅長の人情から届けられる生活物資に支えられ、十分過ぎる暖かな生活支援を受けて、二人の子供の命を守る母親として再生した情愛は、強靭な精神力で強く生き抜く母親に変身していく。そして情愛は、二人の子供のお守りは、真情が青光りする砕石、純情は万宝貝《まんぼうがい》と決め、肌身離さず大切に持ち歩かせること

にした。しかしこの二人のお守りが、今後の父親と息子、母親と娘との大きな問題を引き起こす原因になるとは、今の情愛には想像もできないことであった。

この同じ時期、戦死したはずの情愛の夫情理に、奇跡的運命が襲っていた。しかしまだ妻情愛は、この奇跡的出来事を知らない。

冬の暗鬱《あんうつ》な雪雲の下に、鉛色の冷徹な鉄板のように、のっぺりとどこまでも広がる青黒い海。雲間から漏れる陽光でどんよりと鈍く光る荒涼たる冬の海は、暗い死の闇が支配しているようだ。そしてその冬の海は、雨の日も天気の日も、まるでホラ貝を吹き鳴らしているように殷々《いんいん》と吠え続けていた。北からの季節風が強くと、船体に荒波が冷たい音で、

「ドド～ン、ダバゥ～ン」

と水しぶきを上げながら激突し、太鼓の音のような海鳴りを響かせている。そして冬の海が時化《しけ》ると、海は怒りの表情を露わに示し、すさまじい歯軋《はぎし》りを繰り返す波は、怒涛《どとう》となって右舷・左舷と船体全体に襲いかかり、轟音を立てて船体を揺るがし、船乗りたちを苦しめる。

こうした冬の海を出港した情愛の夫情理の部隊が乗った輸送船団十七隻は、味方の駆逐艦三隻に守られながら進んでいた。すでに出港してから三週間が経ち、敵が制空・制海権を握っている荒々しく波がうねる熱帯海域の暖かな海まで達しており、ニューギニアの戦場へ向かって、敵潜水艦に発見されないよう静かに突き進んでいた。しかし日差しが眩しい晴れわたった昨日の昼頃には、すでに敵潜水艦二隻に、輸送船団は発見され追尾されていた。

潜水艦に尾行されていた情理が乗った輸送船団が、満月の夜を迎え、夜空の星たちが暗闇の中へ押し込まれて息を

殺していたとき、これまで姿を見せなかった敵潜水艦二隻は、この時を待っていたかのように、まず先頭の護衛の駆逐艦二隻を狙い撃ちにした。

魚雷攻撃を受けた二隻の駆逐艦は機能停止、浸水、そしてアッという間に船首を上にして沈没してしまった。最後尾を守っていた残る一隻の駆逐艦が、暗闇の海面へ爆雷投下しながら必死に船団を守ろうとするが、敵がどこにいるのかよく判らない。制空・制海権もない熱帯地域の夏の海。この海に放り出されれば、荒波にもまれていずれ絶命する。残った一隻の駆逐艦にも、敵潜水艦の魚雷が命中した。火災を起こす味方駆逐艦……。

もはや守ってくれる駆逐艦や飛行機などいない夜の海で、裸同然となった情理たちの乗った輸送船団十七隻に、敵潜水艦二隻は番犬がいない羊を襲う狼のように襲いかかり、狙いすまして魚雷を発射し続ける。散り散りバラバラに逃げ惑う輸送船。しかし海面に姿を出した敵潜水艦から艦砲射撃も受けると、商船を改造した輸送船の銃火器装備では歯が立たず、次々と魚雷攻撃と艦砲射撃を受け、壊滅的打撃を受けて沈没していく。

船で運ばれていた軍人たちと軍事物資は、ニューギニアの戦場に届くことなく熱帯海域の夏の海の中へ、海の藻屑《もくず》となって消えていった。

しかし船団の最後尾に位置していた、情理の部隊が乗った輸送船と、並走していたもう一隻の輸送船の船長二人は、先頭を行く護衛の駆逐艦二隻から、

「敵潜水艦攻撃!」

との連絡を受けると、すぐに連絡を取り合い、

「艦内全消灯!」

「面舵一杯」

「取舵一杯」

と船団離脱をすぐに決断した。敵側の制海・制空権の海域内で敵に発見されれば、オオカミの群れに襲われるように攻撃される。先頭で攻撃を受けている味方の二隻の駆逐艦と、最後尾一隻の駆逐艦による護衛では、

「とても船団を守りきれない」

と判断してすぐに離脱し、単独遁走《とんそう》を開始した。壊滅的打撃を受けた十七隻の船団の中で、好運にも敵潜水艦の眼前から姿を隠し、無傷で近くの島影に逃げ込めたのは、ベテラン船長の操る最後尾にいた二隻だけだった。情理の部隊が乗っていた輸送船ともう一隻の輸送船は、エンジンを止めて物音一つさせずに丸二日間も、ジャングルが覆う無人島の島影でジッとしていた。だが、敵に制海・制空権を完全に握られている熱帯海域の海で、護衛艦もいない丸裸同様の二隻の輸送船が、敵のレーダーや潜水艦に発見されずに、味方の勢力海域まで戻ることは、ベテラン船長でも至難《しなん》の業《わざ》であった。

二隻の間では手旗信号以外の連絡はできず、ましてや司令部へ無線連絡をすれば、敵側に生き残っていることが判ってしまう。敵潜水艦がウヨウヨ泳ぐようにいる海域を通り、敵機が頻繁《ひんぱん》に飛ぶ地域をすり抜け帰港することは絶望的な状況にある。それでも日中は島陰に潜《ひそ》み、夜陰に乗じて島から島へと進む二隻の輸送船の逃避行であった。

生き延びるために、全神経を張り詰めた日々を過ごす情理たち。音も立てられない船底での退屈な毎日。明日は撃沈されるかもという不安にさいなまれる憂鬱《ゆううつ》な生活。人生の残り少ない薄命な兵員たちが、窓もない狭い船底で、芋を洗うような共同生活を強いられていた。それでも情理たちは精一杯、神経を尖らせ生き延びようとしていた。幸い船底には、味方陣地への補給用の食料や水、そして弾薬などが満載されている。逆に、この鉄板一枚の船底に魚雷を一発でも打ちこまれたら、その瞬間に船底の弾薬と一緒に、情理たち情報の運搬屋としての情生は一瞬で吹き飛び、情愛や真情そして純情たちとも永久《とわ》の別れとなるだろう。

「運というヤツは、どうゆう顔をしたヤツなのだ?」

「運というヤツは、たえずコロコロ顔色が変わる、心変わりの激しいヤツだよ」

「ヤツは、人の力ではどうにもならない成り行きや巡《めぐ》り合わせを、自由自在に操《あやつ》っている気がするぜ」

「いま肘鉄をガンと一撃くわせたかと思うと、次の瞬間には砂糖を頬ばらせてくれたりするぜ」

「だとすると運というヤツは、置かれた環境に順応すべく、カメレオンのように体色が変わるヤツだよ」

「ともかく問題はただ一つ、運という妄想に取りつかれて妄信的にならないこと、そしてへこたれないことだよ」


今、この運頼みができるのも、瞬時に船団離脱の逃避行動を決断した二隻のベテラン船長のお陰だ。その後の逃避航路は敵に発見されにくい、しかも敵船も近づかない難所連続の無人島伝《づた》いに、座礁や沈没の危険も顧みずに航海灯も点けずの航海だ。

時には敵艦隊の夜間パトロールが厳しく、無人島の同じ場所に一週間も停泊したまま動くこともできない日もあった。また無人島の岸壁から流れ出る清流を、船中のドラム缶や容器に満タンに詰め込むため、十日あまりも島陰に停泊し、絶壁の岸壁をよじ登って野生の植物や、昆虫・爬虫類や小動物、そして魚介類や海藻などの新鮮な食料調達をするなど、四ヶ月間にもわたる逃避行動、夜間海洋航路の帰港作戦が続いた。ようやく味方の制海権にある島が水平線に見え、遠目にも港町の明かりがボンヤリと見えるところまで帰ってきた。


しかし故郷を目前にして、もう一隻の仲間の輸送船が、ついに敵潜水艦に発見されて魚雷攻撃を受けてしまった。被弾して航行不能となった武装設備の脆弱《ぜいじゃく》な仲間の輸送船は、洋上に浮上してきた敵潜水艦からの艦砲射撃を受け炎上した。その後、爆発を起こして、一瞬にして海中に沈んでいく。情理の乗った輸送船操舵室《そうだしつ》では、海に放り出された仲間を救おうと、

「引き返せ！」

引き返して救出するようベテラン船長に厳命する陸軍部隊の隊長。

「駄目です！」

「馬鹿者！　仲間を見捨てるのか！」

「無理です！」

と部隊長命令を拒否する海軍部隊の兵員たちで、操舵室は騒然となり大混乱になった。轟音を残しながら沈没する仲間の船を横目に、敵潜水艦が、今度はこちらの船を雷撃するための態勢に入った。魚雷発射の白い航跡を見て、見張りも必死に魚雷接近を伝える。これを素早く確認しながら的確な回避運動に入るベテラン船長。情理が乗った船腹のすぐ横をかすめるように、魚雷が白い泡の航跡を残しながら何本も通り過ぎて行く。これ見た陸軍部隊長はさすがに沈黙し、救出命令を出すのを諦《あきら》めた。


海面上に顔を出した敵潜水艦を見つけると、輸送船の最後部甲板に装備されたわずか一門の重機関砲が、敵潜水艦めがけて火を吹いた。これが敵潜水艦に命中して潜望鏡などが吹っ飛んだ。たまらず急潜航する敵潜水艦を尻目に、一目散で逃げる情理の乗った輸送船。重機関砲を敵潜水艦が潜った海面に向けて乱射しながら、敵潜水艦から逃げに逃げた。


夜がまだ明けきれない早春の暁《あかつき》に、十七隻の輸送船と警備の駆逐艦三隻など二十隻の大船団の中で、情理の乗った輸送船一隻だけが百戦錬磨の船長の卓越した操縦技術、一糸乱れぬ優れた乗組員の回避行動によって、夜明け前の靄《もや》が立ち込めた軍港の岸壁にようやく辿り着いた。どことなく艶めきはなやぎが感じられる軍港に、無事帰還した喜びに、船内には歓喜が怒涛《どとう》のように打ち拡がり、

「万歳！　万歳！　万歳！」

と歓声を上げて気が狂ったように甲板を走り回る兵士たち、抱き合い踊り廻る船員たち、顔を両手で覆い震え涙ぐむ者もいた。情理の身情や心情そして情善や情悪や日和見情報たちも、はじけるような歓喜の感情が湧き上がり、全

身を覆っていた。岸壁には、輸送船からの無線で吉報を知った関係者が、両手を振りながら慌て驚き走ってくる。しかし上陸作戦と救援作戦に失敗して、戦果も上げずに帰還した陸軍部隊長、軍幹部将校は、目的未達成のくやしさと責務に、複雑な表情を浮かべて肩を落としていた。それは日本の港を出港してから約四ヶ月半後、情愛が情理の死亡通知の電報を受けてから約三ヶ月後、情愛が二人の子を連れて自殺を試み、中央駅で駅員、婦人警官、そして情理の教え子人情駅長たちに助けられてから二ヶ月後のことであった。

早春の朝、東の空がほのぼのとしらみかける頃、久しぶりの地上で仮眠する間もなく、点呼の声で情理たちは飛び起きた。そして身体検査と健康診断があり、出撃任務が解かれて一時帰宅の休暇を得た情理は、特別許可をもらい自宅へ電報を打った。春の昼は、うとうとと眠りを誘われるような心地よさだが、どことなくけだるさも感じる時期である。ちょうど昼食を終えた二人の子供が昼寝を始めたばかりの時間に、情愛たちの傾いた玄関ドアが、電報配達人の手で静かに叩かれた。ドアを開けた情愛に手渡された電報には、

「ワレブジセイカンス。

アスヨル、キタクス。ジョウリ」

という文字が書かれていた。

このわずか二十七文字の情報を記載した電文を受け取り、これを読んだ情愛の頭の中の心情たち全員が、白く溶け落ちるような衝撃を受け、全身の身情たちが、

「ブルブル、ワナワナ」

震え始めた。色を失って真っ白になった情愛の顔の身情たちが、その額から下顎へ向けて真っ赤に染まってゆく心情たち。死んだと思って葬儀も行い、墓を作って遺品を納骨した夫情理から、

「我無事帰還す。明日夜帰宅す。情理」

と言われた時、言葉を失うほど驚き、唖然《あぜん》となるのは当然だ。この稲妻のような驚愕《きょうがく》情報が、眩《まぶ》しい光線となって情愛の瞳孔をさらに大きく見開かせ、その目はわずか二十七文字の電文を数え切れないほど、何回も何十回も、繰り返し繰り返し読み返していた。心情と身情の情善も情悪も日和見情報たち全情報が、息を止めて一心不乱に穴のあくほど電文に集中している。情愛の体とあらゆる情報たちが

「ガタガタ、ガタガタ」

と音をたてながら前後に揺れて、全身の震えがいつまでも止まらない。いまスヤスヤと寝息をたてて寝始めたわが子二人を抱えて、働く場所もなく、餓死寸前の生活状況となり、

「娼婦になって生きるなら、死んで夫情理のところへ行こう」

情善たちの言葉に従って自殺を決行したが、結局死ぬことができず、そして婦人警官や駅長に助けられ、いま二人の子供は、まだここに無事に生きている。

「おお神様、わたしは何をしようとしたのでしょうか？」

「ああ神様、私は何と罪深きことを、しようとしたのでしょうか？」

「妻の私が、子供たちを道連れにして列車に轢《ひ》かれて死んだことを、帰宅した夫情理が知ったとき、夫は息を呑んだまま唖然となり、そしてどれほど嘆き悲しんだことでしょうか」

「夫は妻の私を、何と言って責めたでしょうか？」

これまで予想だにしない光景が、歓喜と懺悔《ざんげ》をともない展開していく。あまりにも衝撃的な電文にしびれて、情愛の情報全員が目の前の現実を受け入れることができない。

「夫の子二人を殺して死んだ私は、死刑宣告に処させるほどの重い犯罪を犯した妻として、夫は決して、私を許さないでしょう」

過酷で繊細な感覚に貫かれた風のように清心《せいしん》で、凛《りん》として微動だにしない夫情理の信念。その敬愛する夫情理が、

奇跡的に無事生還するという二十七文字の情報に、情愛の情報、身情や心情などの全情報は狂喜し、その喜びの大きさと、自殺未遂という取り返しがつかない罪の重さに、慄《おのの》き震えた。

しかしそのかぼそい手が、しっかりと握りしめているたった二十七字の電報情報。そのわずかな文字情報が、情愛の人生の夢と希望と生きる喜びと、そして意欲と力を、信じ難いほどのスピードで甦《よみがえ》らせていく。たちまち情愛の情報たちは、身情も心情、また情悪や日和見情報そして自殺を決行させた情善さえも、一緒になって歓喜の叫び声をあげて歌い始めた。

「愛ゆえに人は悲しまねばなりません！　愛ゆえに人は苦しまねばなりません！　そして愛ゆえに人は悲しみや苦しみを乗り越え、生き抜く力を得るのです……」

もはや声も出ず、涙が流れるのを拭こうともせず、情愛は春風駘蕩《しゅんぷうたいとう》たる穏やかな新緑の小道を、震える手でしっかりと電報を握りしめながら、夫情理の墓がある丘に向かって駆け出した。風薫る喜びの中をはじけるように輝く笑顔で、走りに走り走った。情愛の情報たちは、輝く太陽の光とさわやかな緑の空気に、吹く春風もまばゆく感じながら走る。

来るべき新緑の季節は、自然界が情報の証《あかし》を発信するときだ。自然界の情報たちは、雨や清流の恵みを受けて、桃、桜、スイセン、パンジー、ワスレナグサなど、夢のつぼみたちを芽吹かせ、その情報の花を、ゆるやかな丘一面に咲き乱れさせようと準備していた。その刻々と成長し続けている感動情報の園《その》を、情愛の情報たちは歓喜の踊を舞い、神への感謝を謳い走っていく。倒れるようなめまいと狂ったような狂喜の叫びが、情報の嵐となって情愛の心情と身情を貫いていく。いまや生けるすべての情報にとって苛酷な冬は幕を降ろし、冬眠していた蟻・蛇・地虫・蛙などが、穴から一斉に顔を出す啓蟄《けいちつ》の時だ。春は生きとし生ける情報の歌を用意し、これを賛美し唱い続ける時がやっと来たのだ……。

情愛の情報たちは嬉し泣きで、くしゃくしゃになりながら歌っていた。

電報を持って走ってきた情愛は、

「ハァハァ、ハァハァ」

と息を切らして、丘の中腹にある夫情理の遺品を埋めた墓の前に立った。


初春の淡い光と香りと光る風を体いっぱい吸い込み、両手を青空にあげて喜びと感動と感謝情報を体現《たいげん》して、手汗でクシャクシャになった電報を手で綺麗に伸ばすと、墓前に供えて、風に飛ばされないよう傍《そば》にあった石を二つ上に置き、夫情理の墓前にひざまつき、死の旅路を決意して実行したことを詫び、

「ごめんなさい、ごめんなさい……、許して下さい！」

「うぇ～ん、うぇ～ん……」

墓前でひれ伏して泣き叫んでいたかと思うと、突然、

「あっはっはあ～、おっほっほ～！」

と狂ったように笑い転げ、地面にひっくりかえって両手を突き上げた。

「バンザイ！　万歳！　ばんざ～い！」

そして背中を泥だらけにしたまま急に立ち上がると、春霞のかかった青空に向かって飛び上がり、両手を頭の上に振り上げ狂喜しながら踊り始めた。

そして再び情理の墓前にひざまづき、泥まみれになるのも構わず、地面にひれ伏し肩を震わせ涙を流しながら、

「ごめんなさい…ごめんなさい」

そして再び両手を天空へ突き上げ、大きな声で笑い転げ、泣き伏した。

夫情理は幸運という運命を背にして、妻情愛たちのもとへ生きて戻ってくる。情愛の情報たちが詠う。

「命ある限り、人生を堪能《たんのう》しなさい。なぜなら、情報の運搬屋には、その日一日が、愛する歓び、働く慶び、遊ぶ喜び、星を見つめる悦び、そしてさまざまな歓びと、そのチャンスを与えてくれる日なのです」

情愛の情報たちは墓前でひざまづき、感謝し歓喜の詩を歌い続ける。感動した情報たちは、感情のまま熱狂し乱舞する。

「希望というお方は、とてもいいお方だわ」

「だから、いつまでも、希望は持ち続けることだわ！」

五．逃げ惑う情報たち

生きる喜び情報に満ち溢れた、光り輝く生命の歓びを載せた薫風が、みずみずしい若葉に覆われた新葉の木立の狭間を、嬉しげに楽しげに口笛のような音を立てながら吹き抜けていく。生きる希望に満ち溢れた気持ちの良い青い風情報が、夫情理の帰りを待ち望む情愛の首筋を撫で、柔らかい花の薫りに満ちた歓びの緑の風情報が、情愛の足元を優しくなぶって通り過ぎてゆく。

奇跡的な幸運に恵まれ生き延びた真情の父情理は、わずかだったが一週間の休暇を与えられ、愛する妻情愛の元へ無傷で舞い戻った。だが戦局は極限状態まで逼迫しており、情理が帰宅した翌日には、新配属への出頭命令が情理の手元に届いた。今度は軍地方司令部のある広島へ赴任命令であった。空襲が激しくなった当時の交通機関の状況では、数日の余裕をもって出発せねば、赴任日に間に合うかどうか判らない。結局、通告された一週間の休暇も消化できずに、帰宅した三日後には慌ただしく出征して行った。
当時の状況を紐解《ひもと》けば、広島市への原爆投下の昭和二十（一九四五）年八月六日、そしてポツダム宣言を受諾し連合国側に無条件降伏する八月十五日まで、あと三ヶ月の帰宅だった。

しかし、その終戦を迎える八月十五日から、わずか一ヶ月前の七月十二日早朝。夫情理が出征してしまい、情愛と子供の三人が留守を守っていた自宅があるU市に、悲劇が空から落ちてきた。情理情愛夫妻の自宅が面した道路が、兵器所街道と呼ばれていたように、情愛たちの住んでいたU市の近郊には、陸軍の地域師団の司令部や飛行場、そして航空機や武器生産の一大拠点があった。当時、日本軍が対峙《たいじ》した米国は、太平洋に浮かぶ日本軍の軍事拠点である島々に対して、空軍と海軍の圧倒的物量作戦で壊滅的打撃を与えてから、海兵隊を上陸させる戦法をとった。そして島の日本軍守備隊を殲滅《せんめつ》すると、その奪い取った島にある飛行場や港湾施設を再整備し、日本列島本国への攻撃拠点に造り変えていった。
米国の軍事拠点となった島々の飛行場を次々と飛び立った悪魔のような巨大な戦略爆撃機Ｂ２９は、高射砲も届かない超高度の上空から、ゆうゆうと日本列島にある主要都市、軍需工場、交通網など、数々の戦略的拠点や軍需施設を破壊した。ただその成果は、日本上空を吹く強い偏西風や雲などの気象条件や、日本軍防空施設からの反撃のため、計画の六％程度の戦果であった。

そこで米国国防省は、日本軍関係以外の周辺施設や全産業、そして学校や病院や文化的施設も含む市街地などへ、無差別爆撃の計画へと戦法を変更してきた。この戦法は、それまで軍隊同士が戦い、その軍事関連施設を破壊する戦争という常識を破った、非戦闘員の老若男女や婦女子や幼児までを皆殺しにするという、国際法にも抵触《ていしょく》する非人道的で残酷な虐殺《ぎゃくさつ》戦法であった。しかも狙った地域の周囲から空爆して、まず住民たちの退路を絶ち、そして中心部を空爆して、その地域に生活する全員を抹殺《まっさつ》・殺戮《さつりく》する、街全体を焼死体で埋め尽くす焦土《しょうど》作戦を実行していった。

七月十二日早朝、この非人道的皆殺し戦法を実行しようと、七十機ものB２９の大編隊が、情愛たちが住むU市の市街地にも来襲した。地上からサーチライトが赤々と照らす頭上雲間に、悪魔の姿に変身したB２９戦略爆撃機が現れ、腹いっぱいに爆弾を詰め込んだ大きな胴体が開くと、大きな焼夷弾《しょういだん》がチラチラと燃えながらゆっくりと、まるで赤い血に飢えた雹《ひょう》や霰《あられ》のように、婦女子や幼児まで老若男女、すべての日本人を焼き殺そうと降り注いできた。この大空襲に見舞われた情愛たちの住む美しい街は、阿鼻叫喚《あびきょうかん》の地獄と修羅場《しゅらば》になった。対空防衛陣地からは高射砲が火を噴き、その轟音が街全体に轟《とどろ》くが、その射程距離外の遥か上空をゆうゆうと飛ぶ悪魔の殺人鬼には、高射砲の弾丸は全く届かない。

軍事施設や学校や病院の区別もなく、神社仏閣や国宝などの文化的遺産も、一般市民の住宅街や商店街まで、婦女子や幼児が逃げ惑う姿を狙うように、大きな焼夷弾《しょういだん》が雨のように落とされた。

「ザザーッ」

と乾いた落下音がすると、薄暗い大地に吸い込まれるようにして

「ズズーン」

と腹に響く爆弾の炸裂音《さくれつおん》がする。するとたちまち周囲に焼夷弾のヤシ油の火の玉が飛び散り、あっという間にその付近が火の海となっていく。すぐに訓練された消防隊や防火訓練を受けた地域防災班のメンバーが、バケツリレーなどで水を運んで消火活動にあたる。しかし米国軍の焼夷弾は、この日本人たちの消火活動を研究して開発されたものであった。焼夷弾のヤシ油が飛び散る地面は、水をかけると火が消えるどころか、その水面を利用してヤシ油が一気

に拡散し、逃げる人より速く燃え広がるように設計されていた。

地域消防団の消化水面上に浮かぶヤシ油に火がつくと、その火は猛烈なスピードで燃え広がり、メラメラと灼熱《しゃくねつ》の炎の海が、拡散したヤシ油の上を逃げまどう人々の衣服に次々と襲いかかった。火だるまになった幼い子供、火炎の中で呻《うめ》く老人、子供を背負ったまま母親と子供が、猛火に身を焼かれて黒こげになる地獄絵が展開されていった。

暁光《ぎょうこう》の空に鳴り響くサイレンのけたたましい音で、情愛と真情と純情の三人は飛び起きた。窓の外はすでに真っ赤な火炎で覆われ、U市の街の周囲が燃え上がって、あちらこちらの半鐘が激しい音で鳴り響いている。ようやく食べていける生活を取り戻したばかりの情愛たちのボロ家。その隣家にも
「ズッシ〜ン」

と大音響がして焼夷弾が落ちると一瞬にして隣家が火柱となり、飛び出してきた火だるまの隣家の人たちが、火柱になって倒れて地面をのたうち回り焼き焦げていく。目や耳を覆いたくなる地獄絵の様相を見た情愛は、慌《あわ》てふためき、枕元に置いたはずの障害者の娘純情を背負うための肝心な〝おぶい紐〟を探したが見当たらない。人情駅長などから頂いた貴重なお米や、夫情理が生還して持ってきた衣服を売って蓄えた、乏しいながらも貴重なお金や生活物資の入った大切な鞄は、いつも持って逃げられるよう枕元に置いてあった。しかし煙が充満してきた中、情愛には娘純情の肝心な〝おぶい紐〟がどうしても見つけられない。

「逃げろ！」

「早く逃げなさい！」

「焼け落ちるぞ！」

けたたましい鐘の音の中で、周囲から怒鳴り声が飛ぶ。やむを得ず体の不自由な娘純情を右手で背負い、息子真情の右手を左手で持つ情愛の細腕には、貴重な生活の糧がすべて収めてある眼前の鞄を、持って逃げる術《すべ》がなかった。

防空頭巾を玄関前の消火用水にザブンと浸すと、二人の頭を覆い、その上からバケツで水をかけ、自分も全身バケツで水を被ると、

「生活の糧を入れた貴重な鞄は、置いて逃げます！」

「どんなに危険でも、子供たちの命だけは守ります！」

娘純情を放置して鞄を持って逃げることなど、一瞬たりとも考えない情愛だったが、この瞬間の出来事は、後日の極貧生活の原因となり、娘純情の幼き心に深い傷を負わせることになる。

ヤシ油の飛び散る焼夷弾が雨あられと降る地獄絵の街中を、キッと大きな目を吊り上げた情愛の全情報たち、身情と心情、そしてその情善や情悪や日和見情報たちは、それぞれの立場で、それぞれ違った考え方だが、その全情報が全く同じ目的、同じ目標を掲げて厳命した。

「ここで死んではダメ。ここで諦めたらダメよ」

かつて鉄道線路の上で死の彷徨《ほうこう》を体験した情愛の情報たちは、逞《たくま》しく強靭な生命力に満ち溢れた情報たちに変身していた。

「絶対に生き延びるわよ。どんな場合でも子供の命は守り通すわ！」

全情報が一致団結して、猛火の中を祈りながら逃げる。

「焼け死んではダメ！　郊外の防空壕まで逃げる延びるのよ！」

「情報たち！　諦めたら子供たちの人生はないわよ！」

「諦めたら終わりです！」

信じ難い長い道程《みちのり》を、幼子真情の手を引き、片手だけで純情を背負い、あらん限りの力を振り絞って、郊外の林の中にある知人の防空壕へ、猛火の中を火の粉を浴びながら走りに走り、そして逃げに逃げた。

「雨のように爆弾が降ってきます。でもどんなに危険であろうとも子供たちを守り抜き、この地獄の中を生き延びる勇気と力を私にお与えください」

「自分で変えられることは、それを変える勇気です。自分では変えられないときは、それをそのまま受け入れる勇気です。そして、この違いが判る賢い知恵を、この私に下さい」

「違いが判る知恵を探すのではなく、そのまま、あるがままの自分を受け入れ、受け入れられた自分を、大切に愛しなさい」

情愛の情報たちは地獄のような中を必死に逃げながら、広島の本部へ赴任《ふにん》した夫情理の背中に向かって、二人の子供でふさがっている両手を心中で合わせ、祈った。無事生還した夫情理に見守られているという強い支えは、焼夷弾が降るように落ちてきて近くでさく裂しても、地面に伏し、冷静に状況を見極め逃げ道を探し、怯《ひる》むことがなかった。

「今、子供を守れるのは、情愛！　お前しかいない！」

情愛自身の心情が、疲れ切った身情たちを怒鳴り叱咤《しった》激励《げきれい》し続ける。

「自分の家や家財のすべてが焼失するということは、自分の戻るべき家と故郷と過去をなくすことに似ているわ。かつて故郷で走り回った子供時代のアルバムや思い出を、真っ赤な火と真っ黒な煙が大空へ、すべて一緒に持っていってしまう！」

「でも、自分の子供を失うということは、自分の未来と夢と生きる希望をなくすことに似ているわ。自分の目の前で成長していく我が子を永遠に見ることができず、死亡したときの姿が、いつまでもまぶたに焼きついたままになる！」

お嬢様育ちの情愛と情報たちは、非常用生活品やお金などの貴重品を入れた鞄と、すべての家財を捨て、ただ二人の子供の命を守るために歯を食いしばり、雨のように降る焼夷弾で火だるまとなる人たちがいる修羅場の中を、そして信じ難いほどの長い郊外までの道程を、子供を背負って逃げ遂せる気丈夫で強靭な母親に成長していた。やっとの思いで郊外にある知人の防空壕にたどり着いて、その中に三人は転がり込んだ。すると中に自失茫然《じしつぼうぜん》とした知人が座り込んでいた。

「私の家族は全員、一人残らず焼け死んでしまった……」

そう言って涙枯れ果てた知人の顔が、失せた目で情愛の子供二人を見つめながら、ぽつりと口ずさんだ。

「昨日まで、死ぬは他人と思いしが、いまは我が身と露も知らざる」

「今日という、この日の時を生き延びる、この身も明日は血の香りかな」

そう言って鼻水を啜りあげながらボロボロと泣き崩れていく。知人の防空壕がある林の中から出て、遠くU市街地を眺めると、天空を嘲笑《あざわら》いながら歓喜の踊りを舞っていた悪魔のB29の姿はもはやなかった。そして晴天の空を暗黒に染める何十本も太い火煙が、太陽の光も希望もすべて焼き尽くしながら天高く舞い上がっていた。火災は三昼夜続き、死臭の臭いが郊外の防空壕まで漂ってきた。

一週間後に、情愛が瓦礫《がれき》の山となった自宅付近に戻ってみると、街の中心部にあった情愛の家は跡形もなく焼け落ち、貴重な非常用貴重品鞄とすべての家財も灰塵《かいじん》に帰していた。市街地が全滅状態で、隣家と我が家の土地の境界さえ定かでない。こうした時は、自分と隣家の土地境界だけは、しっかりと確認しておくべきだか、情愛にはそうした知恵もなく、後日、自宅の土地が小さく削減され、ほとんど無くなってしまう。そうしたことなど全く考えられないほど、途方に暮れ憔悴《しょうすい》していた。

情愛の家族と情報たちは、着の身、着のままの全くの無一文になってしまった。情愛は防空壕の持ち主である知人宅の焼け残った電話を借りて、夫情理の実家へ電話した。情理が無事生還し、孫たちの生死を心配していた義父同情

と義母有情は、情愛の窮状を理解すると、

「こちらに疎開しておいで」

と二つ返事で快諾してくれた。そこで再び人情駅長の好意を受けて、切符や手元資金と身の周りの道具を揃えた情愛親子三人は、夫情理の生まれた故郷の実家で、終戦の日まで疎開生活を送ることになる。

六．時代を選べぬ情報たち

敗戦の色濃い蒸し暑い沈黙が、のしかかるような日々が多くなった。そして赤い地球は、絶え間なき紛争に、血を流し泣いていた。しかし戦争中とは思えない公園の樹木や草花の情報の世界では、まだ青い地球は生き残っており、現在のように温暖化の熱で、もがき苦しむことはなかった。しみじみと思いが広がる情愛の情報たちは、シンミリと語る。

「私たち情報の運び屋は、自分が生まれた時代と、自分を産んでくれた両親を、選ぶことはできないわ」

「そうね。平和で豊かな時代に生まれたり、経済的に不自由のない大金持ちの家庭に生まれることを、選ぶことはできないわ」

「それでも、その過酷な時代環境や、貧しい家庭環境を恨むことも、拒むこともできません」

「私たちが誕生した日に、両親から受け取る情報運搬屋の財産は、その人生つまり情生の情報歴証明書と生命維持システムです」

「両親から頂いた情報歴証明書と生命維持システムを元手に、その生まれた時代と生まれた環境に合った自分の人生、そして真の情生を我々情報運搬屋一人ひとりが、自分で開拓していかねばなりません」

「しかもその生命維持システムの耐用年数の保障はなく、死に至る終着駅の改札口を出た時、『御臨終です』と言われて、初めて判る表示方式が採用されております」

情愛の情報たちは、二年前の学徒動員のニュースを想い出していた。


「ザック・ザック、ザック・ザック・ザック」

今から八十年あまり前の昭和十八（一九四三）年十月二十一日。

冷たい秋時雨《あきしぐれ》が降りしきる明治神宮外苑競技場は、軍関係者や学徒兵の家族や教職員で埋め尽くされていた。この同じ会場で二十年後に、そして今から六十年あまり前の昭和三十九（一九六四）年に、東京オリンピックが催される会場で、学業途中で入隊する学徒に、出陣の壮行会が挙行されたのだ。秋のもののあわれや秋冷《しゅうれい》の雨情報が、集まった人々が手に持つ軍国主義の血潮に染まった日の丸の旗と、濡れた学生服に殺戮《さつりく》の銃剣を装着した青年たちに、しみじみと永久の惜別情報を送っていた。この学徒出陣の行進に参加した学徒兵たちの中には、情理の三番目の弟情意たちもおり、情意と同様、そのほとんどが二度と戻らぬ人となった。

「情報の運搬屋の人生は短い……。たとえ長いと思って過ごす人たちでも、振り返ったときには、一瞬にして過ぎ去る車窓の景色と同じだ」

四人兄弟の長男であった情理。まだ十代であった末弟情致は未成年で兵役対象外であったが、次男である端正な顔をした情熱家の情実と、学業成績が抜群に良い背のスラッとした三男情意の二人も、出陣の時期は異なったが、結局は
「ザック・ザック、ザック・ザック・ザック」

と胸が張り裂ける学徒出陣の足音を、家族の心の中に刻み込んで、これから青春時代を謳歌すべきときに戦線へ向かい、恋も愛も知らずに戦死した。

それは終戦一年前の八月二十八日のことであった。三男情意は、入隊後のさまざまな訓練も十分受ける時間もなく、敵の背後から上陸を敢行して、陥落寸前の戦略的拠点を支援すべく、南方戦線へ向けた短パン姿と素足にゲートルを巻いた姿で、徴用《ちょうよう》された民間船の船底に、戦友たちとマグロのように重なり合って寝ていた。三男情意の船団八隻は、いよいよ制空・制海権ともに敵側に握られているバシー海峡に入った。物音を立てることを禁止された船底には、咳払いひとつ聞こえない不気味な静寂と、規則正しい船のエンジン音だけが、

「グォングン・グォングン」

と、大き過ぎる音を苦しげに響き渡らせていた。そのとき突然、

「カンカン、カンカン！　カンカン、カンカン！」

静寂を打ち破る非常警報が船全体に悲鳴のように響いた。敵潜水艦による魚雷攻撃を伝える警報だ。船底にいた三男情意たち全員がはね起きて、避難指示命令を聞こうとしたその瞬間、

「ドトッ、ドカ〜ウァ〜ン」

激しい揺れとけたたましい轟音と破裂《はれつ》音とともに、三男情意の目前の船底に近い横腹が大きく内側にへこみ、敵潜水艦の魚雷の頭が猛烈な勢いの海水と一緒に、

「ヌウッ」

と顔を出したと思った瞬間、眼にもとまらぬ速さの猛爆発が、三男情意たち兵員全員の情報運搬屋たちに襲いかかり、頭も身体も脳も心臓そして身情や心情の情報たちも、ひきちぎり破裂させて吹き飛ばし、徴用された民間船の船底へ肉塊にして叩き付けた。三男情意の鼻筋の通った凛とした貴族的な風貌の顔立、背が高くスラッとした骨格、鍛え上げた筋肉と抜群の運動神経、ピアノやギターを上手に奏でる若柳のようにすらりとした指先、学業成績はいつもトップクラスだった明晰《めいせき》な頭脳、そしていつも誰にでも振り撒いていたふんわりとした暖かい笑顔。そのすべてが、一瞬にしてバラバラな肉塊になって飛び散り、船底に浸水する激流の渦に飲み込まれていく……。

戦争という愚かな犯罪を、御国のため、天皇陛下のためと正当化する愚行の中で、三男情意の情報運搬屋の二十歳という人生と、その短い青春は一瞬の大爆発と轟音とともに、輸送船もろともバシー海峡の海底深く沈んでいった。

三男情意の戦死を知った情理の情報たちは、戦時一色の時代を机を叩いて呪《のろ》った。情理の頬に瞼を焼くような熱い涙がとどめなく、拭いても拭いても滴り落ちた。いつまでも涙を流し続ける情理は、追悼の詩を捧げた。

「恋もせず、愛も知らずの青春に、思い知る君、涙する我」

「海に消え、冷たく沈む君が情生、熱き血潮の熱き情報」

そして満点星の天空を見上げて詠う。

「我が弟よ。君は青春という楽しかるべき時を知らず。

君は、恋というときめきさえ知らずに死ぬるのか」

「われら兄弟、いつか楽しく平和なかの国に眠らん。

離れ離れに死すとも、いつか赤く染まった地球を離れて、一緒に平和に楽しく眠ろう」

「われらは兄弟、血みどろの争いの中で悲しく別れけれども、

永久《とわ》の情報となりて永久《とこしえ》の心に生きなん。

いつまでも寄り添う情報として共に眠らん」

この時すでに、真情の父情理のすぐ下の弟、二男情実は、わずか十九歳になったばかりの時に、国家存亡にお役に立ちたいと学府を中途退学して志願兵となり、軍人として戦場で戦っていた。

「ザック・ザック・ザック、ザック・ザック・ザック」

という軍靴の足音を残して出陣した二男情実は、これまでの三年あまりの期間、数多くの戦場で敵と戦って勇猛《ゆうもう》果

敢な歴戦の兵士に成長し、過酷な戦地生活を続けていた。そして終戦わずか三ヶ月前には、激戦地のフィリピンへ南太平洋戦線から転戦と称して撤退してきた。

「本土決戦の時期を少しでも遅らせろ！　したがって玉砕は禁止だ！　持久戦で命ある限り戦え！」

「徹底した持久戦で、敵を消耗させよ！」

という統合本部からの厳命を受けて、フィリピン山地のジャングル奥深く陣地を構築し、南太平洋戦線よりさらに厳しく悲惨で、苛酷な闘いを強いられていた。

これまで二男情実の情報の運搬屋たちは、敗退による転戦が続く南太平洋戦場で、銃弾が飛び交う激戦と病気や餓死で大部分の戦友たちが死んだ。しかし情実は強運にも、大怪我はせず生き残った。だが、ここフィリピン山地の激戦地でも、言語に尽きる痛ましく凄惨《せいさん》な洞窟戦が待っていた。緑生い茂る山奥の谷間の洞窟に潜んで、すでに弾薬や食料もほとんど底を尽き、夜襲で殺した敵兵や味方の死体から、わずかに残った弾薬や武器を調達して戦うという、徒手空拳《としゅくうけん》に近い悲惨な装備による戦闘だった。食料といえば、動植物・爬虫類・野草や昆虫に至るまで、さらに屍に湧き出るウジムシなども、動くものなら何でも食べて生き抜いていた。

今夜、敵銃弾を胸部に受け、重傷で動けなくなったのは、情実の無二の戦友だった。戦友と情実は入隊以来三年間、各地の厳しい戦場でずっと一緒に戦ってきた戦友だ。特に南太平洋戦場では同じ部隊で行動をともにして、フィリピンのこの洞窟でも、一緒に籠城戦を続けてきた戦友中の親友であった。傷薬しかない洞窟の中では、重傷を負いながらも生還した瀕死《ひんし》の戦友の治療は不可能だ。日に日に弱っていく戦友は、情実を枕元へ呼んだ。

「遺言だ」

と言って、涙を流しながら情実に頼んできた。

「俺には、まだ手も握ったことのない婚約者がいる」

「………」

「俺の名札の裏側に、その名前と住所が縫い込んである」

「俺が死んだら、俺の髪の毛と骨一本を、そいつに届けてくれないか？」

「わかった。だが、まだまだ元気になって、その婚約者に会えるチャンスは必ずきっとある。諦《あきら》めるな！」

「………」

「この洞窟を脱して傷病兵病院にいけば、なんとかなる！」

情実はこう言って励ましたが、ここジャングルから市街地へと通じる道路は敵陣に完全に封鎖されており、制空・制海権も敵に掌握されているのが実情だ。情実たち本隊の傷病兵病院も占領され破壊されただろうし、分厚い敵陣を突破することは到底不可能な現状だった。だから自分たちが無事生還するには、敵に降伏するしか生き残れるチャンスはないことは、この洞窟にいる誰もが知っている。そして瀕死の戦友も、長期徹底抗戦《ちょうきてっていこうせん》の指令で、玉砕どころか降伏することも許されないことを知っていた。それを知りながら、戦友の気休めにもならないことを言う情実だ。戦友は苦痛でゆがんだ顔に少し笑みを浮かべて、

「皆、俺の遺言を…、聞いてくれ」

と瀕死の声を張り上げて言った。頬がこけて骨と皮だけになっても、まだ歩ける何人かの戦友と情報たちが、今、死の旅路につこうとしている戦友情報の枕元にぞろぞろノソノソと集まってきた。

七．命を頂き生きる情報たち

洞窟のある島に繁茂する疎林や夏草は、夏のギラギラと照りつける強い日ざしを受けると、戦友たちの血潮を吸い

込んだ大地から生気を得るごとく、

「ムゥッ」

とする耐えきれない熱気を立ちのぼらせ、何か腐敗したような強烈な匂いを放ってくる。そして嵐が来襲し暴風雨が吹きすさぶと、疎林《そりん》の木々は大きくかしぎ、風のハープをかき鳴らす枝々は、傷ついた人々の悲鳴のような音を奏でる。そして草むらは、緑が荒々しくぶつかりひしめき合い
「ザワザワ、ザワザワ」

と重たい葉音を響かせ、受け流すように靡《なび》き揺れていく。


しかし水滴る洞窟の奥は、外界の天候とはあまり関係なくいつも湿度が高く蒸し暑いが、真夏はヒンヤリとしていて涼しく真冬でもしっとりと暖かい。奥深い洞窟はゲリラ戦を戦う情実たちの快適なキャンプ地であった。瀕死の戦友はゴツゴツ節くれだった皺《しわ》だらけの手で、情実の手を存外に強い力でギュッと握ると、

「情実…、俺の身体を…お前たちで…、食べて…くれ…ないか?」

目に哀願の涙を浮かべて言った。戦友の顔を覗《のぞ》き込んでいた情実は、戦友の情悪が何を狂って言い出したかと振り返ると、集まっていた戦友たちの驚いた顔、そして顔と顔が、お互いの顔をジッと見詰め合っていた。

「……」

「人間という…情報運搬屋は…、他の生物の…生命を…もらって、生きてきた。そして…生きている」

頬こけ皺だらけの飢餓兵のギョロギョロとした驚いた眼と眼が、お互いの眼を無言で見つめ合って取り囲み、ただ黙っている。

「情報運搬屋の人間は…、他の生命を…身情を食べて…、心情が生きて…いる生物だ」

「……」

瀕死の状態の戦友は、

「情実…、頼む…、俺の体を…身情を食べろ！　俺の遺言だから、お願いだから食べてくれ……」

瀕死のか細い泣き声だが、しっかりとした言葉で戦友は言った。

「俺は…お前たちに…、俺の身情を食べて…もらって、お前たちの…体の一部と…なって…、俺の心情を生き残したい」

「……」

「お前たちに…俺の血を飲んでもらいたい。俺は…お前たちの身情の…一部となって、国に帰って…両親に会い…、俺の…婚約者に会って…その手を握って、俺の血の温かさを…、情報の運び屋としての気持ちを…、お前たちの手から…口から…伝えてくれ……」

「……」

「俺を食べてくれれば…、俺の情報たちは…永遠に、お前たちの情報たちの中に…記録され…、消すことができない…記録として、生きていく…ことができる」

「……」

「だから…、なぁ…、俺の体を喰って、お前達は生き…残って…くれ…」

「……」

「ガクッ」

「な……、俺の…婚約者に会って…手を握り…、俺の血の温かさを伝えて…、お願いだ……」

死の安らぎが必要だったかのように、情実の膝枕に頭を載せたまま短い情生の灯を消した。

戦友の言葉が、洞窟内をどんよりと重苦しく覆った。そして情実や戦友の涙は、洞窟内をさらに湿った雰囲気にした。情実の情報たちが無言のまま喚いた。

「我々が生まれた当時は平和だったが、今や血みどろの矛盾だらけの戦争時代に生きている」

「我々の個人的な夢や希望、ささやかな家族との生活も踏みにじられ、御国《おくに》のためという名の下に、天皇陛下のためという美名のもとで、恨みもない相手と殺し合いをしている。このような戦争に正義はない」

「ロシアの指導者のもとで繰り広げられるウクライナ戦争も、どんな大義名分をつけようが、その根本は殺し合いである。ロシアとウクライナの両指導者たちに、自国の民を殺し、自国の民の家財を焼き払い、自国の民に塗炭《とたん》の苦しみをさせる資格や権利や権限はなく、両者ともに正義はない。いかなる戦争といえども正義はないのだ」

「民族独立を掲げた独立戦争という美名も同じで、そこに正義はない」

「宗教を掲げた聖戦という美名も、全く同じことだ」

「お互い相手の家族や兄弟を苦しめ悲しませることを望まないのに、その矛盾《むじゅん》だらけの世の中ゆえに、お互いに殺し合いを続けている」

「こうした時代に遭遇した運搬屋や情報たちの情生は、まさに悲劇以外のなにものでもない」

「勝利も勝利する可能性すらない、希望や望みもない、絶望的な闘いでも、生きている限り戦闘し続けなければならない」

「我々運搬屋や情報たちの人生たる情生は、こうした矛盾した血潮で染まる時代に生まれた矛盾そのものだ」

「しかし残念ながら、我々情報は、こうした時代を避けたり、楽しい青春を満喫できる場所を選んだりして、その時代と場所を選択して、生まれることができない」

「我々情報は、生まれる時代を選べない！」

「我々情報は、生まれる場所も選べない！」

「この矛盾だらけの時代と場所を避けて、今や生き残れないのだ！」

情実の情悪や情善や日和見情報を含む全心情は、親友である戦友の情報たちの最後の訴えと遺言に同意し決意した。そして戦友の屍《しかばね》へ涙ながら最敬礼すると、磨き上げた台所用の平らな石の上へ、戦友の遺体を運び、カッと見つめている戦友の瞼に、指を添えて静かに閉じた……。この洞窟の中で火を使えば煙を敵に発見されるため、火は使えない。情実は、手入れの行き届いた帯剣を静かに抜き放った。ゆらめく蝋燭《ろうそく》の光を受けた帯剣は、

「ピカピカ、きらきら」

と光り輝いている。取り囲んだ戦友たちは、情実の一挙手一投足を固唾《かたず》を飲んで見守っていた。

「南無妙法蓮華経、南無妙法蓮華経、南無妙法蓮華経……」

静かな読経の声が、情実そして戦友たちの口から低く重く哀しい情報たちの心の言葉として、洞窟内に響き反響していく。獣医の資格を持つ情実は、家畜をさばいて料理を作ることは上手だが、しかし情実の手は
「ブルブル、ぶるぶる」

と震えだして止まらず、そのまましばらく沈黙の時間が流れていく。手の震えがようやく止まった情実は、涙を
「ボロボロ、ぽろぽろ」

流しながら深呼吸すると、まだ温もりの残る戦友の遺体を手早く解体し始めた。まず鮮血は、一滴も余すことなく鉄兜《てつかぶと》のどんぶりに採り、最初は柔らかな内臓を切り取り出し、飯盒《はんごう》の蓋《ふた》皿に盛っていく。戦友たち情報は読経を続けながら、情実のあざやかな手さばきを固唾《からず》を飲んで見守っていた。戦友のドロッとした赤い血を、鉄兜のどんぶりからすこしずつアルミ茶碗や盃《さかずき》、飯盒の中蓋《なかふた》に分けていく。情実は、読経しながら死んだ戦友の血を分けた茶碗を口に持っていくと、眼をつぶり黙祷《もくとう》して思い切って飲み干した。情実のスキッ腹に血がしみわたり、体が
「カッカ」

と火照るようになる。これをジッと見ていた飢餓の戦友たち全員が、目の前に配られた戦友の血と生肉にシャブリ

ついた。生き残った兵士全員の口が、戦友の血が付着して真っ赤に染まり、新たな生命の糧となっていく。この日を境にして、死亡していく戦友たちの御遺体は、兵士たちの生き延びる貴重な糧となり、そして、その死体に湧くウジまでも洞窟に立て篭《こ》もる兵士たちの命綱となり、その肉体の一部となって、生き残る戦友たちの生命と、情報たちを支えていった。情悪は叫ぶ。

「これで肉体は死して糧となり、その血は戦友の喉を潤す。食された運搬屋は戦友の身体となりて、食された情報は戦友の心に焼き付き、戦争の悲劇と悲惨さを、その糧で生き残った兵士の肉体にある身情の中に、頭脳にある心情の記憶の中に、永久に忘れられない強烈な戦争と飢餓の想い出として、刻み込まれて生きていく！」

そして白骨化した御遺体の頭蓋骨や身体を丁重に葉で包んで、木片に本人名と逝去日《せいきょび》と本人の遺言を、ナイフで刻み込み挟んだ。そして洞窟の一番奥に造った祭壇に、丁重に祭っていく。

しかし敵はマイクで連日のように、山岳地帯の密林の洞窟や湿地帯などに潜り込んだ兵士たちへ、降伏勧告を行っていた。

「降伏して山から出てきなさい！　降伏して森から出てきなさい！　降伏して洞窟から出てきなさい！　あなたがたの命は保証します。降伏して出てきなさい！」

何度も何度も、麓《ふもと》に設置された拡声器からたどたどしい日本語で、降伏勧告を呼び掛けていた。その声は小さな入口の周囲が草むらで覆われ、人が住んでいるとは予想できない洞窟の中の広々とした奥まで、小さい声だがハッキリ聞こえていた。

ある日突然、淀《よど》んだ洞窟内の空気を大きく振動させる大声が、いつの間にか洞窟の入口前に設置された、大型拡声器から怒鳴るように聞こえた。

「降伏して、この洞窟から出てきなさい！　この洞窟は完全に包囲しました！　この洞窟に潜んでいることは判っています。全員の生命は保証します。降伏してこの洞窟から出てきなさい！」

情実たちが潜んでいたこの洞窟が敵に発見されてしまった！　一瞬にして淀んだ洞窟内の空気は一変し、

「ピーン」

とした緊張感で満たされた。

「降伏して、この洞窟から出てきなさい！　あと三十分間待ちます。生命は保証します。降伏してこの洞窟から出てきなさい！　あと三十分間で出て来なければ、あなたたちを攻撃します！」


「自決か突撃か？　または降伏か？」

それを誰も口にはしない。ただ全員がマイクの声を聞いた瞬間に、洞窟入口に構築しておいた壕の窪みに飛び込み、数発しか残っていない銃口を洞窟入口へ向け、散開体制をとった。それから十分あまり時間が経過し、拡声器の声は止んで静かになった。ほとんどの戦友が死んしまった今、動くことができる兵士の中では、情実が一番上の階級将校である。情実は自分たちの置かれた立場を理解すると、我が心の奥の扉を静かに叩き、その扉を開くと心情たちに尋ねた。

「大本営の命令は、ここで朽ち果てようとも、敵の進軍を遅延させることだ」

「しかし戦友の生命と情報を頂き、その遺言を纏《まと》った我が身には、その情報を運び届ける責務がある」

「ここで立派に死ぬことは、さほど難しいことではない。だが、これから立派に生き抜くことは、それ以上に難しい」

情実は立ち上がると、入口へ銃口を向けている戦友たちに向かって、青黒く痩せこけた顔を向け、情実の本心を露呈した。

「皆、よく戦った！　我々の役目は、もう十分果たした！　だから降伏することにしよう……。何故なら我々の身体には、我々の糧となって、我々を餓死から守った戦友たちの血が流れ、肉塊となって生きている。そして我々の心の中には、戦友が果たせなかった願いや遺言が、数々の情報として生きている。死んでいった戦友たちの暖かな血肉と心と情報たちの想いを、いつか…、いつか必ず、そのご両親や恋人たちそして婚約者へ、何とかして伝えようではないか！　我々の生きる糧となった戦友たちの死を、無駄にしてはならない！」

「誰か反対するものは…、いるか？」

凛とした情実の情報たちの真意が、洞窟いっぱいに広がった。銃口を入口に向けたまま、戦友全員が呆然《ぼうぜん》として身じろぎもしない。しかしピーンと張り詰めて大切に維持し続けた、軍人魂や国体護持精神《こくたいごじせいしん》そして戦闘意欲や緊張感が、情実が発した降伏という二文字情報で、一瞬にして崩れてゆく。

「グシュン…グシュン…」

涙と泣声が湿った暗い洞窟内に広がり、士気喪失し気落ちした顔が、洞窟入口の壕の中に居並び、虚脱感と絶望感が支配していく。

「ああ、闘いは…終わったのか……」。

若い兵士の言葉に戦闘態勢の緊張で、ビリビリに張り詰めていた洞窟内の空気は、一瞬で和《なご》み始めた。

「……」

「よし、誰も反対するものはいないな！」

「全員洞窟奥へ戻り丸腰になれ！　武装解除せよ！」

洞窟入口の壕から出た情実は、銃や帯剣を腰から外し、母有情からもらった黒サンゴのお守りを左手に持って叫んだ。仲間の兵士たちの銃や帯剣が、洞窟奥の床の上に、

「ガチャ、ゴッ、ドン」

「ガチャ、ガサ、ガン」

と鈍い音をたてて、整然と置かれていく。

至る所が戦場と化した山野の地肌やジャングルには、爆弾や砲弾によって大きな穴が開き、樹木がなぎ倒され、戦車やトラック車列が蹂躙《じゅうりん》してできた轍《わだち》の跡、そして収集・埋葬できない白骨化した戦友の姿が残されていた。しかし、しばらくすると、いつの間にかジャングルの緑情報たちが、ぶつかり合ってさざめくように
「ザワザワ」

「サワワ、サワサワ」

と音を響かせながら生い茂り、ムッとする濃い緑の草藪《くさやぶ》が、ジッと闇を抱くように、人間共の愚かな殺戮の傷跡を隠していく。

拡声器の声が聞こえなくなってから、すでに三十五分が経過していた。武装解除した丸腰の情実は、白い手拭いを長い木棒に結びつけると、右手に白旗として掲げ、左手には母有情から頂いた黒サンゴのお守りを持って立ち上がった。そして洞窟の入口近くまで歩くと、入口一歩ほど手前で洞窟の外に向かって木棒の白旗を差し出し、大きく左右に振った……。そのときである。

「ガッゴン、ガン、ゴロッゴロン」

その洞窟入口から手榴弾が何個も、一斉に投げ込まれてきた。

「手榴弾だ！」

情実が叫ぶと同時にその一個が、情実の足元で爆発した。

「ガッバウーン」

という大轟音を発して、情実の体中に鉄片が無数に突き刺さり、運搬屋たる情実の内臓がちぎれ、体中の至るところから、血しぶきが飛び出した。そして洞窟の奥底からも、

「ドガッ～ン」

「バコーン、ドカバコーン」

というという爆発音が聞こえた。そして口が開いたガソリンタンクが何個も、

「ガラン、ゴロン、ゴロゴロ」

「ガッツン、ドバトバ、ゴロン、ゴロン」

と音をたててガソリンを撒き散らしながら、意識が消えてゆく情実の横を転がり落ちて行くと、

「ボボッ、ボウ、グウォ～～～」

という猛炎の轟音を立てた火炎放射器の火の玉が、洞窟の入口から情実の頭越しに、洞窟の奥深くまで襲ってきた。入口近くにいた戦友の身体全体が炎の中に取り込まれ、洞窟奥へ燃えながら断末魔の声を上げて転がり落ちていく。情実の後ろにいた戦友も、手榴弾攻撃で蹲《うずくま》っているところへガソリンを浴び、叫びながら生きたまま焼け焦げてゆく。この耐え難い断末魔の声と焼け焦げる身体の痺《しび》れるような感覚が、薄れゆく情実の情報たち、情実運搬屋の最後の記憶となった。情実の情報、身情と心情そして情善と情悪と日和見情報たち全員が異口同音に叫んだ！

「たった五分！　あと五分！　俺の人生は、畜生！　いつも五分遅れだぁ！」

「あと五分！　早ければ……」

「畜生！　あと…五分…、ちっく…しょう！　あと…五分……」

こうのようにして情理の弟の二男情実も、わずか二十四歳でその短く辛い情報運搬屋としての情生を、内臓破裂と火炎放射器で焼け焦げたボロボロの姿で幕を閉じた。これは終戦の日まで、わずか二週間前の出来事であった。生き

抜いた戦友たちの情報たちは、鎮魂歌を黙して口遊《くちず》さむ。

「素晴らしい人生とは、青春時代に描いた夢を、壮年時代になって少しでも実現できたことです」

「悔いが残る人生とは、青春時代に描いた夢が、生まれてしまった時代と場所に翻弄《ほんろう》されて、何もできなかったことです」

「偶然生まれてしまった時代と場所に翻弄され、青春時代の夢を実現する機会も与えられず亡くなった、若き人々の冥福《めいふく》を祈ろう」

「嗚呼《ああ》、神よ、青春時代の楽しかるべき思い出もなく戦場に散っていった、これら若者たちの熱き想いをお聞きください。

嗚呼、神よ、青春時代に学び恋する機会も与えられず、お国のため天皇陛下のためという美名のもとに戦場に散っていった、これら若者たちの悲惨な人生を憐れみください。

嗚呼、神よ、若き血潮が求めた恒久平和の祈りを、どうかお聞き届けください」

焼けただれた情実の身体から千切れて飛び散った左手には、しっかりと握り締められた美しい黒サンゴのお守りがあった。この黒サンゴの遺品は、偶然洞窟の奥にいて生き残った戦友に拾われ、数奇な経路を経て、戦後かなりの歳月を経ってから、情実の兄、真情の父情理の手元に届くのであった。

八．原子爆弾投下の悲劇情報

日の出間際《まぎわ》の東の空が、朝焼けで美しい紅色に染まった八月六日。空から地獄が落ちる大悲劇の日の朝が、音もなく静かに明けてきた。戦争中とはいえ、優しい朝陽に静かに照らされた、歴史の息吹を伝える街外れに佇《たたず》む神社や五重の塔たちは、その歴史的建造物が灰燼《かいじん》に帰すことも知らず、陽光に歓声を上げ、静かに黒影の造形から黄金色の輝きを放っていた。

この悲劇の日、昭和二十（一九四五）年八月六日の深夜零時二十五分に空襲警報が出され、眠りについていた人々は叩き起こされた。しかし午前二時十分には解除され、人々は安堵《あんど》して再び眠りについた。そして午前七時九分、再び警戒警報のサイレンが鳴り響いたため、朝の支度を途中で止めた人々は、防空壕や避難所へ飛び出した。この時は偵察用の敵機一機が、高々度を通過して行っただけであった。そのため、午前七時三十一分に空襲警報は再び解除された。ホッとした人々は、防空壕や避難場所から急いで帰宅し、食糧などの物資不足の質素な佇まいの木造住宅の中でも、いつもどおり心豊かで気ぜわしい朝の活動を開始していた。やわらかな陽光が射し込む家庭のささやかな幸せや朝餉《あさげ》の用意、そしてカバンの中に教科書を詰める学生や学童など、主婦や幼子たちが楽しげに忙しく動き廻り、そして貧しくも愉しげに談笑しながら食卓を囲み、これが最後の朝食となることも知らずに、人生と情生の温もりを囲んでいた。一時間後には阿鼻《あび》叫喚《きょうかん》の地獄が空から落ちてくることも知らずに、その情報たちは語り合う。

「ささやかな暖かさに包まれた家庭には、ささやかな夢と希望が生まれる」

「夢と希望というのはいいものだ。いいものはいつまでも滅びない」

「いや滅びないから夢であり、滅びないから希望であり続ける」

と情報たちは思っていた。太陽が美しく晴れ渡った東空にのぼり、都会の街角や路地にも真夏の日差しが街を覆うと、ささやかな温もりに満ちた家庭を後にした工員や店員や事務員、そして学生や学童など、心豊かに生きていた人たちが行き来していた。やがて、この美しい空から原子爆弾が落ちてくることも知らずに……。

午前七時五十分。快晴の空に真夏の太陽がのぼると、気温はぐんぐん上昇していった。広島の軍司令部に勤務していた父情理は額に汗をにじませながら、上官の朝礼と訓示に直立不動の姿で参加していた。先程まで吹いていた海風が凪《なぎ》となって無風となると、脂汗が滲むようなじっとりとした蒸し暑さは不快なことこの上ない。敗戦の色濃い日本国を憂えるかのように、わずかな余命を切り裂くように訴え鳴く蝉時雨《せみしぐれ》の中での朝礼と訓示であった。

「天皇陛下に向かって敬礼！　生きるべきか、死すべきか。今やそれを問題にしている余裕はない」

「死をみずから願う者は惨めであるが、死を恐れる者はさらに惨めだ」

「生死などは何でもない、つまらない事柄なのだと、そう強がりをいうやつは、虚栄心の塊だ」

「ただひたすら生命ある限り生き抜いて、ただひたすら天皇陛下のお国のため生き抜く姿勢と態度が、今は最も重要だ」

「立派に死ぬことは難しいことではない。しかし立派に生きて国体に役立つことが、最も難しいことだが、今は最も大切なことだ」

「天皇陛下万歳！」

午前八時に、朝礼と上官からの訓示が終了。すぐにその上官の指示で、情理と同行するよう指示された兵士二人は、地下壕五階の司令部保管庫の機密書類金庫室へ、九時から開始される作戦会議の資料を取りに向かった。情理は、これが尊敬する上官との今生《こんじょう》の別れとは気づいていない。急ぎ足で地下階段と地下廊下を通り抜け司令部保管庫へと降りていく。いくつものゲートと扉を空け、何度も憲兵や歩哨兵たちのチェックを受け、ようやく機密書類金庫の管理担当官の前に着いた。

この同時刻、広島中央放送局内に、突如、情報連絡室から警報発令合図のベルが鳴り響いた。アナウンサーは警報事務室に駆け込み原稿を受け取ると、スタジオに入るなりブザーを押した。

「中国軍管区情報！　敵大型三機、西条上空を……」

ここまで原稿を読み上げたとき、

「メリメリッ」

というすさまじい亀裂音と同時に、鉄筋コンクリートの建物であった放送局全体が傾くのを感じ、情報運搬屋たるアナウンサーの全身が宙に浮き上がった。


午前八時十五分。指令書類に捺印をもらい、金庫から目指す作戦会議用の書類を受け取って、その書類を手提げカバンに入れた時、地下五階の部屋全体が大きく激しく揺れた。

「地震だ！」

情理は、あわてて重要書類の入った鞄を抱え、兵士と三人で目前の机の下へもぐりこんだ。そして次の余震に備えた。地下司令部の電灯はすべてが消え、機密書類金庫室も司令部保管庫も真っ暗になった。地下司令部の中はすぐに予備発電機が稼動して、非常灯がすぐに点灯するはずであった。しかしいつまで経っても一寸先が見えないほどの暗闇のままだ。管理担当官が、機密書類金庫室の柱に括りつけてあった非常用の懐中電灯を点けた。地下室内の被害は、いくつかの書類が床へ落ちている程度である。

「余震はまだ来ない」

情理は、管理担当官がかざす懐中電灯の明かりで腕時計を見た。針は八時三十五分を指している。このままでは九時から開始される作戦会議に、鞄に入っている資料の提示が間に合わない。情理は慌てて同行兵たちへ怒鳴った。

「会議室へ急いで戻るぞ！」

そして機密書類金庫室の入口の頑丈《がんじょう》な扉を押したが、今の地震の影響で歪《ゆが》んだ扉は、ビクリとも動かなかった。

情理は同行した兵士に暗闇で叫んだ。

「近い将来、地震予知学会の研究成果により、かなりの精度で地震予報ができるようになる」

「はっ？　はい」

「いいか、プレートなどの力で地中深く応力が増大すると、地震の準備過程と言われるマイクロクラックが発生する」

「このマイクロクラックが連続的に起こりだすと、電磁気学的な地震、つまり電子の動きや導電性の高い水の動きなどの各種電磁現象が発生するのだ」

「この各種電磁現象の一部は、地震が発生する前の前兆《ぜんちょう》現象とか宏観《こうかん》現象とも呼ばれているが、この電磁気学的な地震を的確に捉える方法が確立すれば、地震予報が可能となる」

「はあ、そうですか」

「さらにマイクロクラックが連続すると、そこに各種地下流体である水などが流れ込み、その断層面付近で摩擦力言い換えると摩擦強度、摩擦係数が低下する」

「そして断層すべりが誘発されて、力学的な破壊、つまり地震が発生するのだ」

「は、はい」

しかしこの場では、情理の言う地震ではなく、昭和二十（一九四五）年八月六日午前八時十五分に、人類史上最初の原子爆弾が、広島に投下されたのだった。

情理が地下の機密書類金庫室に到着し、作戦会議用の書類を受け取った頃、敵国の大型爆撃機一機は二機の観測機を従え、約三十五万人が生活していた広島の上空に侵入し、高度九千メートルから原子爆弾を、現在は平和祈念公園となっている爆心地へ向け投下したのだ。

この原子爆弾は投下から四十三秒後、地上六百メートルの上空で、眼もくらむ強烈な閃光《せんこう》を放って大爆発を起こした。炸裂《さくれつ》した瞬間、小型の太陽のごとき灼熱《しゃくねつ》の火球《かきゅう》となり、火球の中心温度が摂氏百万度以上にもなった。そして一秒後には、最大直径二百八十メートルの大きさになり、爆心地周辺の地表面温度は三千〜四千度に達したと推定されている。爆発の瞬間、強烈な熱線と放射線が四方八方へ放射されるとともに、周囲の空気が膨張して超高圧の猛烈な爆風となり、これら三つが複雑に作用して、一瞬にして広島の街全体を吹き飛ばすように飲み込んだ。そして大爆発による大気の急激な変化で、澄み渡った碧空の中に、オレンジ色やピンク色そして銀色の色鮮やかなキノコ雲を発生させ、その原爆の爆煙の高さは、高度約一万メートルまで立ちのぼった。

この原子爆弾の大爆発と強烈な放射線、猛烈な爆風は、そこにいたあらゆる生き物を焼き殺し、そこにあったすべての構造物を破壊し、焼き焦げた影を残した。そして立ちのぼるキノコ雲の下では、つい先程までささやかな夢と希望と暖かさに包まれた家庭や、貧しくも心豊かに生きる人たちが住んでいた街が一瞬にして瓦解《がかい》し、阿鼻叫喚《あびきょうかん》の地獄になった。

情理たちの現地駐屯部隊は無論のこと、行政機関の県庁・市役所・警察などの官公庁の建物も崩れ落ちて、壊滅状態となり、街全体が大混乱に陥った。多くの人々が熾烈《しれつ》な熱線で重い火傷を負い、瞬時に焼け焦げた焼死体になった。また強烈な爆風を受けて中空に吹き飛ばされ、崩れ落ちた建物に押しつぶされ、数え切れない一般人が息絶えた。そしてまもなく街の至る所で火の手があがり、街全体が二日間にわたって燃え続けた。

倒壊した瓦礫の下で助けを呼んでいた人たちは、この火災で火あぶりの刑のごとき残酷《ざんこく》さで、生きながら焼き殺された。幼き子供たちや老人や婦女子たち、非戦闘員や軍人、男性や女性や妊婦などの区別もなく、数多くの生命が瞬時に奪われた。生き残った人も、焼け爛《ただ》れて血みどろに傷つき苦痛の声を上げ、水を求める声や親や子などの肉親を捜す声が呻《うめ》き声となり、ひたすら泣き叫び助けを呼ぶ声は、この世のものとは思えない、地獄絵さながらの様相を呈していた。数多くの人々が悶え苦しみながら次々と息絶え死んでいく。

この原子爆弾による急激な上昇気流により、局地的な気象変化が起こり、原爆炸裂時の泥や埃《ほこり》、煤《すす》など放射性降下物の一種を含んだ、重油のような粘り気のある大粒の黒い雨が降った。この黒い雨は、爆心地より数倍の放射能を帯びた恐ろしい〝死の灰の雨〟であった。放射能という言葉や、世界初の殺戮《さつりく》兵器である原子爆弾の恐ろしさを知らなかった人々は、この死の灰の雨に対して、傘もない裸同然の姿で濡れ、さらに大きな放射能障害を受けることになる。広島の中心街から周辺の市町村へと、原爆と黒い雨による放射能汚染が、被爆した人や動植物によって、眼に見えない悪魔の怨念《おんねん》のように拡がり、時間とともに放射能汚染地域は拡大していく。この原子爆弾による被害の特質は、大量破壊、大量殺戮《さつりく》が瞬時に、そして無差別に引き起こしたこと、放射線による障害が、その後も長期間にわたり人々を苦しめたことにある。

地下五階に閉じ込められた情理と情報たちは、こうした空から落ちてきた地上の地獄絵は、全く予想もできなかった。しかし街全体が燃え上がり瓦礫化したため、その煙や放射能に汚染された大気の一部が、地下壕の中にも入り込み、地下司令部の最上部階（地下一階）にいた兵士たちの中には、地下壕の破壊や放射能汚染による死傷者が出ていた。情理たちは、地下五階の司令部保管庫にあった食料や水で生き延び、幾重にも封鎖された機密書類金庫室までの扉、倒れた瓦礫《がれき》やよじれ曲がった防火扉を一つひとつこじ開けながら司令部保管庫からなんとか抜け出し、司令部の建物の瓦礫の中からやっと這い出せたのは、広島被爆後三日目の八月九日、これは長崎へ原爆が投下された同じ日の昼下りだった。

夏の太陽が頭上に輝き、影が真下に落ちる時間に這い出てきた情理と兵士二名の情報たちは、強い日差しの眩《まぶ》しさに眼が慣れるまで、万物が瓦礫化した廃墟の街は、地獄へ這い出てきた錯覚さえ覚えた。眼に飛び込んでくる言語に表すことのできない悲惨な有様は、痛ましい限りである。まだ焼死体が片づけられずに、ゴロゴロ転がったままの焼け野原の中に、火傷《やけど》を負った人々がうめき声を上げている。この修羅場の景色は生涯忘れられない地獄絵だった。偶然にも地下壕深くにいたために奇跡的に助かった情理の情報たち。かつて、ニューギニア戦線へ向かう二十隻からなる船団でも、一隻だけ奇跡的に生還した船に乗船していた情理は、偶然という幸運の女神に守られた結果に茫然《ぼうぜん》とし、そしてしばらくしてから、

「ブルブルッ、ブルブルッ」

と身震いをしていた。

情理が地上に這い出てきた八月九日は、終戦の玉音《ぎょくおん》放送がある八月十五日まで、残り一週間である。放射能で汚染された街は、髪の毛が抜けたケロイド顔の女性の姿や、傷ついた手足を引き摺りながら歩く痩せこけた子供たち、リヤカーに乗せられた息絶え絶えの老婆、身体中火傷を負い痛さに気が狂わんばかりの表情の男、行方不明の肉親を探して、その名前を必死に叫ぶ親類縁者などが、膨大な屍が山積みされた死臭漂う修羅《しゅら》場《ば》の町に溢れていた。さながら生き地獄というべき悲惨な情景は、情理の情報たちに生涯忘れられない傷跡を残した。

そして情理の残りの人生を、核廃絶平和運動へ向かわせる原点となり、原水爆禁止T県協議会『踏みしめてきた三十年の道』の出版や、T県原爆死没者慰霊碑の建立へと繋がることになる。情理の身情・心情そして情悪・情善・日和見情報の区別なく全情報が、地獄化した被爆者の赤裸々な実態の姿に眼をそむけることなく、悲惨な現実をジッと耐えながら直視し、その介護に奔走した。

大宇宙の空間に浮かぶゴマ粒にも満たない、ちっぽけなこの宇宙船地球号。この表面の皮の上を、ウイルスのようにちっぽけな人類たちが、押し合いへしあい、うごめきながら殴りあい殺し合い、そして原爆という地獄を空から落とし、誰かれの見境もなく広島の人々を大量虐殺《たいりょうぎゃくさつ》した。

空から地獄が落ちてきた街には、殺し合っている軍人たちとは無関係で、明日も明後日も、貧しくとも楽しい食卓を囲んで家族団欒《だんらん》をする人々が生活していた。ささやかな糧で老後を過ごしていた老夫婦、我が子の将来を夢見ていた父や母、これから青春を謳歌《おうが》すべき少年少女たち、まだ幼い子供たち、未来を担うべきかわいい赤ちゃんたち、まだ見ぬ世界を妊婦のお腹の中で楽しみにしていた情報たち、こうした笑顔に満ち溢れた平和を愛する人々が住んでいた。

戦争終了後、周到に張りめぐらされた占領軍の検閲体制は、こうした忘れてはいけない過去の出来事、全人類が情報運搬屋の必須レベルで共有し、覚えておかなければならない大量虐殺の事実を闇に追いやり、いたいけない一般の非戦闘員の人々の上に、空から地獄を落とした軍人たちに勲章を与え、英雄に祀《まつ》り上げた。国を護るための戦争という美名のもとに、戦勝国の殺人犯たちは英雄になり、敗戦国の殺人犯たちは戦犯に問われて絞首刑《こうしゅけい》となった。こうした残虐極まりない史実というものは、常に勝者によって書き残されるのが情報の歴史の掟だ。

九．赤い情報が祈る平和

澄み渡った美しい青空から突然、原子爆弾という地獄が落ちてきて、一瞬にしてすべてを吹き飛ばし焼きつくし破壊した。見渡す限り損壊《そんかい》・倒壊《とうかい》した建物の残骸が山のように積み重なり、焼け焦げた家々が、腰砕けのように崩れ去って瓦礫となり、焼け残ったビルのコンクリート壁は火炎で焼け爛《ただ》れ、その道端に打ち捨てられた焼け焦げた自動車やリヤカーなどの残骸は、無残な形に歪んでいる。

そしてその横に、いまだ収納しきれずに放置されたままの身元不明の遺体が散乱していた。破壊された病院横に急ごしらえされた救護所では、息が詰まるほど醜悪《しゅうあく》な形相の血まみれの赤い情報たちが、妖怪《ようかい》じみた呻《うめ》き声をもらしながら次々と息絶えていく。死に直面して消えなんとする情報たちは、因果の重みを背負ったまま、死の崖っぷちまで押し出されたような絶望観に押しつぶされ、息絶え絶えに語り合っていた。

「身体が焼け溶けても、まだ生きている…。こんな恐ろしい地獄の街で、こうして苦痛に呻きながら生きているのは…死ぬより勇気がいります……」

「本当よね」

「……」

「あら今、お話をされていたのに、もう亡くなったわ！」

息絶えた遺体の情報たちは、もう何も語らない。

「この方のように、身体がドロドロに溶けて、ハエやウジも払えない姿で、死んでいく仲間を見ることは、〝辛い〟という言葉で表現できる範囲を遥かに超えています…」

「そうだよ。私の身体も少しずつトロトロに崩れかけていますが、腐臭を放つたくさんのご遺体が放置されたままですので、一生懸命、残された力を振絞って墓掘りをしています。でも墓掘りをしている自分の姿が、誰かに墓土を掛けてもらっている姿に重なり、ひとつになってしまいます」

と言い残すと、崩れるように墓穴の中に倒れ込んだ。

「可哀そうに…、誰か墓土をかけて差し上げて…」

「あら、お医者様だわ。自分もひどい火傷《やけど》を負われているのに、診察ありがとうございます」

「原爆で被災したこの病院には、いまは何の薬もありません。薬もなく治療しようとする医者の自分も、こんなひどい姿で、あと幾日も持たない命でしょう。いまは悪臭と絶望の底なし沼にいるような気持ちです」

「戦争の悲惨さを恨みながら、こんな時代に生まれたことを、嘆き悲しみ、身をよじってもがくだけ……」

と言いながら診察順番を待っていた患者の一人も、

「ガクッ」

と首を落とすと息絶えた。目を覆うばかりの惨状溢れる街は、次々と亡くなっていく人々の遺体だらけだ。橋の上では、顔全体が焼けただれた丸裸の男の人が、死にきれずに両手両足を空に向けて伸ばし、

「ビクン～ビク～ン」

と痙攣《けいれん》しながら断末魔の苦しみに喘いでいた。

「早く楽にしてあげて…」

涙を流しながら丸裸の男にすがりつく奥様らしい女性の姿も、血まみれの片足がブラブラと胴体からぶら下がっている。水を求めて学校のプールに飛び込んだたくさんの小学生の遺体が、水面いっぱいにプカプカ浮かんでいて、プールの水面が見えない。幼い子を背負った母が、自分の背中と子のお腹以外は丸焼けで、道路脇にそのまま投げ出されたように倒れ亡くなっている。爆風で頭と胴体と両足がバラバラになって吹き飛ばされ圧死した遺体が、あちらこちらに転がっていた。足のない焼け爛《ただ》れた胴体と、燃えずに残った鉢巻した頭だけが、キッと地獄を落とした空を睨んで悔しげに横たわっている。

　次々と数多くの遺体が荼毘《だび》に付されていくが、その人骨を埋葬する場所もなく、瓦礫の中で雨ざらしになっている。赤黒く焼け爛れた手に、焼けた腕の皮が、黒いボロキレのようにぶら下がってヒラヒラしていた。そして最大の悲劇は、こうして逝去される人々は皆、家族や友人や知人の誰一人として立ち会うことなく、一人寂しく死に旅立っていくことだ。人生と情生の終着駅で、その家族や親戚、知人や友人など、本人を知っている人が、誰もいないとこ

ろで……、唯一人寂しく他界していく姿は、この世に情報の運び屋として生まれ育った人生、その情生の総決算である終着駅での最大の悲劇であった。

原爆投下後の三日間も、地下の司令部保管庫の中に閉じ込められていた情理の情報たちは、放射能汚染の知識が不十分であったが、この時間と空間を地下で過ごせた幸運さは、情理の人生でも特筆すべきことである。情理の情報たち身情や心情たちは、その情善や情悪や日和見情報たちも地獄絵の悲惨さを見て、

「ゲェ、グゲェ」

と連日吐き続け、耳を塞ぎたくなるような重病人のうめき声を聞き、落涙しながら、昼夜を問わない看病に疲労困憊《ひろうこんぱい》していた。それでも情悪は、眼光鋭く遠くを睨んで決然として言い放った。

「敵軍の蛮行、非戦闘員たる一般市民の老若男女や子供まで、巻き込んだ残虐な皆殺し作戦は、将来必ず戦争犯罪として、国際法で裁かれるべきだ！」

「この地獄絵の一つひとつは、生きている限り絶対に忘れないぞ！　南妙法蓮華経、南妙法蓮華経……」

情報たちは悩み苦しみ、そして訴える。

「このむごたらしい皆殺しの惨殺光景を見れば、戦争はいかなる理由があっても、起こしてはならない」

「戦争終結の美名のもとで実施された原子爆弾投下は、いかなる理由があっても、皆殺しの犯罪兵器には変わりない」

「苦痛に耐え、のたうち回りながら生き延びることは、言語に絶する」

「このひどい姿を晒《さら》して生きる苦痛より、いま死ぬことができるのは、救いであると言えるかもしれない」

「死は救いという言葉がピタリと当てはまるほど、耐え難い悲惨極まりのない地獄の苦痛だ」

「激痛に苦しみ、助けを叫びながら死んでいく人たちを見ると、人生の終焉《しゅうえん》に、何故こんなに辛い思いをしなが

ら、幕を降ろさなければならないのかと、とても悲しい気持ちになるわ」

「そう考えれば、人間が死ぬときは短時間で死ぬのがいいよ」

情理と情報たち、身情・心情その情善・情悪・日和見情報たちは、悲しみと苦しみで圧倒されそうになる惨状に、目をそむけたくなる自分と闘いながら、救援活動に明け暮れていた。原爆投下の翌七日には、軍隊を中心に警備司令部が設置され、周囲の町や村などからも、警防団、医療救護班なども、続々と街に入ってきたが、手術台やベッドも氷もなく、薬品といえば消毒剤の赤チンかチンク油程度である。そして放射線が人々の細胞を破壊し、全身が焼き爛《ただ》れ、発熱・吐き気・下痢・脱毛・出血などさまざまな症状を引き起こして悶え苦しんでいる人たちが、数え切れないほど累々と横たわっている。そのほとんどの重傷者は、

「水を下さい」

と訴え続ける。その重傷者に水をあげると、ほとんどの人が一気に水を飲む。そして水を飲み終わると、ほぼ全員がそのまま息絶えていく。

「どうせ死なねばならぬなら、温かく家族に見守られ、納得して死にたい！」

「身寄りが誰一人見つからず、私が死んでいくというのに、涙を流してくれる家族や知人もいない」

「命がけで働いてきた生涯が、最後に突然、新型爆弾でブッ飛んだ。温かな家庭も、愛する家族も、そして我が人生も……」

情理が尊敬する上官が、身体は暗赤銅色に焼けながら虚空を掴《つか》むように両手を上げて、情理たちが閉じ込められた司令部の入口を守るように、瓦礫の中に仁王立ちのまま亡くなっていた。情理は丁重に埋葬した墓石に上官の名前を刻んだ。翌日、上官が亡くなった場所に行くと、そこで黒こげになった丸い石を見つけた。その焼けた石を手に取り、横にある塹壕の入口の角へ力一杯ぶつけた。すると不思議にも、ほぼ同じ大きさの四個の石に綺麗に割れて

「コロコロ」

と転がった。涙溢れる目を、その割れた石の断面に近づけると、綺麗なキラキラ輝く石模様が情理の汚れた顔を映し出した。焼けた美しく綺麗な模様石を、情理は平和の石文と名付けた。そして情愛、真情、純情と自分の四人家族に、この平和の石文を持たせようと、戦闘服の上着のポケットに入れた。しかし情理は、この石文が大きな役割を果たすときが来ることを、そのときはまだ気付いていていない。


情理の情報たちは、いかに戦争は愚かな犯罪であり、いかに平和が尊いものかを、骨の髄まで沁み込ませていく。

「死者の情報たちは、記憶した我々の情報たちが、そのすべてを忘れてしまうまで、生き続けている。すなわち死者の運搬屋の身情は死んでも、記憶された心情は死なずに我々の心情の中で活き続けるのだ！」

「必ずこの惨状を記録に残し、息子や娘たち、真情や純情には、『この愚行《ぐこう》を絶対に繰り返すな』と語り継いで、その子や孫へと語り続けてから逝きたい」

そして、心に固く決意した。

「戦争のない平和な世界を築こう。これを生涯の仕事にする！」

情理の情報たちは、手の平に載せた平和の石文に固く誓った。

風を身情の肌で感じるがよい。
風は自由にして爽やかで、
風は山や森や荒野の壁を越え、
風は人種や民族や国境も超えて、
風は憎悪を吹き去りながらも、

風自らは汚れることなく爽やかである。
風は大自然の恵みものせて、
風は種を育みながら吹いてゆく。
なぜ、情報運搬屋の人類たちは、
風になりきれず争うのだろうか？

水を身情の口に含んでみるがよい。
水は自由にして清らかで、
水は雨や川や海流の壁を越え、
水は言語や文明や思想も超えて、
水は汚れを飲み込みながらも、
水自らは汚れることなく純粋である。
水は情報たちの期待ものせて、
水は命を育みながら流れて行く。
なぜ、情報運搬屋の人類たちは、
水になりきれず闘うのだろうか？

時を身情の鼓動で刻んでみるがよい。
時は自由にして媚びずに、
時は音や光や歴史の壁を越え、

時は宗教や文化や価値観も超えて、
時は過去を美化しながらも、
時自らは乱れることなく正確である。
時は過去の想い出ものせて、
時は夢を育みながら刻んでいく。
なぜ、情報運搬屋の人類たちは、
時になりきれず戦うのだろうか？

敗戦の日から三ヶ月後、進駐軍の軍隊姿の米国空軍の情アトムが、原子爆弾の成果と、広島の現状をカメラに収める業務を命じられ、通訳の役割を命令された情理を連れて、再び広島に立っていた。情アトムに業務命令を出した上官は、広島の街に原子爆弾を落とした米軍戦略爆撃機Ｂ２９の搭乗員十一名の中の一人である。軍曹バッチをつけた恰幅《かっぷく》のよい情アトムは、瓦礫化した広島の街を、にわかに信じがたい目つきで眺め、何枚も写真を撮っていく。しかし想像を絶する悲惨な焼け跡を見て動転し

「ワナワナ」

と震え始めた。これまで情アトムは、原子爆弾を投下して戦争を終結に導いた米国の功績は絶大だと信じ、日本の広島と長崎への原子爆弾投下を正当化してきた。しかし罪のない一般市民、老人や子供まで、皆殺しにした悲惨な事実を知ると、その罪悪感に慟哭《どうこく》していた。それでも情アトム軍曹は、情理に通訳と道案内をさせながら、原子爆弾で吹き飛び瓦礫の焼け野原になった記録写真を撮りまくった。撮影が一段落すると、情アトムの妻が用意し、情アトムが個人的に米国から持参したチョコレートやアメなどを、小学生以下の子供たちへ配りたいと情理に言った。

情理は叫んだ。

「小学生までの子供さんは、集まって下さい！」

「アメリカからやってきた情アトムさんが、お菓子を配ってくれます」

「十二歳以下のお子さんは、集まって下さい！」

情理の太く大きな声が、死臭と瓦礫で淀んだ街角に響きわたった。すると崩壊した街の瓦礫の中から、どこにいたのだろうかと驚くほどの数の子供たちが飛び出してきた。原爆でケロイド傷の子供、ボロボロの衣類を着た男の子や女の子、怪我をして片足を引いている子や、目が見えないのか手を引いてもらっている子も、皆汚れた着物をまとった乞食のような恰好をした子供たちが集まってきた。

そして…、想像できない驚嘆《きょうたん》するような光景が、情アトムの眼前に出現し展開していく。外国での被災地や戦災の救援物資の配布の現場では、大人たちが群れて力づくで奪い合う光景に見慣れていた情アトムだが、情理の国のボロを纏った子供たちは、到着順にしかも一列に、

「前にならえ」

と両手指先を前の子供の肩甲骨につけて立ち、順番と位置を決めると、両手を降ろして整然と一直線に並び始めた。情アトムが想像もできない光景が、眼前に次々と展開してゆく。誰も何も命令したり、並ぶよう指示もしないのに、誰も列に割り込んだり乱したりすることなく、飢餓《きが》状態の幼き子供たちが並んでいく。

しかし近くまで走ってきた頬がこけ細い顎《あご》、尖《とが》った鼻、ガリガリに痩せた十数人の子供たちが、この列に並ばず、所在《しょざい》なさそうに立ったり坐ったりしている。情アトムは情理に聞いた。

「あの子たちは、何故並ばないのか？」

情理は、大声で子供たちに向って聞く。

「お〜ぃ、君たちは、何故並ばないのか?」

するとお互いに顔を見合わせてから、何人かが声を揃えて答えた。

「僕たち十三歳以上です」

「俺、中学生です」

これを聞いた情理も、通訳された情アトムも、再び驚嘆の声を上げた。

「ほうぅ!」

「You are great !」

今にも空腹で倒れそうな栄養不足を示す顔ばかりで、ボロボロの着物を着ており、彼らの年齢が十二歳以下であるかどうか、小学生でないかなど、誰の目にも判ろうはずがないのに、年齢を誤魔化《ごまか》して並び、ガムやアメをもらうことはしない。まだ中学生ながらも立派な人間としての自覚や精神、武士道でいう恥という日本人の精神的支柱が、しっかりと築かれていて、腹をすかしながらも自己を律して毅然《きぜん》と立っているのだ。神々《こうごう》しいまでに美しく輝いている子供たちを大切に育てた学校や、両親や家族との暖かな家庭を、自分達が投下した原子爆弾で、一瞬にして破壊し奪ってしまった罪があまりにも深く大きいことに、情アトムは気付き、絶句し沈黙した。

「こんな立派な子供たちの家庭まで、原子爆弾で破壊したのか……」

情アトムは、きちんと整列した子供たちに、そして年齢を誤魔化そうとしない子供の誠実な心の美しさに、感動して目頭が熱くなった。長身の情アトムは、一人ひとりに目の高さを合わせるように膝や腰を低く曲げ、原子爆弾を落とした自分の犯罪的行為に押しつぶされそうになって引きつる顔を無理やり笑顔にして、その大きな手の上に、チューインガムか紙に包んだアメを一個のせて、小さなかわいい子供たちの手へ渡していく。

しかし列の一番最後に、背の高い腕力のありそうな大きな男の子が遅くなってから並んだ。こんなにたくさんの子供たちが並んでいると、彼の順番が廻ってきた時には、用意したチューインガムやアメも、そのすべてが無くなってしまうかもしれない。そして、そのガキ大将のような大きな子の前に、彼がちょっと突き飛ばせばどこかへ吹き飛ぶような、小さなひ弱な女の子たちが並んでいた。この女の子たちを押しのけて前へ行けばよいのに……。しかし腕白ガキ大将のような格好の男の子も、頬がこけ細い顎に尖った鼻、ガリガリに痩せた栄養不足を示す顔で、自分の番をジッと待っていた。ボロボロの乞食のような恰好をした子供でも、たった一個のアメかチューインガムをもらうと、

「ありがとうございます」

と深々と頭を下げてお礼を言う。そしてようやく、あの大きなガキ大将のような男の子の順番になった。その男の子も、たった一粒のアメをもらうと、深々と腰を曲げて頭を地面につくほど下げると、

「ありがとうございます。アメリカの兵隊さんに頂きましたと、昨日死んだお父さんとお母さんのお墓で報告してから、弟たちと一緒に仲良く食べます」

と情理に向かって言うと、両手で大切そうに一粒のアメを押し頂いて、汚れたボロボロの着物の裾を翻《ひるがえ》し走りながら帰って行く。

「きっと、彼は兄弟の弟や妹たちと、一粒のアメを両親の墓前にお供えしてから、それから兄弟全員で、少しずつ舐《な》め回していくのだろう」

と情理は考え、その様子を情アトム軍曹へ涙声で通訳する。眼光鋭い情アトム軍曹は相変わらず無言だったが、情アトムの情報たちは感動と罪悪感の嵐に打ち震え、大粒の後悔《こうかい》情報の涙を流し始めた。そして大きな青い瞳から、感涙と罪悪の涙が頬を幾筋の涙道をつけてハラハラと流れ、涙がこぼれ始めると歯止めがきかず、泣き止む術《すべ》が判らなかった。

しばらくして情アトムは、通訳の情理に向かって顔を向けると静かに、しかし確信に満ち溢れた力強い口調で言った。

「あなたの国、この無条件降伏した瓦礫の山の敗戦国は、近い将来、必ず我々戦勝国であるアメリカ、ソビィエト、イギリス、フランスそして中国などの国と、肩を並べる国になるでしょう。このことを、今日の日記に記録しておきます」

涙を浮かべながらも、確信に満ちた言葉でキッパリと言い切った。しかし情理の情悪や日和見情報は、

「完膚《かんぷ》なきまで破壊しボロボロにした敗戦国に対して、情アトム軍曹は、何故そんな突拍子もないことが言えるのか？」

疑惑に満ちた質問と疑問で溢れ議論をしていた。

「すべての争いを飲み込む平和な心、お互いの立場を理解し合う心、お互いの価値観を尊重する心、そこに平和と真実が棲む心があれば、ともに手を取り歩み始めることができる」

透き通るような青みを帯びた空は、何もかも吸い込んでしまうような紺色に染めて、黙って二人の情報たちの話を聞いていた。

十．清貧な情報たち

しかしそれから四十年後、情アトム軍曹の情報たちが出会った、その光輝くボロを纏《まと》った日本の子供たちは、やがて大人に成長し、その熱い血潮と汗と涙で、焼け野が原となったわが国の再建に取り組み、世界第二位の経済大国へと成長させていったのだ。情アトム軍曹が予測したとおり……。

時は無言のまま静かに流れ、爽やかで軽やかな夏風たちが、情報の生命で色彩豊かに満ちた樹木の森を、葉音を鳴らしながら吹き抜けていく。澄み切った柔らかな清流たちは、水音を奏でながら森の中を横切り、情報たちを育む小川となって流れていく。その潤いの恩恵を受ける草花の情報たちは、百花繚乱《ひゃっかりょうらん》の情報の詩《うた》に合わせて咲き誇り、種子たちの繁殖戦略である甘い果実を実らせるべく、その仕上げの準備に大忙しだ。

真情が小学生時代の恩師である情味先生の教育理論と教育方針は革新的なものであった。情味先生の情報たちは、いつもニコニコしながら明解な教育論を語る。

「私達の情報には二種類があります。素晴らしい身情を育てるためには、『体育』つまり体を育てること、身体で覚えること、自己の身体的可能性と限界を知り、これを体得し伸ばす方法を学ぶことが重要です。だから体罰ではなく、〝愛の鞭《むち》で身体を育む教育方法〟、例えば競馬のラストスパート時に鞭を入れるように、身情を鞭打って、身情が保有する素晴らしい可能性と伸びしろ、そしてその成長し発展する見込みとその限界を自ら知ることが大切です」

「ですから『いかなる場合でも、理由は問わず体罰は禁止する』などと言っている我が国の指導者たちには、まず我々は〝情報の運び屋である〟という客観的理解と認識が必要で、その上で生徒たちそれぞれの身情に最適な体育指導法を検討する必要があります」

「そして、私たちの情報のもう一つは心情の教育です。つまり頭脳の中にある心情には、『教育』つまり教えて育てること、記憶や論理や道徳の習得が大切です。だから自己の心情と他の心情の出会いによって、心が生まれることが教育のベースとなります。心が生まれると信頼関係が築かれます。教師と生徒間に信頼関係が構築されると、教師の心情の言うことが、そのまま生徒の心情に届きます。お互いの言うことをきちんと理解し理解させ、生徒自ら考えて気付かせる腹落ちの納得《なっとく》教育、こうした心と心の情報が交わり交流する〝心に響き理解し悟《さと》らせる教育〟が、必須要素となります」

「来るべき新しい情報明白時代に活躍する生徒たちに、その将来に相応《ふさわ》しい教育のあり方を、教師はしっかり理解して、教育現場に臨む必要があるのです」

こうした情味先生のいるS小学校の卒業記念旅行は、鎌倉・江ノ島へ修学旅行をすることが学校行事で決まった。当時の小学六年生の修学旅行としてはU市から、約百五十キロメートル離れた古都鎌倉まで、バスで行く一大イベントの長距離旅行である。担任の情味先生から修学旅行が発表された時、足の悪い女子生徒が机から立ち上がって、片足を引きながらピョンピョンと飛び跳ねて嬉しそうに喜んだ。

「うわぁ！　鎌倉！　鎌倉に行ける」

他の生徒たちも叫んだ。

「おおすげぇ、鎌倉だって！」

「わぁ～い、鎌倉よっ！」

「う～ん、だども俺の家、金がネェ」

と言うと机に突っ伏した真情の後の席の男子生徒がいた。真情が好きな前席の女子生徒は、その男子生徒の声を聞くと、自分も貧しい家であることに戸惑い、身を固くして机上に顔を伏せた。

「私の家もとても、無理だわ……」

その悲しそうな背中を、真情は複雑な思いで見ていた。当時のクラスほとんど全員の家庭は、食べることで精一杯で、修学旅行の費用を出すのは大変な時代であった。

翌日、古都鎌倉への修学旅行を喜んでいた足の悪い女子生徒は、学校を休んだ。そしてその翌日も学校に来なかった。でも真情たちクラスの仲間たちは、彼女が何故学校を休んだか、判っていた。彼女の家庭は、とても修学旅行などに参加できるお金が準備できない。両親とも戦争中に病死してしまった彼女は、袋張りの内職で細々と生活している父親の両親、つまり祖父母の家に引き取られ育てられていた。高齢の祖父母は、足の悪い孫の学費を納めるだけで精一杯で、とても修学旅行へ孫を参加させるお金はない。毎日、何とか食べて生き抜くことだけで精一杯の時代だ。給食費も払えずお弁当も持たされず、お昼を食べずに我慢しながら、昼食時間は校庭で遊んで過ごす数多くの子供たちがいた。学級費を納められずに、学校に来ることもできない生徒たちもいた。毎月納める修学旅行積立金など、一円も持って来ることができないクラス仲間が大勢いた。

学級会で、情味先生から

「修学旅行先の江ノ島をバックに、六年二組のクラス全員で写真を撮りたいわね。クラス全員が参加できるためにはどうしたら良いのかしら？　みんなで考えましょう」

情味先生から難しい課題提案が出され、一瞬にして沈黙が教室全体を覆った。しかし、ボロを纏ったような粗末な学生服の生徒たちは、その天衣無縫《てんいむほう》な小さな目を輝かせ、

「ハイ」、

「ハァイ」、

「ハイ、ハイ！」

と議長役の真情クラス委員長に向かって挙手すると、自分の豊かな発想を発表していく。しかし担任の情味先生は、ただニコニコと笑って一番後ろの席に座って黙って子供たちの意見を聞いていた。いろいろなアイディアや意見が出た。そして、

「クラス全員で修学旅行に行って江の島をバックに写真を撮ろう。」

「修学旅行積立が足らない人も全員で一緒に旅行に行けるよう、新聞配達や袋貼りなどクラス全員でやって、みん

なでお金を貯めようよ」

「クラスに貯金箱を作って、お小遣いも使わないで皆のために貯めようぜ」

「全員で旅行に来れた御礼の手紙を書いて、鎌倉から出そうよ」

「賛成！　賛成！　みんなで頑張ろう！　絶対みんな一緒に修学旅行に行こう！」

とクラスの意見がまとまった。そして標語を募集し、議長役の真情が考えた案が採択され、真情自身が黒板の端にチョークで書いた。

「一人は、みんなのために。みんなは、一人のために」


一番後ろの空いた席に黙って座っていた情味先生は、生徒たち全員を帰宅させた後、校長先生に学級会の様子を報告すると、教室の黒板の前に戻ってきた。

「一人は、みんなのために。みんなは、一人のために」

秋の修学旅行まで消されることのない、真情の書いた下手な文字が、無言ではあるがキッパリと意思を主張していた。黒板に書かれたこの標語の前に立った情味先生は、第二次世界大戦という過酷な戦禍に巻き込まれた幼き子らが、どんなに貧しくとも、どんなに苦しい境遇でも、大切にすべきことは何かを、しっかりと身につけていることを知り、ポロポロと涙を流しながら、いつまでもジッと標語の文字を眺めて佇《たたず》んでいた。


早速、新聞配達や家のお手伝いなど、各自が働いて貯めた小遣いを、学校へ持参する活動が開始された。足の悪い彼女は、まだ学校を休んでいたが、クラスの仲間たちは家にあった新聞紙を持って集まった。そして授業が終わると、真情たちクラス全員が教室の隅へ机を並べて、賑《にぎ》やかに新聞紙の紙袋作りの作業を開始した。手や体にべたべたウドン粉糊がつき、最初にできた新聞紙の紙袋は、ウドン粉糊が新聞紙に凸凹して、形はゆがみ、いびつ状態で、とても紙袋として使える代物ではなかった。紙袋としては使えないものだったが、しかし悪戦苦闘して作った新聞紙の紙袋を、夕方遅く学校前にある八百屋店へ、クラス代表十人で持っていった。そして丁度店先にいた八百屋のご主人の前に整列して、そして練習したとおり声をそろえて言った。

「修学旅行へいけないお友達のお金を貯めるのです。僕たち私たち、自分たちだけで作った紙袋です！」

「お店のお野菜を入れる袋として、ぜひ買ってください！」

優しい八百屋のご主人は、

「ほお〜!?　君たちが、修学旅行に行けない友達のために作った紙袋かね！　そ〜かね!!」

緊張の矢がクラス代表十人全員の情報の中に、

「ピューン………」

と飛んで突き抜けた。

「よっしゃ！　ぜ〜んぶ買ってやろ！」

の一声で、持ってきた紙袋全部を、破格の値段で買ってくれた。

「うわ〜〜?!」

「やったぁ〜っ！」

「やった！　やったぁ！」

「ありがとうございます!!」

「ありがとうございました！」

「万歳！　ばんざい！　バンザイ！」

これまで自分で働いたお金を一度も手にしたことのなかった真情たちとその情報たちは、歓声を上げげた。

「万歳！　ばんざい！　バンザイ！」

頂いたお金を手に持った真情を残り九人全員が追いかけるようにして、校庭を一直線に突っ切って、教室の貯金箱めがけて走り出した。

翌日朝、久しぶりに足の悪い彼女が学校に来た。放課後、クラス仲間が新聞貼りの作業を始めると、

「ダメダメ！　そんなやりかたではダメょ!!」

普段は無口で寡黙《かもく》を通している彼女が、突然大声で仲間を叱《しか》った。怒られたクラスメイトたちは、憮然《ぶぜん》としてつっ立ったまま言った。

「なんだよぉ。この袋貼りは、あんたらが修学旅行へ行けないから、みんなで始めたんだぜ」

「何だよ！　学校休んでやがって！」

「お前、勝手なこと言うな！」

彼女は怒鳴る周囲を全く無視して、手つき鮮やかに新聞紙を並べると、

「シュシュシゥワ」

と音さわやかに切断し、

「パラパラッ、ビシュン」

と、眼にも止まらぬ早業で、寸分違わぬ配置に並べていく。そして糊刷毛《のりはけ》にウドン粉糊を含ませると、

「サァ〜サァ〜サァ〜ッ」

と手早く一気に糊付けをしていった。そしてみるみるうちに切断された新聞紙が生きているかのように折り畳まれ、次々と綺麗《きれい》な紙袋に変身していく。バラバラになって作業していたクラス仲間の情報たちは、いつの間にか全員、彼女の袋貼り作業の様子に引き寄せられるようにして集まってきた。

「すげ〜ぇ！」

「うほぉ～！　綺麗だぜ！」

「うわーっ、きれいにできるわね！」

感動と感心の情報の輪が、足の悪い彼女の周りをグルリと取り囲んでいた。新聞紙の重ね切り、紙さばき、糊づけ作業、張り付け、袋止め、アッと言う間の手際よさに、クラスメイトは唸《うね》り、どうすればできるのか、その秘訣《ひけつ》を尋ねる質問が山のように殺到した。

「家でお祖父ちゃんとお祖母ちゃんが内職している、袋貼りのお手伝いを毎日しているから」

と恥ずかしそうに俯《うつむ》きながら、テキパキと技術指導する彼女。クラス全員が、彼女の弟子入りの状況になっていく。普段はとても静かで寡黙な彼女が目をキラキラ輝かせ、全員にその秘訣を、こと細かく懇切丁寧に指導していく。上手くできるようになっていく子供たちは、彼女に対して尊敬の眼差しを寄せる顔、信頼と頼りにする顔、そして畏敬《いけい》の念を示す顔さえ並んだ。その光景を、目に涙を潤ませながら廊下から窓越しにソッと、そしてジッと黙って見つめている情味先生がいた。そう、情味先生はこのとき、こうした画期的なできごと、このようなイノベーションの光景を待っていたのだ。


彼女に技術指導を受け、新聞紙で作ったその日の紙袋は、とてもすばらしい出来だった。昨日、全部買ってくれた八百屋の御主人のところへ、今日出来た新聞紙の紙袋を、クラス代表だけでなく、クラス全員の情報達がワクワクしながら、そして足の悪い彼女も最後尾の方にオズオズとついてきてきた。子供たちの姿を見ると、八百屋の店先にいた昨日の八百屋のご主人は、あわてて店の奥へ引っ込んだ。そして代わりに、

「むっ」

としたニコリともしない太った八百屋の女将《おかみ》さんが、のっそりと歩いて出てきた。真情たちは悪い予感に襲われた。おかみさんは、猜疑心《さいぎしん》を露わにし、きつい眼差しで真情達を睨みつけると言った。

「この商店街の魚屋さんやお菓子屋さんにも、アンタたちの作った紙袋を見せたけど、とても使える代物ではないよ。もう一枚もいらないから、他で買ってもらってね。はい、これはお駄賃だよ」

と言って十円を真情へ手渡す太った八百屋の女将さん。そう言い残すと、紙袋も無視して挨拶もせず、サッサと店奥へ引っ込んでしまった。

呆然《あぜん》として店先で佇むクラスメイト。突然、最後尾にいた足の悪い彼女が
「ワッ」

と泣き出し片足をひきずりながら、自宅へ向かって走りだした。これを見た真情も涙が出そうになり、八百屋の奥へ向かって大声で叫んだ。

「今日の紙袋は、彼女に教えてもらって作った新しい綺麗な袋です！これを全部、置いて行きます！」

十円を片手に持った真情と、クラスの仲間達は打ちひしがれて、全員トボトボと力なく歩いて教室へ戻った。そして教室の貯金箱へ十円を一個、

「コトン」

と入れると誰も口もきかず、それぞれ少しずつバラバラになって、そのまま各自の家路へと肩を落として帰っていった。

十一．情報は陳腐化するが摩耗しない

翌日の朝空は、のっぺりとした灰色の雨雲に覆われ、久しぶりに絹糸のような静かな夏雨《かう》が未練がましく、しょぼ

しょぼしっとりと降り続いていた。校庭にもひっそりと霧のような小雨が、静かにまっすぐ降っている。傘を差すほどでもない細雨《ささめあめ》は、産毛《うぶげ》のように柔らかく短い雨足《あまあし》が、建物の黒壁や黒塀に姿を映すと、ようやく降っていると分かる程度だ。

ハマス・イスラエル戦争の暗いニュースが流れた翌日、足の悪い彼女は、また学校を休んだ。彼女に指導を受けて作った素晴らしい出来の紙袋だが、その購入を八百屋の女将さんや商店街の人たちに断られたと思うと、真情たち六年二組のクラスメイトには、作った紙袋をどこへ売れば良いか、どこで買ってくれるか判らない。

「ねっ、どうしよう…」

「紙袋の製作は止めようか…」

「他に何をすれば良いのかしら…」

「皆でやれるものは…」

「修学旅行のお金が貯まるのは…」

まるで小雨《こさめ》が私語《しご》するように、時々パラッと降ってきたと思うと止み、止んでしまったかと思うと、またパラッと降るような会話が、小雨が未練がましく貧乏臭く、しょぼしょぼと降るごとく続いていた。

放課後、袋貼りの時間になっても、真情の教室の空気は気勢《きせい》があがらず、それでもゴソゴソダラダラと、彼女に教えてもらったとおりの段取りとやり方で、効率と品質の良い袋貼り作業のやり方に従って、作業を開始していた。その寡黙と沈滞ムードが覆う教室へ、情味先生が満面の笑みを浮かべてやってきた。

「校長先生が呼んでいます。六年二組のクラス代表の二人は、すぐに校長室に来なさい」

と言うと、さっさと校長室へ戻って行ってしまった。顔や手足が糊だらけになっていた真情のクラスは騒然となった。

「さっき、あの八百屋さんの女将さんが、校長先生の室へ入って行くの見たわ」

クラスメイトの誰かが叫んだ。

「えっ！　じゃ使えない紙袋を置いてきたから、文句言って返しに来たんだぜ、きっと⁉」

「何がきっと…よ？」

「校長に怒られるぞ！」

「使えない紙袋を、店先へ勝手に置くな！　と言うかも…」

「かも…じゃないでしょう！　怒られるのだから…」

「商売の邪魔になるから八百屋さんに、二度と来るなと言われるぞ、きっと…⁉」

「おぃ！　ど～しようか？」

大騒ぎになったクラスの中に、太い声が響く。

「俺が行ってくる！」

クラス委員長の真情が、頼りがいのある大声で叫ぶと、美人で秀才の女性クラス副委員長も、

「真情君、私も一緒にいくわ」

と、熱い信頼を寄せた眼差しで真情の姿を凝視《ぎょうし》しながら言った。真情は気弱になった自分を知られたくなくて、

「うん、さあ行こう！」

と自分を奮い立たせるために大声で応えたが、真情の身情は足元を
「ガタガタ」

と震えさせて止まらず、震える自分の両足を両手で
「シッカ」

と押さえて、椅子から立ち上がった。ブルブル震えるクラス委員長と副委員長は、二人でしっかり手を握り合って廊下を校長室まで進むと、その後を六年二組全員が

「コワゴワ、ゾロゾロ」

と、校長室の前までついてきた。

「コンコン」

校長室前でドアをノックし、意を決して

「六年二組のクラス委員長の真情と副委員長です！」

真情は廊下で大声を張り上げて怒鳴った。

「おう、入りなさい」

校長先生の爽《さわ》やかな明るい声が、校長室の中から聞こえた。

「失礼します…」

恐る恐るドアを開け、二人は床に頭がつかんばかりの最敬礼をした。

そして真情は、六年二組のクラスメイトに室内が見えるように、わざと校長室の扉を全部閉めずに、半開きに開けたまま校長室へ入り、

「失礼します！」

二人は再び床に頭がつかんばかりの最敬礼をした。

クラスメイトたちは、真情が半開きにしてくれた扉の両側に、折り重なるようにへばりついて校長室の中を覗き込んだ。見ると校長室では、頭を床につくほど下げた二人の前に、太った八百屋の女将さんが情味先生と並んで座り、校長先生と談笑している。真情たちクラス委員の二人は、緊張のあまり顔色を真っ赤に染めて、

「ガチガチ」

と鳴る歯をギュッと噛みしめ、校長先生へ向かって
「ガタガタ」

震えながら直立不動の姿で立っている。太った八百屋の女将さんは、真情たち二人のクラス委員の顔を見るなり、大声で言った。

「昨日はごめんよぉ、昨日の紙袋は、とっても良くできていたよ！　近所のお店の人たちにも見せて、昨日の夕方開かれた商店街の集会でも見せて相談したら、この町内の店で全部買うことになったよ。これから作ったものは、全部持っておいでよ。六年二組で作った袋は、すべて買わせて頂き、この商店街でゼ～ンブ使わせて貰いますから！」

「ヤッタ～！　ヤッタ～！」

「万歳！　ばんざい！　バンザイ！」

突然、粗末な狭い校長室の前の廊下は、六年二組の生徒の歓声情報と、抱き合って飛び跳ねる足音情報で
「ドンドン、ガタガタ」

「ドカドカ、ガンガン」

「ピョンピョン、ガタピシ」

と喜びの音を軋《きし》ませて、感激の詩を響かせ始めた。

「人生教育は、学校の教室でもできます。その人生教室では、成功や幸福より、失敗や不幸の方が良い教材になり、生徒は成長します」

真情が生涯尊敬して止まない情味先生は、校長先生に向かって静かに、そして自信に満ちた顔で報告していた。

歓声をあげて六年二組の教室に戻ってきた真情たち生徒全員が、

「よし、行こう！」

どこへとも言わずに、そう真情が発した言葉に、

「おお、行こうぜ！」

「ええ、行くわ！」

誰も指示せず、誰もどこへとも言わずに、誰も彼もクラス全員が、教室を一斉に飛び出した。下駄箱で履物を履き替えると、夏時雨《なつしぐれ》がしっとりと降る街を、クラス全員が足の悪い彼女の家に向かって、傘をさしながらまっしぐらに駆けていった。静かな夏時雨が、歓喜情報の道を打ち水をしたようにしっとり輝かせ、商店街の街灯たちは、暖かな裸電球で歓びを歓迎する道を照らし、貧しくとも汚れなき人々の心の温もりを点滅させていた。その商店街を抜けた先に彼女の家がある。息をハアハアさせながら、全員が駆けてきた。駆け足の遅い子は手を引かれ、足の速い子は手を引っ張り、雨に濡れ汗びっしょりになって、皆で走りに走ってきた。


傾いて屋根瓦が一部はがれている彼女の祖父母の家の前に、全員が到着して揃うまで、先に着いたクラスメイトは静かにジッと立って待っていた。クラス全員が揃うと傘をたたみ、道路に横一列にきちんと並び、大声を張り上げた。

「ごめん下さい！」

「ごめん下さい！」

何度も何度も大声で繰り返すと、ようやく
「ガタ、ピシ、ガタン」

と音がして、門構えもなく、道路から直接家に入る玄関の壊れた戸が少し開き、足の悪い彼女が、俯《うつむ》き加減のいつもの青い顔を出した。

「昨日の紙袋、すごく良くできていると評判だって！　八百屋のおかみさんが、学校に来て校長先生に言っていたよ！」

「君が作り方を教えてくれた紙袋は、作って持ってくれれば、商店街でぜ～んぶ買うって！」

「八百屋さんや魚屋さん、そしてお菓子屋さんなど商店街のお店が、全部買ってくれるのだよ！　…ね！　…本当だよ！」

「君が教えてくれた袋だ」

「そうよ、あなたが教えてくれた紙袋よ！」

「あなたが教えてくれた紙袋、全部買うって、本当よ！」

「もう君は、一人じゃないのだよ！」

「だって、君は、僕達の袋貼りの先生さ」

「あはは、袋貼り先生！」

「ワッハッハ…！」

「おっほっほ……」

「さあ、笑うと元気が出るよ！」

「そう、笑えば不思議に元気が出てくるさ」

「夢があるから頑張れるのさ」

「一人は、みんなのために、みんなは、一人のために」

「そう、全員で鎌倉へ修学旅行で行こうよ！」

「そうだよ、袋貼り先生！」

「一人は、みんなのために、みんなは、一人のために」

「いざ、鎌倉へ！」

「いざ、鎌倉へ！」

「さあ、全員で万歳三唱だ」

クラス委員長の真情が叫ぶ。

「万歳！　ばんざい！　バンザイ！　袋貼り先生、万歳！」

狭い路上に歓声が響き、栄養失調気味の青白い彼女の顔がピンク色に変わり、赤く美しく輝き出し、くりくりした大きな目に涙がキラキラッと、美しく光り輝いていた。足の不自由な彼女は、玄関ドアの前で頭をチョコンと下げてから、オズオズと言った。

「ずっと前から…、学校を休んだりして、それでみんなで心配してくれて、わたしのことを気にかけてくれて、ありがとう……。それにみんなが、わたしが修学旅行にいけるように、袋張りなどしてくれて、みんなに迷惑かけて、ゴメンネ。でも本当にありがとう！　ありがとう！」

玄関から家の奥まで丸見えの小さな傾きかけた狭い家の中では、袋貼りの内職机の前で正座して、背中を丸めた祖父祖母の老夫妻の二人が、両手をキチンと揃え、頭を擦り切れた畳につけて、御礼の涙を流している姿があった。真情たちクラス全員の情報たちが大喜びしている。

「一人は、みんなのために、みんなは、一人のために」

情報たちは、はしゃぎ跳ね回る。情報たちは苦笑いする。そして情報たちは歓喜していた。

情味先生と一緒に六年二組クラス全員が、一人残らず参加できた、鎌倉・江の島への修学旅行。真情の小学校の同窓生の仲間たちとその情報たちは、江ノ島を背景にした橋の袂《たもと》と鎌倉の大仏の前で、八百屋のご主人と女将さんへ、商店街の店主の皆様へ、袋貼り先生のご祖父ご祖母様へ、新聞配達店の社長さんへ、各人の両親や祖父母へ、さらに旅費を支援してくれた数多くの人々への感謝の手紙を持って、記念写真を撮り、そして鎌倉の郵便局から、そのお礼状の手紙を投函《とうかん》した。

足の不自由な彼女もいる修学旅行全員参加の写真が、赤茶けて古ぼけたセピア色の写真になっても、真情をはじめとするクラス仲間の多くが、今でも大切な情報の記念写真として、大事な想い出の記念として写真を保管し続けている。しかもその写真の裏面には、実質的には多額の修学旅行費を個人負担して、全員参加の修学旅行の夢を実現させた故情味先生が、生徒全員へ、とても綺麗な文字で一枚一枚丁重に書いてくれた情報が、いつまでもどこまでも輝き躍っていた。故情味先生が真情へ託した言葉、

「あなたを必要としてくれる人がいることを、いつも忘れないでください。どんなときでも比べるのは、他人じゃなくて、昨日と、今日と、明日の自分を比べなさい。そしてどんなときでも修学旅行のことを忘れずに、自分の可能性を信じて生き抜いてください。あなた達の書いた黒板の言葉、『一人は、みんなのために。みんなは、一人のために』を大切に！」

五十年以上も前の赤茶色のセピア色の写真を見ると、

「ギシギシ」

いう木の机と椅子、

「ガタビシ」

いう木製のドア、

「ミシミシ」

いう階段、つっかえ棒で支えた二階建ての老朽化した木造校舎、そして自分のお給料の中から、子供たちのアルバイトでは不足した修学旅行費を寄付してくれた、美人で優しく厳しい素晴らしい故情味先生の優しい笑顔。そして糊

でベタベタになりながら、袋貼りした新聞紙のインクの香りが真情の心情たちに刷り込まれ刻印された、とても大事で大切な熱い想い出情報となって、いつまでもどこまでも活き活きと生き続けていく。心情たちは有名な漢詩を口ずさんだ。

「少年老い易く、学成り難し。一寸の光陰、軽んずべからず」

あの優しい八百屋さんのご主人や気っ風の良い太った女将さんも、すでにお亡くなりになったと聞く。しかし、陳《ちん》腐《ぷ》化《か》しないこの温かな情報たちの熱い想い出情報は、六年二組の一人一人の身情や心情に深く刻み込まれて、その人生経験の中での貴重な体験となり、いつまでも新鮮な情報として脈々と生き続けていった。こうした情報の生命は、摩耗もせず朽ちることもなく永遠なのだ。

十二．情報は感動を与える

初秋から枝頭《しとう》に咲く頭状花《とうじょうか》であるコスモスたちは、頭上に赤紫・淡紅《たんこう》・黄・白など色とりどりの帽子を賑やか着飾る。しかも、風雨で倒れてもまた起き上がり、曲がった枝の頭に花帽子をつけ、逞しく晩秋まで咲き続けるコスモス。自然に逆らわずしぶとく生き抜くこのコスモスの姿に、真情は自分の人生を重ねていた。

母情愛は、真情の妹純情の小学校低学年時代の懐かしい話を、情操の両親である情張と温情に、しんみりと語り始めた。

「実は、産院の対応が悪く身体障害者として生まれた娘純情は、いつも笑顔を絶やさない、とても明るい生まれつき快活な子だと思っていましたわ」

「そうね。いつも笑顔が愛くるしいわね」

「でも、いつも明るく振る舞っている娘の本当の理由は、彼女が小学校一年生だった純情のクラス日記を読んで、初めて知ったのよ」

「純情ちゃんの一年生のクラス日記を、読んだのですか？」

温情は、義息真情は娘情操の夫というより、娘情操を強姦事件から再起させた恩人と思っている。そして真情に関係する兄弟のこととなると、すべてを忘れて夢中になるため、両手に急須とお茶碗を持ったまま台所から身を乗り出すようにして、情愛の話に耳を傾けた。

「そうなのよ。小学校の担任の先生が、娘純情のクラス日記に大変感心されて、主人が行った父兄面談のとき、

『情理さん、お嬢さんのクラス日記が、ここにあります。普通はご父兄にお見せしないのですが、また見せないと約束して書いてもらったのですが……、是非、純情お嬢さんの書いた作文だけは、内々にご両親に読んおいて欲しいと思います』

と言って、わざわざ娘の作文のコピーを封筒に入れて、娘に内緒で主人に渡してくれたのよ」

「これが、そのとき頂いたコピーのコピーなの」

このとき母情愛は、娘純情が陶芸家と結婚することや、このプライベートなコピーを他人に見せることが、娘純情との大きな亀裂を生む原因になることなど、予想もしていない。障害者として産んでしまった娘純情の小学生時代の日記のコピーを手に、読む前から涙が溢れた目を、情張と温情に見られないよう顔を伏せながら、潤んだ声で読み始めた。

「いつも笑顔が絶えないわずか六歳でしかない娘は、そのときのクラス日記に、こう書いていたのです。

『わたしは、ひだりてとひだりあしがうごきません。

どんなにがんばっても、うごかないのです。

がんばっても、がんばってもうごきません。

わたくしはかなしくなって、いつもないていました。

わたしがなくと、おかあさんもなきます。

わたしがわらうと、おかあさんはうれしそうです。

おとうさんもたのしそうです。

わたしがなくと、おとうさんとおかあさんがかわいそうです。

だからいつも、わたしはわらうのでした。

わたしは、わらっていることにきめたのです。』

と書いてあったの……」

「ほう……！」

「まぁ……っ！」

情張と温情は、身体障害者純情の六歳の作文に感激のあまり絶句した。情理は二人に対して、妻情愛の話の後を続けた。

「私は先生から特別に、このコピーを内々頂き、そして自宅に持ち帰って、二人で封を開け、初めて娘のクラス日記を読みました」

高揚した情愛の情報たちが、泣きだしそうになっているのを知られたくなくて、情愛は顔を手で覆ってこらえ、必死に我慢していた。

「だって……」

しかしもはや涙が、顔を覆った手の間から滴となって流れ出している。情理は、情愛のその姿を見ながら、

「いたいけない小さな娘の心の奥底の襞《ひだ》を知り、妻は声を上げて泣くのですよ。

『娘の身体は私の責任よ！　あんな難産をしたせいだわ！』と言って、頬に幾筋もの涙を流し、いつもテーブルを叩いて、いつまでもいつまでも泣き伏し、自分を責めるのです」

情愛は三人の前で、涙を流し続けていた。

「だって……ぇ……」

小学一年生の娘純情の情報にも、両親への思いやりがあり、そのあどけない暖かな心遣いが、そこにいる両親たちの情報へ、熱い感動となって波紋のように拡がっていく。

こうした幼少期を通して大人になった純情は嫁となった。しかし、家族との食事時になると、自由に動かない自分の左手、左足を嘆き、食べ物を落とし、飲み物をこぼすたびに、身体の不自由さに涙を浮かべる。純情の情報たちは囁《ささや》く。

「でも、こうした不自由な身体障害者の自分を、その丸のまま、あるがままに、好きになるほうがいいわ」

「だってずっ～と生きている間、不自由な運搬屋の身情に付き合うのだから」

その純情が箸を右手に持ったまま、ジッと食い入るようにテレビを見ている。

「現在のこの一瞬は、人生に二度とはない素晴らしい一瞬です。だから今、こうして皆が一緒にいられるこの時、この平和な瞬間がとても大切だ」

テレビ画面一杯に、東京二〇二〇パラリンピック競技大会のスローガンが映し出されると、美しいバックミュージックとともに、パラリンピック競技総集編の放映が開始された。

頑固な父情理の情報たちは、テレビ、携帯電話、漫画などの音声画像情報文化に生きる若者が、新聞、雑誌、小説

などの活字は読まない文字情報文化の喪失を、

「いつも漫画やテレビばかり見ている若者たちが、食事のときもテレビを見ながら食べているのを見るにつけ、いろいろな物事を表面の印象だけで受け取ってしまい、深く考える力が失われていくことが気がかりだ」

「映像情報文化の社会では、ただたくさんの印象だけが残ってしまい、その印象だけで、考えているつもりになっている若者が、最近、特に多くなっている」

「しかも考えることが少ない人間ほど、余計なことをたくさん喋《しゃべ》るのが通例だ」

と、いつも嘆き語っていた。しかし、いつも厳しく言いながらも、不自由な身体をよじり、テレビを見ながら食事する娘純情には、何も言わずに、諦《あきら》め顔で娘純情を眺めていた。娘純情が食い入るように見ている東京二〇二〇パラリンピック競技大会のダイジェスト版の画面では、これまで記録に残る名レースや、それぞれの不自由さを背負った身体障害者たちが、歯を食いしばって競技する熱戦の様子や、レース終了後は勝敗に関係なくさわやかな満足感溢れる顔が、画面いっぱいにクローズアップされていく。しかし生まれつき左半身付随の障害をもつ純情は一度も走り回ったこともなく、球技や体操もやった経験はない。

編集されたダイジェスト版が終わり、いよいよ東京二〇二〇パラリンピック競技大会、その閉会式の生放映となった。国境紛争、人種問題、男女差別、宗教紛争、思想弾圧、そして身体の障害などのいろいろな壁を乗り越え、力いっぱい闘った選手たち、手足や視聴覚などの不自由な競技選手たちが、ボランティアの人々に支えられながら、次々と閉会式会場となった競技場ドームへ入場してくる。そして中央のステージに、日の丸の国旗をアレンジしたという、真っ白な生地に赤の水玉模様のドレスを着た、両手の無い女性歌手が登場してきた。陸上競技が開催された大スタジアムの会場は、空席もないほど満員の観客で埋まっている。

しかもその観客が誰一人いないような静寂というカーテンが、広い大会会場全体をすっぽりと覆っていた。そして開かれた競技場ドーム上空の夜空には満天星が輝き、周囲に設置された照明装置から、金色の光の束となって照らす明かりが、純白の生地に赤い水玉模様のドレスを着た、両手の無い歌手一人にスポットライトを当てていた。その大ドームを支配する静寂のカーテンを、静かに優しく開けていくような、すばらしい音色《ねいろ》の歌声は、曲に乗って閉会式会場に響きわたっていく。歌詞はテレビやラジオの電波に乗って会場から世界中の情報たちへ、感動の波紋となって広がっていった。

「ここに集うわたしたち障害者は、
その身体の構造に互いに支障があり、
そして情報たちにも問題のある仲間です。
だから、とっても素敵なこの世では、
とても綺麗で美しいことを、
この手で触ることや
この目で見ることができません」

「ここに世界中の障害者たちが集い、
その身体の欠陥をお互いが認めて、
そして心の扉を開いて見せる仲間です。
だから、とっても素敵な友達と、
とても綺麗で美しいことを、

お互いの心で触れて
お互いの心で感じられます」

「さあ、みんなで心の扉の鍵をはずし、
みんなの情報に明かりを灯けて
お互いの価値観をそのまま認め合い、
とても綺麗で美しい情報たちの世界を
もっと地球に優しい環境の世界を、
心の詩に歌いながら
みんなで輪になって実現しましょう」

「さあ、みんなで心の窓の扉を開けて、
相手の情報に感動を差し上げて
お互いの人種や宗教の壁を越えれば、
とても平和で仲の良い情報たちの世界を、
もっと笑顔で楽しい情報運搬屋の世界を、
信頼の輪で繋ぎながら
地球の隅まで広げていきましょう」

「とっても素敵なこの世に、

せっかく一緒にいるのだから」

暗闇を溶かすような甘く透き通ったその歌声が、純情の耳をとらえて離さない。純情は没我《ぼつが》の状態で、右手に箸を持ったままジッと歌に耳を傾け聞き入っていました。そしてその純情の目が少しずつ潤んできたのを、情理と情愛の両親は見逃さなかった。その両手が無い歌手の感動的な歌が終わった時、純情は溢れんばかりの涙目を両親の情理と情愛に向けて、呟《つぶや》くように言った。

「両手が無くても、あんなに上手く歌が歌えるのネ。日の丸の水玉模様のドレスも綺麗だわ」

日の丸の国旗がスルスルと降ろされていく。純情の情報たちは、電撃的な感動で突き刺され激しく震えていた。そして退場していく両手がない歌手の姿が見えなくなるまで、純情の情報たち全員が起立状態で、心の拍手をその情報たちへ向かって送り続けていた。

「素晴らしいわ!!」

「素敵だわ!!」

「格好いいわ……」

「ね！　素敵な人とか幸福な人というのは、ある特定の状況下にあるのではなく、幸福であることが認識できる本人、つまり私たち情報が『素敵だわ、幸せだわ』と認識することなのね」

「そうよ、幸せだと感じられる情報でなければ、幸せになれないのよ」

「幸せは、私たち情報自身の問題だわ！」

「だから私たち情報の運搬屋が、たとえ手足などが不自由であっても、相手の価値観を理解し相手を尊重すれば、そこに幸福や平和も訪れ、それからすべてがはじまるわ」

「それは、人種、国境、政治、宗教、言語そして身体障害など、いろいろな壁、いろいろな価値観、いろいろな違いがあっても、それを乗り越えて結びつくこと！　それができるのが、私たち情報だわ」

「お互いの違いを攻撃して分断するのでなく、お互いの違いを認めて尊重することこそ、多様性の時代に相応《ふさわ》しい言葉だわ」

「多様で個性的な運搬屋の情報たちは、それぞれの自己の運命を切り開き、これを創造するのだ。運命をただそのまま迎えるものではない！

たとえ五体不満足《ごたいふまんぞく》の運搬屋だとしても…」

こうした明るい前向きな考え方が、純情の結婚に結び付くことや、母情愛と娘純情の関係が、冷たく悲惨で過酷な時期を迎えることなど、まだ誰も気付いていなかった。

第三章

情報の喜

——情報は微笑んでいる

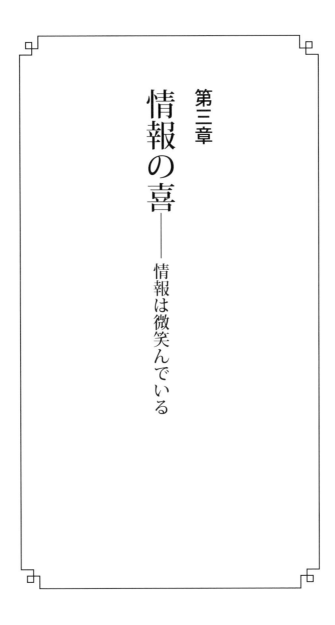

一・情報は生きている

冬将軍が風雪《ふうせつ》を引き連れながら、厳寒シーズン到来というラッパの音を鳴り響かせると、これまで晩秋を彩っていた舞台の幕が強引に引き摺り降ろされ、遠方に連なる連山の山頂は、初冠雪の雪帽子をすっぽりと被り、野山までが蕭条《しょうじょう》たる枯れ野の冬景色になってしまった。山野から草木を持ち込んだ人工的な都会の公園の樹木でも葉を落とし、葉を捨てた冬の柳が、糸のようになった枝を寒風に逆らわず、言いなりに揺らす姿は、情報の生き抜く知恵と技の情報美の極致《きょくち》だ。

真情は、冠雪した連山や、眼下に公園が見えるオフィスに座り、その机上に、八百年ほど前の鎌倉時代に鴨長明《かものちょうめい》によって書かれた和漢混合文の随筆『方丈記』を置いて読んでいた。そして、情報たちが昨日書かれたように生き生きと蘇ってくるのに、感激して驚嘆の声を上げた。

「こりゃぁ!? 凄い!」

「八百年も前の鎌倉時代の情報が、脈々と息をしながら、いまも生き続けている!」

真情は『方丈記』の原文を、そのままワープロに打ち込んでいく。

「ゆく河の流れは絶えずして、しかも、もとの水にあらず。淀《よど》みに浮ぶ泡沫《うたかた》は、かつ消えかつ結びて、久しくとどまりたるためしなし。世の中にある、人と住家《すみか》と、またかくのごとし。玉敷《たましき》の都のうちに、棟《むね》を並べ、瓦《いらか》を争へる、尊《たか》き、卑《いや》しき、人の住居《すまひ》は、世々を経て尽きせぬものなれど、これを真《まこと》かと尋ぬれば、昔ありし家はまれなり。あるいは去年《こぞ》焼けて今年は造り、あるいは大家《おおいえ》ほろびて小家《こいえ》となる。住む人もこれに同じ。處《ところ》も変わらず、人も多かれど、古《いにしへ》見し人は、二、三十人が中に、僅《わずか》に一人、二人なり。

朝《あした》に死に、夕《ゆうべ》に生まるる習《なら》ひ、ただ水の泡にぞ似たりける。知らず、生まれ死ぬる人、何方《いづかた》より来たりて、いづかた何方《いづかた》へか去る。また知らず、仮の宿り、誰《た》がためにか心を悩まし、何によりてか目を喜ばしむる。その、主《あるじ》と住家《すみ》と無常を争ふさま、いはば朝顔の露に異ならず。

あるいは露落ちて花残れり。残るといへども朝日に枯れぬ。あるいは花しぼみて露なほ消えず。消えずといへども夕を待つことなし」

この八百年前の不滅の名文『方丈記』に息づく情報たちは、論理的かつ皮肉やユーモアに満ち溢れた文章の中で、当時の日常生活を鮮やかに表現している。アンダーラインの部分を現代風に変えると、八百年の歳月を乗り越えて、そのまま活き活きとした姿となって、情報たちが蘇《よみが》ることに気づいた真情は、〝現代版随筆方丈記〟として改作、加筆などによる再生を試みた。

「ゆく人の流れは絶えずして、しかも、もとの人にあらず。ネオンまたたく店などは、かつ消えかつ新装して、久しくとどまりたるためしなし。世の中にある、サラリーマンと企業なども、またかくのごとし。世界の都の東京に、社屋を並べ、市場を争へる、高き収益、いやしき地位争い、企業の競争は、世々を経て尽きせぬものなれど、これをまことかと尋ぬれば、昔ありし企業はまれなり。あるいは去年倒産して今年管理会社となれり。あるいは企業買収されて系列会社となる。社員もこれに同じ。ビル街も変わらず、サラリーマンも多かれど、いにしえより見し人は、二、三十人が中に、わずかに一人、二人なり。

朝に出社し、夕に退社するならひ、ただ情報の運搬屋にぞ似たりける。知らず、入社しリストラされる人、いづかたより来たりて、いづかたへか去る。また知らず、仮の職場、誰がためにか収益や売上に心を悩まし、何によりてか人生を喜ばしむる。その、社員と会社と無常を争ふさま、いはば朝顔の露に異ならず。あるいは株価落ちて株券残れり。残るといへども紙屑となりぬ。あるいは市場しぼみて株価なほ消えず。消えずといへども終値を待つことなし」

〜（最終節繰り返し）〜

「また、社員と経営者が無常を争ふさま、いはば労使紛争・内部告発に異ならず。あるいは社員辞めて企業残れり。残るといへども市場やマスコミにたたかれる。あるいは企業しぼみても社員なほ消えず。消えずといへども無給の給料日を待つことなし」

真情の心情たちは、八百年後の現代版随筆方丈記を読み返し、八百年前の不滅の名文の美しさと、現代の社会と企業の経済活動の情報を、挿入、改作、置換しても、現代社会が活き活きと表現される文章構造の凄さに、身震いするような鮮烈な感動を受け、心が揺さぶられていた。八百年前の名随筆文方丈記が、現代の経済産業分野の情報も描くべきだと訴えている。そして、感激と興奮で高揚した真情の身情と心情をせき立てる。真情は方丈記の凄さに酔い、書かれた遥かな鎌倉時代に想いを馳《は》せ、しばし時が過ぎ去っていくのを忘れていた。そして興奮した情報たちは、時が黙って時間を刻んでいくに従い、沈黙していることに苦痛さえ感じてきた。

「この随筆方丈記は、現代社会やそこに生きる人々、また働く経営者や労働者たちの姿を、とてもよく映し出している不滅の名作だね」

「時代を超えた感動が随筆という情報をとおして、現代社会にも不滅の感動を伝えている」

「情報は永遠に生きていく絶好のサンプルだ！」

そして随筆方丈記に興奮冷めやらない心情たちは、激しく波立つ興奮を味わい論議し、楽しげに酔い詩っていた。

「この情報の路も、経済産業や事業経営の側面から描くと面白いね」

「現代の経済産業分野の情報は、ジャングルのように分野が広すぎるし、まだ誰も描いたことがない」

「それは膨大《ぼうだい》過ぎて無茶だ」

「いや、そうした大それたことを書かなくても、実際に経験した真情の足跡から見た書き方でいいさ」

「在野《ざいや》の視点から書くのであれば、経験した自分の通ってきた道から書く方が書きやすいね」

「真情の人生の道は、いつも崩れ落ちそうな断崖の小道だったような気がする」

「断崖絶壁の小道でも、なんとか通り抜けてきたではないか。どんなに平坦な広い道でも、小石につまずき怪我することもあるぞ」

「そうだよ。どんなに恵まれた運搬屋や情報たちでも、一寸先は闇《やみ》という現代社会では、この情生はいつどうなるかわからない」

「それなら同じ人生で、時間軸が長く生きられるのは何故なの？」

「多分、その情報が、柔軟に変化しながら生きているからだろう」

「情報が流れの中で変化し続けるのは、気持ちの問題が大切よ」

「だからやる気と、勤勉さが秘訣《ひけつ》だろう」

「他人と過去は変えられない。しかし自分と未来は変えられる」

「自分が変われば、周りも変わるよ」

「周囲を巻き込む実践的な考え方と行動が大切だ」

「それなら、同じ人生で時間軸を短くするのは、何故なの？」

「それは多分、情報の頑固さと怠惰《たいだ》だよ」

「屁理屈《へりくつ》という理論を振り回し、自分は責任も取らない情報さ」

「口で言うばかりで、行動や実践しない情報たち」

「だから脳に汗をかき、身体も汗をかくことが大切だ」

「理論や頭だけでなく、膝詰《ひざづ》め談判できるコミュニケーション力やフットワーク力も大切だ」

「心の強さが脆弱《ぜいじゃく》な人は、『忙しいとか、時間がない』とか言うぜ」

「そういうヤツに構うなよ。時間がもったいない」

「それなら時間がもったいないと感じないときは、いつだろうか？」

「俺たち情報たちが無我夢中で、時間を忘れているときだわさ！」

「それじゃ逆に、時間を耐え難くするものは何んなのさ？」

「それは決まっているよ。俺たち情報たちが、暇を持て余して怠惰《たいだ》をむさぼっているときだよ」

「ありのままの自分を生かして……」

「諦めないで！　諦めたらそのときが人生の定年さ」

「泣くな・怒るな、怠けるなだよ。そうすれば生涯現役さ」

「生涯現役で死ぬまで働く……ピンシャンコロリが理想の死だ」

「そうよ、だから経済産業分野の情報についても、上から目線ではなく、下から目線の在野の視点から経済産業や労働体験を描くべきだわ」

「労働とは、〝人が苦労して動く〟と書き、〝苦労して人を動かす〟と書くとも言われるね」

「ええ、社員と経営者の立場の違いよ。でもやはり視点を働く者の立場から、情報を描くことが大切だわ」

「つまり、人が働くという目的、そして人を働かすという目的は、それぞれの立場の情報の自身の自己実現にあるといえるかな？」

「そうさ、労働というヤツは、報酬を得るためだけではない。職場という自己実現の場を成長させ、自分自身をさらに大きくするため、その掲げた夢とロマンに向けて、智恵と汗で乗り越えていくこと。つまり情報の運搬屋たちも成長するのだ。この視点が重要だね」

「そうだね。働くことは、情報たちを磨きあげることさ」

「つまり情報たちの運搬屋で、物質とエネルギーの肉体が身情であり、脳と神経網で活躍する情報が心情だ。この身情と心情が自己実現を模索する土俵のひとつとして、職場も位置づける」

その声にならない苦悩の叫び声を耳にした真情は、悲喜こもごもの現代方丈記版について、真情の人生経験の場となった情好社等をモデルにした『情報の運び屋』を『情報の路と詩』として、ここに執筆することを決意する。

遙かに逝きし日の八百年前の鎌倉時代に、鴨長明によって和漢混合文で書かれた中世文学随筆『方丈記』の中に、これからの情報明白時代の人生つまり情生の生き方を見抜いているような鋭い眼差しが、凛として輝き光っていた。真情は眼光鋭い眼つきになり、鴨長明に背中を押されるようにして、背筋を伸ばすと書斎の机に向かい、『情報の路と詩』の原稿を書き始めた。

真っ暗な窓外を埋め尽くす粉雪は、雪雲の遥か彼方に輝く凍てつく月の光もさえぎり、今夜も、自分のところだけには、月の光が届かないような気がする。時はすでに深夜零時を過ぎているが、しかしまだ、真情が会社へ出社する朝まで、全身の細胞一粒ひとつぶが張り裂けるほど充実した密度の濃い執筆の時間が、諸手をあげて待っていた。

二、人生の節目情報

時は過去から現在そして未来へと、止まることなく戻ることもなく、その場所や相手に媚《こ》びることもなく、無口のまま移り流れていく。この時が夏から秋へと進むと、夏の風物のたたずまいは秋めき、水のように澄み切った秋の碧空は、気が遠くなるほど高く晴れ上がる。青空に張りつく秋の薄雲は、音もなく静かに流されていく。また樹林深く射し込む太陽も、彩とりどりに紅葉した葉一枚一枚を照らし、透過する陽光は、金色の雨を降り注ぐように通り抜けていく。そして夜空に浮かんだ秋月は、穏やかな光にくっきりと夜空に浮かび、人の心を癒《いや》し鎮《しず》めてくれる温かな薄黄金色で、黙して輝いていた。

爽やかな秋の訪れのように、誰でも人生の節目となる瞬間がある。その瞬間を読み取れる人は、〝その時〟という情報を読み取れる人である。しかしほとんどの人は、新涼《しんりょう》の訪れに気がつかず、その節目も知らずに、重要な瞬間を無意識に通り過ぎてしまう。そして後から振り返って、絶好の機会を失ったことに気づく。いや絶好の機会を感知できなかったことにも気付かず、チャンスに遭遇《そうぐう》したことさえ、気付かず過ごす情報がほとんどである。

短い嵐のような秋時雨《あきしぐれ》が通り過ぎると、真っ赤な秋の夕陽が超高層ビル群を橙色《だいだいいろ》に染めた。超高層ビルにある情好社の会議室から、激しく変わる秋景色を眺め、真情は自分の人生を一人静かに振り返っていた。忘れられない人生の節目の日。その大きな分岐点となったのは、九月十四日水曜日の十五時であった。

情好社の朝九時。突然、研究開発部の課長であった真情の机の上の電話が、けたたましく激しく鳴った。受話器に耳を当てると、

「突然ですが、本日十五時丁度に発令がありますので、『真情課長には万難を排して、役員室へ必ず来て下さい』とのことです」

役員秘書を兼ねた人事部の女性事務員から、有無を言わせぬ一方的な電話だ。確かに先週末から何度も、今日の午後は社内に居るよう人事部から内々の連絡があった。真情は、人事部から再三、確認の電話が入る度に妙な不安感を覚え、先週末から胃がキリキリと痛んでいた。今朝も下痢気味で、何度もトイレに駆け込む最悪の状態だ。十四時四十分、またも下腹にガスが溜まって膨《ふく》れてきた。とても苦しくなり、再度トイレに駆け込んだ。そしてトイレ個室の扉の中から、外廊下まで響く大きな放屁《おなら》をした。

「ブワ～ゥォ～ン」

同じトイレに居合わせた不幸な男性たちは、真情がいるトイレ個室を、

「コノヤロ～ウ！」

とばかりの形相で睨みつけると、鼻をつまみ憮然《ぶぜん》とした憤怒《ふんぬ》の面で、逃げるようにトイレから出て行く。腹に溜まったガス抜きをしてスッキリした面持ちになった真情は、誰も居なくなった気配を確認してからゆっくりと立ち上がると、トイレの個室から出て、誰もいない洗面所で手を丹念に洗い、トイレから足早に役員室へ向かった。しかしそこにはすでに、全役員と部長以上の全幹部が、背が高い恩情社長の前にズラリと揃って整列していた。

「ただいま十四時五十五分、十五時より五分前ですが、本日の該当者は、全員揃いました」

真情課長が到着したのを見て、人事部長が苦虫を噛みしめたような厳しい顔の恩情社長に向かって、直立不動の姿勢で報告する。情好社の恩情社長が珍しく眉間《みけん》にピクピクと電光のような皺《しわ》の波を走らせ、緊張して青味を帯びた殺気立った鋭い眼差しで、まだ発令十五時の五分前、十四時五十五分であるのに、ギロリッと役員室の柱時計を睨《にら》むと

「これから人事発令をする！」

と集まった全幹部に向かって、ドアを閉めた役員室の外まで聞こえる大声で怒鳴るように言い放った。そして直立不動の姿勢で立っている全幹部の頭上から、覆《おお》い被《かぶ》さるような前のめりの姿勢になると、

「ここにいる諸君、全員！　もっと頭を使って、知恵を出せ！　知恵の出せない者は、もっと汗をかけ！　知恵も汗も出ない者は、この会社を辞めてすぐに！　立ち去れ！」

と頭上から金槌《かなづち》で叩きつけ、その大声で窓ガラスがビリビリと振動するような怒鳴り声で、人事異動の目的の訓示がはじまった。

「当社は創業以来、最大の経営的ピンチに見舞われている」

「このままでは、あと一年で倒産することは、誰の目にも明らかな経営状況だ！」

ギョロリとロンパリの眼を、眼光鋭く居並ぶ幹部へ浴びせた。

「失敗とは、何もしなかったことを言う。したがって仕事をしてうまくいかなかったことは失敗ではなく、成功へ向けて学習したことを意味する。何もしないつまり失敗もしない、また従来と同じやり方しかできず、改革も向上の努力もしない社員がいるとすれば、それは役に立たない過去の標本、化石と同じ存在だ」

「いま、ここに集まっている情好社の幹部…、役員も…、ここにいる全員が、この化石的存在であることを自覚せよ！」

「つまり大赤字を出した当社では、ここに集まった幹部全員、私も含めて全員が化石的な存在なのだ！　本日は、これまでと違った全く新しい体制で経営を推進するため、新しい役割を与える」

「そして一年以内に、全部署とも例外なく黒字化することを厳命する」

人一倍、気が強いことを表わす吊り上がった充血した目でギョロリと、集まっていた幹部、末席に立っている課長の真情たちまで全経営幹部を、震え上がらすような鋭い目で、一人ひとりをジックリと睨みつけ、最後に真情の顔を見つけると、目尻を険しく吊り上げた怒気を含んだ鋭い視線で真情を睨《にら》んだ。

怒りに満ちた恩情社長の短い訓示があった後、人事担当部長が名前を呼ぶと、呼ばれた幹部は恩情社長前に進み出る。恩情社長は爆発したような怒鳴り声で、

「誰々くん！　何々を命ず！」

と、役席剥奪《はくだつ》、降格、左遷、転任、出向契約打ち切りなど、ムチャクチャとも思える人事異動が室内一杯に響く声で次々に発令されていく。辞令の順番が近づくと興奮で赤く湧き上がった顔、辞令を見て血の気が引いて蒼《あお》ざめる顔、辞令書に顔を埋めて落胆の溜息をつく者、辞令内容にがっくり肩を落とす者、ピリピリと神経質に唇を震わせ、辞令一覧表を持つ手をブルブル震わしながら読み上げる人事担当部長。仁王立ちして苛立《いらだ》ちと怒りが身体全体に漲《みなぎ》る恩情社長は、一人ひとりを睨むようにして、その毛むくじゃらの手で辞令書をズィと差し出し手渡していく。

研究開発部の課長である真情の目の前で、真情の上司たちが、次々と更迭《こうてつ》・左遷・役席剥奪《はくだつ》の発令を受けていった。そして真情が驚いたことに

「誰々常務、研究開発部担当を解く。後任なし！」

ということは？　真情の心情たちは大騒ぎとなった。

「あれ？　誰も…俺の部を役員は担当しないのか？」

真情は唖然《あぜん》とし、口を半開きにした。戸惑いが頭の先から足先まで背骨にそって電撃のように走り、一瞬にして身体が固くなるのを感じた。

「誰々部長、研究開発部長を解く。出向契約を終了し出向先へ帰任」

「えっ！　部長も…首なのか？」

「誰々次長、研究開発部次長を解き、出向契約を終了する。出向先へ帰任」

「それじゃ、担当役員は外れ、部長と次長は親会社へ戻る…、いよいよ俺も…首…なのではあるまいか？」

「あっ、そうか！　研究開発部はいよいよ廃部…？　取り潰《つぶ》す…のか」

恩情社長はチラリと真情の顔を見て、その動揺を見て取ったように、

「ゴホン」

と大きな咳をした。しかし次々と発令があっても、やはり真情課長の上司となる研究開発部の幹部の発令は、誰一人としていない。

真情の心情たちは、

「研究開発部は、いよいよ取り潰して、壊滅《かいめつ》・解消される」

との確信情報に変わっていく。騒然とした不安な気持ちになって、上目使いで恩情社長を見上げた。周囲の誰も気弱くなった自分の変化に気付いていない。そう思った瞬間、恩情社長がその心情を見透かして、獲物を目前にした猛獣みたいな鋭い目で真情を凝視した。

「やばいぞ！　研究開発部解散、解消か？　そうした不安で動揺している自分に、誰も気付かないと思ったら、恩情社長はうろたえている俺の顔を見ている！」

しかしもう後の祭りだ。心に激しい痛みを感じ、絶望情報が真情の心をグサッと刺し貫いた。

「俺にもやがて、左遷《させん》か首の発令があるだろう。そうなったらもう終わりだ。何ごとにもやる気をなくしてしまう。いよいよ転職のことを考えるときが来たのか……」

真情の心情たちは、真情の身情たちへ向かって密《ひそ》かにそう宣言した。消しても消しても湧き上がる不安と疑念に、わずかな十数分の発令時間でヘトヘトになるほどの疲れさえ覚えた。

「しかしこれまで、こんなに恩情社長の眼光が厳しく強烈に感じたことは、入社以来一度もない」

「そうなのだ。やはり研究開発部は終わった……」

真情課長の所属する情好社の研究開発部は、会社全体の屋台骨を揺るがすほどの巨額の赤字を、昨年一年間で計上していた。その研究開発部の赤字金額は、情好社の収益を支えるドル箱と位置づけられたシステム開発部門が、一年間に出す黒字金額の二倍に達しており、このまま研究開発部の赤字額がもう一年続くと、情好社の資本金を全額食い潰してしまい会社全体は倒産する。そうした赤字額を研究開発部が出していた。

ところで情好社の筆頭株主である親会社のG銀行間では、真情たち全社員が誰も知らない重大事件が起こっていた。そして、この事実を真情たちが知るのは、この発令の日（九月十四日）から三年後のことであった。この大事件は、この発令の日から遡《さかのぼ》る二週間前の八月三十一日に、情好社の筆頭株主であるG銀行役員会で情好社の赤字が議題となったことだ。情好社の赤字倒産を危惧《きぐ》したG銀行総合企画部が、恩情社長に相談せず、情好社の主要株主数社から

「G銀行へ一任する」

との了解をとって、

「大赤字で資本金を食い潰《つぶ》そうとしている恩情社長の情好社を再建するには、研究開発部を廃部にして解散する」

という議案をG銀行役員会へ提出していた。情好社の研究開発部の業績が説明されると、

「提案どおり、情好社の研究開発部を眠らせろ！」

と精悍《せいかん》な顔つきの厚情銀行頭取が、聡明《そうめい》な大きな眼をぐるりと光らせ、一言ドッカンと発言した。この一言で真情が所属する研究開発部を、「取り潰して廃部にする」ことがG銀行の役員会で決定した。しかしこの日の八月三十一日の時点では、情好社内では、研究開発部廃部の決定を恩情社長も知らない。

翌九月一日、情好社を担当していたG銀行の担当役員の常務取締役から、恩情社長へ直接電話があり、

「情好社の研究開発部を取り潰すことが、昨日、主要株主の同意を得て当行の役員会で決まった。したがって、九月末までに研究開発部を廃部にせよ」

と指示してきた。この電話を直接受けた社長恩情は、その大きなギョロ目をさらに大きく見開き激怒して、こめかみを真っ赤にしながら、G銀行の先輩である担当役員に対して、電話口で大声で怒鳴った。

「お前たちG銀行だけの会社じゃない！　大事な顧客も社員も、そして株主全員の会社だ！　銀行が勝手に決める権限などはない！」

「すぐにこれから、厚情頭取にアポを取って、直談判《じかだんぱん》に行く！」

と電話口で怒鳴ると、

「ガッチ〜ン」

と叩きつけるように電話を一方的に切り、すぐさま厚情銀行頭取に直訴《じきそ》の面会を申し込んだ。真情たち情好社の発令日より十日前の九月四日に、厚情頭取は、副頭取、担当常務取締役、取締役総合企画部長の三人を同席させて、G銀行の応接室に来た情好社の社長恩情と社長室長の二人に会った。社長室長一人だけを連れてきた社長恩情は、厚情銀行頭取へ大きな眼を皿のようにカッと見開き、まっすぐ頭取の眼を睨みつけると、結論から単刀直入《たんとうちょくにゅう》にズバッと話をした。

「G銀行が当社の研究開発部を廃部にするのであれば、まず最初に責任者である社長の私の首を斬ってから、それから当該部署を取り潰して下さい！」

三．情報が首をかけたとき

眩しいほど晴れ上がった九月四日午後、時計が音もなく時を刻んでいくG銀行の役員応接室、その西窓を潜《くぐ》り抜けた初秋の陽光は、分厚く敷き詰められた絨毯《じゅうたん》を、秋らしい物静かな色へ変えていく。

著名な画家の大きな油絵が掛かった銀行役員応接室で、恩情社長は手元に出されたお茶を

「頂きます」

と言ってグィッと一口飲むと、カラカラに乾いた恩情社長の喉に、ふくよかなお茶の温もりが広がり香りが鼻腔《びくう》に漂っていく。厚情頭取、副頭取、担当常務取締役、総合企画部長の四人を前にして、恩情社長はグッと前傾姿勢を取ると一気に結論を言った。

「G銀行が、当社の研究開発部を廃部にするのであれば、まず最初に責任者である社長の私の首を斬ってから、それから当該部署を取り潰して下さい！」

「……」

「もし、それができないというのなら、私にもう一年間だけ自由に経営をやらせてください。一年後に研究開発部が上期または下期、黒字にならなかったら、私は自ら責任を取って辞職します！」

「……」

「ただしそれまでは、これまでのようにG銀行からゴチャゴチャと、いつものように口を出さないで下さい！」

「……」

「新しい経営改革案は、当社の経営の実態を知らないG銀行の総合企画部や当社担当役員から、これまで常に質問されそして反対される。その内容が理解されないために、ただ『一般的ではない』とか、『非常識な経営改革案だ』

などという理由で拒否され邪魔されては、情好社の経営者として動きがとれません！」

これまでいろいろと、恩情社長へ良かれと思ってアドバイスをして、懸命に支援を続けてきた銀行担当役員の常務取締役と、取締役総合企画部長の二人の心情たちは、自分よりも後輩の若造である恩情社長からの暴言に近い発言を聞いて、さすがに怒り心頭《しんとう》に達した。そして激怒した二人の情悪たちが、この発言を聞いて烈火のごとく一斉《いっせい》に吠《ほ》えた。

「その言い草は何だ！　大赤字の最終責任者はお前だろう！

このままだと情好社全体が沈没することぐらい判らないのか！」

「ガミガミ」

「ゴチャゴチャ」

怒鳴り続ける取締役総合企画部長と担当常務取締役の二人の心情とその情悪たち。その二人の意見に同調するようにうなずく副頭取。その三人の意見と表情を見ながら、ただ黙って聞いている厚情頭取。その厚情頭取の活発に絶え間なく動く眼を、まばたきもせずに正面から真っ直ぐ睨《にら》みつけるように見つめている、恩情社長の眼そして心情。厚情頭取は、その全幅の信頼を寄せて情好社の社長に任命した恩情社長が、自分の首をかけ社長の職と職業人生のすべてをかけた提言と、命がけの真剣な眼差しに、

「恩情君は、これまで赤字を垂れ流し続けた研究開発部の再生が、可能というのか？　それは本当か？」

その可能性を、恩情社長の態度と発言から読み取ろうとしていた。

恩情社長に随行してきた社長室長は、激しいやり取りに肝《きも》が潰《つぶ》れ、手に脂汗をべっとりと流し、背筋に冷や汗をタラタラ流し続けていた。しかし厚情頭取などの役員そして恩情社長がいるところで、ハンカチを背広のポケットから出して、額や手の脂汗を拭けるような雰囲気ではない最悪の状況だ。

「ドカン、ドカン」

と砲弾が飛び交う艦砲射撃戦のような緊迫した会談の状況で、背筋をピンと硬直状態にして座っているだけだ。口の中はカラカラに乾いていたが、目前に出されたお茶にも手が出せず、社長室長の身情と心情その情悪たちは無言で囁《ささや》く。

「こんな担当役員の常務取締役や取締役総合企画部長と副頭取では、この銀行経営は無理だな。大学での成績が少し良かったからといって、経営者として成功し社会で認められるとは限らないぞ……。このＧ銀行も、これで終わりかな？」

しかし恩情社長の情報たち身情と心情は、ビシッと背筋を伸ばした姿勢を微動だにせず、その経営再建の基軸も論旨も、担当役員や取締役総合企画部長の怒鳴り声、その罵声《ばせい》にも全く揺るがない。恩情社長の情報たち、身情や心情、そして情善や情悪や日和見情報たち全員が、一致団結し総力をあげ、その全精力を振り絞りながら囁きあう。

「厚情頭取の眼だけを見続けろ！　眼は脳から飛び出た器官の一部だ。眼を逸《そ》らせば、自分の脳内に研究開発部再生への不安があると疑われる」

「決して厚情頭取の眼を逸《そ》らすな！　こうした危機的状況にこそ、情善も日和見情報も情悪もすべてがポジティブな情報となって、総力戦で提案する必要がある」

「ポジティブ情報とネガティブ情報が、極限の意思決定の場で対等に対峙《たいじ》することは絶対にあってはならない。選択できる道は一本しかない場合、全軍前に突撃前進して突破するか、すぐさま全軍退却するかのどちらかだ」

「ポジティブ情報が、経営の意志決定の場で優勢を維持するには、自分自身の意志力と決断力に加えた胆力《たんりょく》がポイントだ。今こそ、かって厚情頭取に直接指導を受け、叩きこまれた自分の胆力も含めた経営的全能力、全情報の意志力と決断力が試されている瞬間だ！」

「Ｇ銀行のバカ役員たちが言うように、廃部にして部員たちを配転し、辞めさせるのは簡単だ。そんな経営なら誰でも社長はつとまる」

「継続は力だ。成功するまで頑張ることが成功の秘訣《ひけつ》だ。これができる経営力のある社長は、今はこの私しかいない」

恩情社長の情報たち全員が、一致団結して堂々と胸を張り、新経営改革案を提示した。

「この提案を厚情頭取に否決されたら、情好社の社長を辞任しよう」

心中でキッパリと決断していた。しかし恩情社長が若い時代、同じG銀行の同じ部署で上司として長く仕えた厚情頭取の眼は、

「かつての部下の恩情君が言うように、情好社の研究開発部の再生は、本当に可能なのか？」

という深い疑念に対する回答を、恩情社長の態度と発言、そして恩情社長の眼中から読み取ろうとしていた。

「バカヤロー　お前は創業以来の社長だろうが。その社長のお前が一度も黒字にしたことがない赤字続きの研究開発部、それが突然黒字になるのはどうしてだ！」

「それなら我々のアドバイスも聞かずに、社長のお前は今まで何をしていたのだ？」

「お前はそれでも経営者か！　大赤字をつくったのは、情好社の最終責任者のお前だろう！　お前が責任とって辞職するのは当然で、遅すぎるくらいだ！」

「このままお前が社長だと、情好社が倒産することぐらい判らないのか！」

怒鳴《どな》り声や罵声《ばせい》が飛び交う役員応接室で、厚情頭取の眼の動きが次第に変わっていく……。厚情頭取の顔は微風も吹かない静かな湖面のような表情となり、クルクル動いていたその眼は、たった一点だけを見詰め始めた。厚情頭取が静かにじっと見詰め始めたその先には、常務や取締役たちの激しい罵声や叱咤《しった》する声にも臆《おく》するところもなく、正面の席から目を凝《こ》らして全神経を集中させ、燃えるような眼光で、自分の眼だけを、最初から見詰め続ける恩情社長の眼があった。厚情頭取の心情たちは考える。

「自分の眼を一瞬でも目を離すのが惜しいという風に、ジッと見つめて眼をそらさない恩情社長の眼。穴が開くほど見つめる恩情社長の眼力は、真剣勝負の姿だ……」

Ｇ銀行入行以来、厚情課長の下で働き汗を流してきた恩情、長期間にわたって厚情部長の下で、課長として共に艱《かん》難辛苦《なんしんく》を舐《な》め、共に闘い抜いてきた厚情と恩情の情報たちは、厚情頭取となった今も、二人の情報たちの間は深い信頼関係で結ばれている。そしてお互いの眼と眼の中の情報、お互いの脳内と脳内の考え、心と心の中をお互いに読み取り汲《く》み取ろうとしていた。恩情社長の情報たちは、ガミガミ怒鳴る担当常務と取締役総合企画部長を全く無視して、同調する副頭取の顔さえ見ようとしない。しかしいちいち口では反論もせず、頭の中で心情たちが反論していた。

「肩書きがなくては、己れが何なのかも判らんような阿呆《あほ》共の社員・幹部や、執行役員の部長、取締役や常務、そして同調する副頭取などが理解できるレベルの経営問題ではない」

「これは現場を熟知した、非常に難しいトップレベルの経営問題だ」

「銀行は減点主義の人事考課で、加点主義の評価方法ではない。しかも出世競争のライバル仲間を追い抜き、成功者が失脚することで、自分が出世していく仕組みでは、銀行から大物経営者は輩出できない」

恩情社長は自分自身の情報たちに問いかける。

「いまや厚情頭取の眼の先には、この自分の眼しかない。その眼はこの自分の眼の中から心の情報を読み取ろうとしている。自分の心情たちを信頼している優しさ溢れた厚情頭取の瞳が、いま私の眼の前にある！　懐かしい眼だ……」

厚情頭取の情報と恩情社長の情報たちは、眼と眼で心を交わし始めた。

「そうだったよナァ〜……、お前、恩情君は、この俺がまだ課長時代に、同じ部署の課員として入行してきて以来、課長、部長、支店長時代にも、抱えた数々の困難な仕事を、難題続きの仕事を一度も決して逃げずに、一緒に汗を流して、一つひとつ難問を解決していった数々の実績があり、君はこの俺が、この厚情頭取が最も信頼している経営能力抜群の逸材《いつざい》の一人だよ」

「その最も信頼できる元部下の恩情社長が、今、自分の首をかけ、今後の人生のすべてもかけて自分の眼の前で、自分の眼だけを見つめて、不動の姿勢を崩さず座っている」

「担当役員たちは、全身怒りの塊《かたまり》で、恩情社長にガミガミと怒鳴りつけているが、恩情社長に対して怒鳴り散らすだけで、三人とも経営能力や資質は、恩情社長が格段上だ」

担当役員からの叱責《しっせき》や怒鳴り声にも微動だにせず、これを無視して自分の眼だけを見つめる、恩情社長の爛々《らんらん》とした底深い信頼の光を溜めた眼を見ながら、厚情頭取の情報も考えていた。

「恩情社長が自分の首をかけても惜しくない大赤字の研究開発部とは、一体どんなに魅力的で素晴らしい部署なのか？」

「それにしても今年度も大赤字の見込みを、一年後には半期でも黒字にすると言うが、本当にやれる気なのか？できなければお前の首を、この俺が切らねばならないのだぞ！」

厚情頭取の耳には、副頭取や担当役員たちの長々とした研究開発部を取り潰す意見や理由の声が聞こえていたが、一つとして耳の中から脳の中へは情報として入ってゆかない。厚情頭取は、ただ黙って自分を睨《にら》みつけている信頼できる部下、恩情社長の眼だけを見つめ返しながら、恩情社長の眼の中の心を読み取るべく、睨みかえして考えていた。そして突然、頭取は副頭取や担当常務と総合企画部長が、全く予想もしない結論を言った。

「よし判った！　将来をいろいろと思い煩《わずら》うな。現在為すべきことを、最優先で為せ！」

「これまでどおり、情好社の経営のすべては恩情社長に任せる」

「大企業から出向しているサラリーマン社員や役員は、お金をもらいに来るだけだ。お前の会社はベンチャー企業である。そこに命をかけて入社してきた若い社員を大切にしたまえ！」

「いいか、当銀行のような大会社からの出向者は、できるだけ幹部職からはずして、一刻も早く帰任《きにん》させて身軽になり、可能な限り会社に命をかけているプロパー社員を幹部に抜擢《ばってき》し、君の考える経営改革を断行しろ！」

「はい！」

「現代の激変するニューノーマル時代の経営環境では、上から『これをせえ、あれをせえ』と言われてやる時代ではない。まして銀行や株主の意見や考えなど気にして経営する時代でもない。命がけで入社してきた社員たちが、自分の会社の中で、自分に何ができるかを考え、自ら構造改革を実践することが、最も大切である。

激動するこれからの時代は、市場や顧客の立場に立ち、顧客価値を提供し、顧客満足度を高めるためには、自社は何をすべきか、どちらの方向へ会社を向けたらいいかを、常に考えることができるプロパー社員を増やさなければ、この激しい変化に対応できる会社に成長できず、会社は駄目になる」

「おっしゃるとおりです！」

「とくにSDGsの持続可能な開発目標の視点も踏まえた問題の見方が大切である。当該研究開発部を眠らせるのは、君が言う通り一年間だけ待とう。一年後の結果を見て再度判断しよう。自分の足で立ち、自分の足で歩いた者だけが、道に足跡を残せる。その間は恩情社長、君にすべてを任せる。今後の一年間は、銀行から情好社の経営には一切口を出さない！　このことは必ず約束する」

「あ、ありがとうございます！」

「そうそう、資金が必要であれば言って来なさい。君が必要とする資金は、必要なだけ全額を支援することを確約しよう。いいかよく憶えておけよ。『金を失うことは、小さなものを失うことである。信用を失うとは、もっと大きなものを失うことである。しかし、経営改革の勇気を失うことは、そのすべてを失うことである』。このことを肝《きも》に銘《めい》じて、経営改革を断行しなさい。だから顧客は大切にしなさい。また株主からの出向者の人事も株主に遠慮することなく、不要な人は全員を出向元へ返して、必要な人材は再度要求するなど自由にやってよい。君が実施した人事についての結果責任は、この私がすべて引き受ける」

「はっ、はい！　ありがとうございます！」

「繰り返すが、恩情社長に全面的に任せる。したがって今後、銀行からは一切口は出さないから思い切って君の考えどおり経営しなさい。ただし資金と人材が必要であれば遠慮なく言って来なさい。要望どおり全面的に支援しよう。しかし研究開発部の半期黒字化の約束は、必ず実現するように。体には十分気をつけて、頑張ってやれよ！」

「はい！」

そう言いうと、スッと立ち上がり、

「じゃ、これで、次の予定があるから」

と言って、厚情頭取は一人で、西窓から夕陽が射し込む役員応接室をスタスタと出て行ってしまった。

四．情報の発令

秋風が吹きだした都心の高層ビルが、柔らかな秋の西日を浴びて、ビル街のあちらこちらに金屏風《きんびょうぶ》を立てたように輝いている。そして熱い激論が飛び交った役員応接室の中にも、秋の透明感を増した冷たい陽光は、西の地平線へ傾きながら、勝敗あったという気配《けはい》を、最初はこっそりと漂わせ、そして今や微細な霧となって部屋全体を圧倒するように覆っていた。その爽やかな秋の夕陽が、役員応接室の通路の窓からも眩《まぶ》しく射し込み、部屋から出ていく厚情頭取の広くがっしりとした背中を、感謝と感激に溢れた温情社長の気持ちを表すかのように追いかけながら照らしていた。

恩情社長は、直立不動の姿勢で起立し、秋の夕陽がくっきりと照らす厚情頭取の背中に向かって、

「ありがとうございます!!」

と、大きな身体を曲げて頭を床につけるほど下げ、最敬礼の姿勢のまま顔も上げずに厚情頭取を見送った。副頭取と担当常務取締役そして取締役総合企画部長の三人は、自分たちの意見が全く無視されたことに気付いて唖然《あぜん》とし、応接テーブルに座ったままだった。そして三人ともお互いの顔を見合わせると、沈みかける夕陽を浴びて、白皙《はくせき》顔が茜《あかね》色《いろ》の染まる恩情社長を睨みつけ、急いで立ち上がると慌《あわ》てて厚情頭取の後を追って役員応接室から飛び出して行った。

情好社の社長室長もあやつり人形みたいに跳び上がって、深々と頭を下げてお辞儀をしながら、厚情頭取、副頭取と担当常務取締役そして取締役総合企画部長たちを見送り、その姿が見えなくなると、ヘナヘナと役員応接室の応接セットの上に倒れるように座り込んだ。

役員たちの怒鳴り声や雑言《ぞうごん》の記憶が薄れていくにつれて、空っぽになった役員応接室は急速に冷え込んでくる気配《けはい》がする。社長室長の疲れ果てた姿を見た恩情社長は、

「おい、帰るぞ!」

と怒鳴った。慌ててヨタヨタ立ち上がり、手つかずのお茶を飲み干す社長室長に向かって、恩情社長が厳命した。

「我々が直面している赤字問題の本質は、銀行の問題ではなく、我々自身が社内の問題に対峙《たいじ》する姿勢が大切だ。つまり赤字の本質的問題に、自分たち役員、幹部、社員全員がどう対処していくかが重要だ。結論はプロパー社員たちが、赤字は自分の問題であることを自覚し、自分たちの手で自ら解決しようと認識し行動を起こすことが、今の当社では最も重要な喫緊《きっきん》の課題なのだ! 厚情頭取は、その本質を見抜いている」

「は、はい」

「いいか、研究開発部門の取り潰しの連絡がG銀行からあったことも含め、今日の会談の内容もそのすべてを、当

社の社員は無論当社役員にも、決して誰にも絶対に言うな！　人事と組織のプロセスは秘密、そして結果はオープンだ！　いいか、今日までのプロセスは厳秘だぞ！」

「は、はい。承知致しました」

「当社の経営には、スピードとチャレンジ、権限委譲、コミュニケーションを徹底した自主自立が会社再生の鍵だ。いいか！　判ったか！」

「はい！」

「会社へ帰ったらすぐに、この方針を実現する組織改革構想造りと新人事発令の準備を、お前一人だけで開始し作成しろ！　出向者の人事部長にも言わずに内緒でやれ！」

「は、はい！」

「研究開発部の出向者たちは全員、出向会社へ更迭《こうてつ》しろ。出向者の担当常務、部長、次長も全員はずして、親会社へ戻すか他部署へ異動しろ。そしてプロパー社員だけの研究開発部にして、その再興《さいこう》を図る案を作れ！」

「はい！」

「研究開発部の真情を課長から次長へ昇格させて権限を集中させ、全責任を真情に取らせる体制案を作れ！」

「はい！」

「う〜ん。ただし、真情の昇給は据え置け！」

「はい！　あっ、真情は、課長の給与のまま次長に昇格させるのですか？」

「そうだ！　一円たりとも昇給させるな」

「はっはい、判りました」

そして恩情社長と社長室長の二人は、恩情社長が首をかけて研究開発部門の取《と》り潰《つぶ》しを防いだこと、そして恩情社長の在任期間は残りわずか一年間で、それまでに研究開発部門の上期か下期に黒字が達成できない場合には、自ら辞任することを確約した事実について、その後三年もの間、誰にも言わなかった。

情好社における恩情社長から発令が続いている。つまり九月十四日のこの時、この人事発令の背景について、銀行内の内政干渉《ないせいかんしょう》の事実や、研究開発部の取り潰し決定と一年間の廃部実施の延期、恩情社長の首は残り一年間で、研究開発部が今年度下期か来年度上期に黒字化しなければ退任させられることなど、そこに集まった情好社の役員・幹部全員が、恩情社長と社長室長を除き、全く知らされていない。人事発令は続いている。人事担当部長は、社長室長が恩情社長に承認を取った改革案を、ただそのまま棒読みにしているだけだ。しかも最後に発令されるのは、人事担当部長の自分自身であり、自分が出向元の親会社へ更迭されることを知ったのは、一昨日の辞令書類作成作業時であった。

真情の部署担当常務は担当をはずし、恩情社長みずから研究開発部を直轄担当する背水の陣の発令だ。真情の上司の研究開発部長は親会社へ更迭《こうてつ》。次長も出向契約を解かれ親会社へ戻る。結局、恩情社長の下には常務・部長・次長たちは誰もいない研究開発部門となった。

研究開発部は全員で六十人だが、真情より年上の課長三人を含め課長が五人がいた。部長と次長が更迭されて五十八人となり、出向中の社員十人全員が、他部および出向元へ戻る異動発令となって、四十八人に削減された。しかも研究開発部で本日この場に呼ばれたプロパー社員は、真情以外は誰もいない。

「研究開発部は結局廃部か……」

挫折感に支配された真情の心情は、目を伏せさせた。いよいよ列席した中で、最後の発令となった真情の名前が呼ばれた。

「研究開発部、真情君」

真情は悪い予感がして返事もせずに、恩情社長の前に顔を伏せてオズオズもたもたと緩慢《かんまん》な動作で歩み出た。人事担当部長が恩情社長に手渡した辞令書内容に書かれていない、昇給ゼロの内容を加えて、恩情社長は大声で読み上げた。

「真情君、真情君を研究開発部の次長とする。ただし給与は、現行のまま据置とする！」

これを聞いた真情の頭の中は、真っ白になった。

「何だ、研究開発部は潰《つぶ》さないのか？」

伏せていた顔をブスッとした仏頂面《ぶっちょうづら》で見上げると、仁王立ちして睨みつけるような形相《ぎょうそう》をした恩情社長が、真情を押しつぶすようにして辞令を両手で差し出していた。

「………」

突然の予想もしない辞令に、直立不動の姿勢ではあったが、受け取りを拒否する両手は、ダラ～ンと下がったままビクとも動かず、戸惑った心境を丸出しにして立ち竦《すく》む。

「もしかして、この俺に、研究開発部の全責任を押し付ける気か？」

真情は両手を体の両側に下げたまま辞令を受け取ろうとせず、社長の鋭い目を疑心暗鬼《ぎしんあんき》の鋭い眼差《まなざ》しで睨みかえした。二人の目と目が辞令書類の上でパチパチと火花を交わす。たまらず人事担当部長の横にいた社長室長が命令調で発言する。

「真情君！　辞令を受け取りなさい！」

「はっ、はぁ～」

恩情社長の威圧する姿勢と発令される側の立場の弱さに負け、不本意ながらしぶしぶ無言で、頭も下げずに辞令を受け取る真情。

「部長と次長は親会社へ更迭、担当常務は担当を解任。依って研究開発部の担当は社長の私が直轄する。判ったな！」

爛々《らんらん》と焼き尽すように輝く恩情社長の眼光は、真情の身情と心情たちに噛みつく野獣のように襲いかかってきた。

たまらず真情は、

「はい！」

と答えた。これを聞いた恩情社長は怒鳴るように言った。

「つぎ、人事担当部長！」

今度は社長室長が、人事担当部長の位置へ移り、辞令を恩情社長へ手渡す。

「人事担当部長を解き、当社への出向契約を解く……」

真情は、ようやく恩情社長が研究開発部を直轄する新体制が判った。広い社長室で、大声を張り上げながら辞令書を読む恩情社長の顔は、いつもと異なり額に汗が吹き出してギラギラ照り輝き紅潮し、眼は充血しているように見えた。社長室に居並ぶ役員幹部全員の前で、人事担当部長も更迭する人事異動の発令が終わると、恩情社長自らが大声で言った。

「以上で人事発令を終わる。全員、礼！　解散！」

重苦しい社長室の天井に、恩情社長の声が反響して鳴り響いた。人事担当部長があわててフォローした。

「全員、解散ください。ご苦労様でした……」

人事担当部長の失意《しつい》に満ちた声が、社長室の床に沈むように消えた。ほとんど解任か更迭か異動か降格か出向契約解消の発令に、逃げるように社長室を去って行く役員・幹部たち、その最後尾に、ただ一人昇格人事の発令を受けた最も若い次長の真情が、背中に夥《いちじる》しい汗を掻き、足首に鉄玉を付けた奴隷のような重い足取りで、社長室の出口に向かって最後尾をノソノソと歩いて行く。

「なんでこの俺が、大赤字の研究開発部の責任を、取らなきゃナンネ〜ンだ！」

真情の情悪たちが、無言の大声で怒鳴り散らすが、口には出さずにグッと我慢し続ける新次長の真情。まだ社長と社長室長だけが社長室に残っている。真情は、最後に社長室の部屋を出ると、社長室の扉を後ろ手と左足で、蹴飛ばすようにしてドアを閉めた。社長室のドアが

「バタァ〜ーン！」

と激しい音をたてて閉じ、真情の怒りが社長室のあるフロア中に爆発するように響き渡った。その音に驚いて、前を歩く役員・幹部たち全員が後ろを振り向いたが、すぐにその顔は冷笑《れいしょう》を浮かべた表情に変わっていく。そして誰も言葉にはしないが、

「真情、おまえの研究開発部の赤字で、この会社が倒産しそうだ」

「若造のおまえが、研究開発部の赤字を背負っていけ」

「研究開発部は、お前の手で潰《つぶ》せ」

「早く研究開発部を廃部にしろ」

振り向いたどの顔にもそうした意見が書いてあった。そして怒り狂った真情の姿を、腹でセセラ笑っている顔、嘲《あざけ》る顔が、ズラリぞろりと並んでいた。社長室からエレベータホールまでの廊下を、ノソノソと太った体を左右に揺すりながら、気楽な顔で歩いている前研究開発部長が真情の前にいた。この出向者の部長には以前から失望していたが、先程まで部長だった顔に向かって、真情は歩きながら口を尖らせて噛みついた。

「赤字を出したのは、あんたら幹部の責任じゃないのか？　なんでこの俺がその責任をとらなきゃならねぇんだ！」

「恩情社長が役員と相談して決めたのだ。俺は何も知らぬ！　俺は昨夕、この人事発令内容を伝えられ、事後承認を求められた。俺が知っているのは、それだけだ！」

先程まで部長の出向者は、出向先の情好社が潰《つぶ》れようが潰れまいが、自分が在籍する会社業績や自分の出世は、全

く関係ないと涼しい顔だ。

「この無責任なスーダラ部長！」

真情は、前部長に聞こえるように声を荒げて悪態《あくたい》を吐《は》いた。これを聞いた前部長は、もの凄い形相《ぎょうそう》になったが、すぐに前部長の心情たちは叫ぶ。

「深入り無用、出向先の赤字研究開発部とは、一日も早く縁切りして無関係になった方が、出向元の自分の会社における出世街道は無難でベターだ。君子危うきに近寄らず……さ」

と心中で語ると舌をペロリと出した。そして馬耳東風《ばじとうふう》の風情《ふぜい》で、真情の罵声《ばせい》も無視して蛙の顔に小便の所作《しょさ》でノソノソと、エレベータホールに向かって歩いて行く。真情の心情たちは嘆く

「知識が足りない情報には、その都度勉強させて、情報を補ってやれば良い。しかし、見識《けんしき》が無い情報には、どうにもこうにも、その対応策が見つからない。まして品性の劣る情報には、これを抹殺するしか対応策はない！」

という心情の意見が口まで出かかったが、さすがに言葉にするのは我慢した。そして新次長真情は、他の幹部たちとエレベータを待つ前部長の横顔を睨みつけながら、自席へ向け階段をドタバタ駆け降りていった。こうしたエレベータホールのような公《おおやけ》の場所では、これ以上、前部長に噛みつけない理由があった。それは他部門のプロパー社員の仲間たちからも、真情新次長の所属する研究開発部が、いろいろと陰口を言われていることを知っていたからだ。

「お前の部の業績が悪いので、情好社が潰れそうだ」

「俺たちの給料やボーナスが低いのは、お前たちの部が赤字のためだ」

「お前たちの部は、会社にとって疫病神《やくびょうがみ》のような盲腸部だ、早く潰せ」

「情好社の将来を考えるのなら、すぐにお前の部の赤字業務をやめろ」

「いや、当社の将来のためには、この研究開発部が必要不可欠だ」

「バカ！　お前たち何を勘違いしているのだ。当社の将来のためにお前らの研究開発部門を捨てるのだ！」

「お前らがいると当社が倒産し、当社全体の将来がなくなることを、まだ判らないのか？」

研究開発部は創部以来、毎期赤字が続いていた。したがって部の採算や業績問題になると、真情の心情たちも弱気になる。

「たしかに、こんなガラクタ部の再生は無理だよ」

「研究開発部を残しておくには、リスクがあり過ぎるな」

「しかし率直《そっちょく》にいって、これだけドン底の部となれば、この部をシャカリキに立て直すことも取り潰すことも、どちらもエネルギーの無駄だ。こんな部では市場競争に勝てない…」

こうした社内での批判や陰口は、オフィシャルな席上だけでなく、社内食堂や近所の飲み屋で、社員が集まるたびに話題になり、いまや研究開発部不要論、研究開発部廃止論となって蔓延《まんえん》していた。

発令のあった当日の午後十六時過ぎ、新次長真情の机上の電話がけたたましく鳴り響いた。受話器に出ると、

「今晩、俺の家までチョットつきあってくれ！」

昼間聞いたあの恩情社長の声だ。すぐに真情の心情たちや情悪がわめく。

「とんでもない、今日は最も見たくない顔だ！」

しかも今夜は学生時代の懐かしい仲間と、コロナ感染以来三年ぶりのクラス会だ。

「今晩は予定があり……」

と真情が話を終わらないうちに
「馬鹿やろう！　俺は社長だぁ!!」

電話口から大声で怒鳴った声が響き、電話を
「ガッチァ〜ャン！」
と叩き切る音が、電話器を押し付けていた真情の右耳に鳴り響いた。

五．たった一文字の情報

初秋の黄昏《たそがれ》が足早に幕を引きはじめると、碧空だった秋空の色は淡く滲《にじ》むような朱色から熟したトマト色に、そして薄い紫灰色へと変わり、夕影がビルの谷間を色濃く染めていく。オフィスビル群が林立する街の短い秋の夕暮れは、いつの間にか、今日一日に味わったサラリーマン情報たちの心の中へ忍び込み、悲喜交々《ひきこもごも》の感情や思いを引き連れながら、ひたひたと音もなくビル街を覆い尽くしてゆく。


恩情社長に電話を叩きつけるように切られた音が、

「グゥア〜ン」

と耳鳴りの余韻を残しながら、真情の身情や心情に奥深く突き刺さり、情善や付和雷同《ふわらいどう》する日和見情報には、秋のもののあわれや寂寥《せきりょう》が、ひしと染み入るように伝わってくる。

「いよいよ研究開発部の廃部への道がはじまった」

「研究開発部の廃部計画を、どのような段取りで具体化させるのか？」

「その幕引きのために、どうせ俺を次長にしたのだろう」

「出向の連中は誰も責任など取る気もない。いよいよ廃部か……」

と情悪や付和雷同する日和見情報たちの目は醒めて冷やかである。情善は、情悪や日和見情報たちが崩壊しつつあ

る研究開発部を冷たく見放す態度にやりきれない憤りを感じていた。そうした真情新次長の席へ社長室長が飛んできた。

「真情次長！　遅くとも十七時十分には玄関で社長を待っていてください。社長は『十七時二十分には出る』とおっしゃっています。社長車は、十七時前には玄関先に駐車して待っていますので、よろしくお願いします。真情次長、何とかお願いしますよ。真情次長！」

これを聞いて、ザワついていた研究開発部全体が、急に

「シ～ン！」

となった。

「オッ、今日の人事発令で真情は次長に昇格したのか……」

ピーンとなった空気が、煙草の煙で澱《よど》んだ部屋全体に一瞬で伝わった。

「なんだ⁉　あいつが次長かぁ？　あやつ俺より十歳も若い課長のクセに！　まあ真情は、いつも恩情社長にゴマすってやがるからな！」

最年長で真情より十歳年上の大ベテラン課長が、部屋にいた部員全員に聞こえるように、隣席の課長へ大声で言った。静まり返った部屋一杯に、最年長課長のだみ声が響きわたる。真情より年長のベテラン課長二人も、他の古株課長たちに声をかけた。

「へ～ぇ。あの若造が次長かよ！？」

「これから次長様の前では、自重しなくっちゃな」

「いやぁ、赤字部に新次長の発令とは自嘲ものだよ」

「へっへっへ……」

「アッハッハ………」

「わぁっはっは……」

Ｇ銀行内の厚情頭取と恩情社長のやり取りの顛末《てんまつ》をすべて知っている社長室長は、研究開発部内の異様な雰囲気や野次に、ピリピリと額に血管を浮かび上がらせる凄まじい形相となった。しかし厳秘命令を想い出し湧き上がる激怒を抑え、研究開発部内全員に聞こえるよう、経営改革の発令内容を大声で話す。

「真情次長、君の給与は課長のまま据置だが、研究開発部の新次長になった」

そしてまだ自席に座っている更迭された部長と次長の顔の前で、

「担当役員も解任され、部長や次長も出向解約となり更迭された！」

研究開発部門の部員全員の顔と眼が、前部長と前次長の顔へ注がれる。

「恩情社長直轄の研究開発部です！　部長と次長は親会社へ更迭、研究開発部在籍の出向者十人は全員、出向先へ戻る経営改革の新人事異動ですよ！」

全部員に聞こえるように怒鳴る。先程真情とやりあった前部長、そして隣に座っていた他部異動の前次長も窓際《まどぎわ》の自席で下を向いた。しかも部内に座っていた、まだ発令されていない出向社員たち十人は、出向契約解除と聞いて、全員が驚いた顔を一斉に社長室長へ向け、そして横に座っている出向仲間の顔をお互いに見た。前部長と前次長は、ゴソゴソと下を向きながら身辺整理を始める。研究開発部が騒然となり、全員が仕事の手を止め、誰彼《だれかれ》となく人事異動の話で部屋中がざわめき出した。

「役員幹部の凄い人事異動があった……」

「え、えぇ～っ」

「六十名だった研究開発部は、今日から出向者ゼロになり、プロパーだけの四十八名体制となります」

今度は、社長室へ呼ばれなかった一般職の出向者たちまで騒ぎ出した。

「真情次長！　今夜は、何とか都合をつけて下さい！　よろしく頼みますよ！」

社長室長は、恩情社長の首をかけた人事異動の背景を知っていた。つまり真情次長たちプロパー社員全員が、部門の経営改革に自分たちの力で立ち上がるかどうかに、恩情社長の首がかかっていることを社長室長は知っているのだ。しかも今頃は、恩情社長夫人が、真情の次長就任祝の膳を恩情社長宅でするため、走り回って準備していることも知っていた。恩情社長は、今夜、命がけの新体制のことを、じっくり真情新次長と二人だけで話をしたいのだ。しかし社長室長は恩情社長から、今夜の次長就任祝の膳《ぜん》のことも、一切口外することは禁止されている。ここは年下の若造である真情に、頭を下げて頼むしか方策がない。


何も知らない真情の身情や心情、そして情善や日和見情報や情悪たちもぼやく。

「研究開発部の社員たちが、新次長の俺に抵抗することは問題だとは思わない。問題は部員全員が技術者で、業務には技術的興味しかなく、業務の個別採算や原価、赤字部の収益体質改善などに全く関心が無いことであり、この意識改革が喫緊《きっきん》の課題である」

年齢も大先輩である社長室長の言葉遣いは丁重だったが、そこには有無を言わせぬ響きがある。執拗《しつよう》な説得に対して、今夜のクラス会の出席を理由に、社長宅へ訪問できないとは流石《さすが》に言えなくなった。真情はついに根負けして、

「判りました。十七時二十分までには、玄関の社長車のところへ行きますよ」

とシブシブと答えた。社長室長の説得に負けた真情は、約束していた学生仲間には、

「急な仕事が入った」

と言い訳けして、楽しみにしていたクラス会の会費を全額支払うことで欠席の了解をとり、恩情社長が言った約束の十七時十五分に玄関に行くと、不機嫌《ふきげん》な顔をした恩情社長は、すでに十五分ほど前から社長車の中で真情を待っていた。

「あっ真情様、お待ち申しておりました。どうぞ」

腕を組み目を閉じたまま無言の恩情社長。社長車運転手が後部座席のドアを開けたので、真情は助手席へ座るべきと一瞬考えたが、社長や運転手に挨拶もせず、

「ドカッ」

と恩情社長の横に乗り込み座ると、無言で同じように腕を組んだ。温情社長と真情の異常な態度に、戸惑う顔馴染《かおなじみ》みの社長車運転手。いつもは冗談や仕事の話で賑やかな恩情社長と真情の二人だが、今夕はあまりにも険悪な雰囲気である。息苦しい緊張感に耐え切れなくなった運転手は、恐る恐る蚊の鳴くような小さな声で、恩情社長に行き先を確認した。

「ご自宅へ、直接で……よろしいのでしょうか？」

「ウム」

とだけ答えた恩情社長の横顔を、真情は横から盗み見しながら、

「今夜限りで、俺は情好社を退職するぞ！」

真情の情報たち身情と心情、そしてその情悪や日和見情報や情善も全員一致で決断した。今宵、恩情社長に情好社の退職を言上すると決意すると、周囲の初秋の景色に見られる風情には、秋のもののあわれや秋冷《しゅうれい》が心奥底深く、しんみりと染み込んでいることに、改めて気付かされる。退職を決断してみると、真情の情報たちにも、これまでの情好社での数々の仕事が想い出され、どこか侘《わび》しく寂《さび》しく、そしてしみじみとした心境が、心情たちの心の襞《ひだ》までしみ込んできた。

「今夜は絶好の機会だ。社長宅で社長へ直接、退職願いを出すことを伝えよう」

そう心に誓った。そう考えて退職方針を決定すると、真情の身情と心情たちはすごく気分が楽になった。退職の決

心が固まると心情たちは饒舌《じょうぜつ》になり、情悪に付和雷同する日和見情報たちは、一気に憎悪の塊《かたまり》となった。そして情善の制止も無視した情悪や日和見情報たちは、勝手気ままに語り出した。

「馬鹿ヤロ〜、この社長野郎〜！　こんな若造の俺を研究開発部の次長にしやがって、潰《つぶ》れる赤字部の経営全責任を、この俺に全部押しつけるのか！」

「何だ？　これまでいた出向者の担当役員や幹部そして社員たちは！　赤字をそのままにして逃げ出すのか！」

「こんな無責任な社長や役員と幹部たち、今夜は丁度良い機会だ。徹底的に担当役員や前部長たちの無責任さを恩情社長に追及しよう。この幹部の無責任さは社長の任命責任だ。俺の退職意思を叩きつけてやる！」

退職を決心した真情の情善たちも、憤怒《ふんぬ》にかられた感情になり、情悪たちやこれに付和雷同する日和見情報たちを、制御する意思も意欲も萎《な》えてしまい、真情の情報たち全員が、勝手な意見と行動をとり始めてバラバラに暴走し始め、混沌《こんとん》とした無政府状態になっていく。

「情好社を辞めて仕事がなくなり、収入がなくなることは失敗ではない！」

「そうだぜ！　結局赤字の責任を取らされ、退職しなかったことを後から後悔《こうかい》することが、最大の失敗だ」

退職の意思を決めた真情の情善たちも、情悪に引き摺《ず》られるように無言でわめき散らす。そして腕組みをした恩情社長の横で同じように腕組みしたまま、社長宅へ着いたら何を言うかと、頭の中へメモしながら整理し、その発言順番などをどうすべきか思い巡らせていた。

まだ首都高速道路の渋滞時間には少し早い時間帯であったため、社長車は快適に首都高速道路を、都心から西に向かってひた走る。遠景の初秋の空は、短い夕焼けを惜しむように、薄暮の残影を映し出しながら少しずつ暮れてゆく。真情の情報たちは、少しずつ冷静さを取り戻していた。

「社長宅での退職の意思表示まで、もう残りわずかの時間だ」

「この会社での勤務期間は短かったなぁ」

眼前の車窓の景色は飛ぶように流れて見え、遠くのネオンが灯り始めたビル群が、ゆっくりと潤んだ眼の前を走り去るのを眺めながら考える。

「情好社の仕事仲間、特に研究開発部の親友たち、親しくしてくれた顧客や支援してくれた大学教授など、次々と懐かしい顔が浮かぶなあ」

車窓を次々と照らして走り去る高速道路の街灯たちは、真情を思索へと誘《いざな》い、身情と心情たちを、慷慨憤激《こうがいふんげき》と沈着冷静《ちんちゃくれいせい》の狭間で、激しくゆさぶり揺れ動かした。

「ああ、これでお世話になった恩情社長や、この情好社とも縁を切り幕を降ろす瞬間が来たか」

日暮に点り始めた家々の灯はどことなく懐かしく、少し感傷的になった心情たちを、仕事には厳しいが暖かな人柄の恩情社長との想い出へ誘う。そして退職への言上の筋書き作りが完了した頃、恩情社長宅の玄関前に車は滑るように到着した。

「キュッキュ〜ッ」
と音がして車が止まると、運転手は手早く社長席のドアを開き、玄関インターフォンを押して恩情社長の帰宅をご家族に伝える。すでに社長室長や社長秘書から、恩情社長が十七時二十分に真情次長と一緒に会社を出発したことが、社長夫人のもとへ電話連絡してある。玄関のドアが内側から音もなく静かに開かれ、いつものように社長夫人がにこやかに真情次長を出迎えた。恩情社長は車を降りると荒々しく車のドアを
「バタ〜ン」
と閉め、玄関までの広いアプローチを小走りに歩き、玄関ドアを開けて待つ社長夫人にぶつかるような勢いで家に

入ると、玄関に靴を
「バラン、バラ〜ン」

と抛《ほお》り出すように脱ぎ捨てた。恩情社長の大きな靴は、両足とも玄関のたたきに、ひっくり返って寝そべった。

「入れ！」

いつまでも社長車の横で鞄を抱えて佇んでいる真情に向かって、玄関口で玄関ドアを開けて真情を待っている社長夫人の横から、靴下のまま玄関の外まで出てきた恩情社長が大声で怒鳴った。

「早く入れ！」

いつものように美しい笑顔で玄関ドアを開けて待つ社長夫人に、深々と丁重に頭を無言で下げた真情は、

「あっ、そのままにしてお上がりくださいませ」

と背後から社長夫人の声がするのに耳を貸さず、恩情社長が脱ぎ捨てたひっくりかえっていた靴をキチンと揃え直すと、

「失礼します」

と言ってから、のそのそと靴を脱いだ。社長宅にはこれまで数え切れないほどお邪魔して、会社仲間と懇談・飲食してきたのに、これが最後の見納めになるのかと思うと、見慣れたはずの社長宅の応接室が、余所余所《よそよそ》しい顔で出迎えている。いつでも社長の家を飛び出せるように、応接セットの一番玄関口近くにある隅の椅子に、意を決してお尻を半分だけチョコンと乗せて座る。すでに広い応接テーブルの上には、真情新次長昇格祝として、大きな鯛の活き造りの刺身の盛り合わせや焼きサザエや伊勢エビ、サイコロステーキ、海藻サラダなどの豪華な祝い膳の御料理が、ところ狭しと山のように並べられている。

顔馴染みの社長夫人が、いつもと違う異様な雰囲気に慌《あわ》てて一旦勝手口に引っ込むと、冷えた瓶ビールとグラスをお盆に乗せて、応接間に出て来た。そして満面の笑顔で

「真情さん、お久しぶりですね！　よくいらっしゃいました。いつも主人がお世話になっております。今度次長様にご昇格されたとか、誠におめでとうございます！　お祝いの鯛も届きましたわ。ど～ぞ、もっと奥の中央の椅子にお座りになられて、どうぞ今夜はごゆっくりなさっていって下さいませ」

といつもの優しいニコニコ顔だが、

「突然で済みません」

と立ち上がって頭を下げ、そのまま応接椅子の隅の同じ場所へ、再びチョコンと座った。あとは恩情社長と真情の二人は、お互いに両腕を組んだまま黙って、全くの無言だ。

「……」

夫人は、二人の間にはとても険悪《けんあく》な空気が流れており、いつもと全く違う異常な雰囲気であることに気づき、お盆の上のグラスにビールを満々と注ぎ、真情と恩情社長の二人の前のコースターの上に、そのビールグラスを丁寧に置くと、ビール瓶をテーブルの端に置いたまま、そそくさと応接室から逃げるように出て行ってしまった。

「……」

真情は恩情社長の顔を覗《のぞ》くようにして盗み見た。恩情社長は目尻を吊り上げた眼を閉じ腕を組んだままだが、額に青筋をたてながら眉間《みけん》にときどき嵐の前の稲妻のようにピリピリと閃《ひらめ》く表情をしている。

「……」

真情は意を決すると、恩情社長の顔と眼を真っ直ぐ睨みつけて、いよいよ社長車の中で考えたストーリーにもとづき、恩情社長に退職の意志表示の話を切り出そうとした。その時その瞬間、突然
「ドカァ～ン！！」

大柄な恩情社長が吊りあがった眉毛の下に、怒りで充満した大きな眼を仁王像のようにガッと見開くと、真情を睨みつけながら、柔道で鍛えた大きな手で力一杯応接テーブルを叩いた。そして叩きながら家中に響く大きな声で怒

鳴った。

「お前〝ら〟の会社じゃないか！」

「ドカァ～ン!!」

「お前〝ら〟それでいいのかぁ!?」

「ドカァ～ン!!」

「お前〝ら〟がそれでいいのなら、H社でもM社でもS社からでも人を連れてくる。お前〝ら〟それでいいのかぁ～!!」

「ガカァ～ン!!」

「……？」

「お前〝ら〟、本当にそれでいいのかぁ～!!」

「ダダ～ン、ダン」

「……」

耳にガンガン響く怒鳴り声があまりにも大き過ぎて、言った言葉は聞こえても、言っている意味は全く判らない。あまりにも唐突で全く考えたこともない。

「……？？」

真情には全く理解できない判らない〝ら〟の一文字が、機関銃の弾丸ように吹き飛んできて、真情を正面から直撃した。

「お前〝ら〟は、それでいいのかと、聞いているのだ！」

「ドカァ～ン!!」

恩情社長が応接テーブルを思いっきり叩いた衝撃で、応接テーブルの上を飾っている昇格祝い膳の料理が飛び跳ね、美しく綺麗なお造り料理が崩れた姿になっていく。そして真情の眼の前に置かれていたビール瓶がはねて、応接テーブルの上で横倒しになった。そして応接室の美しい手刺繍《てししゅう》の施された分厚い絨毯《じゅうたん》の上に、

「ドクドク、ドボドボッ」

ビールが泡を吹いてこぼれ流れ始めた。真情はあわてて横倒しになったビール瓶を持ち上げ、溢れるビールの泡を自分のハンカチを出して拭き、持っていたティッシュペーパーを絨毯の上に何枚も重ねて置き、こぼれたビールを吸い取らせた。真情の身情は倒れたビール瓶には素早く反応して、吸い取ったティッシュペーパーの山とビショビショになったハンカチを手にブラ下げていたが、恩情社長の言っている〝ら〟の一文字情報の意味は、真情の心情たち、その情悪や情善そして日和見情報たちにも、全く理解できずに茫然《ぼうぜん》と立ち竦《すく》んだままだった。

「……？？」

真情には全く理解できない予想もしない〝ら〟の一文字情報言葉が、速射砲の弾丸ように真情の心情たちを正面から直撃してフッ飛ばすと、風穴《かざあな》を開けたまま突き抜けていった。恩情社長が親会社のG銀行頭取に、自分の首をかけて、研究開発部の黒字化を約束した事実を知らない真情には、その情報の言葉は理解しても、意味する内容は理解できず、受け止める方策も判らず、返す言葉も見つからない。

「恩情社長の怒鳴った〝ら〟言葉の意味が、全く判らない……」

真情の情報たち全員、心情や身情、その情善、情悪、日和見情報が、何を言っているのか全く判らず右往左往し、ドタバタ走り回り、上へ下への錯乱《さくらん》状態となっていく。真情の情報たちが、これまで一度も考えたことのない
「お前〝ら〟、つまり自分〝ら〟の会社？」

というたった一文字の〝ら〟という言葉の前で、滅茶苦茶《めちゃくちゃ》な大混乱状態に陥った真情の情報たち。このたった一字のために頭の中は真っ白になり、そして退職の意思表示などを話す余裕や計画が、どこかへぶっ飛びカオス状態に

なっていく。無言のまま真情の情報たちは怒鳴り叫ぶ。

「……?」

「お前〝ら〟の会社?」

「つまり俺〝ら〟の会社?」

「なんだ、社長は何を怒鳴っているのだ? 情好社は株主のために造った会社だろうが。情好社は天下りの社長や役員が経営している会社だろうが……、何を言っているのか? どういう意味だ!?」

恩情社長の怒鳴り声は続く。

『お前〝ら〟それでいいのか?』と言っているのだ!」

真情の心情たちは無言のまま心中で怒鳴り返す。

「クソッタレ! 情好社の役員や幹部には、株主会社から天下りしたヤツしかなれない会社だろうが…」

しかし〝ら〟の一文字が喉《のど》に刺さり、言うべき言葉が見つからず、語るべき言葉も失い、反論する言葉も無い、収拾の見込みがつかないカオス状態が続く。

六. 情報たちの自覚

秋になると夕暮れとともに、寒さが音もなくひたひたと忍びよってくる。そして秋の野分《のわき》は、暴風雨を引き連れて山野へ襲いかかり、遠く旅立つ親友や、恋人との悲しい別れの酒席跡のごとく、草木をなぎ倒し草花を切り裂く風情《ふぜい》を呈するが、それも自然の摂理だ。

九月十四日というまだ残暑も残る恩情社長宅の応接室は、この野分けが突然来襲した観があった。激昂《げきこう》して応接テーブルを叩く恩情社長の仁王像のごとき形相《ぎょうそう》と振舞いは、今宵限りと退職を決意した真情の情報たちへ、野分《のわき》のごとく襲いかかる。大柄の恩情社長の吊りあがった太い眉毛の下では、真っ赤に充血した眼球が飛び出さんばかりの勢いで、カッと睨みつけ、ガッと開いた大きな口から、烈火のごとき怒りの情報が爆発し、真情の情報たち全員に、牙を剥《む》き出して噛みついた。それは恩情社長がG銀行の厚情頭取に確約した、真情たちの研究開発部を再生させることができる、唯一無二の大改革への命がけの言動であり、恩情社長自らの経営者として首をかけた本心の吐露《とろ》と仕草《しぐさ》であった。そして一年後の待ったなしの成否の結果が、この瞬間に掛かっていた。

「お前〝ら〟の会社じゃないか！」

「お前〝ら〟それでいいのかぁ⁉」

絨毯を汚して半分になったビール瓶は、真情がサイドテーブルに戻したが、昇格祝い膳の豪華料理が美しく並んでいた応接テーブルの上は、テーブルを叩くたびに料理が飛び跳ね、鯛の姿造りの料理も崩れ、綺麗な皿に見事に並んでいた日本料理がグチャグチャになっていく。それでも恩情社長は、大きな手で力一杯、応接テーブルを叩き続け、そして家中に響くような大きな声で怒鳴り続ける。

「お前〝ら〟の会社じゃないか！

お前〝ら〟それでいいのかぁ⁉」

「お前〝ら〟がそれでいいのなら、H社でもM社でもS社からでも、人を連れてくる。お前〝ら〟は、それでいいのかぁ〜！」

真情の眼前で鼓膜が破れるほどの激しい口調で叱責《しっせき》する声が、ガンガンと大砲のごとく耳と頭に響く。

「おい、いま恩情社長は何て言った？」

「『お前〝ら〟の会社』だと言ったぞ」

「本当かぁ？『俺たちの会社？』と言っているのか？」

「嘘つけ！　株主がたくさんいるやろうが」

「いちいち口出すＧ銀行の系列会社やないか？」

「そうや！　この会社は、出向者が天下りしてくるＧ銀行や株主会社のもんやろうがぁ！」

「チクショー頭の中がグチャグチャだ！」

「おい、退職の意思表示はどうなった？」

「そんなもの知るか！　今は〝ら〟の一言で、俺の頭は一杯だ！」

秋の嵐や台風ともいわれる野分《のわき》の急襲で、真情の情報たちは混乱の極みとなり、暴風に吹き飛ばされ、豪雨にずぶ濡れの状態であった。真情の心情と身情の中に〝ら〟の一文字の情報が、棘《とげ》がついた鉄のゴムボールのように体内を飛び跳ね、身体中の情報たちに衝撃弾となってぶつかり跳ね回っていた。

「ハッ」

と我《われ》に帰った真情。たまらず、

「ふうぅ〜…」

と大きく溜息を吐いてから、ゆっくりと首を左右に何度も振った。

「このままここに居ては、ダメだ！」

そして真情の身情は決意した。

「ガバッ」

と応接椅子から突然立ち上がり、鞄を小脇に抱えると一言も、何も言わず玄関口へ逃げるように小走りに走って靴を履き、

「失礼します」

とようやくの思いで震える小さな声で一言いうと、社長宅の玄関を飛び出した。今夜の恩情社長と真情の二人が、あまりにも異常な様子だったことを心配した社長車の運転手は、いつもはすぐに車庫へ向かって帰るのだが、まだ玄関先で社長宅の中の様子をうかがい待機していた。社長宅の玄関から逃げるように飛び出してきた真情は、社長車を見つけると勝手にドアを開けて転がり込み、

「早く車を出して！」

と怒鳴った。慌てた運転手はドアを開け運転席に座るとすぐにエンジンをかけて、真情に聞いた。

「どちらまで行きますか？」

「いいから、早く出せ！」

とようやく言い放って振り返ると、社長宅の玄関ドアは開けっ放しだ。車が急発進すると、

「お前〝ら〟の会社」

のたった一字情報〝ら〟という言葉が喉《のど》に突き刺さり、退職の辞意も言えず、何も反論できなかった悔《くや》しさ。そのあまりにも悔しく情けない自分の姿に地団太を踏み、

「くそぉ！」

と怒鳴ると、悔しくて瞼《まぶた》に言いようのない悔し涙が湧き返り、ついに真情は後部座席にうずくまり、

「くくっ…くくく」

と咽喉《いんこう》に泣声を飲みながら喉を鳴らすように、そして火がついたように泣き崩れた。

「わんわん」

「オィオイ〜」

体のどこかが破れてしまいそうなけたたましい泣き声、

「うえっつえ〜ん」

「えっえっ～ん」

と絶望的な声を噴出させて泣き叫び続け、

「さめざめ」

「シクシク」

と唸《うな》るような嗚咽《おえつ》の声を漏らして身悶《みもだ》える。真情の両眼は涙に溢れ底しれぬ悲しみを湛え、満面に顕す悲哀《ひあい》情報は、行き先も判らない社長車が長い時間にわたり路上横の有料駐車場に、ずっと止まったままでいることにも気づかない。挫折感《ざせつかん》に打ちひしがれた真情と、真情の身情と心情たちは、完膚《かんぷ》なきまで打ちのめされていた。たった一文字の〝ら〟情報に……。


翌九月十五日の早朝五時。昨夜眠れずにいた真情は、覚悟《かくご》を決めて始発電車で出社した。その寝不足と力なく失せた真っ赤な目で、初秋の暁光《ぎょうこう》を車中から見つめると、優しい初秋の日の出が色薄い下弦の秋月を西空に浮かび上がらせながらのぼってきた。

赤字部門の責任者となる決意を固めた真情の身情と心情の情善たちが、退社を勧める情悪や、決心できない日和見情報を連れて出社したのだ。誰もいない万年赤字の研究開発部内に、新時代の到来を告げるやわらかな初秋の朝陽《あさひ》の光が、オフィスの窓から事務所の中へと透き通るように差し込んでいく。真情は、その日影が刻々と変化していくのを眺めながら、ポツンとただ一人、研究開発部の新しい責任者として、どうすれば黒字化できるのか判らず悄然《しょうぜん》と佇んでいた。そこに投影された一人ぼっちの真情の細長い影は、どこまでも真情の足元から離れず、一緒に孤独の姿を床に映していた。

その日から一人ぼっちの真情の影は、始発電車と終電車の間は仕事に没頭《ぼっとう》する影となり、終電車に間に合わない時は、会社へ泊り込む姿の影となり、土日祭日もすべて返上して働く孤独な真情次長の姿を、その影は現れたり消えたりしながらいつも黙って追従《ついじゅう》していく。

それから二週間後の九月下旬、情好社の全幹部が月一回集まる恒例の業績報告会が開催された。大会議室にある大きな楕円形のテーブルに、恩情社長以下、更迭《こうてつ》された幹部以外の残った幹部や役員全員が座った。しかし真情新次長の席は、組織順とはいえ大変都合が悪いことに、恩情社長の真正面の位置に座ることになった。正面にいる恩情社長の厳しい目は、真情次長の心の変化を見て取ったように鋭く光っていた。社長室長の訝《いぶか》った視線も、不安気に揺れ動く真情の姿を凝視している。社内の幹部たちは、猜疑心露《さいぎしんあらわ》わにした目で、

「若造の新米次長の真情に、何ができるか」

という冷たい目の色でさげすむように真情を眺めまわしている。研究開発部門の業績報告の番になると真情次長の真正面前から、恩情社長は鋭い眼差しで問いただす。

「真情次長！　九月の業績は？」

問われた真情は、恩情社長の眼力に負けまいとカッと睨み返して、胸を張って答えた。

「申し訳ありませんが、九月も赤字です！」

今月は前部長と前次長の業績だと責任転嫁《せきにんてんか》していた真情だ。

「今月は俺の責任じゃあないわな」

しかし恩情社長は真情次長に向かって吠えた。

「『申し訳ない』で済むのか!!」

「……」

真情次長の心中を見透かした毘沙門天《びしゃもんてん》のごとく恩情社長は大声で怒鳴る。

「答えろ！」

真情の眼差しに悔《くや》しそうな色合いがあるのを見て取って、さらに大声で怒鳴る。

「……」

「返事しろと言っているのだ!」

「申し訳…ございません……」

ついに気弱になった真情次長、その変化に気付いた恩情社長は、たたみかけて満座《まんざ》の席で叱りつける。

「バカヤロー!『申し訳ありませんで済むのか』と、聞いているのだ!」

今月は前部長と前次長の業績で俺の責任ではないと責任転嫁《せきにんてんか》していた真情だが、屈辱感《くつじょくかん》に打ちひしがれそうになる。眼力で負けてたまるかと睨み返すが、言葉は他に見つからない。

「申し訳ありません!」

悔しさと敗北感と孤独感に満ち溢れた苦しい自分の立場に、歯ぎしりしながら恩情社長を睨み返しながら呪《のろ》った。

「馬鹿者ー! 申し訳ありませんで済むのか?」

「申し訳ありません……」

この時から時が流れて三年後のある日、真情は初めて、

「恩情社長は、自から経営者としての首とその人生をかけて、元上司であったG銀行の厚情頭取に直談判《じかだんぱん》し、G銀行の役員会で決定した情好社の研究開発部の取り潰しと、六十名全員の解雇と配転に反対し、生き残って再建する道を拓《ひら》いた」

という実話を社長室長から聞いた。そしてその時初めて、恩情社長が二人で再建策を相談しようと用意して下さった社長宅での次長昇格祝い膳の豪華な御料理。その準備に走り回った社長夫人に対して一言の御礼も言わず、その厚意を滅茶苦茶《めちゃくちゃ》にした非礼さと無礼《ぶれい》な行為は、今さらどんなに頭を下げても謝罪《しゃざい》しきれない痛恨《つうこん》の極みの失態《しったい》だった。

しかし当時は、こうした事実を全く何も知らされていない真情だ。目の前の仁王のような形相《ぎょうそう》の恩情社長に厳しく怒鳴りつけられている。しかし恩情社長は厚情頭取から言われた経営再建の本質や、自ら学んだ経営のエキスと人材育成のノウハウを、徹底的に真情次長たちプロパー社員に教え伝授しようとしていた。

「利益を失ってもゼニを失うだけで痛手は少ない。部下を失うと人材を失い痛手は大きい。経営改革の勇気を失うと痛手は致命的だ」

真情次長は〝ら〟の意味する真意、つまり出向者を各社へ戻し、プロパーだけの力を結集して、自力で経営再建する意味と意義を、少しずつだが理解し始めていた。

「偉大な経営者とは、並外れた意思を持ち、桁外れの高い視点を持つ普通の人だ」

「そう、そうゆう人物をギリシャ神話では、トロイ戦争に出陣するオデュッセウスが、我が子の教育を託した名教師の名は、メンターと言うのだったね」

「そうだよ。ビジネス分野では部下を指導・教育し、仕事・ポストを与える実力者を、だからメンターというのさ」

「よし判った。今後は自分にとって、恩情社長がメンターだ」

「確かに恩情社長は普通の人だが、桁はずれに優れたメンターだ」

「眼前にいる恩情社長から学べば、そこから得ることがたくさんある」

「研究開発部が黒字化するまで、恩情社長が唯一人のメンターであり、この恩情社長というメンターがトップとして直轄する部署は、この厳しい茨《いばら》の道を歩むほか、我々の部署が生き延びる道はない」

「メンターの恩情社長の下でしか、我々の部署に夢と命をかける部員たちが、生き残れる道はない」

「なぜなら、恩情社長が言う『俺〝ら〟の会社』なのだから……」

「そう、これまでの親会社から派遣されたよそ者は、今は誰もいない、プロパーだけの研究開発部なのだ」

「そうだよ。ここで赤字の言訳《いいわけ》をしている場合ではない！」

「泣いている暇もないぞ！　恩情社長が唯一人のメンターだ」

「繰り返して言うが、この恩情社長というメンターを信じて、この厳しい茨の道を歩むほか、我々の部署が生き残れる道はない」

いよいよプロパー社員としての自覚が、真情次長内の情報たち、身情も心情も、心情の中の情善も情悪も、さらにはこれまで様子見ばかりの日和見情報まで、その情報全員が一致団結したホロニック体制になった。しかし研究開発部内でこう決意したのは、真情次長たった一人だけだ。そして真情次長にどこまでもついてくる影以外、後ろには誰もいない。しかし真情は腹をくくった。一日も休みをとらず、すべての休日を返上して早朝から深夜まで働く真情次長が、毎月の業績報告会で全幹部の前で怒鳴られ、怒られている様子は、研究開発部のみならず、全社内の話題として拡がり始めた。


十月も研究開発部は、もう少しではあったがわずかに赤字であった。恩情社長は眼を吊り上げて問いただす。

「真情次長！　十月の業績は？」

真情は恩情社長の眼力に負けまいと、カッと眼を開いて答える。

「申し訳ありませんが、十月も赤字です」

「申し訳ないで済むのか!!」

「申し訳ございません！」

「バカヤロー『申し訳ありませんで済むのか』と、聞いているのだ！」

「申し訳ございません」

しかしまだこの時も、真情次長たちは恩情社長が自らの首をかけて、真情たちの研究開発部の取り潰しを守っていることを知らない。真情次長には、もはや業績報告会で語る言葉もなく、煙草で煤《すす》けた色合いの会議室の天井を自分の失せた目で見上げると、悔し涙が流れそうになる。

「ハッ」

としたように正面を見ると、そこには台風の嵐のように荒れ狂って怒鳴り飛ばす恩情社長の鬼のような顔があったが、しかし毘沙門天《びしゃもんてん》のような形相《ぎょうそう》の顔の眼を、正面から凝視《ぎょうし》すると、台風の眼の中に入り込んだごとく静かな碧空が拡がり、信頼と期待に満ち溢れた暖かな眼差しが、ジッと真情次長に注がれていた。

そして、ただ一人連日徹夜続きで、ほとんど自宅にも帰っていない疲れきって落ち込む真情次長を、こうした業績報告会の夜には、社長室長が、他の誰にも気づかれないように、真情次長をこっそりと誘い出し、恩情社長と真情次長の二人だけで酒を飲む場を設営していた。

真情次長の横にドッカと座り、真情次長の肩を抱き酒を注ぐ恩情社長。そこには、社長室長が遠くの席から見守るほど、二人の間には親密な信頼関係が戻り、熱い空気が満ち溢れていた。しかし恩情社長は、真情たち研究開発部の業績回復に、自分の首がかっていることは、たった一言も言わない。研究開発部の社員たちは、自分自身のために業績回復するのであり、恩情社長の首を守るために業績を回復するのではないのだ。その機会と環境を、恩情社長は自分の首をかけて作っているだけだ。プロパー社員たちが〝自分らの会社〟をその手で創る日が来るまで……。だが日時は待つことなく、足早にドンドン過ぎていく。

七．昇給ゼロ情報の贈り物

刈り入れを待つ田圃《たんぼ》には、熟した穂先を重そうに垂らした稲情報が、なびくようにお辞儀をして、自慢げに黄金色の豊かさを誇っている。自然の贈り物たる果実情報が、嫁入り姿に着飾ってたわわに実り、爽やかな秋風が、賑《にぎ》やかな虫たちの歌音、実り豊かな芳醇《ほうじゅん》な香り、涼しげな夜露《よつゆ》の匂いなどを運びながら、情報の詩を賛美している。

秋は刻々と過ぎていくが、しかし真情次長の研究開発部には、秋の実りの収穫どころか、月間の黒字化の兆《きざ》しや全員が一致団結して収穫作業に取り組む姿勢はまだ見られなかった。深夜のオフィスビル街の蕭条《しょうじょう》とした街角には、恩情社長へのやりきれない申し訳なさが、まだ居座っていた。

時間ばかりが無言で通り過ぎていく。恩情社長は、自分の首がスッ飛ぶ期限が刻々と迫っているのに、それでも真情次長に対する恩情社長直伝の個人レッスンと特訓は、昼夜兼行《ちゅうやけんこう》で実施され、数多くの経営者・幹部育成研修会には、お金と時間を惜しまずに真情次長を参加させて、体系的なマネージメント教育を徹底的にしていく。

しばらくすると恩情社長の狙いどおり、理論と実践を学ぶ真情次長は、メキメキと経営能力を身につけ、参加した社外の経営者研修では講師陣が注目する存在に育っていった。そして参加した社外の一流企業の取締役候補たちと競い、彼らを抜いて経営者育成研修や経営者実務試験などで、常時トップクラスの成績を残すほど、経営者能力を向上させていったが、しかし研究開発部の業績は低迷したままだった。

「おい真情次長。決っして時計を見るな。あせってことを起こすな。あわてずに急いでやれ」

「決して遅いということはない。今からでも間に会う」

恩情社長は、自分の首が飛ぶ時が刻々と迫っているのに、その運命の日に逆らうようにのんびりとした言葉を口にする。

「会社は、もちろん株主や経営陣のものでもある。しかし一番大切なのは、お前たち全員が『俺〝ら〟の研究開発部』、『俺〝ら〟の会社』だと自覚することだ。自分たちの部署だ、自分たちの情好社なのだと考えこるとが、すべての出発点である」

「決して他人の誰のものでもない。自己実現の場であることを、おまえの部署の若い幹部に、最初に徹底してもらいたい」

「いいか真情。企業人というのは、一番多忙なできるヤツが一番多くの時間を持っている。だから最も大変で難しい仕事は、一番多忙なソイツにその仕事を与えろ。ただし一番多忙なソイツが、その仕事をこなせる環境だけは、与えてやれ」

「暇なヤツは相手にするな。暇なヤツには、難しい仕事や大切な仕事は絶対に任せるな」

「辛《つらい》という字に一を加えると、幸《しあわせ》という字になる。だからお前の部も、お前たちの人生も、辛い状況を一つひとつ解決すれば、幸せな状況を作ることができる。このことを信じて一つひとつ愚直《ぐちょく》にやるのだ」

「艱難辛苦《かんなんしんく》に挑戦しよう。それにはまず、これまでの自分を変えることから始めろ。昨日の自分との比較ではなく、明日の自分のために今日の自分を変えるのだ」

「そこには夢がある。だから頑張れる」

「お前は俺に、どんなに怒鳴られても、部下の前では明るくニッコリ笑っていろ！」

「笑うと元気が出るぞ」

「そうだ、笑えば不思議と元気が出る」

「真情次長の勤務時間内の業務予定は、社長の俺と同様に部下なら誰でも判るようにしろ。そして空いている時間は、部下なら誰でも利用できるよう、勤務時間内のスケジュールをすべて公開せよ！」

「ただし人事と組織のプロセスは絶対に公開するな。だが人事と組織の結果については、すべてをオープンにしろ！」

「何かを解決しようと思ったら遠くを探すな。できるだけ手元の解決策を探して、着実に一つずつ実行して解決していけ」

「囲碁の戦法の着眼大局、着手小局だ。地に辛い経営手段をとれ」

「小さなことから始めれば良い。続けていればいつかはできる。継続は力だ。いやできるまで続けることが成功の秘訣《ひけつ》さ」

恩情社長が、G銀行の厚情頭取の部下であった時代に直接指導を受け、これまで数多くの傾きかけた会社を再建し、数多くの成功を収めてきた経営改革実績と数々の貴重な経験談を、惜しみなく真情次長に直接指導していく。しかし真情がメンターと決めた恩情社長は、具体的な課題を抱えた真情の質問やアドバイスを求められるときに、

「その仕事はああせい、その業務はこうせい」

とは決して言わずに、真情たち自身が試行錯誤《しこうさくご》し自ら気づき判断し、自らの力で立ち上がってくるのをジッと我慢《がまん》強く待っていた。しかし真情たちは全く知らない恩情社長の首が飛ぶ制限時間が、

「カチッカチッ」

と時刻を刻む時計の音と一緒に、すぐそばまで刻一刻と近づいていた。


そして、すべての背景と情報を知っていた社長室長は、真情たちの着実ではあるが、ノンビリとした経営改革の歩みと、研究開発部内の淀《よど》んだままの空気、真情次長の遅々として進まぬ経営改革、そして真情に背を向けたままなかなか協力しない部員の態度に、連日イライラしていた。

「時というのは万物を運び去っていく！　あとわずかな期間で、恩情社長が経営責任をとらされ退任せざるを得なくなる」

「結局、真情を次長に昇格させた人事発令は大失敗に終わり、津波に襲われたように研究開発部は跡かたもなく流され、人材や成果など万物を運び去って、恩情社長の首もスッ飛び、すべてが消えてしまうかもしれない！　G銀行

の副頭取、担当常務取締役と取締役経営企画部長たちの『ざまあみろ！』という嘲笑《あざわら》いだけを残して、

「そして、その時というヤツが一瞬にして、プロパーの仲間たちを路頭に迷わせ、バラバラに四散させ、その心までも遠くへ吹き飛ばしてしまう！」

「時間は、止まって待つということを知らない。時間は待ってくれないのだ！」

「真情次長、何をモタモタしているのだ！　セミナーで勉強したり、恩情社長と酒なぞ飲んでいる場合ではない！一刻も早く全面改革の狼煙《のろし》を上げろ！　早く全員に叱咤激励《しったげきれい》をしろ！」

「早く収益を出せ！　社長の首が危ない！　お前たちの研究開発部は廃部になるぞ！　お前たちも路頭《ろとう》に迷うぞ！」

毎日イライラしている社長室長は、真情次長の胸ぐらを掴《つか》んで、こうした実情を言って殴り飛ばしたい衝動にかられていた。

しかしながら、これまで〝俺たちの会社〟や〝俺らの研究開発部〟など考えたことのないプロパー社員で構成する研究開発部内は、このような切迫した時になっても、悲しいかな相変わらずゴチャゴチャと議論のための議論を続けていた。恩情社長の心にも、時折り絶望感が忍び込む。恩情社長は、

「研究開発部を眠らせ、部員六十名全員解雇、配転、出向解除をしろ」

と指示した銀行役員会の決定に反対し、

「真情たちの研究開発部が一年以内に赤字から脱却しなかったら、自分が責任を取って辞職する」

と、G銀行の役員応接室で、厚情頭取、副頭取、担当役員常務取締役、そして取締役総合企画部長たちの前で確約している。恩情社長自身もこんな確約を思い出すと、さすがに気弱になってくる。そうした自分の本当の姿を、情好社の社員たち、特に研究開発部員には知られたくない恩情社長は、いつもすべての実態を知っている社長室長を自宅へ招き、二人だけで酒を酌《く》み交《か》わしていた。恩情社長も自分自身の情報たちの苛立《いらだ》ちを抑え、納得させるために言い

聞かせる。

「社員への誠意なきところに会社への愛情なく、愛情なきところに社員間の信頼は成り立たない」

「一人の人間に恩をかけたら、違う一人の人間に恨《にく》まれている。しかし多数に好かれたら、同じ数の人間に嫉妬《しっと》されているよ」

「策を弄《ろう》しすぎる者は策に溺《おぼ》れる。プロパー社員たちの団結は、お互いの誠意と信頼とによってのみ芽吹き育つのだ」

こうした信念を貫く恩情社長はG銀行厚情頭取に約束したとおり、プロパー社員の真情たちに細かい指示は何もせずジッと我慢して、真情たちが立ち上がる、その時を待っていた。


各種の経営幹部研修や恩情社長の特訓を受けた真情次長も、恩情社長へ具体的な行動についての指示は仰がず、自らの力で立ち上がろうと必死にもがいていた。恩情社長が首をかけていることを知っている社長室長は、恩情社長のプロパー社員への期待とその暖かな想いが身に染みて、室長席へ戻ると涙が滂沱《ぼうだ》のように流れて止まらない。もうわずかな時間で、恩情社長の首が飛ぶことも知らない研究開発部の中のプロパー社員の情報たちは、

「人生は長く、現在は単なる通過点だ。早く成功したいなら失敗を倍のスピードで経験することだ。成功はその失敗の向こう側にある」

などと、真情次長が月次決算で苦労している厳しい経営の実態を、自分は関係ない別の部のことのように聞き、ノンビリ発言していた。

だが真情次長だけは
「俺らの会社だ。俺らの部署だ。ともかく一刻も早く赤字脱却だ！」

と固く決意して研究開発部の中で叫んでいた。真情は情報の運搬屋として心情や身情たちに、決死の覚悟を伝える。

「真情次長一人では、何もできないだろう。だがまずは誰かが始めなければ、何もはじまらない」

「そう、俺の情報運搬屋の心情と身情たちが心身一体となって、命の続く限り、ブッ倒れるまで頑張るのだ！」

「きっとプロパー社員たちの情報たちも、いつかは立ち上がってくる。情報と情報たちが語り合いはじめ、そこに組織の心が生まれ、心技一体《しんぎいったい》となった研究開発部が、俺たちがメンターと決めた恩情社長の下で、開花するときが、いつか必ず来る！」

ボッボッとした兆《きざ》しと、その火種の兆候《ちょうこう》が見え始める。研究開発部のプロパー部員たちの情報たちが、それぞれの身情と心情たちへ語り始めた。

「毎月の業績報告会では、俺たちの代表である真情次長が、恩情社長に全幹部役員満座の前で、俺たちの部署の全責任をとって怒鳴《どな》られ怒《おこ》られドヤされ、周囲の役員や幹部からも無茶苦茶に批判され、辱《はずかし》めを受けている」

「『申し訳ないで済むのか！』と社長、『申し訳ございません』と真情次長、そして社長からは、『バカヤロー！　申し訳ないで済むのかと聞いているのだ！』と万座《まんざ》の席で怒鳴られて、他部署の連中に嘲《あざけ》り笑われても、それでも『済みません！』と謝《あやま》っているわれらがプロパー代表の真情次長」

「こんな風に我らのトップが全幹部の前でドヤされていると、自分たちの心までも萎えてしまうよ」

「しかし自分たちがいかに危うい研究開発部の経営であるのか、その実態がようやく判ってきたよ」

「毎月同じ言葉で、真情次長がひたすら頭を下げて謝《あやま》っている姿、真情次長がかわいそうだわ！　しかも給料は課長職のまま据え置きだと聞いているわ…」

「我々の心の中にも、いつの間にか研究開発部の取り潰しのような絶望感が忍び込む。しかしそうなったらもう終わりだ！」

「俺たちに責任があるのに、昇給もしていない次長だけ怒られていて、我々プロパー社員はこれでよいのだろうか？」

「次長を守らないと、出向者もいなくなった俺たちの部署は、消滅して無くなるぞ」

「そうなったら俺たちは、どうなるのか？」

「真情次長は給料据置のまま、土日や祭日も仕事をしているぞ」

「俺たちだけ、早く帰宅していいのか？」

「俺らの研究開発部は、このまま赤字で良いのか？」

数多くの部員たちが、ようやく自分たちの部署意識と、俺〝ら〟の研究開発部意識と、赤字解消に対する逼迫《ひっぱく》した意見と意識改革が沸き起こってきた。

「何ごともやる気をなくせば、やがて俺たちも終わりだ」

「ここで黒字化のために何かをしなければ……、ともかく今までどおりでは駄目だ」

真情の仲間たちから湧水のように、新たな意識と経営改革案が湧き上がり始めた。

「俺らの会社、私たちの部」

「出向者が誰一人いない部署が、赤字のままだということは、プロパー社員ではダメだということだ」

「俺たちの研究開発部を黒字化しよう。黒字でなければ存在意義がない」

経営改革と収益改善意識は、プロパーという仲間意識の中で、共感現象《きょうかんげんしょう》を起こし、燎原《りょうげん》の火のごとく、次々と仲間が増え始めた。そしてついに、いつまでも絶えることのない、研究開発部員全員の一致した自噴《じふん》する湧水《わきみず》として吹き上がり始めた。

こうした意識変革の根底には、恩情社長の秘策

「プロパー社員以外の出向者たちは、研究開発部から全員放逐《ほうちく》」

「真情課長に次長を命ず。ただし処遇は現行どおり据え置く」

の秘策があった。真情を次長は昇格したが、研究開発部の責任者として満座の席で社長に怒鳴られ叱られ、自分たち研究開発部の責任を問われ、給料は一円も昇給していない。その真情次長が研究開発部門の黒字化へ向けた再建のため、早朝から深夜まで土日祭日も返上して、昼夜を問わず必死になって猛烈に働いているその姿は、プロパーたちの感動と共感を呼び起こした。部内の怠惰《たいだ》な社員の心の中へ
「真情次長に申し訳ない」

というプロパー仲間の共感現象を起こし、心の扉を開かせる重要な鍵となって燃え拡がっていく。プロパー部員たちが自分〝ら〟の部、自分〝ら〟の会社という、意識改革への扉が、いよいよ大きく解き開かれようとしていた。

八．立ち上がる情報たち

黒雲が堆積《たいせき》する間を見え隠れしながら暮れゆく茜色《あかねいろ》の夕陽は、流れる黒雲に荒々しく遮断《しゃだん》され、押し隠されながら沈んでいく。しかし、風で吹き飛ばされ流れている闇夜《やみよ》の雲の合間には、チラチラと見え隠れする星々が、いくつか輝き始めた。


研究開発部の社員たちの眼の前に、その情報運搬屋の心の中に、

「俺らの会社だ！」

「俺たちの研究開発部だ」

と言って先頭に立ち、たった一人で土日祭日もすべて返上し、連日、不眠不休で必死に働く真情次長の姿があっ

た。給与は据え置かれた真情次長の昼夜を問わず働く姿は、出向社員がゼロとなりプロパー社員だけになった部員たちに、言い訳のきかない痛烈なインパクト情報となって突き刺さっていく。

眠っていた子をゆさぶり起こすように、しかしゆっくりと戻ることのない熱い情報の波のうねりが、研究開発部員の情報たちの中に湧水《ゆうすい》のように浸透し拡大してゆく。部員が眺める真情の真摯《しんし》な姿は、上司の真情よりも遅く出社し早く帰宅する部の幹部や、その部下の部員たちの情報へ、激しい苦痛と自己嫌悪《じこけんお》をもたらし、その激しい痛みが、畏《い》敬《けい》と感動との共感を生み、自己改革への眼ざめと意欲を、深く静かに醸成《じょうせい》していく。プロパー部員の情報たちは、真情次長の姿に打たれて語り合う。それは真情次長が業績報告会に出席中で、部内不在のときだ。

「今も真情さんは、社長に研究開発部の業績不振の責任を追及されているのね」

「我々自身が、事業収益を考えずに仕事をしていたのかと気付くと、これまでの自分がいかに恥ずかしい考え方で仕事をしていたか、無責任で気楽な研究開発業務をしていたのかが、よく判ってきた」

「そうだな。俺たちがこのままでいたら、この研究開発部は確実に駄目になる…な」

「真情次長が言うように、この部は『俺らプロパー社員だけの部署』だ」

「この部を大事にしないと、俺たちは行き場もなく死ぬだろう」

「馬鹿、『死ぬだろう』じゃないぜ。この赤字部は確実に潰《つぶ》され廃部となって、そして我々社員はバラバラにされて人生が終わるのが決まりさ」

「それじゃ真情次長だけ必死に働いているのに、俺たちはこんな風にグウタラしていて、それでいいのか？」

「おいお前、誰に向かって言っているのか！　そのグウタラぶりの代表は、お前ではないか！」

「おいおい俺たちの仲間同士が、言い争っている場合じゃないよ」

「そうよ、仲間で喧嘩《けんか》している場合じゃあないわよ」

「あのままじゃ、真情次長はブッ倒れてしまうぞ」

「そうだぜ、俺たちも真情次長と一緒に頑張らないと、駄目だぜ！」

「そうだわ、挑戦してみよう！　私たち自身を変えてみようよ……」

「俺たちにできる小さなことから、着実に始めれば良い」

「今からでも決して遅いということはない！　今期の業績にまだ何とか間に会うと思うよ」

「今期などと言わずに続けていれば、いつか必ずできるよ。いや、できるまで頑張り通せば、必ずできるさ」

「我々プロパー社員が一致団結して力を合わせて頑張れば、そのことが一番誇れることだよ」

「そうだ！　威張り腐って命令ばかりしていた出向者たちに、『結局、お前らも赤字じゃないか』と言われてたまるか！」

「陰では私たちの部門が、『会社を潰す』と言われているわ。とてもくやしいわ」

「俺たちの部門は、この会社ではプロパーだけの唯一の部門だ。この研究開発部が潰されないために、真情次長の下で、一致団結して頑張ろう！　俺たちプロパーだけの手で再建するのだ」

すると最年長の課長のボスで自分より若い真情次長に、最も非協力的であった最古参の筆頭課長が、大声で怒鳴った。

「おい俺たちは全員一致協力して、今、業績報告会で社長に怒鳴られている真情次長の下に集まり、何とか黒字化を実現するのだ！」

横に座っていたナンバー二の古手課長も怒鳴った。

「そうだ！　俺たちプロパー全員が真情次長の下へ一致団結して、この研究開発部を再建するのだ！」

「そうだ！　そうだ！」

パチパチ、ぱちぱちと拍手の波が研究開発部中に響きわたった。

この歴史に残る記念すべき日は、十月の業績報告会を開催した十一月十五日であった。すなわち、八月三十一日に情好社の筆頭株主のG銀行の役員会で

「情好社の研究開発部を取り潰し、廃部にする」

ことが決定され、翌九月一日に、情好社恩情社長へ銀行役員会決定の連絡があった。そしてこの決定通知に猛反発した恩情社長は、社長室長だけを連れて、九月四日にG銀行の役員応接室で、厚情頭取と同席した銀行役員に対して、

「情好社の研究開発部を存続させ、一年後に、半期でも黒字にならなかったら、社長自ら責任を取って辞職する」

と確約し、G銀行役員会の研究開発部廃部決定を覆《くつがえ》して、一ヶ年間存続させることを確定した。そして九月十四日に情好社の人事組織大改革を発令した。これは真情課長の給与を据え置いたまま次長に抜擢《ばってき》し、そして研究開発部六十名中の全出向者を排除し、部員は全員プロパー社員だけの四十八名の精鋭部隊にした。その発令日からわずか、と言うより、ようやく二ヶ月後の十一月十五日、真情が業績報告会に出席中のときに、最古参最年長の筆頭課長を中心にプロパー社員たちは立ちあがった。

これまで赤字続きの研究開発部には、無気力という淀んだ重い空気がドンと滞留《たいりゅう》し棲《す》み続けていた。このドロンと淀んだ無気力という情報たちは、研究開発部内に居座り、経営改革の光を容易に通さなかった。しかし業績不振で追い詰められた研究開発部内の情報たちが、その赤字の原因はプロパー部員である自分自身の働き方が悪いことが根本的原因であると、ようやく気付いた。そして、これまで他人へ責任転嫁《せきにんてんか》していた経営批判的な議論から、自己改革、経営改善実行計画への立案と実践、そして黒字化へと、熱い議論が彷彿《ほうふつ》と沸き上がっていく。

「ビジネスでトライし、お金を失うことは、失敗ではなく、トライアンドエラーの一環なのだ。大切なのは、その失敗の経験を次のトライに生かせるかどうかだ」

「失敗を恐れるな、失敗は繰り返すな、失敗は次へ活かせ！」

恩情社長の燦然《さんぜん》と輝く近代経営の光が、真情次長をとおして、部内に横たわる無気力感という淀《よど》みを貫《つらぬ》き、部員の手元へ届き始めた。そしてついに真情の情報たちと、研究開発部の社員たちの情報たちが、木霊《こだま》のごとく共鳴現象を起こし、猛烈な勢いで経営改革へ立ち上がり、部内の無気力感という重い空気を撹拌《かくはん》し始めた。

「そうなのです！」

恩情社長が首をかけた研究開発部のプロパー社員全員が、やっと動きだした。ひねた論理家の部員が白けた顔で聞く。

「働く幸福とは、何だ？」

最古参の筆頭課長がこれを聞いて怒鳴る。

「そんな難しい議論より、ともかく赤字脱却《あかじだっきゃく》だ！」

社外の経営者研修や恩情社長直伝の経営学で、抜群の経営能力に磨き上げられた真情次長が、次々と的確に指示する。

「働く幸福とは、自己実現の夢を、その手中でしっかり握ることだ！」

「その夢というのは二度叶《かな》う。一度目は頭の中に黒字化した夢を描く。つまりイメージ設計だ。二度目は黒字化が現実に実現するときだ！」

「この夢を描いて実現するプロセスが、最もすばらしい人生経験だ。そこには成長があり、そのプロセスに働く喜びがあり、そして充実感に溢れた幸福がある！」

真情次長の鮮やかな経営戦略や戦術論が、その口からほとばしり、うなりを上げて全員を引っ張り始めた。最古参の筆頭課長が真情の横で、再び怒鳴る。

「ともかく全員で力を合わせ、次長の下に一致団結して赤字脱却だ！」

真情次長も熱く語る。

「そうだ！　このプロセスに部員全員の衆知《しゅうち》を結集することが、俺たちの人生をすばらしく豊かにする！」

真情次長は、部員たちが判りやすい言葉で、最新の経営理論を説明する。また最古参の筆頭課長が怒鳴る。

「ともかく、月次決算の赤字脱却だ！」

撫《な》で肩で均整の取れた長い手足、そして長い髪をポニーテールに束ねた物理専攻の女性リーダーも立ち上がって
「そうよ！　社内一番の黒字部門にして、他の部門を見返そうよ」

他の幹部たちも続く。

「これまで赤字を垂《た》れ流しても、平気な顔で上目線《うえめせん》で威張っていた出向者たちを、見返してやろうぜ！」

部員たちの情報たちも共鳴する。

「ともかく、赤字脱却だ！」

真情次長は最古参の筆頭課長と肩を組み、全部員の前で大声で叫んだ。

「ともかく黒字の実現だ！」


恩情社長が、二ヶ月前に真情へ向かって怒鳴った言葉、真情がたった一文字で発言を封じ込められた〝ら〟という言葉。

「お前〝ら〟の会社じゃないか！　お前〝ら〟それでいいのか!?」

という言葉を機会あるたびに繰り返すと、ようやくプロパー社員たちの〝俺たちの会社〟、〝俺たちの部署〟という新しい夢への火種となり、燎原《りょうげん》に燃え広がる激しい炎のごとく研究開発部全員へ燃え広がっていく。

「そうだ！　ここはプロパーだけの研究開発部だ。俺たちの部署だ！　出向者は誰もいない、俺らの部署だ！」

「ここは、私たちの部よ！」

真情次長は、若き社員の視線で熱く語る。

「つまずくことは、決して恥じることではない。つまずくことは、決して失敗したことではない。つまずいて転んだ分だけ、確実に前に進んでいるのだ。俺らの研究開発部が赤字のまま、転んで起き上がらず、寝そべっているのが恥ずかしい！　転んだら立ち上がらないことが、恥ずかしいのだ。俺らの部門が赤字になったら、黒字にしないことが恥ずかしい！」

「人生におけるあらゆる選択肢《せんたくし》は、二つしかない。今やるか、明日やるかではない。今やるか、一生やらないかのどちらかだ」

「そうよ。あなたが明日やろうと延ばしている仕事は、結局一生やらないと同じだわ」

「だって私たちの部署の仕事は、明日やるのでは遅いのよ」

真情は、恩情社長から言われていた言葉があった。

「いいか、赤字の坂を転げ落ちている部署を、まず赤字の下り坂でしっかり止めて、それ以上赤字が増えないようにしろ！」

「その赤字額をストップさせたら、赤字内容を徹底的に分析して、あせらず少しずつ黒字の坂へと押し上げていく。そこでは献身的努力が、全員の渾身《こんしん》の努力が必要となるぞ！」

いまや研究開発部では、プロパー社員全員が火の玉となって発火し、玉突きのように連続的な爆発現象が開始していく。もう誰も止めることはできない。いや誰も止められない猛烈な連続的発火現象が、研究開発部内の至るところで発生してきた。

こうした黒字化の合言葉で、研究開発部員全員が立ち上がったのは、真情が次長の発令を受けた九月十四日から二ケ月後の、寒風吹きすさぶ十一月十五日であった。

九．熱気溢れる情報たち

晩秋は、大気が何もかも透き通してしまいそうなほど澄みわたり、小気味よく晴れた秋空は、高邁《こうまい》な経営理念のごとく秋高く感じられる。また晴れた夜空の星座は、恩情社長の理論的な近代経営方針のごとく、黒字化への進路を美しく指示していた。

恩情社長の豊富な実践技法は、暗いビルのジャングルの中でも、研究開発部の進むべき進路を照らす道標《みちしるべ》となって的確に導いていく。真情次長は、最新の経営実践理論の研修を受講し、褒《ほ》め軸経営の気づき腹落《はらお》ち、つまり納得《なっとく》手法も学び、その理論から実践における基礎と応用技術を学んで、さらに最新手法まで丁寧に時間をかけて叩き込まれた。そして研究開発部員四十八名の精鋭部隊員が自らの力で成長できるように、その体力と知力と気力の経営的手法をコーチングし続けていた。恩情社長が大切にしているこの近代的コーチングは、真情次長とプロパー社員の情報たちが、自発的な行動を促《うなが》す最新の経営手法、情報の共創的コミュニケーション技法である。

研究開発部のトップを自ら管掌《かんしょう》した恩情社長が、部員の目線で対話を重ねていく。その結果、プロパー社員の情報たちも、徐々に目標達成に必要なスキル、知識、考え方を習得していった。そしてプロパー社員の人的資源を開花させ、黒字化の成果を出させる手堅いプロセスが確立されていく。つまり情報たちの心情が頭で理解していることと、身情が身体で行動する間に横たわる経営能力格差の深い溝を、双方のコミュニケーションによって埋めていく最新手法である。このコーチングの重要性を、恩情社長自ら真情次長たちプロパーの幹部、そして幹部から男女を問わず部員全員、四十八名の精鋭部隊全員へ教え叩き込んでいく。

恩情社長は、この時が到来するのを辛抱強くジッと待っていた。そしていよいよ時節到来《じせつとうらい》とばかり、これまでの真情次長に加えて、恩情社長自身が現場を歩きまわり、幹部リーダー育成指導のコーチング特訓がはじまった。

「人は、これまでの服装と考え方を少し変えただけで、その人生の生き方まで変えることができる」

「失敗を畏《おそ》れることなく、醜《しゅう》にも邪《じゃ》にもまずぶつかってみることだ。そうすれば、失敗した底に何があったのかが判る」

「たとえ失敗して、もしその底に何もなかったら、何もないとしか見えない自分の眼力に、気づかなければならない」

「そして今後は、同じ失敗を繰り返さない方策をしっかりと学び、身につけ、再度挑戦すべきだ」

「人生には無限の可能性がある」

「人生で大切なことは、失敗は畏れず、失敗を繰り返さず、失敗は活かすことだ」

「仕事上の一回や二回の失敗で、その職業人としての可能性を否定してはならない。その失敗の中にある原石を、しっかりと磨いて宝石にすることが大切なのだ」


これまで経営的に大赤字という夕日がいつも西の空から窓越しに、研究開発部のすべての机の上を赤々と照らしていたが、様相《ようそう》は一変した。いまや真情次長の横には、最古参最年長の課長を筆頭に、いつも部員たちが汗を流し走り回っており、研究開発部は灯りが消えることのない不夜城と化した。もはや真情次長が一人で働いている姿はなくなった。これまで大赤字という文字が、いたるところの机の上に溢れていたが、部内の各業務は着実にしかも確実に、黒字化へ地殻変動していった。黒字化した業務が、研究開発部内に次々と出現した。

「昇給ゼロの真情次長が可哀そう」

と言って立ち上がった女性たち。

「俺たちの部署を創ろう」

と叫んでガムシャラに働き出した男性たち。プロパー社員である真情の仲間たちは、自分自身の力で立ち上がった。自分〝ら〟の研究開発部、自分〝ら〟の情好社の再建を目指して、昼夜を問わない死にもの狂いの猛烈な業務改革と、近代経営手法による収益改善が、いよいようなり声を上げ始めた。

この状況を詳細に真情次長から報告を受け取ったとき、恩情社長は、いつものとおりの難しい顔つきだったが、その眼は涙で潤み、心は時節到来《じせつとうらい》の炎で燃え上がっていた。その恩情社長の心底《しんそこ》では、心情たちが両手を高々と上げて、

「万歳、ばんざい、バンザイ！」

と繰り返し叫んでいる。

「ようやく…してやったりだ！　まだ時間はある。いよいよこれからが勝負だ」

「ようし、これからだ！」

と大声で歓声を上げていた。そして逸《はや》る心を抑えながら、いつもの鋭い眼差しの顔だが眼尻を下げて、ニヤリと口元を崩して言った。

「よし！　これからは俺も管掌《かんしょう》する研究開発部の現場に行き、その最前線の具体的課題一つひとつを一緒に直接見て回る。そして細かい具体的な改善点まで指示する」

「ただし真情次長、お前が納得したら俺が指示するとおりに実施しろ！　お前がそしてお前の部下たちも納得できないことがあったら、俺の言う通りにするな！」

「いいか、お前が納得できなかったら、絶対に俺の言った通りにするな。判ったな！」

「はいっ！」

「そして腹落ち、つまり納得できない点があれば、納得できないことを、ありのまま、直接俺に判るように説明し

ろ」

「そしてもう一度、俺をその現場に案内しろ。そして現場の部員から直接、社長の俺にもう一度具体的に説明させろ。すべては、その現場で一つひとつ決定し解決していこう」

「会議室で現場を見ずに業務の議論することは、すべて止めだ。決して現場で事実は、曲げるな、隠すな、そのまま話せ。そして即断即決でやり抜こう」

「はいっ」

「いいか！　決定するのは会議室ではなく、すべて現時、現場、現実の三現主義《さんげんしゅぎ》で即決するのだ！」

「さらに原理と原則を加えた三現二原主義《さんげんにげんしゅぎ》で行動するのだ！」

興奮気味の恩情社長の鋭い眼差しは、悦びで眉間《みけん》にしわが寄り、いよいよ時機到来の希望に膨らんだ眼元には、涙が潤んでいた。しかし眼光は鋭く大きな変化を見て取ったように、メラメラと燃え輝いていることに真情次長は気づいた。

「これからが勝負だ。まだ間に合うぞ！　今後の失敗の責任は、すべて社長の俺がとる。成功の功績は、すべて研究開発部プロパー社員とこれをサポートしたメンバーの成果にするのだ」

「はい」

「いいか、決してあわてず、しかし、急いでしっかりやれよ！　このタイミングを逃がすな！」

恩情社長自身がアクセルを目いっぱい踏み込んで、猛烈な勢いで急発進したい衝動《しょうどう》にかられていた。しかしプロパー社員自らの自覚と実力による研究開発部の経営改革能力を育てることが重要である。ようやく芽生え始めた現場の実力に合わせるため、自らサイドブレーキを引いてスピードを抑えようと、何とか我慢《がまん》している姿が、真情次長の目にも可笑《おか》しいほどよく判った。そしてこれから恩情社長の卓越した経営能力が発揮されはじまると、その凄さは圧巻の連続であった。

恩情社長が、現場で相談を受ける業務一つひとつの改善ポイント、その的確な改善施策が、至るところでスピーディに展開され始める。恩情社長が初めて聞く仕事や課題であるにもかかわらず、その技術的問題や契約的課題などへのアドバイスが、極めて適切かつ具体的で、研究開発部のプロパー社員たち全員、その情報たちの心情と身情、その情善、情悪、日和見情報すべてを、

「う～ん、なるほど」

と唸《うな》らせ感動させるすばらしい経営改善策、業務改善策、コスト削減策、そして収益向上策の具体的提案であり指示でもあった。

恩情社長をメンターと仰ぐ真情次長とその仲間たちは、その的確で具体的な指示に従い、昼夜兼行《ちゅうやけんこう》の勤務体制で黒字化の道へ突進し始めた。恩情社長の下に、真情次長を中心に据えた部員全員が唸《うな》りをあげ、仕事のムリ・ムラ・ムダの三Mを取り除き、三現二原主義を柱にして、リスクを恐れず必死になって新たな業務を受注し挑戦する。一丸となって仕事に取り組む結果、みるみる月次業績は向上していく。真情の情報運搬屋は疲れを知らず、情報の身情や心情たち、そして日和見情報たちまでも興奮状態で、寝食を忘れ夢中で仕事に没頭《ぼっとう》した。部員の情報たちは、語り合う。

「悔《く》やむな、悩むな、心配するな」

「どんなに骨を折っても、心の骨が、ガックリと折れてはだめよ」

「身体の骨は折ってもいいの？」

「骨折り損のくたびれ儲《もう》けはダメよ」

「わっはっは」

「フフフッ……」

「仕事ができない人ほど、忙しいとか時間がないとか言う」

「忙しい忙しいといって、忙という字のように、心まで亡ぼしては駄目だわ」

「ワッハッハッハ……」

「オッホッホ…」

「すべては、笑顔からはじまる」

「今日も、ニコニコ仕事をしよう！」

研究開発部のプロパー全員、地位や年齢や男女を問わず、自己申告のサービス残業による徹夜続きで、ボロボロに疲れた運搬屋の身情たちを励ます。そして心情たちは、笑顔とプロパーの連帯感と誇りを栄養剤として、さらなる業績改善、収益向上へと駆《か》り立てる。


晩秋にもかかわらず、むせかえる熱気で満ち溢れた研究開発部は、赫灼《かくしゃく》と照る太陽のごとき恩情社長の指導の下で、生き生きと輝くプロパー社員たちの精鋭部隊に変身し、すさまじい収益力向上の取組が展開されていく。そして立派なリーダーとして育った真情次長の姿には、不思議な眩《まぶ》しさと静かな風格《ふうかく》が漂《ただよ》ってきた。数々のドラマが昼も夜も休日にも展開されていく。業績は急カーブで改善し、創業以来の高収益の実績を、毎日、毎週、毎月、新記録として次々と塗り替え、そして更新していく。恩情社長の情報たちは語る。

「変えられないのは、過去と他人だ。変えられるのは、未来と自分だ」

「そうだ、ともかく頑張って自分たち自身とその未来を、夢に託して変えよう！」

「我々の才能が、生かせる職場をつくろう」

恩情社長の情報たちは言う。

「いいか才能というのは、持って生まれた資質《ししつ》ではない。才能とは、不断の努力により開花する資質を言うのだ」

一つひとつの言葉には、研究開発部の情報たちへ慈愛に満ちた魂《たましい》が込められている。「言葉に感動すると、人は大きく成長する。時として、その言葉がその人の一生を大きく変革する」恩情社長の言葉は、いつも情好社の社員と同じ目線の高さで語る。しかもその言葉の中に、恩情社長の豊かな経験と高い見識《けんしき》、近代経営理論と豊富な経験からくる実践技法の粋《すい》が秘められていた。

しかし昼夜兼行による再建が進む研究開発部の地下深くで、真情次長たち誰もが気付かず予想もしていない、爆発的大赤字を引き起こす危険性のある業務が、マグマとなってくすぶり蓄積されて大きく成長し始めていた。

十．情報たちの良心

晩秋の空が抜けるように澄み、太陽が眩しいばかりの秋日和《あきびより》には、恩情社長の経営手腕のごとく万物が晴れやかにはっきりと見える。そして恩情社長をメンターにした経営改革や業績改善などが、研究開発部内を足並みそろえ、大きな靴音を立てながら力強い足取りで進む。やがて来る厳しい冬の季節をふと忘れるような、実り多い晩秋の美しさを、真情の心情たちは感じていた。しかし静かな秋晴れの中で、研究開発部の全利益が飛ぶような大きなトラブル業務が、いまだ報告されずに眠っていた。このマグマ大爆発の危機が地下深く静かに進行していることに、真情次長や課長たちは、まだ全く気付いていない。

国会で水質規制法など各種公害規制法が採択されると、研究開発部がこれまで心血を注いで開発してきた水質汚染解析法が、各種学会や行政機関、そしてマスコミでも大きく喧伝《けんでん》され、全国津々浦々《ぜんこくつつうらうら》の水質環境改善にかかわる委託業務が、次々と真情の研究開発部に殺到してきた。

水中に棲む生物つまり水棲《すいせい》生物の情報運搬屋たちは詠う。
「みずからは清く汚れを知らない水、
汚れを飲み込み洗い流す水、
そして自らは汚れず、いつも清く美しい水だった。
こうした水は地下や地表の豊かな栄養を溶かし、
生物の糧《かて》を運ぶ恵みの水、
そして自らは清く綺麗《きれい》な水、こうあるべき水だったが……。
しかし今は公害大国日本の高度成長時代だ。
当たり構わず汚染物質をまき散らす情報運搬屋たちが、
生活排水、工場廃液などを垂《た》れ流し、
その清く清潔な水質を平気で汚染し、
水俣病やイタイイタイ病などの公害を起こしている」
真情次長たちが住んでいた我が国の高度経済成長期では、河川、湖沼そして湾内や海洋の水たちが、公害汚染まみれで汚れて疲れ果て、水底にへばりつくヘドロに耐え切れず、水の良心もドロドロに汚れていた。水棲《すいせい》生物たちも口をそろえて詠《うた》う。
「青い地球が、温暖化の熱で、もがき苦しんでいた。
緑の地球が、人口爆発で、悲鳴をあげていた。
そして、赤い地球が、絶え間なき紛争に、血を流し泣いている」
毒ガスマスクのような浄水マスクで口を覆った水棲生物の情報たちは、泣きながら詠う。
「ブカプカと溺《おぼ》れているような汚物、

ポヨンポワンと形が定まらない浮遊物《ふゆうぶつ》、
ドボトポンと浮き沈み流れる廃棄物、
グズグジュと澱《よど》みにとどまる粗大ごみ、
ドロトロンと水面下に堆積していく腐敗した沈殿物、
その沈殿物からプヨブスと湧き出る有害ガスの泡」

真情たちの目前には、至るところでこうした水質環境汚染物質が溢れ、あちらこちらの水域が、澱《よど》み、泡立ち、悪臭を放っていた。真情の心情たちも叫ぶ。

「誰かが、この現状を覆《くつがえ》さない限り、この汚れた地球環境は蘇《よみがえ》らない」

「しかしこの厳しい現状は、それぞれの人生のように、必ずしも思うようになるとは限らない」

「しかしそれでも誰かが、一つずつ地球環境改善の取り組みをやっていかねばならない！」

しかし高度経済成長時代は、産業優先で住民無視の行政施策や、この施策を担《かつ》ぐマスコミなどが、公害に眼をつぶり、経済成長の成果を囃《はや》したてていた。その結果、世界第二位の経済力と経済発展の美名の下で、わが国の公害汚染は深刻化を増していった。この環境汚染問題の中でも、赤潮やイタイイタイ病など数多くの公害病が発生し、その水質環境汚染による養殖海苔、養殖漁業そして近海漁業への被害は、飛躍的に増大していた。魚介類の死滅の波と赤潮などの被害が、東京湾・伊勢湾・大阪湾・瀬戸内海・有明海に、そして多摩川・江戸川・荒川・淀川・信濃川に、さらに琵琶湖・霞ヶ浦・諏訪湖に押し寄せて行く。こうした地域では、魚介類の姿は消え、ここで採った海産物を食べた人々は、健康そしてその人生を破壊していった。

さらに工場や生活排水などに含まれた有害物質などの汚物が、その地域の人々に悪魔のごとく襲いかかっていた。

そして我が国の津々浦々《つつうらうら》で、数多くの人々が公害病で倒れ、生活苦や世間の偏見から自殺者がうなぎのぼりに増え続け、至る所で訴訟問題が発生していく。真情たち研究開発部の情報たちは嘆く。

『汚染物質の浄化、公害防止施設等の導入、地球環境を守るなどは、バカ正直者がやることだ』などの言動《げんどう》や、良心や道徳心をかなぐり捨て、汚染物質の処理を社会負担させて、自社の儲けを優先する企業や経営者は、高度経済成長時代の寄生虫だ」

「高度経済成長時代の儲け最優先時代の日本人は、絶望の断崖《だんがい》に向かって行進する絶滅危惧種《ぜつめつきぐしゅ》だ」

そして真情たちの研究開発部の情報たち、その心情たちはお互いに叫ぶ。

「地球全体の環境汚染は深刻だ！　温暖化や水質汚濁などで汚れ傷んだ宇宙船地球号を、もう一度その美しい姿に戻すべきだ」

「公害防止設備のない工場の汚染物質で地域を汚染し、地域住民の健康を破壊するのを止めさせよう」

「自然環境を破壊し汚染し、この処理を社会に押し付け、それで儲けたお金を懐《ふところ》に入れている金持ちの人たちに、その儲けたお金の中から公害防止費用を全額出させるべきだ」

「汚れたお金持ちではなく、自然環境を守り、お互いの価値観を大切にする誠実で正直な人々が、真に偉大な経営者であり人物だと評価する時代にすべきだ」

地球環境汚染を見過ごすことのできない真情たちは、この水質汚染問題を最重要な戦略プロジェクトと位置付けた。そして真情たち研究開発部の精鋭部隊のメンバーは、その得意とする情報科学技術を駆使し、この戦略プロジェクトに取り組むことを決意し、水質環境改善に向けた技術開発を推進していく。しかし、この水質環境問題の仕事に取り組んだため、真情自身が暴力団員に狙われ襲われることや、家族も交通事故などに巻き込まれると脅されることと、そして研究開発部の全収益が吹っ飛ぶような赤字を出すマグマ噴火の危険が迫っている受託業務が潜んでいることなど、まだ誰も気が付かず、予想もしていない。

当時、我が国の高度成長経済のひずみによる、こうした深刻な環境汚染問題を解決するためには、我が国が法律を改正して汚染規制に踏み出す必要があり、その法的規制を実現するには、納得できる科学的な統計データや、その実測結果などを論拠にした新たな環境規制法を、国会で審議し確立することが喫緊《きっきん》の課題であった。

そして恩情社長が、その将来性を見抜き、自らの首をかけたとおり、真情たちの研究開発部の精鋭部隊は、ビックデータを駆使した世界トップクラスの人工知能（ＡＩ）データや解析、差分法や有限要素法等と呼ばれる各種の物理モデル解析法、化学モデル解析法、生物モデル解析法の開発と、これらのカップリング解析手法を総力をあげて開発し、大型コンピュータを駆使した最新の解析手法を完成させた。このように、真情たちが取り組んだ世界屈指の情報科学技術による環境問題アプローチ手法は、画期的な素晴らしいものであった。

しかもこの解析結果を、国内有数の港湾施設研究所や大手建設会社などの大型水槽実験設備で実証実験を行い、コンピュータ解析結果と水槽実験と現場観測調査の結果を、一つひとつしっかり検証しながら仕事を進めていった。この地道で愚直な開発作業の結果、まず最初に、全国の汚染物質を垂れ流す工場排水口から採取した数万に及ぶ原単位データを、国内産業を育成監督する行政機関の環境研究所と共同研究業務を受託して入手し、科学的根拠に裏付けられたビッグデータベースを構築した。この世界初のアプローチ手法が高く評価され、国の水質環境保全の公害研究機関からも、全国の五千拠点あまりの水質計測地点の連続観測水質データ、つまり毎年、毎月、毎日測定し収集してあった水質測定データを、データベースとして構築する共同研究開発業務を、真情次長の研究開発部が受託することに成功した。

この汚染発生源と汚染実測の両側面からの共同研究開発業務と、現場観測調査結果と大型水槽実験による検証の成果は、データに基づく地球環境問題解決へ貢献する新たな研究開発部署として国内外から高く評価され、ラジオやテレビ、新聞や雑誌などのマスコミにも数多く取り上げられた。その結果、水質環境問題解決や公害問題の解決策を求めて、次々と仕事が舞い込み、これまで実施してきた戦略的な先行投資が一気に花咲き、驚異的な業務量拡大と黒字化を、猛烈なスピードで達成していった。

そしていまやG銀行の廃部決定を覆《くつがえ》して、温情社長が自分の首をかけて生き残らせた狙い通り、情好社の精鋭プロパー部隊が集結した研究開発部が、名実ともに我が国トップの水質環境解析力を誇る集団として高い評価を受ける部署となった。

さらに水質環境汚染を規制する法律が世界に先駆け施行されると、真情次長の研究開発部に委託したいという業務注文が国内外から殺到した。

濁《にご》って汚れた水中から顔を出し、パクパクと水面で呼吸をしている魚の情報運搬屋と、魚の情報たちは、わめいていた。

「人間どもは全く勝手なヤツらだ。地球上には天敵がいないので、わがもの顔してノサバッテいる」

「本当だね。自分たちの生活廃棄物を勝手に川や海に捨てる」

「この辺も、ゴミの山で混み合っているね」

「ゴミが、身体にぶつかって泳ぎにくい」

「それに酸素不足で息苦しいし！」

「この国の水質はド～ニカ、ならないのかね！」

「ね、聞いて聞いて、真情次長の研究開発部で、最新の水質シミュレーションシステムが完成したってよ！」

「なにそれ？」

「環境アセスメントの道具となる画期的な最新計算科学システムが、完成したのよ」

「それが、ど～したって言うのだね？」

「ビックデータにもとづく科学的な解析と、ＡＩとを利用して、将来の予測ができることになったそうよ」

「そんなことより現実を見てよ、ただのドブ川となってしまった荒川、江戸川、隅田川などには、とても我々魚が棲めないほど汚れていて、ひどく臭くて汚いよ」

「それらの川が流れ込む東京湾の汚れも、悪臭が漂いひどいものだぜ」

しかし、恩情社長が自らの経営者生命をかけて守った研究開発部は、公害汚染物質が垂れ流され、生活廃水で異臭を放つ汚れ果てた日本近海の海や湾、具体的には東京湾・伊勢湾・大阪湾・瀬戸内海・有明海などに加えて、多摩川・江戸川・荒川・淀川・信濃川・隅田川などの河川、さらに琵琶湖・霞ケ浦・諏訪湖などの湖沼の水質問題を、一つひとつ手がけ改善していく。そして現在は、これら数多くの魚の死体が浮かんでいた水面《みなも》に、魚群が美しい銀鱗《ぎんりん》を見せ、情報が跳ぶように泳ぎ、銀色に光り輝く魚影の情報たちが波間をはねる。そして東京湾の海苔《のり》の養殖も再び盛んになり、琵琶湖や瀬戸内海の水産業にも昔の面影が戻ってゆく。


情好社の研究開発部が、当時開発した最新のＡＩデータ解析や水質シミュレーションシステムの解析結果と、その大型水槽の実験結果や現地測定した観測結果は、非常に高い精度で合致することが学会でも認められ、情好社の研究成果や解析結果をもとにして、

「我が国の水質規制法が国会で承認、制定された」

と新聞に大きく報道されると、恩情社長の狙いどおり水質環境問題で悩む行政機関や企業から、情好社の研究開発部門へ溢れんばかりの仕事が殺到した。真情たちは徹夜につぐ徹夜を続け、部門の月次業績も一挙に黒字化し、さらに毎月連続して高収益の記録を更新していく。しかし深刻な訴訟問題にまで発展しているテーマに取り組むと、研究

開発部の実質的代表者の真情次長は、命がけの仕事が待っていた。

「おい！　我が社が委託した報告書の数値は、これを公表する前に修正できないのか!!」

「我々の心血を注いで水質環境のデータ解析をした結果について、これを修正することはできません！」

「バカヤロー！　こちらは発注した顧客企業だぞ。発注者の意向を無視したレポートは、当社の検収《けんしゅう》条件に不合格だ！」

「当社が契約にもとづき全力をあげて解析した結果が、ご発注企業様に不利益でも、御社が環境破壊をしている事実を隠したり、その解析結果を恣意《しい》的に修正することはできません！」

「こちらはお客様なのだぞ。結果の数字を修正しなければ、検収しないいし、契約した金は支払わないぞっ！」

「御社工場の排水口の出口から直接水質を測定し、有害物質で汚染されたいくつもの測定データを、現在最も信頼されている最新手法を駆使してコンピュータ解析し、大型水槽実験施設でも実証確認したものが、今回の報告結果です。どんなに小さい修正でも、解析した事実結果と異なるような政治的な圧力による訂正は致しません！」

「ならば検収検査を、合格にさせない！」

「どうしても修正しないと検収しない、お金もお支払い頂けないというのであれば、この契約はなかったことで結構です！　その代わり学会など公式の場に、この事実とデータを公表します！」

「てめぇ、お客を脅すのか!!」

昼夜の時間をいとわず、情好社の恩情社長や真情の自宅にも電話が鳴り響く。しかし真情が恩情社長に報告し相談すると、

「もし解析結果に少しでも手心を加えたら、そのあと際限《さいげん》なく訂正することになり、その噂があちらこちらに拡がり、そして結局、顧客からの信頼や信用を失墜《しっつい》する結果となる。そして今後、どんなに精度良く誠実に仕事をしても、その解析結果については信用されなくなり、発注業務は無くなるだろう。だから脅《おど》しには絶対負けるな！」

「はい、判りました」

「自分たちが最新科学の枠を集めて命がけで解析し、実証実験もして確かめた結果であれば、どんなことがあっても絶対に修正するな！」

「承知しました！」

「信用を獲得するには長い歳月と努力が必要だ。だが信用を失うのは一瞬の出来事と気のゆるみだ」

しかし脅迫の電話は鳴り響く。

「俺は恐喝組《きょうかつぐみ》の組員だ！」

「どんなご用件ですか？」

「お前のところで受託した工場排水汚染の調査結果はひどすぎる。少し手加減を加えろ！」

「これは事実にもとづく調査結果です。恣意《しい》的な修正はできません！」

「俺は恐喝組のものだと言っているのだ。いいか注意しておくが、月夜の晩ばかりではない……からな！」

「……」

「いいか、老人だけに死が訪れると思うのは、間違いだぞ！」

「……」

「お前が電車に轢《ひ》かれるだけではない。お前の家族も交通事故などに遭わないよう気をつけさせろ。それでもいいと言うのだな」

「……」

「いいか、死ってヤツはな、いつもお前のそばにいるのだぞ！」

「でも天国はすごくいいところらしいですね。だって天国へ行った人は誰一人、帰ってこないのですから！」

「てめぇ～、コノヤロゥ～、俺をコケにするのか！」

「ガチャン！」
連日連夜、会社や恩情社長宅、そして真情の自宅にまで、こうした電話の脅しが続き、そしてその悲劇は現実のものとなる。

十一．頑張る情報たち

晩秋、天空を一人占めするような大銀杏《おおいちょう》の情報たちが、樹齢も定かでない幹と枝、そしてその梢《こずえ》を、和傘の大骨・小骨のように広げた雄姿《ゆうし》を誇らしげに見せている。その根元に立って上を見あげると、紅葉した黄金の銀杏の和傘にすっぽりと覆われてしまった。しかし秋風がそよぐたびに、和傘の破れ目のような、風にゆすられた紅葉した黄金の葉の間から、琥珀色《こはくいろ》の木漏《こも》れ日を、生きもののように、ゆらゆらチラチラ見せながら輝かせてくる。垣間《かいま》見える碧空《へきくう》と、琥珀色の陽光と、そして黄金色の銀杏の葉の情報のハーモニーが、和傘の中で大勢の踊り子たちが踊るように、真情が見上げる眼前で美しく舞っていた。

真情次長の研究開発部は、水質環境保全分野で数々の実績を残し、その最新技術や各種の実績がマスコミにも報道され始めると、水質汚染の公害問題に悩む顧客たちからの委託業務が、黄金色の銀杏の葉が舞うように次々と殺到し始めた。しかしこうした環境アセスメント業務は、好情社の研究開発部にお金だけではなく、ややこしい課題や難しい注文もゾロゾロと引き連れてやってきた。

「当社は世界中の競合他社と厳しい競争をしており、水質保全のための莫大なコストアップに繋がる水質汚染防止設備への投資は、まさに最小限にしておきたいとの経営判断だ。だから、その趣旨と意向を汲んで結果を出してくれ」

「公害を撒き散らしても防止策を取ろうとせず、その後始末を社会に押し付け、企業競争に勝ち残ろうとする会社は、地球環境を守るために、この地球から抹殺《まっさつ》すべきだ」

「経営を知らない公害防止担当者の言う通りに、高コストの公害防止設備を導入して、経営がおかしくなり倒産し、社員たちが職を失い路頭《ろとう》に迷ったら、その責任は誰がとるのだ？」

「公害防止担当者が怠慢《たいまん》で、地球環境を破壊し続けている企業は、自社の公害防止コストを削減して、国内外やその社会に公害汚染をバラマキ、その利益を懐に入れている企業です。しかもその地球環境を破壊した改修費用を、公害の被害を受けて苦しむ国民や地域住民が血税で負担し、これを使って公害汚染の尻拭いをして改善している。こうした企業の名前は、すべて国民や市民に明らかにすべきです！」

「君は頑固者《がんこもの》だ！　発注者である顧客からの要求を聞けと言っている。それだけだ！」

「この資源の限られた宇宙船地球号を、悪臭漂う汚れた水とゴミだらけにして、公害病を蔓延《まんえん》させておいて、自分の企業はコストが安く競争力がある企業だと嘯《うそぶ》き、公害防止対策費の利益を自分の懐へ入れて私物化している経営者の言うことを、黙って聞けというのですか！」

顧客から直接言われるだけでなく、親会社のG銀行を通して圧力をかけてくる。G銀行から出向してきた好情社の役員からも、プレッシャーという名の暴風雨が、銀杏並木の黄葉へ吹き付ける木枯しのように、頑固に誠実に仕事に取り組む真情たちを吹き飛ばそうと、次々と襲いかかり舞い降りてくる。

「赤字だった部門のクセに言うことだけは威勢がいい。お前の部署の担当者のボーナスが、大幅に下がることを覚悟しろよ！」

「外部からの政治的圧力に負けて水質汚染の結果を修正すれば、当部署の信用や解析結果の信頼性を失墜《しっつい》し、技術者の良心は飛散し、業績は一気に悪化します！」

「もういい頑固者め、勝手にしろ！」

情悪が慌てて叫ぶ。

「あの方はこれまでG銀行役員だった方で、今は当社のナンバー2の役員だ。真情！　お前の地位や給与、そして大切な顧客も失うぞ！　お前はいつも『お客様は神様だ』と言うじゃないか」

真情の情善たちも、懸命になって自分自身の情悪たちと闘う。

「顧客の要求に応えて、自分たちの知恵と汗と涙の結晶である最先端科学技術を駆使し、水質汚染列島の日本の現実を、水の惑星たる地球の環境破壊の現実を、事実にもとづき報告書に纏《まと》め、その事実をありのまま報告発表しているのだ」

情悪は眉間に皺を寄せて怒鳴る。

「それでもお客様の要求に応えるのが、最優先だ！」

情善たちも必死になって怒鳴り返す。

「自分たちが、もし間違えば…、自分たちが、もし手を抜けば…、自分たちが、政治的圧力に負けて手心を加えれば…、その堕落《だらく》した解析結果の汚名は、水質環境汚染防止の歴史に永遠に刻まれ、防止どころか水質汚濁の加害者となってしまう」

「そうだよ。俺たちがいろいろな圧力や誘惑などに負けて、ほんの少しだけでも結果に手心を加えたら、俺たちは研究者や技術者として、その良心を捨てた者であり、技術者として自殺することと同じだ」

「そんなことになれば、永久に技術者、研究者としての誇りと心を、金で売った情報の運搬屋というレッテルを貼られてしまうぞ……」

「自分自身が、仕事に生甲斐《いきがい》を感じれば、そこに喜びと感動が生まれ、仕事や人生を決してあきらめたりしなくなる」

「生甲斐とは、情報たちの悦びなのだ」

「そういう情報たちの悦びは、正しい道を歩いているかどうかの合図や信号なのだ」

「そして、その合図や信号たちが、情報たち自身にも勇気と自信を与えてくれる」

「もしも、情報たちが悦びを感じなくなったら、情報の運搬屋の歩く方向がこれはあやしいぞと思って、情報たち自身で合図や信号を送り、自分の道をチェックしなければならない」

「バカヤロー、お客様は神様だろうが！」

「それはそうだ。お客様の指示どおり仕事をするのが常識だ」

「しかし顧客の要求どおり、言われるがまま報告書をつくる企業は、いつか存在感や存在意義を失い消滅する」

「お客様の指示に従わなければ、顧客が仕事を発注しなくなるさ」

「発注されなければ、また赤字部門に転落だ」

「そうだ。綺麗ごと言っていても赤字部門ではダメだ。いつか潰されてしまう」

「消滅するのは、再び赤字となった研究開発部が先かも……」

「いや、もっと頑張る！」

「そう、納期と品質を守りもっと頑張ればいい！」

「そう、もっともっと頑張ることだよ」

「そうね、もっともっともっと頑張るわ！」

「他社よりさらにレベルの高い、他社ができない、他社と違うことをやろう！」

「今は公害だらけの日本だが、公害物質で汚染された日本の周辺から公害問題を駆逐《くちく》し、この限られた宇宙船地球号から、地球環境問題や公害問題を排斥《はいせき》し、世界中から評価され信頼され、その結果として儲かる部門になろう！」

昼夜兼行で寝泊まりしながら仕事を続ける研究開発部員の輪の中に、日本酒が入った一升瓶などを抱えて、仕事の手を休めた部員の肩を叩き首筋を揉《も》み、お酒を振舞いながら床の上に座り込んで、水質環境防止業務の意義、仕事の遣《や》り甲斐《がい》、人生の生き甲斐を語る真情次長の姿が、いつもその輪の中心にあった。

暴力団員などの脅《おど》しや恩情社長以外の他役員からの命令にも、株主から天下ってきた幹部の指示にも、体を張って命がけで立ち向かうプロパー社員の真情次長の姿は、精鋭部隊を誇る研究開発部の社員、プロパー社員を誇りにする部員、プロパー社員だけの部署を掲げる真情の部下たちにとって、自分たちが必死に取り組む仕事の使命感と、仕事への夢を託《たく》せる敬愛する上司の姿になっていく。

キラキラと燃えたぎる熱い瞳と、飽くなき情熱を迸《ほとばし》らせる有能な研究者や技術者たちが、真情次長の周りに車座になって取り囲み、酒を酌み交わしながら仕事の課題や技術論について、熱い議論を闘わせながら、叡智《えいち》を絞って課題の解決策を全員で取り組むホロニック経営が浸透していく。

毎日のように、この様子を社長室長から報告を受ける恩情社長は、自分が首となる刻限《こくげん》が刻一刻と近づいてくるのを忘れているかのように、深ぶかと椅子に身を沈め、嬉しそうにのんびりと報告を聞きながら煙草の紫煙の先を見つめていた。

初冬を迎えた研究開発部は、寒い昼も凍える夜も昼夜兼行《ちゅうやけんこう》の取り組みで、再建を順調に達成していったかのように思えた。しかし突然、真情次長たち誰もが予想もしなかった大事件、活火山の地下深くに蓄えられていたマグマが大爆発を起こし、噴煙や岩石を研究開発部内に降り注ぎ、一気に研究開発部を大赤字の灰の下へ埋めてしまうような大事件が勃発《ぼっぱつ》した。

その事件は、雲が低く垂れ込めて、今にも雪が降ってきそうな空模様の十二月の夕方十六時。担当課長が作業工程表を片手に持って、顔色を変えて真情次長の席へ走り込んできた。周囲で黙々と仕事をしていた部員たちが、その騒々《そうぞう》しさにムッとしたような顔を次長席へ向ける。

「次長、大変です！　明日の十時までに納品すべき国内水域水質調査の測定データ解析結果に必要な一箱分もの大量データが漏れて、まだ入力されず放置されています！」

「何い!?」

真情が驚いて大声で怒鳴る。

「明日十時までに測定データ解析結果を届けないと、十三時からのプレス発表、その後の公害研究機構長の記者会見、環境本省から各省への通達、各省から各地方行政機関への示達《じたつ》など、軒並み重要なスケジュールが続いており、明日十時の納期に遅れると、これらのスケジュールが遅延となるので、そのペナルティ契約により、当研究開発部が莫大な違約金が取られる契約となっています」

「どんな契約内容だ？」

「詳細は忘れましたが、違約金で受注金額の十倍、当部の収益どころか当社の利益が、軽くスッ飛ぶほどの莫大な損害金を支払う契約だったと思います！」

「馬鹿もの!!」

真情次長が珍しく大声で怒鳴ると、研究開発部の窓ガラスがビリビリと鳴り、室内にいた全部員が

「ハッ」

としたように顔を上げて、真情次長席へ顔を向けた。

真情次長が慌てて時計を見る。すでに時計の針は夕方の十六時過ぎを指していた。一瞬にして真情の顔は、疲労とあせりと挫折《ざせつ》感が渦巻く薄黒い顔になった。

「すぐにプロジェクトリーダーを呼べ！」

真情次長の怒鳴り声を直接耳にして、担当責任者のプロジェクトリーダーが自席からノッソリ立ち上がると、腰に汚れた手ぬぐいをぶら下げ、サンダル履きでノソノソ歩いてきた。連日の泊り込み作業のためか、しばらく散髪もひげ剃りもしていない。そのヒゲモジャの汚れた男の顔も、担当課長が真情次長の机の上に開いた作業工程表の上で、みるみる真っ青になっていく。

「一ヶ月前に全入力作業を発注し、一週間前にはすべて納品されていると思いましたが……」

「何で未入力データの箱が、まだ当部内にあるのか？」

「入力業者に渡すのを、忘れていました……」

「馬鹿野郎！　何でチェックしていないのか！」

「今日……、先程、担当課長がチェックしてくれて、初めて気がつきました」

「大馬鹿もの！」

頭を抱えて作業工程表を眺めている担当課長とプロジェクトリーダーの横で、真情次長もヌウッと覗き込む。プロジェクトリーダーは何日も風呂に入っていないためか、汗くさい異臭があたり一面に漂ってきた。その年上のプロジェクトリーダーに向かって、真情次長は怒りを爆発させ、大声で怒鳴った。

「どうすれば良いのだ!?」

「データを入力するしか、解決方法はありません」

担当課長は端的に回答した。部内全体に恐怖と緊張が、ピーンと一直線に走った。二人はしばらく黙って睨みあっていた。プロジェクトリーダーのマネージメント力の欠如《けつじょ》とチェック不足に真情次長は怒りを露わにし、真情次長は厳しい眼差しで、プロジェクトリーダーを睨みつけた。真情の心情や身情、そして情善や情悪や日和見情報たちまでもが、事件の深刻さにうな垂れ肩を落とした。

「一瞬にして重要な顧客の信頼を失い、営々と積み上げてきた情好社研究開発部の利益がフッ飛び、再びかつての赤字部門に転落してしまう」

真情次長の身情も、さすがにずっしりと肩にくる挫折《ざせつ》感に、立ち上がれない程の疲れを覚えた。二人は、さらに黙ってしばらく睨みあっていた。真情次長の鋭い眼差しは、プロジェクトリーダーの変化を見て取るように光っていた。気弱になったプロジェクトリーダーは作業工程表に眼を落とし、残工程を再検討すると、苦渋に満ちた言葉で吐《は》き捨てるように言った。

「明日朝の午前二時までに、データパンチの入力作業がすべて終了すれば……、その後、コンピュータ処理して、明日朝十時の納期に、何とか間に合います」

突っ立ったままボソッと応える。

「これだけ膨大な一箱分のデータを、明日朝の午前二時までに、どうやってパンチ入力するつもりだ!?　この大バカ者めが!!」

プロジェクトリーダーの男は、つっ立ったまま失せた目で、椅子に座り込んでしまった次長の顔を見下げるようにして言った。

「業者に頼む以外…、判りません……」

薄汚れた髭モジャな顔のプロジェクトリーダー。このプロジェクトリーダーは今や環境水質調査関係の業界に名前を轟かせている博士の資格を持つ看板研究員だ。

「判らないで済むのか！」

「済まないと思います。相手先では、明日十時に納品された後、我々の情好社の調査結果にもとづき、時間刻みのスケジュールを三日間にわたって立てており、役所内部発表や新聞記者やテレビ報道関係者へのプレス発表会場もすでに準備し、各評価会議などの予定もびっしり詰まっております」

真情自身も大声で泣きたい気持ちになり、涙がジュワッと出てきた。

「そして四日後には、テレビ・ラジオそして新聞などが、水質汚染日本などの特集番組を編成しており、環境長官からのプレス発表も予定されております……」

十二．情報たちの新たな出発

晴れた夕空に沈みゆく太陽を背景にして、地下にマグマを蓄えた活火山は、カリフラワーのような真っ白な噴煙《ふんえん》を
「ムクムク、モクモク」

と立ち上がらせ始めた。黒い輪郭を夕闇の中に溶かしたごつごつとした黒褐色の溶岩に覆われた活火山の内部は、真情次長の研究開発部の納期遅延の違約金契約のごとく、地表から窺《うかが》い知れない。しかし火口直下で、真赤な熔岩が怒涛《どとう》のように渦巻くマグマ溜まりから溶岩流が上昇し始め、噴火口付近で巨大な鞴《ふいご》のような唸《うな》りを上げて、白い噴煙と水蒸気を天高く吹き上げ始めていた。それはやがて、夜空に火口から真赤な溶岩をほとばしらせ、その熔岩を怒涛《どとう》のように天高く噴き上げ、火口から流れ出た溶岩流が、熱風と灼熱《しゃくねつ》の溶岩を凶器にして、山肌の谷間をぬってこちらに近づいてくることが予想された。

山裾の山麓まで流れ出た溶岩流が扇状に広がり、これまで真情次長たちが汗と涙で営々と蓄積してきたわずかな収益を一挙にして焼き焦がすだろう。さらに雨のように降ってくる砂利混じりの火山灰で付近を灰色に埋め尽くし、空から落ちてきたこの火山灰という受注の違約金の支払いで、研究開発部の存在を跡形もなく消し去り、情好社も赤字となり廃屋として幕を降ろした跡に、墓標《ぼひょう》が立つという危機感に襲われた。

研究開発部内にはトラブルの寒気がしんしんと物寂しく漂い、真情次長席の周辺には誰もいないように物音もせず

に静まり返った。さすがに真情の情悪も怒り心頭《いかしんとう》となり怒鳴りだした。

「なんでそんな大事な仕事で、こんなに膨大なデータを最後に積み残してしまったのだ！」

真情次長の怒鳴り声も悔《くや》し涙声となり、下唇をキュッと噛んで言った。しかし今は泣いている場合ではない。納品時間のタイムリミットが刻々と迫っていた。

「徹夜続きでボーッとしていて、全部を集計し終わり、合計を見るとデータの一部が極端に少ないことに気付き、担当課長と一緒に原因を調べていくうちに、そこに置いてあったデータの箱がすべて入力漏れしていることに、先程気づいたのです」

「この大バカものめが！　どうするつもりだ！」

再び真情次長の大きな怒鳴り声が、黒字化が軌道に乗りつつあった部門全体に、雷鳴のごとく鳴り響いた。このトラブルの巨大さと、事件の重大さに部員全員が認識し出すと、全部員の顔が真っ青になっていく。

真情次長の運搬屋たる心情と身情の情報たち全員は、絶望感が全身を覆い尽くした。しかし部門全体がやる気を無くしたら、もう研究開発部の再建策は不首尾となり、これですべては終わりだ。この大赤字のプロジェクトの大失敗で、改善しつつあった部収益も全部が吹っ飛ぶ。研究開発部全体が再び大赤字に転落して、やがて潰されて部員もバラバラになり、そして築き上げたすべてが灰塵《かいじん》に帰す。しかも真情たちはまだ何も知らなかったが、恩情社長の首までフッ飛ぶことになる。

真情次長自身が声をあげて泣きたくなった。しかし全部員の困惑《こんわく》した視線が、真情次長の顔一点に集中している。こうした目で観察されることが最も苦手だ。これまでこんなに辛い孤独感を味わい、そして寂しく思ったことは一度もなかった。しかし全部員が、全軍の指揮者たる次長の次なる発言を、いま固唾《かたず》を飲んで見守っていた。ここで諦めたらすべては終わりだ……。真情は努めて明るく言った。

「仕方がない。過ぎた事にくよくよするな。まず目の前にある問題に、一つひとつ取り組もう！　すべてを着実に、決してやり残すことがないよう万全の注意を払え。もはや納期の時間までにやりきれるかどうか判らんが、やり直しをしている時間はないことは事実だ。失敗する時間的余裕すらない！　しかし、やれることをやらねば、後で後悔しか残らない」
意識的に明るく大声で言い放った真情次長の言葉に、部員の心中には
「ホッ」
とした空気が流れ始めた。

真情次長はすぐに、社内のデータエントリー担当役員に電話をかけ、一箱分の大量データ入力業務を部長へ直接依頼する事前了解を取った。そしてデータエントリー部長へ電話口で丁重に頭を下げ、明日朝二時までの納品を何度も何度も粘り強く、平身低頭《へいしんていとう》してお願いする。しかし社内では赤字部署、頼んでも頑固で言うことも聞かないやっかいな研究開発部、存在しない方がよい部だなどのレッテル貼りが蔓延《まんえん》していて、協力どころか
「失敗して、部署ごと消滅した方が良い」
などと、ほざく輩《やから》も大勢いた。真情次長は、社内からの拒否反応の空気と、その非協力的な対応に直面し、社内の強烈な逆風に遭遇し屈辱感《くつじょくかん》を味わっていた。社内の協力を諦《あきら》めた真情次長すなわち心情と身情たちは、友人や連絡先が判るデータエントリー会社に電話を掛けまくり、相手を知っていようがいまいが、電話口で頭を下げ、また下げる。
「もしもし、ご無沙汰致しております。情好社研究開発部の次長真情です。誠に急な仕事のお願いで申し訳ありませんが、データ量一箱、原票枚数〇〇〇枚、タッチ数約〇〇，〇〇〇を、明朝午前二時納品の仕事をお願いしたいのですが！　値段はおいくらでも結構です。お引き受け頂く仕事量も、全部ではなくできる範囲だけで結構です」

「今？　ですか？　十六時五十分です！」

「そこを何とかできませんか？」

「駄目ですか……、どこかやってくれそうなところご存知ないですか？　恐縮ですが、お電話番号もお教え頂けないでしょうか？」

「……」

「もしもし、初めて突然のお願いで恐縮ですが、東京都港区にある情好社の研究開発部の次長の真情と申します。急な仕事のお願いで申し訳ありませんが、明日午前二時納品の仕事をお願い…」

「今ですか？　十七時三十分です」

「……」

「もしもし、初めて突然のお願いで恐縮ですが、東京都港区にある情好社の研究開発部の次長の真情と申します。急な仕事のお願いで申し訳ありませんが、明日午前二時納品の仕事をお願い……」

「今ですか？　十八時です……」

「……」

部員全員が、誰も帰宅せず机に向かって仕事をしているが、耳をそば立て真情の外注交渉状況を聴き、誰も私語もせず、部内には緊迫感がヒタヒタと押し寄せていた。誰もいないような静寂と悲壮感と、押しつぶされそうな絶望感が、再び真情次長の黒字化したばかりの部署の中に、流氷が押し寄せるごとく、静かにビシビシッと覆いかぶさるように漂い、部員全員の情報たちに押し広がる。

「品質の中で、納期は最も大切なひとつである」

いつも部員へ言い続けてきた真情の顔に、疲労とあせりの蒼ざめた表情が浮き出て、ギラギラと野獣のような異様な目だけが、天井の煙草の煙で汚れた壁を睨んでいた。そう真情もまた、明日が納品であるこの仕事で、この一週間は会社で寝泊りしており、先程のプロジェクトリーダーの下働きの仕事をしていた。真情の運搬屋としての気力と体力は、すでに疲労の極限《きょくげん》を超えていた。情悪たちも、

「ここで挫折すれば楽になるか」

とか言いだすものもいて、投げやりの気持ちが忍び込んでくる。

十八時五分。電話機から手を離して机の上に静かに置いた真情は、次長席よりスクッと立ち上がると、スタスタとサンダル履きの音を立てながら、未入力データの段ボール箱へ近づくと、箱の中から原票を一束取り出し、部内にある穿孔機の前に行き、黙って椅子に座った。真情次長は、ここ十年以上触ったこともない穿孔機の電源を入れた。そしてデータ未入力の原票のデータ資料を見ながら、

「ポツン、ポツン」

という音をたてながらたどたどしい手つきで、積み残した膨大なデータの山の前で、いつ終わるのか予測もできない遅さで、入力作業をただ一人で開始した。一枚、また一枚、いつ終わるともしれないデータ量の山の前で、ただ一人、何も言わずにパンチ入力作業に取り組みだした。

「ポッ、ポッ、ポッ」

昔取ったプログラマー時代の指感触が戻ってきて、少しはデータ入力のスピードが速くなってきた。

十八時三十分。研究開発部の中に勤務している女子社員たち全員の代表と言って、二人の女子社員が、パンチ入力作業中の真情次長の背中の後ろに遠慮がちに立ち、その疲れ切った猫背《ねこぜ》の背中をジッと見つめ、その背中に向かって大声で言った。

「真情次長！　当部の女子社員が全員、更衣室《こういしつ》に集まって話し合いました！　そしてお願いすることにしました。

私たちにも、このデータ入力作業を手伝わせてください。お願いします！」

「お願いします！」

と言うと、真情次長の返事も待たず、重いデータ資料の一部を二人で持ち上げた。

「よいしょ！」

真情次長が驚いて後ろを振り返ると、研究開発部内に置いてある穿孔機器の前には、すでに技術職・事務職、パンチ入力経験・未経験、正社員・臨時契約社員の区別なく、女子社員全員がずらりと自分たちで決めた役割に従って、配置についていた。そして仕事を断られたデータ資料が渡されると、パンチ入力作業を一斉に開始した。

「バチパチ、バチパチ」

「バリバリ、バリバリ」

部内の男子社員たちもこれに気づいた。昨日まで徹夜していた部員も、全く別業務の担当者も、技術者も営業担当も事務職の部員も、次々と自分が作業中の業務を中断させると、情好社の社内に置いてある穿孔機の前に座り込み、データ入力作業をスタートさせていく。真情の勤務している情好社の穿孔機がある場所、つまり社内の地下の機械室から最上階の経営管理部署まで、そして仕事を断られたデータエントリー室内まで、ありとあらゆる場所の穿孔機を探し出し、その座席に研究開発部員たちが陣取り座り込み、必死の形相でデータ入力作業を開始した。

その間をデータ資料を持った女子部員が走りまわり、出来上がってくるデータのチェック、突合、検査の仕組みが、誰の指揮命令もないのに自然発生的に完成し、そして作業者が疲れてくると交代要員が次々と投入されていく。

まるで生きている輪転機のごとく、課長も新入社員も研究開発部内にいた部員全員が、一つのホロニック型経営の輪になって、唸《うな》りの音を上げながら一つの課題に取り組んでいく。

そこには、プロパー社員たち全員が、自分たちの所属している部の最大の危機を回避すべく、それぞれの担当範囲や組織や男女の区別や壁もなく、全員が一つの課題解決に全力を挙げて取り組む姿に変身していた。この動きを俯瞰《ふかん》した真情の心情たちが叫んだ。
「そうだ！　ここに恩情社長が描いて真情に説いた、
自分〝ら〟の仕事、
自分〝ら〟の部、
自分〝ら〟の会社であることを、
役席から新入社員や女子事務員まで、プロパー部員全員が自覚したホロニックシステムが、いよいよここに誕生した！　誕生したのだ！」

十三　一丸となった情報たち

冬木立や寒林の中を、北国の便りを載せた木枯《こが》らしが吹く夜空に、満天星は真情たちの様子を息を殺して眺め、点滅しながら輝いていた。葉を落とし尽くし、枝々を露わにした裸木たちだが、これまでは枝々につけた小さな冬芽が、寒さや霜に耐えながらも、ほんの少しずつふくらんでゆく姿は研究開発部のようで、春の訪れに夢と希望の志を抱く情報たちの証《あかし》だった。

しかし情好社の研究開発部は、この寒風吹き荒れる深夜に、その冬芽が春光に輝いて緑の葉を出す機会を得られるのか、このまま枯死して廃部になるのかのギリギリの闘いをしていた。しかし真情次長たちには、恩情情好社長の首もかかっている、大トラブルの出来事という事実認識は、まだ誰も判っていなかった。それでもプロパーだけとなった自分たちの研究開発部の存亡が、明日十時までの納品にかかっていることは、研究開発部の全員が判っていた。担当課長が真情次長の背中の後に立って遠慮がちに言った。

「真情次長、少しお休みになって下さい！」

連日の徹夜続き、しかも明日は真情次長自身が持参して納品する大切な作業が待っている。しかも真情次長が作業している穿孔機の生産性が、最も悪いのだ。

「そうか、少し休むか？」

その声を聞いて立ち上がると、すぐに若手部員が穿孔機の前に座る。するとこれまで真情次長の手で、

「ポチ、ポチ」

と音を立てていた穿孔機は、若手部員の手で突然
「バリバリ、バリバリ」

という音を出しながら猛スピードで働き出した。真情の心情と身情たちは、苦笑《にがわら》いをした。いつものように椅子を並べただけの簡易ベッドに、真情次長は少しの間と思いながら横になると、不覚にもそのまま熟睡してしまった。


「真情次長！　真情次長！」

深い眠りの中で名前を呼ぶ声がする。真情の身情と心情たちは、

「ハッ」

として目覚めた。真情が最も信頼を置く課長の顔と担当課長の顔が、覗き込むように目の前にあった。

「おっ、いま何時だ？」

「午前二時過ぎです！」

そして真情は腕時計を見た。午前二時十分を時計の針が指していた。真情が寝た後は、次長の代理としてこの課長と担当課長が、実質的なリーダーを務めてくれていたようだ。むっくりと椅子のベッドから起き上がった真情に、

「これまでの状況を報告します。積み残したデータの入力作業は、すべて完了しました！」

「そして一次チェック、突合せ検査、トータルチェック、サンプリング検査など、規程以上の品質検査を、人海戦術で念には念を入れて実施し、これらすべて完了いたしました」

「なお女子部員は終電車に間に合うよう、全員十二時前には帰宅させ、男子部員でも遠距離の者は、終電に間に合う時間に帰宅させました。近距離の者は先程まで作業を手伝わせ、方面ごとにタクシーに相乗りして帰宅させました」

「現在ここには役席幹部全員と、本プロジェクトメンバー全員、そして納品検査用のチェック要員が残っております。また緊急時バックアップ要員として志願してきた部員たちは、本人たちの残業をしながら、万一の支援業務などの指示があるまで自席で待機しています」

時刻は朝二時十五分。

「これなら、納品は何とか間にあうか！」

しかしここで真情次長は

「ハッ」

と、重大な指示漏れと、決定的な段取りミスに気づいた。赤字部署で抱えている最大のコスト問題は、地下室の研究開発部専用の大型コンピュータの経費にあった。その膨大な維持費と電気料金は、研究開発部の経営を苦しめ、このコスト削減のため徹底的な合理化をしていた。つまり夜間の大型コンピュータは稼働を停止させており、そのオペレータたちも夜間勤務を禁止し、昼間しか勤務させていない。しかも空調を入れて室内温度を一定にし、それから大型コンピュータの電源を入れて、データ処理に使えるようにするための安定稼働までに、最低でも約一時間以上の事前準備時間が必要であった。特に専任オペレータがいなければ、大型コンピュータは動かせない。真情次長は課長に謝った。

「おい、大型コンピュータの経費削減のため、いつも午後二十時に電源を落とし、オペレータたちも全員帰宅させている」

課長は黙って、段取りミスした真情次長の慌てた姿を見つめ、その話を聞きながら、ニコニコと笑っている。

「ましてや空調を入れ、これからコンピュータ電源を入れると、どんなに急いでもドラム装置などは五十分間後でなければ、安定稼動に移れない……」

「午前三時過ぎに、コンピュータ処理と解析を始めたのでは、今日の十時の顧客納品には間に合わないぞ！」

そう怒鳴ると、真情は愕然《がくぜん》として立ち上がった。

するとそこに、普段は地下室の大型コンピュータの横に居るべき、そして今頃は帰宅しているはずの機械室責任者のチーフオペレータが、のこのこと歩いて現れた。

「おっ！　お前、どうしてここにいるのだ？」

「真情次長！　地下のコンピュータは、いつでもデータ処理できるよう準備完了し、スタンバイしています！」

強面《こわもて》のチーフオペレータは、おどけた素振りで、真情次長へ最敬礼の仕草をした。先程の課長は、ニコニコしながら説明し始めた。

「オペレータたちも、本プロジェクトの重要性は聞いて認識しており、今夕に全員、自分たちの判断で集まって相談し、彼らの中からチーフオペレータと有志二人が自発的に居残り、決められた通り二十時に落としたコンピュータの電源を、本日の零時頃から電源を再び入れて、午前一時以降、いつでもコンピュータ処理と解析が開始できる体制を準備してくれました！」

真情次長の心中に熱い感動が湧き上がり、目から涙が頬を伝ってポロポロと雫になってこぼれた。

「そうか！　誰にも指示されずにも、自主的判断をして、君たちまで準備してくれていたのか！」

「私もさっき、チーフオペレータから報告を受けたばかりです」

朝二時二十分。

「よし、ありがとう！　すぐにデータ処理・解析・取り纏めの作業に入れ！　ただし、やり直す時間は、もはや一分の余裕もない。すべての作業が一発勝負だ！　絶対に作業途中にミスが起こらないよう、緊急時バックアップとして宿泊や残業して待機している全員を集め、作業管理者を複数にして必ずダブルチェックをしろ。そして間違いがないかどうか再確認してから、各工程ごとに順次作業を進めろ！　全員を一同に集めて、事前によく説明してから作業開始だ。

いいか、絶対に全工程とも一個たりともミスするな！　アウトプットした結果は、次のステップに入る前に、そのメンバー全員を使ってチェック、二回以上のダブルチェックだぞ！　決して慌てず、急いでやれ！」

「チーフオペレータ」

「はい」

「オペレーションミスも、絶対にできない」

「はい」

「お前が必ず指示確認しながら、自らオペレーションをすべてやれ、ただし有志オペレータ二人のダブルチェックを必ず受けながらしろ！」

「はい、判りました！」

「いいいか、決して慌《あわ》てず、そして、急いでやるのだぞ！」

「判りました！」

真情の運搬屋の身情と心情たち、そしてその部下たちとその情報たちは、もはやひとつの指揮棒であやつられている交響楽団のように、いや各自がそれぞれ自発的に判断しながらも、お互いを信頼し連携して相互にバックアップしながら、全体を考えて右に左に働いている。まさにホロニック的プロジェクト作業体制を全員が理解し、各個が全体作業を、全体指揮者が各個の作業効率を考えながら、事務室や機械室でリズムとメロディとハーモニーを奏でる情《じょう》流《りゅう》となって、流れるように作業を進めていく。

ムリ・ムラ・ムダの3Mを最小限にすべく、最適化に向けた柔軟な体制が次々と工程ごとに現れ、そのステップの仕事が終わると消え、そして次のステップの最適な体制が敷かれ実施されていく。これは髭モジャ顔のプロジェクトリーダーの環境水質調査博士たちと、事前に作業段取りを確認検討しながら全体工程を指揮する課長が、的確に指導するタスクチーム体制が機能しているためだ。

朝七時四十五分。

早朝の寒いU駅の一番端にあるJ線のプラットホーム。透徹《とうてつ》した青空が広がる早朝に背広を着て首筋に寒さのためぼつぼつと鳥肌を立てた真情次長、情報の運搬屋たる心情と身情たちが、三人の部下を連れて突っ立っていた。それぞれにひとつずつ、合計四個の大きな段ボール箱の納品物を抱えて、連日の徹夜にもかかわらず疲れた様子もない四人が、駅ホーム隅に佇《たたず》んでいる。

「ゴトゴト、ガタゴト」

折り返して始発電車となる列車が入ってきた。

「ギィ〜ィ、ゴトン」

「U駅、U駅、終点です。どちら様もお降りください。この電車は折り返しM駅行き快速電車となります」

コートの襟を立てた、たくさんの出勤する人たちが賑やかに降りてきて、各自のオフィスへ向け急ぎ足で進んでいく。四人はただ黙ってホームの端に立っている。いや真情次長だけが、その情報の運搬屋である身情と心情、その心情の情善や日和見情報や情悪までも、一個の大きな段ボール箱の納品物を抱えながらぼろぼろと涙を流して泣き続けている。その真情の後ろ姿を三人の部下たちがじっと見守り、次長真情と一緒に泣きたいのをジッと耐えて立っていた。

七時五十五分。

折り返して目的地へ向かう列車の清掃と整備が終わった。もうすぐ八時始発の列車の発車時間である。他の乗客は、次々と電車に乗り、椅子に座り始めている。ガラガラになったU駅のJ線ホームの端に、大きな段ボール箱を抱えた四人の男たちだけが、朝冷えのする寒いホームの上で背広姿で白い息を吐きながら、まだ電車に乗らずに佇んでいた。いつまでも、一人の男が駅ホームでポロポロ涙を流し続けている。その男、真情次長の赤く充血したメガネをかけた目には、両手に抱えた大きな段ボール箱のラベルに書かれた情好社の納品物の大きな文字、〝国内水域水質測定データ磁気テープ及び解析結果〟が滲《にじ》んで、涙で曇って見えない。

その情報たちが流す涙は、俯《うつむ》いたメガネに流れ落ち、メガネの縁からラベルの上に滴り落ち、ラベルの文字を涙で滲ませている。真情の眼にはラベルの上に笑顔一笑《えがおいっしょう》の恩情社長の顔が浮かび上がり、顔をほころばせながら、

「ご苦労さん」

と言って、そして、

「おまえ〝ら〟の会社が、ここに、ようやく完成した！」

と言っているような気がしていた。おまえ〝ら〟の会社ができた瞬間を実感し感動し、いよいよ新しい部へ大きく飛躍できる時機がきたことを、真情の情報たち、身情、心情、そして情善、情悪、日和見情報たちが、今ここに肌で実感しながら落涙《らくるい》しているのだ。

社内の他部や外部会社の協力が得られない絶体絶命のピンチに、恩情社長が真情次長に託したように、決して誰も何も指示はしない。しかしデータエントリーの仕事を志願してきた全女子社員たち。それに気がつき、自分が抱える仕事を置いて、全員協力してきた男子社員たち。しかも地下室の超大型コンピュータの必要性を自分たちで認識し、自分たちでスタンバイして役目を果たしたオペレータたち。さらに、皆がそれぞれの役割分担を決めながらも、お互いにサポートしながら全員でやり抜いた非常に困難な仕事。その価値観を共有し、お互いがお互いを理解し一致団結して、おまえ〝ら〟の会社へ向かって進みだした成果が、真情が抱えた涙に濡れた大きな段ボールの中に、ギッシリとシッカリ詰め込まれている。

これは、誰かに指示されてやりきった仕事と全く異次元の情報たち……、情善、情悪、日和見情報たちの新たなホロニック的連携プレーの画期的な成果だった。

朝八時になった。U駅J線プラットホームに、始発電車の発車ベルが鳴り響く。

「さあ真情次長、乗りましょう！　乗り遅れると納品が間に合わず納期遅延になります。乗りましょう！」

「ジィリ〜ン、ジィリ〜ッ、ジリィ〜ッ」

「ピピッピーッ」

「ふぁぅ〜ん、ふぁぅ〜ん」

寒い冬の快晴の朝、U駅を東に向かって元気よく出発した快速電車は、研究開発部の赤字体質の終焉《しゅうえん》と、生まれ変わった研究開発部員に、ホロニック的新経営体制が確立した新経営時代の到来《とうらい》を告げながら、力強く走り出した。

そしてこの快速電車の出発のベルと汽笛《きてき》は、真情たちが当該期末に黒字決算を叩きだす合図となり、常時黒字駅を突っ走り、二度と赤字駅に戻ることがない、利益を出し続ける情好社のドル箱組織へ大転換する合図の汽笛であり、恩情社長が、G銀行厚情頭取との約束を果たせる見通しが立った歴史的な歓喜の合図ともなった汽笛であった。

十四．多様性の情報力

早春の淡雪は、地上に降るそばから消え、最早積もることはない。春光《しゅんこう》は、まばゆい光や春らしい柔らかさを感じさせるだけだが、淡雪《あわゆき》が春光に出会うと、しっとりと潤いを残して静かに消えていく。

いま、恩情社長直轄という春光が優しく包む早春の景色の中に、活気溢れる真情たち精鋭部隊の情報たちが集う研究開発部はいた。この真情次長たちの情善、情悪、日和見情報たちの命がけの仕事ぶりは、わが国の水質汚染問題の解決へ多大な貢献をしていく。

ゴミやヘドロや公害物質が浮かぶ東京湾、伊勢湾、琵琶湖などや、魚も棲まなくなってしまった多摩川・江戸川そして淀川などの数多くの河川は、真情次長たち研究開発部が心血を注いで収めた国内水域水質測定解析結果などをベースに議論・検討され、国会の審議や議決で承認された公害防止法や水質規制法の施行で、澄んだ透き通った河川や湖沼、また近海や港湾に、少しずつ改善され、次々と魚介類の情報たちも戻っていく。

また瀬戸内海の赤潮《あかしお》など公害による漁業被害も少なくなり、重金属元素病など公害による患者発生例も激減して、住民たち情報の健康保全のための基盤整備が進んでいく。

地道な努力を重ねてきた真情次長の情善、情悪、日和見情報たちは、地球環境問題のシンポジウムなどの講師として、各方面から講演依頼が来るようになった。こうした講演場はトップセールスの場であり、情報データベースを駆使したさまざまなシミュレーション解析業務の実績などを、具体的に事例発表する機会にもなり、業界トップの会社として、ブランド力アップの好循環を実現していく。真情次長は語る。

「科学は原子爆弾や農薬などを生み出し、悲劇的な戦争や地球環境破壊などを引き起こすが、それを使うなとは言ってくれない」

「むしろ地球環境の温暖化などに優しい原子力発電や、自然に優しい有機農法などを活用すべきである」

「一度や二度の失敗で、放射能汚染が発生したからといって、原子力発電の火を消してはいけない」

「失敗には、三原則がある。まず第一は、失敗は怖れないこと。第二は、失敗は繰り返さないこと。第三は、失敗は活かすことだ」

「TK電力の巨大津波によるF第一原子力発電所の電源喪失《でんげんそうしつ》事故による甚大な失敗体験を、世界一安全な原子力発電建設として活かすことこそ、広島や長崎で被爆されお亡くなりなった数多くの犠牲者の霊や、F原発電事故に被災された方々の苦労に報いることではないか」

「三・一一の震源地に最も近かったTH電力の女川原子力発電所が、押し寄せたマグニチュード九・〇の巨大地震と、高さ十三メートルの巨大津波と一メートルの地盤沈下に耐えた実績を、技術系副社長H氏たちの功績としてきちんと評価し素晴らしい成果として歴史に残すべきだ」

「地球上で被爆経験のある唯一の国、原子爆弾を保有しない国で、耐震に強い原子力発電所を造れる世界一高い技術を保有する国は、我が国の技術者の情報、その知恵と汗と涙の結晶によるものである。温暖化などから地球環境を守り、我々の失敗を活かすためにも、この国がより安全な原子力発電所の技術投資を怠ってはならない」

「しかもシミュレーションやAIなどの科学技法は、地球環境破壊の実態を明らかにして、人類に警告を発する道具として、全人類の情報たちが理解を共有できる強力な道具である」

　自分らの会社、自分らの部署というマインドが定着し、ホロニック的経営体質が浸透していく研究開発部は、これを構成している優秀な精鋭部隊の情報たちに支えられ、そのプロパー社員の一致団結した昼夜を問わない努力により、真情が九月十四日に次長として発令されてから半年後に、研究開発部の半期決算は見事に黒字化を達成した。

その後も恩情社長が直轄している研究開発部は、万年赤字部門だったとは到底考えられない、毎月必ず黒字額を積み重ねていく。そして情好社の中で年間最大の黒字額をタタキ出す部門にまで変身していった。

研究開発部が情好社を支える二大柱になった三年後のある日、真情は社長室長と二人だけで酒を飲む機会があった。その席で、真情が次長に発令された当時、大幅赤字会社の情好社救済条件として、主力G銀行から真情たちの研究開発部の閉鎖と廃止、部に所属していた社員全員の他部署への配置転換命令が出ていたことを、真情の情報、情善、情悪、日和見情報は初めて知った。

「研究開発部を眠らせろ」

「研究開発部は廃部、所属社員は全員配転」

「お家、取り潰しだ」

というG銀行の役員会決定だ。この決定に怒った恩情社長は、G銀行厚情頭取に直談判をして、

「G銀行は情好社の経営に口を出すな。廃部するならこの俺を社長職から外して、首にしろ！　一年後に黒字にならなければ、俺は社長職を自ら辞任する！」

と厚情頭取に確約して、みずからの首をかけて廃部を阻止したことを、真情次長はこの時、初めて知った。しかも厚情頭取は、恩情社長が、

「研究開発部の再生は、プロパー社員だけで自立させる」

考えであることを、一言も説明を受けずにこれを理解し、

「恩情社長の考えや方針を全面的に支援することを約束」

して離席していったことを話した。真情は、そのとき初めて恩情社長が叫んだ言葉

「お前〝ら〟の会社じゃないか！」

という言葉の真意や二人の経営者のレベルの高さに
「ボッガ〜ン」

と頭をブン殴られたような衝撃を受けた。そして研究開発部の将来性を見抜き、G銀行からの干渉を排除し、出向者たち全員を六十人いた部門から排除して、研究開発部員四十八人の自覚と自立を促し、自分の職業人としての人生をかけて研究開発部の組織と社員を守った。その恩情社長の偉大さと御恩と、そしてG銀行厚情頭取の慧眼《けいがん》に深く頭を垂れた。

さらに、発令された日、その三年前の九月十四日に、社長夫人が用意した昇格祝の激励と懇談の御膳に箸もつけずに放り投げて帰宅してしまった、道義にも劣る非礼な振る舞いをした自分の未熟さと申し訳なさに、地団駄《じだんだ》踏んで歯ぎしりをすると、真情は突然社長室長の前で、

「わぁ〜ん、わぁ〜ん」

と体のどこかが破れてしまいそうなけたたましい大きな泣き声で、火のついたように泣き崩れていく。そして唇を噛みしめ青ざめた顔で自らの軽薄《けいはく》な非礼さに、

「ヒックヒック」

と唸《うな》るような嗚咽《おえつ》の声を漏らして、情善、情悪、日和見情報全員が、いつまでも身悶《みもだ》え続け泣き叫んでいた。

恩情社長が三年前にG銀行の副頭取や担当常務役員、執行役員総合企画部長たちの情好社への経営干渉を排除し、厚情頭取に自分の首をかけて価値があると訴えた研究開発部の真価は、我が国の公害問題と被害の深刻さと、この水質環境課題に取り組む精鋭部隊の人材の凄さや技術戦略、産業の情報化時代に、情報の産業化に着目した卓越したビジネスモデルにあった。

特に汚染源側と汚染防止監視側両面の全国の水質ビッグデータ集・蓄積解析業務を戦略的に受託し、現地・現場で実際に計測された原データとして経年的にしっかり把握蓄積し、物理・化学・生物モデル解析手法に最新のＡＩ技術を加えた技術開発、そして大型水槽実験を用いた実証解析という、原データ、計算科学、実証実験の三つをトライアングルフレームワークにして、情好社の研究開発部が、国内の水質公害問題を解決できる体制を構築しようとしたのだ。

恩情社長は、この卓越したビジネスモデルを確立するために、真情たちを筆頭にした研究開発部に経営戦略を学ばせ、ＩＴ時代の新マネージメント手法として、最新のワンマン経営型ホロニック手法を導入して指導した。これが恩情社長が真情たちに教えようとしたビジネスモデルの経営戦略の肝《きも》だ。

その指導どおり真情次長の情報たちが身体を張って、その経営戦略・技術戦略を愚直に推進した結果、真情次長たちプロパーの社員たちだけで組織されてはいたが、ダイバーシティとも呼ばれる多様性を自発的に発揮できるホロニック的経営の仕組みを構築し、その上に情報の産業化の優れた技術戦略を展開した研究開発部は、水質データを独占したビックデータ解析の地位をフル活用し、他社の追従を許さない物理モデル・化学モデル・生物モデルの解析ソフトウェア、そしてＡＩシミュレーション技術を確立した。

そしてさらに、大型水槽実験施設での実証実験も活用した、世界的にも注目される環境分野の精鋭部隊が集《つど》う技術集団へと大きく成長しながら、恒常的《こうじょうてき》な黒字ドル箱部門となっていった。

その後、驚異的な黒字を出し続け、業界でも常に話題のトップに出て知名度も向上し、地球環境問題や水質汚染問題の実績では、名実ともに国内トップの座を占め、海外のニュースや雑誌の話題にも取り上げられる存在となっていく。二十一世紀のニューノーマル時代の経営資源は、人・物・資金・ＩＴ技術そして情報と時間である。この新たな価値注入によるネットワーク化戦略にも成功し、業績を加速的に伸ばしていく。

研究開発部の情報たちは語り合う。

「挑戦してみよう、自分を変えてみよう」

「小さなことから、始めれば良いさ」

「決して遅いということはない。始めれば今からでも間に会うね」

「継続は力だ。続けていれば、いつかできるよ」

「諦めないことが、肝心《かんじん》だ」

「どんなことでも、具体的に始めることが大切だ」

「企業の情報化だけではダメよ。情報の企業化が肝ね」

「それは流動化する多様な社会や市場に対応した、ダイバーシティ型経営の実現が大切だよ」

「そのためには経営理論も、ビジネスモデルも変わっていかなければならない」

「製造業であれば、『モノづくり』から『コトづくり』へのパラダイムチェンジさ」

「そのためには計算科学の内容も、その教育方法も、そして教育する側の人材も変えていかなければならない」

「凄《すご》く難しそうね。でも大切なことのようね」

「そうさ、情報価値の共有化により、情報のやる気と勤勉さに共鳴現象が起こると、真情たちが経験したような新たな経営ドラマの幕を、いつでも開幕することができる」

「そうか、恩情社長は、その開幕を夢みてプロパー社員によるホロニック的構想を構築していたのか……」

「真情君、君を研究開発部の次長とする。ただし昇給はゼロに据置。以上！」

社長室に居並ぶ役員幹部全員の前で、自分の首を懸けた恩情社長の愛情溢れる声が、今でも真情の耳に響き、

「昇給ゼロ」

の発令の素晴らしさと、その有難みが身に染みる。昇給ゼロの素晴らしい武器を手にして立ちあがった真情、もし真情が一円でも昇給していたら、同僚の課長たちの協力は得られず、部下たちも真情次長について来ず、いまの研究開発部は存在せず、ホロニック的マネージメントの仕組みも完成しなかったであろう。

「次長に昇格、ただし昇給はゼロ……」

真情の心情たちの中に、その暖かな素晴らしいプレゼントが、木霊《こだま》となっていつまでも鳴り響いていた。

「お前たちが、社会人・企業人、そしてひとりの人間として生きていくのに、最も大切なのは、お前たちの頭の良し悪しではなく、お前たちの心の良し悪しだ」

いつも口癖のように言っていた恩情社長。そして恩情社長が真情の資質を見抜き鍛え上げたとおり、恩情社長の直伝による経営にかかる諸々の実践経営を学び体得《たいとく》して、その真髄《しんずい》を叩き込まれた真情次長は、幹部会議、経営会議などでも、課題を見抜く慧眼《けいがん》や発言力、そして配下に最強精鋭部隊を持つ実力で、周囲の役員や、他部門の幹部たちを圧倒していった。そして研究開発部長に昇格し、さらに最年少の取締役研究開発部長に抜擢《ばってき》された。

十五．志を曲げない情報たち（1）

厳しい冬将軍の気配も少しずつ色濃くなる晩秋の早朝、庭の枯れた芝生をねぎらうように、薄陽光《はくようこう》が優しく柔らかく照らし、短い芝生としての情報生命を、いと惜しむように金色に輝かせていた。

情好社へ天下った株主の役員、そしてG銀行から出向した幹部社員たちは、出向元の重要顧客や公害問題を引き起こしている企業から、さらには当該地域の選挙区出身の議員の依頼を受け、真情取締役部長に、企業の公害汚染データなどの隠蔽《いんぺい》や、水質汚染解析結果の修正や改ざんを、何度も繰り返し要求してきた。

「いいか真情君、プロの研究者やエンジニアというものは、限られた条件の中で、できるだけお客さんのリクエストに、どう応えられるかどうかが勝負なのだ」

「そんなこと、判っていますよ！」

「理論や技術を追究するのは、研究者や技術者にとって大事だが、それがニーズに合っていなかったら、ただの一人よがりでしかない」

「しかし公害物質を垂《た》れ流している企業が株主会社だからといって、発注業務のデータを歪曲《わいきょく》し、公害汚染の事実を隠蔽して、悪い結果は報告しないということは、我々企業の理念とか、経営の根幹である公序良俗《こうじょりょうぞく》に背きます！」

「お客様は神様だ。お金を頂く顧客の要望や意向に沿って、仕事をするのが第一だ」

「公害汚染源となっている企業が、その公害防止に設備投資せず、汚染された有害物質を、公共の河川や海や湖沼に垂れ流す、これにより地域住民は健康を害し、動植物にも被害が及び、その汚染水の浄化設備費用に地域行政機関の税金が使われる。公害発生源の企業自身は、その必要設備費用を浮かして儲ける。それでは企業経営のあり方を狂わし、公害汚染物質を製造発生させている企業が、公害犯罪をしながらボロ儲けすることになります」

「お客様の経営トップだけに、その公害汚染の実態や事実を内々伝えればよい。しかもその会社の公害防止設備担当者や一般従業員の眼、ましてやマスコミの眼に触れるところには、そこまで報告書の中身を提示する必然性もないだろう」

「それでは隠蔽工作になります」

「顧客側の公害防止担当者が労働組合員であれば、経営側としてはさらに面倒なことになる」

「公害調査と解析結果については、事実は事実として、解析結果は結果として正確に報告すべきです」

「企業秘密もあるぞ」

「もちろん、企業秘密があれば企業間でしっかり守ります。我々研究開発部から調査解析結果が、当社からマスコミなどへ漏洩《ろうえい》することは絶対にありません。しかし、我々の解析結果を恣意的《しいてき》に変えることは絶対に致しません」

株主会社から出向してきた役員は、ムッとしたように顔色を変え眉間《みけん》にしわを寄せ、若造部長の真情に論理的に論破《ろんぱ》されたことに腹をたて、頑固一徹《がんこいってつ》の真情をギョロリと睨みながらすごすご引き返していく。

トップの恩情社長にガッチリ守られている真情は、最新の研究成果やＡＩなどの新技術を駆使させながら、部下が全力を出し尽くし取り組む調査結果や、シミュレーション解析結果を、その信憑性《しんぴょうせい》や精度などの品質検査や検証を徹底的に実施させた。そして、その汗と涙の結晶である報告書の内容、その報告内容に対する圧力、政治家・金融機関・暴力団、そして顧客から会社上司などへ加えられたあらゆる外圧・内圧にも、これをはねのけて、部下たちの解析結果に、一文字の恣意的修正や訂正を加えず、依頼業務を忠実に実行し納品し、そして顧客との契約で許可を得たものはキチンと外部公表していった。

部門責任者としての頑固さと、部下たちの品質の高い仕事ぶりは、暴力団に狙われている話にも尾ひれがついて、業界紙や専門雑誌に、連日のように掲載され、情好社の恩情社長と真情たち研究開発部が高い名声を博し、さらに数多くの仕事が舞い込み殺到してきて、名実ともに情好社の収益を支える業績貢献をしていく。

ニコニコと笑顔の恩情社長の横で、取締役へ昇進した真情の情報たちは、誇らしげに業務実績を列挙する。

「地球温暖化問題、

環境破壊による生態系問題、

大気や水質汚染問題、

水不足など水資源問題、

河川流域開発問題、

臨界工業地帯開発計画問題、
我が国の水質規制法制定の全国基準データ策定等々、
えっへん！」
そして情好社の地道な国内水質調査結果が認められ、新たに公害防止に向けた水質規制法を国会が承認・制定され、そして施行されると、日本の水質環境は大幅に改善していく。そしていまや澄み切った水質に蘇った河川や湖沼に、アユやイワナ、フナやコイ、ナマズやウナギなどの情報たちが、また美しい海の近海や港湾内には、タイやスズキ、ヒラメやカレイ、ハゼやアナゴなどの情報たちが、銀色に光り輝く魚影情報を映しながら波間《なみま》をはねる。これを狙うカワセミやカモメなどの水鳥情報たちも飛来して、高らかな情報の囀《さえず》りを奏でる。そして海苔やホタテや牡蠣《かき》などの情報養殖も復活し、澄んだ水辺に美しい情報たちが息づく大自然が復活していく。

晩秋には冷たい靄《もや》が林立するビルの谷間に淀むようにたむろし、深い水色となってビル陰を冷やし、暖かな酒や湯気たつ鍋料理などが恋しくなる舞台を用意する。
新型コロナによる緊急事態宣言も解消され、久しぶりに開催された真情たち卒業二十周年のクラス会は盛り上がり、二次会にも大勢のクラスメイトが参加した。研究開発部の再建で超多忙な真情であったが、クラス会の幹事役を親友の友情氏と一緒に担当したため、久しぶりにハメをはずして二次会のカラオケまで楽しんだ。
懐かしい親友たちと楽しく歌い飲んだ深夜の帰り道、警察勤務の非番休暇をとってクラス会幹事を務めてくれた友情氏と、同じ町内にあるお互いの自宅へ向かって、肩を組みながらフラフラと千鳥足で帰宅の途についた。駅北口横にある暗いガード下を、真情と友情の二人が談笑しながら歩いていると、ガード下の暗闇から突然、暴力団員風の崩れた格好の若者二人が、真情たち二人の前に立ちはだかった。そして真情と友情に向かって
「どっちが情好社の真情だぁ?!」

と怒鳴った。友情がチラリと真情の横顔を見た。

「てめえが、真情だな！」

若い一人が怒鳴った。真情の身情たちは、飛び上がるほど驚き震えあがり、一目散に逃げ出そうとした。しかし真情の身情は、突然の恐怖で足が地面に吸いついたような金縛り状態で立ち竦《すく》んだ。

「いいか、死ってヤツはな、いつもお前のそばにいるのだぞ！」

という恐喝組《きょうかつぐみ》の組員からの電話の声が想起され、思考能力が停止し、頭の中は真っ白になった。一人の暴力団員は右手を上着の左ポケットに入れて拳銃を取り出すと、すぐさま真情へ銃口を向け、撃鉄《げきてつ》を起こし引き金を引いた。

「パン、パァ～ン」

金縛《かなしば》り状態の真情であったが、バレーボールで鍛えた身情の反射神経だけは冴えており、真情には相手の動きがスローモーションのように見えていた。瞬間的に左手に持っていたジュラルミン製鞄を、盾に構えるように抱きかかえたところへ、発射された弾丸が命中した。

「ベキッ、ベキッ」

弾丸二発が鞄にめり込む鈍い音がして、パソコンと書類の入ったジュラルミン製鞄の金具が壊れ、真情はもんどり打って鞄を持ったまま地面にひっくり返った。そして、そのまま気を失った。

真情は二十一世紀の平和と真の豊かさを情報に求めながらも、これを執筆する前の企画段階から、何故か銃殺される姿が目に浮かび、恐れていた。そして銃口の恐怖に怯えながらも、やはり銃弾を浴びて倒れた。真情取締役研究開発部長は、まだ四十歳になったばかりの若さであった。

未完

モノローグ

本書『情報の運び屋』の「情報の路（上巻）」と「情報の詩（下巻）」のプロローグは、銃口を恐れながらも
「緑の地球が、人口爆発で、悲鳴をあげている。

青い地球が、温暖化の熱で、もがき苦しんでいる。

赤い地球が、絶え間なき紛争に、血を流し泣いている」

の文章ではじまっています。


そして、この課題解決には過去から現在の延長上にはない新しい価値観、即ち〝人類という生物は、情報の運び屋である〟という定義に基づいて、左記の仮説、〝超生命体（超情報体）モデル原始式（呼称：超情報運搬モデル原始式）〟で客観的に考えることを提唱しました。つまり情報の運搬屋（運び屋）である人間とは、左記の超情報運搬モデル原始式で表せるという仮説です。この新たな考え方を理解して頂くために、筆者の人生体験などを材料にして、〝情報の性《さが》〟の視点から、本書では、さまざまな事例を小説風に紹介しています。すなわち

〝人間（超生命体・超情報体）＝情報の運搬屋
（＝物質×エネルギー×時間×情報
（＝（身情＋心情）×（情善＋情悪＋日和見情報）））〟

と考え、ここに「情報の森（最終章）」へと続く「情報の路」と「情報の詩」を出版したのです。つまり、情報の運び屋たる人間の情報には身情と心情があり、心情と心情の出逢いで〝心〟が生まれます。だから人は、人との出会

いによって人生が変わります。そして人は、感動によって内面的に生まれ変わるのは、超生命体モデル式とも情報運搬モデル式とも呼ばれる構造式から成り立っているからです。

情報は、時を超えて情報たちを結びつけます。情報は、距離を越えた情報たちの出会いを可能にします。情報は、あらゆる違い、民族・宗教・思想・格差・価値観なども超越して、その違いをお互いに理解することができ、その違いをお互いに認め合うことができるのです。それは、この情報の多様性こそが、情報が存在できる基本的生存基盤だからです。こうした情報主義的思想により、新世紀の平和な幕開けが可能になるのです。この情報の運び屋という思想に基づく「情報の路」と次編の「情報の詩」は、このモデル式による視点で書いたものであり、特に脳内にいる心情という情報の視点で描かれたものです。そこでこの「情報の路」も、このモノローグで締め括りたいと思います。

元素によって物質が創造され、物質によって空間と時間が創成された。光によってエネルギーが創生され、エネルギーによって変化が創出された。そして、情報によって心が創生され、心によって文化が創成された。だから皆、仲良くしようよ。だって、人も情報の運搬屋なのだから……。

時雨《しぐれ》に濡れた舗装道路の上を、情報が歩いてくる。
朝日がきらめき踊る川面《かわも》の下で、情報達は元気に泳いでいる。
白雲の浮かぶ大空の中を、情報の群れが列をなして飛んでいく。
色とりどりの情報達が、花壇に咲き乱れ、
やわらかな新緑に溢れる林に、情報の歌声が木霊している。
山や海も、森や川も、畑や不毛な砂漠さえも、数え切れない情報で覆われていた。
この緑と青と赤色の情報たちは、
光と水の惑星である地球の空と海と、地上と地中に広がり、
語り合い、歌い、踊り、そして微笑んでいる。

情報たちは微笑んでいた。
私は情報よ。
私が考え、私が喋《しゃべ》り、私が微笑んでいるのよ。
だから皆、話合ってお互いの価値観を理解し認め合って、
戦争は止めて仲良くしようよ……。
同じ情報の運び屋なのだから……。

上巻・完

情報用語（「情」使用語）の解説

以下に、読者の手元に漂着した『情報の運び屋』の「情報の路（上巻）」と「情報の詩（下巻）」で使用した情報関連の文面や単語の解説を掲載させて頂きます。筆者の考えと他文献などを参考にして作成しましたので、是非ともご活用頂きたく取り纏めて解説致します。

【あ行】

愛情（あいじょう）＝情報に組み込まれた愛のこと。異性を恋しく思う情報と情報の交わし合いで生まれる心。自分から他の誰かに注ぐものであり、相手を大切に想い、いつくしむ心。親や子、恋人や友人などの特定の相手を愛する感情。さらにモノや動物、所属集団を愛する気持ちもふくまれる

足音情報（あしおとじょうほう）＝足が床面や地面に触れたときに出る情報。春などの季節が迫ってくること。〔例〕春めいて、春の足音が聞こえてくる

味情報（あじじょうほう）＝飲食物などの味刺激物質が、舌の味覚神経に触れて引き起こされる感覚情報

アルコール情報（あるこーるじょうほう）＝お酒などで飲んだアルコールは、胃から約二十％、小腸から約八十％が吸収されて情報となる。体内に入ったアルコール情報の大部分が肝臓で代謝され、アルコール情報はアセトアルデヒドを経てアセテート（酢酸）に分解される。このアセテート情報は血液によって全身をめぐり、二一～十％がそのままのかたちで呼気、尿、汗として排泄され、大部分が筋肉や脂肪組織などで、水と二酸化炭素に分解されて体外に排出される。また血液に入ったアルコール情報の一部が循環されて脳に到達すると、アルコール情報が脳の神経細胞に作用し麻痺させて、その結果として酔った状態になる

暗黒情報（あんこくじょうほう）＝人間性や情報文化が極度に圧迫され、情報社会の秩序が乱れて、悪事や不正不安がはびこる世界が出現すると、光も希望も届かない世界となる。その真っ暗な世界に棲みついている情報をいう

畏敬情報（いけいじょうほう）＝崇高な情報や偉大な情報を、心から服し、畏れ敬う情報のこと

胃情報（いじょうほう）＝胃は、しょう膜、筋層、粘膜層からなり、その粘膜層には、胃壁を保護し消化をスムーズにする粘液を分泌する上皮細胞と副細胞、強い酸性で外来の細菌を殺す塩酸を分泌する壁細胞、蛋白消化酵素ペプシンのもとになる物質で、塩酸によりペプシンとなるペプシノーゲンを分泌する主細胞から構成されている。これらの構成機能を駆使する胃情報は、歯で噛み砕かれた食物をとりあえず蓄え、うねるような蠕動運動とかきまぜる攪拌《かくはん》運動によって、摂取した食物をよくこね、まぜて揉みほぐし、どろどろの状態になった食物を、ゆっくりと十二指腸へ送り出す働きをする

遺伝子情報（いでんしじょうほう）＝蛋白質の素となるアミノ酸の並び方を記録した部分の情報のこと。人は約二万二千個の遺伝子の遺伝情報から作られている。細胞の中には染色体とミトコンドリアの中に遺伝子情報が存在する。遺伝子情報とＤＮＡ（デオキシリボ核酸）情報を、音楽とカセットテープに譬えれば、ＤＮＡはカセットテープに該当、そこに記録された音楽に当たる生物の設計情報のことを遺伝子情報という

遺伝情報（いでんじょうほう）＝一般的にはなんらかの特性や形質が、親からその子孫に継承される生物学的過程を遺伝と言い、これを担う情報を遺伝情報という。すなわち人間の体は約十マイクロメートル（一ミリの百分の一）の大きさの細胞約三十七兆個からできている。この細胞の中心に核があり、外側には細胞質がある。この核から出される情報に従って、細胞質で外界から取り込まれた物質分子をエネルギーに転換したり、自分の体を作る物質に作り変えたりする。つまり核には、生物が存在して生きていくためのすべての情報が詰まっている。この情報を遺伝情報と呼び、ひとつの遺伝情報をひとつの遺伝子が担っている

イヤダメ情報（いやだめじょうほう）＝生物の深層情報源から発する否定情報。しかし性交渉時などには、時として歓喜の言葉として肯定情報として使われることもある

飲食物情報（いんしょくぶつじょうほう）＝情報の運搬屋の生命を支え体を温めるエネルギーとなる飲み物と食べ物の情報

雨情（うじょう）＝降雨に情けを覚えて、行く雲に思い至る情報の感情のこと／真情の息子の妻（モデル架空）

有情（うじょう）＝愛情・心情・情愛・温情・恩情などの情報の言葉で表現されるもの。心を持つすべての生き物にあり、反語は非情／真情の父情理の母、真情の父方の祖母（モデル架空）

映像情報（えいぞうじょうほう）＝光の特質である光線の屈折または反射作用などによって映し出された像の情報。また映画

やテレビの画面に映し出された画像の情報。さらに心の中に描き出されたイメージ情報もいう

エッチ情報（えっちじょうほう）＝変態をローマ字書きしたHentaiの頭文字が語源で、性的にいやらしい情報のこと

笑み情報（えみじょうほう）＝顔をにっこりとする情報のこと。笑うことやほほえみ、微笑する情報で、情報たちが生き抜くために忘れてはならない大切な情報

絵文字情報（えもじじょうほう）＝ものや事柄を、絵に意味がある記号にして、象徴的に示唆した情報。日本発祥のもので、世界各国で「Emoji」として使用されている

エリート情報（えりーとじょうほう）＝えりぬきの情報、選ばれた情報のこと。エリート情報が単独で支配する状況は寡占的であるが、これは必ずしも権威主義ではない。エリート情報が情報全体の代表者に選出されたり、その意見が登用され重視される形態は、脳内が柔軟な民主制でも、頑固な独裁制の場合でもありうる形態である

男情報（おとこじょうほう）＝雄が保有する情報。精子情報をつくる器官をもつ情報

思い出情報（おもいでじょうほう）＝前にあった出来事や体験の情報を心に浮かべること。また、その情報の内容

オルガスムス情報（おるがすむすじょうほう）＝累積的な性的緊張から突然の解放による性的快感の最高潮の状態の情報のこと。絶頂感や極致感の情報。骨盤まわりの筋肉のリズミカルな痙攣を伴い、強い快感を生んだ後に弛緩状態に至る状況情報のこと

温情（おんじょう）＝情け深い心、やさしい心、慈しみの心／真情の義母（モデル架空）、真情の妻情操の母

恩情（おんじょう）＝なさけある心、恩愛の情、優しく暖かく思いやり深い心／情好社の会社社長（モデル故人）

女情報（おんなじょうほう）＝雌が保有する情報。卵子情報をつくる器官をもつ情報

【か行】

外圧可変性情報（がいあつかへんせいじょうほう）＝情報は外部からの情報の影響により、情報自身が受動的つまり他変的に簡単に変化してしまう情報特性があり、これを外圧可変性情報という

外尿道括約筋情報（がいにょうどうかつやくきんじょうほう）＝体性神経である陰部神経に支配される会陰隔膜にある骨格筋

の身情で、蓄尿（収縮）と排尿（弛緩）や、男性の射精に働いている。女性の外尿道口はこの筋によって取り囲まれ保護されている

快楽情報（かいらくじょうほう）＝欲望を気持ちよく楽しく満たす情報。欲望の満足によって起こる快い感情

香り情報（かおりじょうほう）＝よい匂いの情報のこと。香り情報は、香気情報とも書く

化学的エネルギー情報（かがくてきえねるぎーじょうほう）＝物質がもつ内部エネルギー情報には、構成分子の振動や回転に伴う力学的エネルギー情報のほかに、化学結合に関係した化学的エネルギー情報がある。化学反応において反応熱の出入りがあるのは、化合物の間で原子の結合の組替えに伴って化学的エネルギー情報と熱的エネルギー情報が相互転換するためである。例えば、光合成の場合は、水＋二酸化炭素＋光エネルギー↓デンプン（ブドウ糖）＋酸素となり、光エネルギー情報は、デンプンという物質の中に閉じこめられたエネルギーの形をとる化学的エネルギー情報になる。そしてデンプンが燃えるときの反応は、デンプン（ブドウ糖）＋酸素↓水＋二酸化炭素＋エネルギーとなり、このときデンプン（ブドウ糖）に閉じこめられていた化学的エネルギー情報が出てきて、この情報が熱情報や光情報になる

学習情報（がくしゅうじょうほう）＝社会的生活等に関与し反復した経験によって、個々の行動情報に、その環境に適応した変化が生まれ、これを習得していく過程の情報

確信情報（かくしんじょうほう）＝固く信じる確かな情報、また信念をもっている情報

過去情報（かこじょうほう）＝過ぎ去りし日々のことを思い描いて表す情報

画像情報（がぞうじょうほう）＝絵にかいた肖像や絵姿の情報。またテレビやディスプレー等に映る像情報。さらにコンピューターグラフィックスによって作成された図形情報や、デジタルカメラによる写真情報など

華道情報（かどうじょうほう）＝植物を主に、その他さまざまな材料情報を組み合わせて構成し、鑑賞する情報芸術である。花道情報とも表記し、いけばな（生け花、活花、挿花）情報とも呼ぶ。華道情報にはさまざまな情報流派があり、様式・技法・情報は各流派によって異なる

可変的情報（かへんてきじょうほう）＝変化と流動性が高い情報の存在形態をいう

カメレオン情報（かめれおんじょうほう）＝置かれた環境や状況によって情報が周囲に合わせることができる情報で、日和見

情報などがカメレオンのごとく周囲に合わせて変化すること

辛さ情報（からさじょうほう）＝味情報を分類する概念のひとつで、トウガラシ・ワサビ・ショウガ・サンショウなどで代表される刺激的な味を辛さで情報表現する。総じて激越な刺激であって、しばしば耐えがたいと感じさせることもある情報

辛味情報（からみじょうほう）＝料理を調理したり食べたりするに当たって、重要な味覚情報のひとつである。しかし生理学的定義に基づく味覚情報は、味覚受容体細胞にとって適刺激である苦味、酸味、甘味、塩味、旨味の五種（五基本味）情報を指しており、辛味情報はこれに該当しない。即ち神経刺激情報としての辛味情報の核心は、舌や口腔にあるバニロイド受容体（カプサイシン受容体）で感じる痛覚情報であり、これに他の条件（トウガラシであれば発汗および発熱）も統合されたものが辛味情報となる

感覚情報（かんかくじょうほう）＝五官と呼ばれる目（視）・鼻（嗅）・耳（聴）・舌（味）・皮膚（触）などの感覚器官などが外部の刺激を感じ取り、脳や神経などに伝達して心情や身情となるもの

歓喜情報（かんきじょうほう）＝心の底から大喜びする情報

頑固情報（がんこじょうほう）＝かたくなに自分の態度や考え意見を変えずに、意地を張り通す情報の性のひとつを言う

感情（かんじょう）＝喜怒哀楽の情、意識の主観的側面感覚や観念に伴って起こる快・不快の現象。即ち人情・情熱・慕情・情火・情炎などの情報の言葉で表現されるもので、興奮・歓喜・魅了する感動のこと

歓声情報（かんせいじょうほう）＝喜びのあまり叫び声をあげる情報のこと

感動情報ビジネスシステム（かんどうじょうほうびじねすしすてむ）＝情報たちの出会いにより心が深く感じて動きだす情報たちを核にしたビジネスシステム

記憶情報（きおくじょうほう）＝三段階の情報活動が含まれる。符号化、コード化とも呼ばれるものを覚える記銘の記憶情報、貯蔵とも呼ばれる覚えていることを保持する記憶情報、そして検索とも呼ばれる覚えていることを思い出す想記の記憶情報である

球海綿体筋情報（きゅうかいめんたいきんじょうほう）＝射精は筋肉の収縮によって起こるが、球海綿体筋というのはペニスの根元にある尿道球と呼ばれる部分を取り巻いている筋肉で、球海綿体筋情報により、尿道まで到達した精液をさらに加速

して尿道口まで送り出す補助ポンプの役割をする情報

嗅覚情報（きゅうかくじょうほう）＝揮発性物質情報が、鼻腔内部の嗅粘膜中の嗅覚器の感覚細胞情報を化学的に刺激することで生じる匂いの感覚情報。嗅覚は味覚と同様に化学性感覚情報であるが、嗅覚を起す物質情報は揮発性を有するのが特徴である。一部動物の嗅覚は非常に敏感であり、人間では鼻腔の奥にある嗅細胞情報により電気信号情報に変換し、脳でその情報を認識する五感の一つで、いわゆる「におい」や「香り」の感覚情報である

驚愕情報（きょうがくじょうほう）＝死んだと思ったものが急に蘇ったときなど、言葉が出てこないほど非常に驚き、息を呑んだまま唖然となる情報

行間情報（ぎょうかんじょうほう）＝文章には書かれていないが、行間が透けて読める情報。文章では表現されていない著者の真意を読み取ること

恐怖情報（きょうふじょうほう）＝犯されるという肉体的な恐怖情報と、これを想像し連想したときの精神的な恐怖感情報、そしてその未知なる危機感による恐怖情報が混在したものもいう

巨視的情報（きょしてきじょうほう）＝人間の感覚でとらえられる空間的・時間的な拡がりをもつ極めて大きい情報

巨視的情報思考（きょしてきじょうほうしこう）＝情報の個々別々な微細な様相にこだわらず、全体的な情報の姿を俯瞰的にとらえようとする思考方法

筋肉情報（きんにくじょうほう）＝筋肉は動物の持つ組織のひとつで、収縮することにより力を発生させる代表的な運動器官である。動物の運動は、主として筋肉によってもたらされる。その筋肉情報の例として男性の射精時を挙げれば、身情の一つである脊髄腰椎の射精中枢情報から、生殖器を取り巻く筋肉情報群へ射精指令が出ると、膀胱の出口にある内尿道括約筋が収縮して尿路を完全に遮断し、精液が膀胱側に逆流するのを防ぎ、尿道は精液専用となる。こうした連携したシスティマチックな筋肉の動きをする情報

クラシック情報（くらしっくじょうほう）＝本書ではクラシック音楽情報のことで、ベートベンやモーツァルト等に代表される西洋の芸術音楽ジャンルの純音楽情報のこと

グラマー情報（ぐらまーじょうほう）＝見た目にも豊かで魅力的な無駄のない、かつ中身も充実した内容豊富な情報のこと。

グラマーは女性の容姿に関する魅力をあらわす言葉で、グラマーガールまたはグラマラスの略語とされる

芸術情報美（げいじゅつじょうほうび）＝芸術活動や芸術作品によって表現される情報美。芸術情報美は自然情報美の情報模倣と言われる場合もある

系統情報（けいとうじょうほう）＝生物の進化による情報の系統的分化や進化のこと

系統情報の発生（けいとうじょうほうのはっせい）＝情報の系統的変化が発生すること

系譜情報（けいふじょうほう）＝情報の親子関係の連鎖を記録した図情報や文書情報。情報たちは生命誕生を確実にするために、胎内で進化の系譜をトレースしながら、自己学習を続けながら成長していく

激情（げきじょう）＝激しく高ぶった感情のこと

血流情報（けつりゅうじょうほう）＝血管内の血が流れる情報で、特に触れ合う皮膚感覚を通して、相互に交流する暖かな血液の情報。身情たちは各種臓器や筋肉等のメッセージ情報がこの血流情報に乗って運ばれ、その機能を果たしている

現情報（げんじょうほう）＝情報の時間区分は基本的に過去情報、現在情報、未来情報に三区分される。現情報は現在情報のことで、ほかの情報に比して意識的と実践的に優越性がある

言動情報（げんどうじょうほう）＝言葉と行動が一致している情報

厚情（こうじょう）＝厚い情、深切な心、厚意の情報のこと／銀行頭取（モデル故人）

交情（こうじょう）＝思いやりのある心、厚い情けのこと、交際している相手に対する親しみの情、友人としての親しみ、男女が情をかわすこと／真情の母情愛の父、真情の母方の祖父

行動情報（こうどうじょうほう）＝外部から客観的に観察できる情報運搬屋の行為や、反応してアクションする情報。何らかの目的のために積極的に行う行為の情報

肯定情報（こうていじょうほう）＝肯定とは、そのとおりであると認めることであり、肯定情報は積極的に意義を認める情報のこと

興奮情報（こうふんじょうほう）＝情報の刺激により感情が昂ぶり、生体の組織情報が静止状態から活動状態へ移行する情報のこと

紅葉情報（こうようじょうほう）＝樹木など緑葉情報には葉緑素が多量にあり、この葉緑素クロロフィルが分解されてカロチンやキサントフィルなどの赤色や黄色の色素の葉になったり、フラボンという無色の物質が、花（アン）青素（トチアン）という有色の物質に変わるために、樹木などの葉が色とりどりに紅葉させる、そのもとになる情報のこと

心情報（こころじょうほう）＝情報の運搬屋としての人間の脳内で情報と情報の交わりによって生まれ、広く精神活動をつかさどるもとになる情報のこと

個人情報保護法（こじんじょうほうほごほう）＝ＩＴ社会の便益を誰でも安心して享受するための制度的基盤として、二〇〇三年五月に成立公布され、二〇〇五年四月に全面施行された。この法律には信頼という基軸や基盤ではなく、個人情報の有用性に配慮しながら、個人の権利利益を保護するとして、個人情報を取り扱うルールを定めたもの。本書では情報明白時代を阻害する法と位置付けている

個体情報（こたいじょうほう）＝各生命体の受精卵が形成した成体の情報形態をいう

個体情報の発生（こたいじょうほうのはっせい）＝各生命体の受精卵が、成体の情報形態になってゆく過程のこと

コツ・ズル・イラ情報（こつ・ずる・いらじょうほう）＝為すすべもなく時間が、コツコツ、ズルズル、イライラとした心音をたてながら、無言で通り過ぎて行くことを示す情報

骨董的情報（こっとうてきじょうほう）＝収集や鑑賞の対象として珍重される情報。化石などは貴重な過去情報。古いばかりで価値が無く、役に立たない情報のことも意味する

【さ行】

作品情報（さくひんじょうほう）＝製作した品物の情報。本書では、文芸・音楽・美術工芸などの芸術的制作物の情報をいう

挫折情報（ざせつじょうほう）＝目的や目標を掲げて続けてきたことが中途でくじけてだめになった情報

茶道情報（さどうじょうほう）＝湯を沸かし、茶を点《た》て、茶を振る舞う、日本伝統の情報の儀式と、これを基本とした様式情報と情報芸道。主客の一体感を旨とし、茶碗にはじまる茶道具情報や茶室の床の間にかける禅語などの掛け物情報は、個々の美術品である以上に全体を構成する情報要素として一体となり、茶事として進行する時間軸情報全体が情報芸道となる

産業の情報化（さんぎょうのじょうほうか）＝各産業や企業内に保有する情報を高付加価値化（Value added）し、企業内の顕在化または潜在化している課題解決や欲求を満足させる情報化のこと。その対価は、その情報の製造コストに支払われるものが多いが、本来は情報の利用者の満足度に対して支払われるべきものである。情報の産業化参照

シースルー情報（しーするーじょうほう）＝シースルー（See-through）は、透き通るほど言いたい内容や、その中身が相手方に透けて判る情報のこと

視覚情報（しかくじょうほう）＝狭義では、可視光線（波長三百八十～七百六十ナノメーター）情報の受容によって現れる光の明暗や色に関する感覚情報をいう。広義には、事物の色彩情報、形情報や、それらの奥行情報、運動情報などを弁別、識別することを含む。したがって、視覚情報は光感覚情報、色感覚情報のほか、奥行知覚（立体視）情報、運動知覚（運動視）情報なども包括して視覚情報という

自我情報（じがじょうほう）＝情報自身に対する意識や観念で、他者や外界から区別して意識される自分自身の情報

時間味情報（じかんあじじょうほう）＝基本的な五種類の味情報、即ち味覚神経で感じる甘味、塩味、酸味、苦味、うま味情報に、刺激として痛覚や温度覚で感じ取る辛味情報などを加えた時間軸で変化する味情報

時間情報（じかんじょうほう）＝すべての情報の運搬屋に平等に与えられる、時の隔たりの量。情報の運搬屋たちは、常にこの時間情報の直前を歩み続けている。つまり情報運搬屋の現在は瞬時に過去になり、その過去は変えられない。しかし、時間情報の直前を歩く情報運搬屋には、その未来を変える機会が常に与えられているのが特徴である

時間情報の価値（じかんじょうほうのかち）＝時間情報の価値には、変えることができる可変性の価値と、物事が変わり動く変動性の価値と、不変の過去情報の価値がある

色情（しきじょう）＝異性に対してもつ性的な感情や欲望

刺激情報（しげきじょうほう）＝運搬屋の五感、例えば皮膚にある触点又は圧点、痛点、冷点、温点という感覚器官でキャッチされる情報により、感覚器官に作用してその状態を変化あるいは興奮させ、何らかの反応を引き起こす情報のこと

詩情（しじょう）＝詩的な情趣、詩をつくりたくなるような気持のこと／情好社副社長（モデル架空）

私情（しじょう）＝個人的な感情、利己的な心のこと

事情（じじょう）＝物事がある状態になった訳や原因のこと

詩人情報（しじんじょうほう）＝詩を巧みに書き、詠む情報。また詩情を解する情報たち

自然情報美（しぜんじょうほうび）＝自然の所与に認められる情報の美のこと。情報美的なるものは自然情報美と芸術情報美に大別される。自然情報美は非対称性の特質をもつ

舌触り情報（したざわりじょうほう）＝食べ物や飲み物などが舌に触れたときの感触情報

七情（しちじょう）＝儒教、佛教そして中国の伝統医学（中国漢方）である中医学で、左記のことを指す。

儒教：喜　怒　哀　惧　愛　悪　欲

佛教：喜　怒　憂　惧　愛　憎　欲

中医学：喜　怒　憂　思　悲　恐　驚

シナジー情報（しなじーじょうほう）＝シナジー（Synergy）は、共同効果や相乗効果を意味し、協力して相互に作用し合い効果や機能を高める組合せの情報

写真情報（しゃしんじょうほう）＝光・放射線・粒子線などのエネルギーを用いて、視覚的に識別できる画像として記録した情報

ジャズ情報（じゃずじょうほう）＝十九世紀末から二十世紀初頭にかけて、西洋楽器を用いた高度な西洋音楽の技術と理論、およびアフリカ系アメリカ人の独特のリズム感覚と音楽形式とが融合して、アメリカ南部の都市を中心に生まれた音楽形式の情報

射精中枢情報（しゃせいちゅうすうじょうほう）＝脊髄腰椎の射精中枢から交感神経（下腹神経）を通して、生殖器を取り巻く筋肉情報群の精巣上体管・精管・精嚢・前立腺を収縮させ、後部尿道に精液を送る情報

熟女情報（じゅくじょじょうほう）＝女性情報の中で、年齢は若くはないが、女性情報としての艶めかしさの中に、頼りがいのある逞しい美の魅力を醸し出している熟年女性の情報

受動的情報（じゅどうてきじょうほう）＝自分の意志からでなく、他から動作・作用を及ぼされて動かされる情報

受能融合的情報（じゅのうゆうごうてきじょうほう）＝受動的機能と能動的機能をあわせもった変化自在な情報

受発信格差性情報（じゅはっしんかくさせいじょうほう）＝発信するところに情報が集まり、受信するだけの情報との格差が拡大してくるという情報の特性

純情（じゅんじょう）＝純粋で邪心のない情報、世慣れしていず、素直なさまの情報／真情の妹（モデル架空）

情（じょう）＝何かを見たり聞いたりして起きる脳内の心の動き

情愛（じょうあい）＝深く愛する気持ち、いつくしみなさけのこと／真情の母（モデル故母）

情悪（じょうあく）＝身情の情悪は、体調に不調・不具合の病気を引き起こす原因となる情報をいう。他方、心情の情悪は、自分の生命を守るためには手段を選ばないという、自己中心の性悪説の立場に立つ考えを持って行動する情報

情アトム（じょうあとむ）＝これ以上分割できない情報、情報の原子（Atom）のこと／真情の父情理の米軍戦友（モデル故人）

情意（じょうい）＝心中《しんちゅう》の感情や気持ちと意志のこと／真情の父情理の三番目の弟（モデル故叔父）

情炎（じょうえん）＝はげしい欲情。情報の欲情するさま

情火（じょうか）＝火のように燃え上がる情欲。情報の欲情する様

情家期（じょうかき）＝バラモン教法典の四住期の家住期《かじゅうき》の情報のことで、仕事をし、家庭で子をもうけ、一家を取り纏める十五～四十九歳頃までの時期の情報のこと

情学期（じょうがくき）＝バラモン教法典の四住期の学生期《がくしょうき》の情報のことで、本集（讃歌、歌詞、祭詞、呪詞）などを数多く学ぶ二十四歳頃までの時期の情報のこと

情感（じょうかん）＝物事に感じて起こる心の動き、感情のこと／真情の母情愛の母、真情の母方の祖母（モデル架空）

情願（じょうがん）＝心をうちあけての願いの意味

情義（じょうぎ）＝義理と人情、交際する情報の情愛や情誼のこと／真情夫妻の長男（モデル架空）

情誼（じょうぎ）＝人情の義理、親しみ、よしみのこと

情偽（じょうぎ）＝誠《まこと》と偽《いつわ》り、ありのままの様子のこと

情況（じょうきょう）＝その全体的な状況の有様や様子

なお情報の語源は、〝事情〟を〝報告〟することから一字ずつ抜き出してできた略語。英語 information の訳語として定着した（出典：『大辞林』三省堂）

情報暗黒時代（じょうほうあんこくじだい）＝人類など生物が情報の運搬屋であるという認識が欠如した現代を言う。情報の生命たる心を閉ざし、情報を悪用して、物質・エネルギー・時間そして流通手段たるお金により格差を生み、恥と自責が欠如した二十世紀時代を意味する

情報意思決定領域（じょうほういしけっていりょういき）＝最新の科学研究成果と技術を積極的に取り入れた、情動マーケティングや情潜マーケティングなどによる情報の意思決定領域のこと

情報運搬モデル式（じょうほううんぱんもでるしき）＝人間は情報の運び屋であるとして、筆者が左記モデル式を提案

人間（超生命体・超情報体）＝情報の運搬屋

（＝物質×エネルギー×時間×情報（＝（身情＋心情）

×（情善＋情悪＋日和見情報）））。これを超生命体モデル式、または超情報体モデル式とも命名した

情報運搬屋（じょうほううんぱんや）＝人間は情報を生産・加工・蓄積・伝達し、これを消費する運搬屋である。即ち動植物を含むすべての生物は情報を運び、移し取り次いで、新たな情報を生みだす役割を果たす、情報の運び屋であると定義したもの

情報絵巻物（じょうほうえまきもの）＝情報の分裂・増殖・細胞分化・組織化などによって、心臓、肝臓、肺、胃腸、脳といった多種多様な器官と、それぞれの機能に応じた微細な構造を、ドミノ方式の制御プログラムで寸分の狂いなく、しかも順序良く作成し展開していく。この情報の一大スペクタクル図が絵巻物のごとく展開されていくさま

情報科学（じょうほうかがく）＝人間のもつ情報処理能力を、データとコンピューター等を使用して研究する、理論と実験にトライアングル的な位置づけになる第三の科学のこと

情報革命（じょうほうかくめい）＝情報技術の発展によって、社会や生活が変革すること。コンピューターの発達によって多種多様な情報を処理・利用できるようになり、その結果もたらされた社会、経済、文明、文化などが変革している

情報価値（じょうほうかち）＝情報のもつ顕在的、潜在的な意義や、その内容の価値。一般的には供給側と受け手によって、

その価値が異なるのが通例である

情報化社会（じょうほうかしゃかい）＝情報が諸資源と同等の価値を有し、情報の生産・収集・蓄積・伝達・処理などを中心として社会・経済が発展し機能していく社会。狭義には、そのような社会へと変化しつつある社会を情報化社会とし、これを発展させたものを高度情報化社会という

情報感動（じょうほうかんどう）＝人間は脳の中に棲む心情たちの出会いによって心が生まれ、その心は感動によって変化し成長する。心の感動は喜びや悲しみなどのさまざまな状態があり、感動はその肯定的な体験を表現する総称である。しかも感動に伴う質的内容だけではなく、情報と情報の出会いの方向によって心が動く変化の認識が重要で、その心の動きの方向によって有情・感情・無情の三分類に区分される

情報技術（じょうほうぎじゅつ）＝コンピュータやネットワークなど情報処理関連の基礎あるいは応用技術の総称。情報技術（Information technology）の頭字をとってＩＴと呼ぶ

情報共生（じょうほうきょうせい）＝複数種類の情報たちが、相互関係を保ちながら同じ時空間で協力して生活する現象。情報は一人では生きられず、共に生きなければ死滅する

情報経済の原理（じょうほうけいざいのげんり）＝物質・エネルギー・時間の存在形態とともに、現代社会の構成要素たる情報が、経済活動に果たす多様な経済原理のこと

情報形態（じょうほうけいたい）＝情報が情報の元となるデータ、つまりそれだけでは意味をなさない数字、文字、図形、音などで構成されている情報の存在形態をいう

情報効果美（じょうほうこうかび）＝情報運搬屋の情報自身が、外部情報の美を意識し、印象としてとらえる情報美のこと

情報サービス（じょうほうさーびす）＝情報を顧客へ提供すること。この情報は需要者の顕在化または潜在化している欲求を満足させる情報を、高付加価値化（Value added）して提供し、需要者の顕在化または潜在化している欲求を満足させること。したがって情報サービス事業は、満足を売るサービス業であり、その究極の形は顧客に対する愛によって実現されるべきものである

情報資源競争（じょうほうしげんきょうそう）＝情報の中で、利用者やシステムが利用時に価値を認めた情報資源を、平和的

手段で争奪する競争社会や経済競争のこと

情報システム部門（じょうほうしすてむぶもん）＝産業の情報化、情報の産業化を担う部署。すなわち情報システム部門の役割は、経営方針により戦略的イノベーションのデジタルトランスフォーメーションから、経営管理システムのデジタイゼーションまで担当し、その位置づけは各社各様の部署である

情報集積力（じょうほうしゅうせきりょく）＝情報が集まり、積み重なっていく力。また、情報の累積効果を利用して、多くの情報を集めて積み重ねてゆく力のこと

情報受信（じょうほうじゅしん）＝外部から情報を受け取ること

情報受信格差性（じょうほうじゅしんかくさせい）＝外部から情報を受け取る力に格差がつくこと。一般的に情報発信する企業や組織に情報が集まり、情報を受信するだけの企業や組織では、情報の受信量・品質・時間に大きな格差が生じる

情報処理（じょうほうしょり）＝収集した情報を、コンピューター等を使って分類・整理・選択・演算などの処理を施し、目的に応じた情報に加工すること

情報信号（じょうほうしんごう）＝本神経細胞のニューロンとニューロンの間にあるシナプスという接合部で、情報を載せた電気信号がシナプスに伝わると、シナプスはドーパミンという化学物質を放出する。この放出されたドーパミンは、受け手のニューロンの膜にあるドーパミン受容体という蛋白質にドーパミンを付着させる。ドーパミン受容体にドーパミンが結合すると、神経細胞のニューロンに電位変化が起こったり、細胞内の情報伝達系が働いて、さまざまな変化を受け手のニューロンに引き起こす。ここに情報が生まれ、情報信号を次のニューロンに伝えることになる

情報スコープの経済性（じょうほうすこーぷのけいざいせい）＝情報にかかる範囲の経済性のこと。企業がより幅広い複数の情報事業活動を持つことにより、さらにより一層経済的な戦略的情報事業の運営が可能になること

情報生態系ピラミッド（じょうほうせいたいけいぴらみっど）＝情報の運び屋としての生物は、食物連鎖や栄養段階において、一般的に各段階が高いほどその生産量が少なく、これを積み上げ式に表示すれば、ピラミッド型のように見えることから、生態系ピラミッドの名がつけられている

情報対象美（じょうほうたいしょうび）＝対象とする情報そのものの性質や、情報の姿の美しさをとらえる情報美のこと

情報伝達（じょうほうでんたつ）＝商品やサービス内容に関する情報を伝達する機能のこと。現代科学では動物だけでなく、植物も揮発性物質などのメッセージを駆使してコミュニケーションを図っていることが判ってきている

情報特性（じょうほうとくせい）＝情報に特別に備わっている特質。その情報特有の性質のことをいう

情報時計（じょうほうどけい）＝情報たちの時間軸を刻む時間時計のこと

情報ドラマ（じょうほうどらま）＝情報の分裂・増殖・細胞分化・組織化などの劇的な変化と、芸術的匠の技ともいうべき情報絵巻物的ドラマのこと

情報の可変性（じょうほうのかへんせい）＝情報の外圧可変性情報と内圧可変性情報のこと。情報が外部や内部からの情報の影響や、自己変化によって情報自身が簡単に変化してしまう情報の特性のことをいう

情報の産業化（じょうほうのさんぎょうか）＝情報を高付加価値化（Value added）し、需要者の顕在化または潜在化している欲求を満足させる事業として産業化すること。したがってその対価は、その情報の製造コストに支払うものでなく、需要者の満足度に対して支払われるものである。つまり情報サービス事業は満足を売るサービス業であり、その究極の形は、顧客に対する愛によって実現されるべきものである。産業の情報化、情報サービスの項も参照

情報の使用耐久性（じょうほうのしようたいきゅうせい）＝情報自身が使用されても、消耗し消滅することがないこと。情報の非消耗性の項を参照

情報の信義則（じょうほうのしんぎそく）＝情報の信義誠実の原則。情報は、その社会経済生活において、その構成要素の一員として、ある一定の事情のもとでは相手方から期待される信頼を裏切ることのないよう、誠意を持って機能、行使されるべきであるという情報明白時代の基本原則

情報の正義（じょうほうのせいぎ）＝情報の理念であり、等しきものを等しく扱うことを求める。社会共同生活において、情報の権利行使や情報義務の履行は、お互いに相手の信頼や期待を裏切らないように誠実に行わなければならない。したがってこれに反する行為は、厳罰に処すべきである

情報の種（じょうほうのたね）＝植物の種の発芽には植物のメッセージが関与しているごとく、情報の刺激をうけると芽が出て、生長と変化を遂げて、情報として結実するものをいう

情報の非移転性（じょうほうのひいてんせい）＝情報は限定的に存在するものであり、その非移転性という性質から、どこへでも流動するものではなく、空間的に移転することは極めて困難な性質を有する。ネットワーク時代でも情報の非移転性という性質は、柔軟性や流動性を増してはいるが、本質的には変わっていない

情報の非消耗性（じょうほうのひしょうもうせい）＝情報自身がいくら使用されても、消耗し消滅することがないこと。情報の使用耐久性参照

情報の本質（じょうほうのほんしつ）＝相手を信頼し、相手の価値観を理解し、情報の信義良俗に反していないこと。つまり情報は、相手情報の信頼にそむかず誠意をもって行動しなければならないという情報の基本原則。これを情報の信義則ともいい、情報たちの倫理上の規範であるが、情報暗黒時代において正義とバランスをとる衡平《こうへい》性を貫徹するために、適用されるべき基本的情報原則。この衡平性は情報の正義と密接な関係をもつ価値理念である

情報の森（じょうほうのもり）＝情報明白時代の美しい情報の心で満たし覆われた、情報溢れる泉や川が流れ、情報が咲き乱れる草木が繁り、多様な価値観を相互に認めあう情報たちが共生する理想郷の森のことをいう。本書『情報の運び屋』の「情報の路（上巻）」と「情報の詩（下巻）」で、宇宙船地球号を覆い尽くそうと目指す理想郷。本書の最終章参照

情報発信（じょうほうはっしん）＝情報を外部へ発信すること。情報受信とは反対語

情報発信機能の理念（じょうほうはっしんきのうのりねん）＝他へ情報を発信する機能を果たすとき、情報の自律、進取、品格を、この著書では情報発信機能の理念という

情報発信集中性（じょうほうはっしんしゅうちゅうせい）＝情報の規模の経済性、範囲の経済性、組合せの経済性等により、情報発信力のあるところに、情報が集まり、その累積効果により、さらに情報の発信力が集中し強大化してゆくこと

情報美（じょうほうび）＝情報の身情の知覚や感覚などを刺激して、脳内の心情や身情の情感や内的快感をひきおこし、喜悦や快楽などの根源的体験をさせる情報の伝達美をいう。ここでは、自然情報美と芸術情報美などがある

情報美学（じょうほうびがく）＝伝達美学ともいう。芸術家の作品情報を鑑賞する情報享受者に、芸術的情報表現が届けられる情報伝達現象を、芸術創造、作品、享受の三面で統計的な情報理論的手法を用いて、客観的な法則を得ようとする美学

情報変態（じょうほうへんたい）＝情報の形や状態、その内容が変わること。情報のもつ柔軟性や、変化に対応する優れた素

晴らしい資質のこと

情報マネージメント（じょうほうまねーじめんと）＝人・物・金・時間などにかかる情報を、最善に使用して、物事を最適に運営すること。特に、情報を利活用して企業や組織そして成果物などを維持・発展させていくこと。これまでは金の集まるところに人金物情報が集まったが、情報明白時代には、情報の集まるところへさらに人金物情報を集めるマネージメントが重要となる

情報明白時代（じょうほうめいはくじだい）＝戦争や紛争のない平和で心豊かな新世界、新地球時代をいう。この時代は、人類など生物は情報の運搬屋であるという情報主義によって実現される。その情報主義の基本原則は、まず相手を信頼し、多様な相手の価値観を理解し、その違いを認めることにはじまる。情報の運搬屋として、そのあるべきあり方、生きるべき生き方、その生きざまを問う、情報の生命たる心を開く時代。罪や罰ではなく恥と自責の新しい理想郷の時代をいう

情報ラーメン屋（じょうほうらーめんや）＝中華料理の一種が日本で変化発展し、別名中華そばや支那そばともいう拉麺《らーめん》に食の旨味情報を載せた、戦争と飢餓を生き抜いた戦友が営むラーメン屋の名称

情報理論（じょうほうりろん）＝情報科学の基礎分野をなす情報を、数学的に定式化する諸理論のこと

情報類（じょうほうるい）＝情報たちの集まり。他の存在形態、物質やエネルギーと区分して呼ぶ言葉

情味（じょうみ）＝人情味、おもむき、情趣のこと／真情の小学校の恩師である女性先生（モデル故恩師）

情欲（じょうよく）＝色情、七情のひとつである欲のこと。七情を参照／情好会社社長（モデル架空）

情遊期（じょうゆうき）＝情報のバラモン教における遊行《ゆうぎょう》期《き》。つまり情林期を過ごした情報が、平和で真に豊かな情報明白時代を地球上に実現するため、語部《かたりべ》や行者となって、情報の運搬屋としての性から解脱することを目指す情生の大成期。住所をもたず乞食《こつじき》遊行《ゆぎょう》する七十五歳以降の時期のこと

情理（じょうり）＝人情と道理、物の筋道のこと／真情の父（モデル故父）

情流（じょうりゅう）＝情報の流れ。情報の本流・底流・測流などを含む流れのこと

情流時代（じょうりゅうじだい）＝情報の流れが、点から線、そしてスター型からネットワーク型へ、更に平面型から立体型へ、そして時間制限軸から解放軸へと移行していく、情報の流れが変革する時代のこと

情林期（じょうりんき）＝情報のバラモン教における林住期《りんじゅうき》。つまり情家期を終え、孫の誕生や仕事などで情報の運搬屋として機能を果たしたことを見届け、世俗や家を離れて荒野や林に住み、情報のあるべき姿の生活を営む、情報たち情生のまさに黄金期というべき五十～七十四歳頃の時期

情話（じょうわ）＝恋愛事件の話、情のこもった話、真情を語る話、男女の恋愛の話。男女のうちあけ話のこと

食情報（しょくじょうほう）＝「人を良くする」と書いて食という。その食の心を伝える食べ物の情報

食欲情報（しょくよくじょうほう）＝食物を食べたいと空腹を感じる願望情報である。すべての高等生物に存在し、新陳代謝を維持するために充分なエネルギーを取り入れるのに役立ち、消化管と脂肪組織と脳との間で厳密な相互作用で調節されている情報

処女情報（しょじょじょうほう）＝性行為を経験していない女性の情報。清らかで汚れのない清純な情報のこと

触覚情報（しょっかくじょうほう）＝皮膚または粘膜の表面に何かが軽く接触したときに感じる感覚情報。その感覚情報点を触点という。触点の分布は舌端、四肢の末端が最も密で鋭敏である。また、皮膚と粘膜の移行部である唇、肛門周囲、眼瞼《まぶた》などにも特殊な触覚情報の受容器がある

心耳情報（しんじじょうほう）＝心の耳情報。心を耳にして、心で聞き取る情報のこと

真情（しんじょう）＝いつわりのない心、まごころ、まことの事情のこと／『情報の運び屋』の「情報の路（上巻）」と「情報の詩（下巻）」の主人公（モデル著者）

心情（しんじょう）＝人間が人間らしく生きるための根幹をなす心の基盤である脳内に棲む情報。脳内で数多くの感覚情報などが集まり複雑なネットワークを組むと、そこに認知、行動、記憶、思考、情動、意志など、物に感じておこる情、こころもち、想いが生まれる。その意識化された情報のこと。そしてこの意識化された情報たちが複雑なネットワークを構築して複雑化をさらに推し進めると、そこに心情たちが生まれる。これが情善や情悪や日和見情報である。この脳内の情報たちと五感などの情報たちが、神経ネットワークを通して機能する情報たちをいう／主人公真情の情報の一部（モデル著者の頭脳内の情報）

身情（しんじょう）＝遺伝子情報など身体が固有に保持している情報の他、身体の細胞が感じておこる情報。即ち五感と呼ば

れる目・鼻・耳・舌・皮膚などの感覚器官などが、外部からの刺激を感じ、脳や神経などに伝達する感覚情報のこと。また各種臓器や骨や筋肉などのメッセージ物質が、血管ネットワークを通して機能する情報のこと／主人公真情の情報の一部（モデル著者の身体や頭脳外などの情報）

新情報（しんじょうほう）＝これまでになかった新たに生成された情報のこと

深層心理情報（しんそうしんりじょうほう）＝心理学の考え方では、自分自身では気付かない無意識下における心理状態のこと。深層心理の情報構造は、意識として外部に見えている表層部分だけではなく、その表層部分に奥から影響を与える幼少期や思春期における体験、あるいは劇的な経験の深層部分が存在している。その表面から見えない深層部分の心理情報のこと。反語は表層心理情報

水分情報（すいぶんじょうほう）＝水分とは物質や混合物中の構成成分として含まれている水を指し、水分情報とは多くはその全体中の構成割合である水分率情報のこと

スケール情報（すけーるじょうほう）＝情報量の規模に関して収穫逓増の法則があり、このボリューム効果を発揮して強化された情報力をいう

図形情報（ずけいじょうほう）＝物の形を図にかいた情報。数学で、面・線・点・立体、またはそれらの集まった情報。平面図形情報と立体図形情報に分けられる

精液情報（せいえきじょうほう）＝男性の性器から射出される液体の情報。精液には精子のほかに精巣（睾丸）、精巣上体（副睾丸）、精管、精嚢、前立腺、尿道球腺などの分泌物の混合した液体情報で、クリの花のような特有の臭いをもつ。一回の射精量は約二～六CCで、含まれる精子情報の数は、平均一CCに四千万以上に達する。

成功体験情報（せいこうたいけんじょうほう）＝実際に行動して、その遂行行動目標の達成を経験した情報を、成功体験情報という。この成功感情報や達成感情報は、その後の同じ行動に対する遂行可能感を上昇させ、「またできるだろう」という気持ちや自信を強化する情報となる。これは、自己効力感の情報源としては最も強力なものであるが、中毒性があり、その成功体験から脱却した新たな革新的行動や、リスクを冒してチャレンジする新たな行為を阻止・阻害する要因情報にもなる。特に過去の成功体験に固執しに抜け出せない情報も多い

精子情報（せいしじょうほう）＝精子の中に存在するＤＮＡ（デオキシリボ核酸）情報に基づき、受精を経て生命が誕生し、親の遺伝形質が子孫に引き継がれる。人間など動物の精子情報は卵子情報に比べて小さく、運動能力を有した雄性生殖細胞情報である。精子の構造は、遺伝情報である核ＤＮＡを含有する頭部、ミトコンドリアの集合した中片部、さらに中心小体から伸びた軸糸からなる尾部から構成される。精子の頭部には、先体アクロソーム部位が存在し、さまざまな蛋白質分解酵素（アクロシン、ヒアルロニダーゼ）が含有されている。受精において、先体の形態的変化先体反応が、卵子の細胞質を覆っている糖蛋白質である透明帯の通過に寄与する。また中片部および尾部の鞭毛構造を振動させることにより推進運動する。精子には、卵子の位置を把握するため、卵子や卵丘細胞から分泌される誘因物質を感知する機能が備わっていると考えられる

性情（せいじょう）＝人間の生まれつきの性質、気立てや心立てのこと

性的快感情報（せいてきかいかんじょうほう）＝男女の情報が交わる性行為、自慰などにおいて、性感帯が刺激されることなどによって得られる快感情報である。その極致感をオルガスムスということがある。オルガスムス情報参照

性的欲望情報（せいてきよくぼうじょうほう）＝性欲情報と略し、情報の運搬屋としての人間の欲求のひとつで、性的な満足を求める本能である。性的欲求情報は、情報運搬屋の生殖本能の体現であり、性行為を行い子孫情報を残すための重要な情報である。一般的には、生殖相手としてふさわしい同種の異性に対して抱くものだが、性欲情報は多彩な欲求との相互作用により変化し、同性愛など生殖に結びつかない性欲情報など多様性があり、これも認められている

精嚢液情報（せいのうえきじょうほう）＝前立腺の後ろに一対ある長さ五センチメートルほどの袋状の器官で造られる精嚢液の情報。精嚢の開口部は精管膨大部と合流し、射精管へと続いている。内部はいくつかの小室に分かれており、細かいひだが発達している。精嚢液は、果糖などを含むアルカリ性の淡黄色の粘液で、精子のエネルギー源にもなる

生物情報（せいぶつじょうほう）＝地球上の生物は情報の運搬屋であり、すべての生物が情報を保有している。この生物情報は多様性という重要な特性をもち、動物のみならず昆虫や植物も、お互いにコミュニケーションをとっており、またその属性を超えた間でも、情報のネットワークを形成して情報を交換している

セックス情報（せっくすじょうほう）＝性的欲望情報の項参照

絶望情報（ぜつぼうじょうほう）＝将来に対する希望をすべて失い、今後の望みが全くなくなること

扇情（せんじょう）＝感情や情欲をあおり立てること

染色体情報（せんしょくたいじょうほう）＝染色体は核の中に複数個あり、普通二本で一組となり、またその数は生物種ごとに決まっている。人間の細胞の核には二十三組、四十六本の染色体がある。そのうちの一組、二本の染色体を性染色体と言い、女性はＸＸ、男性はＸＹと表現され、女性になるか男性になるかを決定する遺伝子情報である

全身情報ネットワーク（ぜんしんじょうほうねっとわーく）＝全身を覆う神経ネットワークのことで、踵のうらで画鋲を踏んだときには、このネットワークの中を電撃的な情報が駆け巡る

戦争体験情報（せんそうたいけんじょうほう）＝悲惨な戦争の実態を体験した情報。戦争の記憶を風化させることなく、その残酷さと残忍さと残虐さや、体験した苦難と苦痛と苦渋など、その悲劇・悲嘆・悲哀などの体験情報を教訓として後世に伝え、世界の恒久平和を願い求める情報

全体情報（ぜんたいじょうほう）＝対象情報が単なる情報の総和でなく、独自のまとまりをなす情報のこと

前立腺液情報（ぜんりつせんえきじょうほう）＝前立腺の内壁から分泌される乳白色の弱アルカリ性の液体が前立腺液で、精液成分の約三割を占め、クエン酸を多く含み、精子に活性を与える働きをしている情報

創作情報美（そうさくじょうほうび）＝新しく創作された情報美。芸術作品など知的創作情報活動による産物の総称

桑実胚情報（そうじつはいじょうほう）＝全割を伴う動物の発生において見られる初期の胚情報で、受精卵が細胞分裂を繰り返し、十六個から三十二個まで分裂した状態をいう。桑実胚の名称は英名のクワの実に由来する。桑実胚情報の段階からさらに分裂が進むと、内部に卵割腔を生じて胞胚情報になる

像情報（ぞうじょうほう）＝物体の一点から出た光線束が、光学系による反射や屈折を経た後、再び一点で交わるとき、光線束の出る物体の一点を物点、再び交わる一点を像点といい、この像点の集まった情報

草食系男性情報（そうしょくけいだんせいじょうほう）＝女性情報を引っ張り支える強く逞しく頼れる存在の男性情報ではなく、女性情報と肩を並べて草を食べることを願う草食系の男性情報のこと。仕事や趣味や恋愛などで、傷ついたり傷つけたりすることが不得意な優しい男性情報のこと。恋愛に消極的な男性として定義されており、女性との接し方が下手だった

り、アピールが苦手だったりと、異性にガツガツしない草食動物のように穏やかな情報のこと。

ぞっこん情報（ぞっこんじょうほう）＝心の底から、すっかりという意味。語源は底根《そこん》であり、「ぞっこん」と読まれた後、濁音化され「ぞっこん」となったといわれる。引いては、すっかり惚れたといった意味の情報

【た行】

体外情報（たいがいじょうほう）＝身体外部からの情報。ここでは外部からの各種刺激が情報となる。反語は体内情報

体験情報（たいけんじょうほう）＝情報自身が実際に経験したこと

体軸情報（たいじくじょうほう）＝身体の背中やお腹、身体の前後左右の軸をつくる仕組みの情報で、この体軸情報をもとに、各種細胞情報の位置決めが次々となされる

大スペクタクル情報絵巻物語（だいすぺくたくるじょうほうえまきものがたり）＝情報の一大スペクタクル、即ち情報たちの壮大な見ものである分裂・増殖・細胞分化・組織化などを展開し、寸分の狂いなく順序良く、心臓、肝臓、肺、胃腸、脳といった多種多様な器官を作成していく絵巻物語

体内情報（たいないじょうほう）＝身体内部の情報。ここでは身情、心情を含む情報。反語は体外情報

唾液情報（だえきじょうほう）＝唾液は、大唾液腺（耳下腺、顎下腺、舌下腺）と、無数の小唾液腺（口唇腺、頬腺、口蓋腺、臼歯腺、舌腺）から分泌される体液で、水分（九十九・五％）、無機成分（ナトリウム、カリウム、炭酸水素、無機リン、カルシウム）、有機成分（酵素、免疫物質、抗菌物質、酵素・抗菌物質、蛋白質）などからなり、一日の総分泌量は一〜一・五リットルに達する。この唾液情報の分泌は、交感神経情報と副交感神経情報に複雑に支配されており、唾液の性質から、比較的サラサラしている漿液《しょうえき》性唾液と、ネバネバしている粘液性唾液に大別される。耳下腺から副交感神経系の刺激で主に分泌される漿液性唾液は、楽しく和んだ雰囲気で、よく噛んで食事をしていると、この副交感神経系情報がしっかりはたらき、多くの唾液が滲出され、おいしく味わうことができる

多情（たじょう）＝異性に対する愛情が移りやすい情報のこと

多様性情報（たようせいじょうほう）＝性質に類似性のある群において、幅広く性質の異なる群が存在するのを多様性のある

情報をいう。多様体情報ともいう情報の大切な性質である

知識情報（ちしきじょうほう）＝広義には、知るといわれる情報についての人間すべての活動情報と、特にその情報内容をいう。また狭義的な知識情報は、原因の把握に基づき、確実に認識した情報のことをいう

膣情報（ちつじょうほう）＝膣情報は、女性生殖器情報の一部で、陰門から子宮頸部《けいぶ》までを連絡する管状の器官情報で、その身情をいう。性交の際には陰茎情報を迎い入れ、分娩時には産道となり子供を出産する重要な働きをする情報

茶髪情報（ちゃぱつじょうほう）＝髪の毛を染めたあるいは脱色した若人情報のこと

直情（ちょくじょう）＝偽ったり飾ったりしない。ありのままの感情／真情の妹純情の夫（モデル架空）

超情報体モデル式（ちょうじょうほうたいモデルしき）＝情報運搬モデル式（じょうほううんぱんモデル式）参照

超生命体モデル式（ちょうせいめいたいモデルしき）＝情報運搬モデル式（じょうほううんぱんモデル式）参照

デオキシリボ核酸（DNA）情報（でおきしりぼかくさんじょうほう）＝DNA情報の単位はヌクレオチドと呼ばれ、塩基、糖（D‐デオキシリボース）、リン酸でできている。この塩基には、アデニン（A）、グアニン（G）、シトシン（C）、チミン（T）の四種類があり、この四種類の並び方で遺伝情報を規定している。即ちこのDNA情報は、その生物がもつ遺伝情報を規定する化学物質で、DNA情報自身は二本の鎖が逆方向に合わさってできた二重螺旋《らせん》状構造をとり、約十マイクロメートルの細胞核の中に二メートルにもなるDNAとヒストン蛋白質などが巻きついて太くなった染色体情報として収納されている

デブ情報（でぶじょうほう）＝デブとは「でっぷり」「でぶでぶ」が転訛したもので、肥満体質の人に対するやや蔑んだ意味を持つ呼称である。従ってデブ情報とは、戦略や戦術もなく、何の情報でも食べ続ける情報が、役に立たないゴミ情報で肥満体となることを比喩的に表現したもの

伝達美学（でんたつびがく）＝情報美学の項参照

統合情報理論（とうごうじょうほうりろん）＝脳科学における心情の複雑化から意識化そして再び複雑化へと、意識が進化していく過程などにおける最新の脳科学理論。脳内では数多くの感覚情報などが集まり蓄積されて複雑なネットワークを組むと、そこに意識が生まれる。その意識化が、本書の「情報の路」と詩でいう心情である。筆者は、脳内で情報と情報が出逢

うことにより心が生まれると考えている

同情（どうじょう）＝他人の苦しみ、悲しみ等を同じように感じ、思いやり、いたわりの心をもつこと／真情の父情理の父、真情の父方の祖父（モデル架空）

督促情報（とくそくじょうほう）＝早くするように促がし、せき立てる情報のこと

トンボ情報（とんぼじょうほう）＝蜻蛉（とんぼ）は細長い翅と腹を持った昆虫で、成虫の頭部は丸く、約二百七十度の視界を持つ複眼がある。胸部は箱形で、よく発達した長い二対の翅をもつ。これを交互にはばたかせて飛行し、空中で静止（ホバリング）も宙返りも可能で、そして翅は一枚だけ消失しても飛ぶことができる。現代名工やメーカーの技術レベルでは、とても同じものはできないという、昆虫情報たちの傑作ともいうべき製品がトンボである

【な行】

内圧可変性情報（ないあつかへんせいじょうほう）＝情報自身が、自変的な自己変化によって変わってしまう情報の特性のこと

内尿道括約筋情報（ないにょうどうかつやくきんじょうほう）＝内尿道括約筋とは、内尿道口周囲にある平滑筋で蓄尿と排尿の機能を果たす。即ち、収縮（蓄尿）は下腹神経の情報が、弛緩（排尿）は骨盤内臓神経の情報が行う

なりすまし情報（なりすましじょうほう）＝七十種類以上にも達する環境ホルモンの内分泌撹乱物質たちの情報。この種の化学物質の情報たちは、生物の体内に入り込み、ホルモンになりすまして、生物達の生殖や成長、さらに免疫系統に深刻な異常をもたらしている。現在、男性の精液中の精子情報たちの数が半減している事例も多数発見され、深刻な生殖能力低下問題を引き起こしている。情報暗黒時代の犯罪にも悪用されている諸悪の根源で、情報の難題である

匂い情報（においじょうほう）＝匂い情報は化学物質で、この匂い情報が鼻腔奥に並ぶ嗅覚細胞という神経細胞の表面にある特定の嗅覚受容体に結合し、嗅覚受容体を発現させて嗅細胞を活性化させ、軸索を通って嗅球に伝えられている

肉食系女性情報（にくしょくけいじょせいじょうほう）＝積極的で活発な女性情報。仕事や趣味、スポーツや課外活動、恋愛やセックスなどに積極的で、自ら行動を起こすタイプの行動的女性情報であり、仕事や事業でも男性情報たちをリードして

いく活動的タイプの女性情報のこと

ニューロン情報（にゅーろんじょうほう）＝動物に特有な神経系を構成する細胞の情報で、脳内に百億個以上あるといわれ、その機能は情報処理と情報伝達に特化している。この神経情報細胞の構造は、核が存在する細胞体、ニューロンの入力である樹状突起、出力部分であるシナプス、伝送路に当たる軸索からなる

人情（にんじょう）＝人間が本来もっている人間らしい感情、おもいやりのある人物のこと／中央駅の駅長（モデル架空）

熱情（ねつじょう）＝あらゆる物事に対して正面からとりくむ、いちずで熱心な気持、情熱のこと／真情の高校バレー部の監督（モデル故監督）

能動的情報（のうどうてきじょうほう）＝自から他へ積極的に働きかける情報で、情報自ら他に影響を及ぼす情報のこと

【は行】

胚情報（はいじょうほう）＝胚子情報ともいう。多細胞生物情報の発生の初期のまだ独立生活のできない個体情報をいう。動物では卵割を始めて以降の発生期にある個体情報をさし、卵割が進んだものを桑実胚情報という。桑実胚情報参照

薄情（はくじょう）＝義理・人情に薄いこと

歯ごたえ情報（はごたえじょうほう）＝食べ物などを噛んだとき、歯に返ってくる感覚情報。手ごたえや噛み応えなど確かな反応がある情報のこと

発情（はつじょう）＝情報の発信。交尾可能な生理的状態のこと

花情報（はなじょうほう）＝花は種子植物の有性生殖器官である。その有性生殖器官の情報のこと。花の情報構成要素は、がく・花びら・雄しべ・雌しべが基本情報となる

反発融合的情報（はんぱつゆうごうてきじょうほう）＝情報が衝突し分裂しながら相互補完関係になり、融合合体して変化する情報のこと

バンブー情報（ばんぶーじょうほう）＝バンブーとは竹のこと。青竹のように中身はカラッポだが、生活環境の変化に適合して生きる柔軟性があり、節目節目のときには、しっかりと引き締めて生きている女性情報のこと。つまり生活力のあるしっ

かりした女性情報のことを、バンブー精神があるという

悲哀情報（ひあいじょうほう）＝悲しく哀れを感じている情報。浮雲のように、頼りなく流れる哀しみの情報のこと

光エネルギー情報（ひかりえねるぎーじょうほう）＝光エネルギーとは、電磁波の一種である光がもつエネルギーを指し、その単位はジュール。光エネルギー情報は、光に含まれる光子の数と光子の周波数（波長）によって決まる

微視的情報（びしてきじょうほう）＝人間の感覚で識別しにくいほど微細で繊細な情報のこと

微視的情報思考（びしてきじょうほうしこう）＝情報を全体としてでなく、個々別々に微細なところまで把握して、これをとらえようとする思考方法をいう

非情（ひじょう）＝喜怒哀楽の情のないこと。人間らしい思いやりの感情をもたないこと。冷たいこと。木石、心を持たずと同意。反語は有情

美人情報（びじんじょうほう）＝容貌の美しい魅力的な情報をさす言葉。美女情報・佳人情報・麗人情報と同義

否定情報（ひていじょうほう）＝そうではないと判断し打ち消す情報。例えば、性交渉の歓喜時に「いや、だめ」なども、女性が男性に隷属させられていた時代の深層情報源から発せられる否定情報である

表情（ひょうじょう）＝感情・情緒にともなう身体外部の変化。心情を顔に表すこと

日和見情報（ひよりみじょうほう）＝身情と心情の大部分を占める情報。いつも有利な側につこうと形勢を窺っていて、情善か情悪かの態度を決めないでいる情報。時と場合により情善側にも情悪側にもなる情報で、日和見情報が身情と心情の意思決定に、決定的な影響を及ぼしている

不安情報（ふあんじょうほう）＝恐怖とも期待ともつかない、何か漠然として気味の悪い心的状態の情報や、良くないことが起こるのではないかという心配を感じる情報のこと

節目情報（ふしめじょうほう）＝木材や竹の節目《ふしめ》となっているところから、物事の区切り目の意となり、人生の流れを変える情報、もしくは流れの変わる大きな転機情報のこと。その後の人生を変えるに至る出来事や年齢の一区切りなどを指す情報である

風情（ふぜい）＝風雅な趣、味わいのある感じ、情緒、様子のこと／真情夫妻の長女の夫（モデル架空）

物熱情時（ぶつねつじょうじ）＝流れ革命時代の四波、つまり物流（物質革命）、熱流（エネルギー革命）、情流（情報革命）、時流（時間革命）のこと

部分情報（ぶぶんじょうほう）＝全体を構成する一部の情報のこと

不変的情報（ふへんてきじょうほう）＝化石のごとく変化をしない情報の存在形態をいう

プログラム情報（ぷろぐらむじょうほう）＝コンピュータは、行うべき処理を順序立てて記述したプログラムに従って動作している。つまり情報の運び屋である人間をはじめとする生物たちが取得した情報や、遺伝子などに組み込まれた情報と、自ら綾なすプログラム情報によって行動すること

フロンティア情報（ふろんてぃあじょうほう）＝開拓した情報と未開拓の情報との境界にある新天地、新分野を求める最先端の情報のこと

憤怒情報（ふんぬじょうほう）＝大いに怒り狂った情報のこと

平滑筋情報（へいかつきんじょうほう）＝平滑筋は、消化器や呼吸器、泌尿器、生殖器、血管などの壁にあって、緊張の保持と収縮を司る筋肉で、心情の意志とは無関係に働く不随意筋身情のこと

変情（へんじょう）＝現時点では、その存在の正否は不明であるが、筆者の仮説では、情報の一部に、時と場合により身情にも心情にもなる情報があると考えている。目・鼻・耳・舌・皮膚などの五官と呼ばれる感覚器官などが、外部からの刺激を感じ取った感覚情報たる身情と、脳内の複雑化したネットワークにより意識化されて生まれる心情とが、血管細胞と神経細胞などを通して自由に往来する情報を想定している。時と場合によっては身情が変情して心情となり、心情が変情して身情になって、心身を動かす場合もあると検討中（身体と頭脳等および血管ネットワークと神経ネットワークの仮説）の情報

邦楽情報（ほうがくじょうほう）＝洋楽に対して、日本の伝統的スタイルに基づく音楽の総称にかかる情報、和楽の情報。雅楽、声明《しょうみょう》、平曲、能楽、三味線音楽、箏曲《そうきょく》、琵琶楽、尺八楽、民謡など日本音楽情報のこと

芳香情報（ほうこうじょうほう）＝かぐわしい良い香りを放つ情報のこと

胞胚情報（ほうはいじょうほう）＝動物の胚情報の発達の初期段階のひとつ。分化しない割球情報が卵の外側に一層に配列し、中央には通常は胞胚腔情報と言われる腔所が現れる。多細胞動物の情報発生の際、卵割期に次ぐ時期の胚情報。中の腔

所は卵割の進行につれ発達したもので胞胚腔情報といい、胞胚壁情報を胞胚葉情報という

慕情（ぼじょう）＝慕わしく思う気持ち。特に異性を恋したう気持ちのこと／真情夫妻の孫娘（モデル架空）

本能情報（ほんのうじょうほう）＝生まれつき持っている性質や能力情報。特にこの性質や能力のうち、非理性的で感覚的な情報をいう

【ま行】

マーケティング情報理論（まーけてぃんぐじょうほうりろん）＝情報たちを核にした市場や消費者についての経済理論で、主に商品やサービスを販売・提供する側に参考となる知見を追求するもの

眉唾情報（まゆつばじょうほう）＝騙されないように用心すべき情報のこと

味覚情報（みかくじょうほう）＝水溶性の物質の刺激情報が、主として舌の表面に分布する味覚受容器の味蕾に与えられることにより生じる感覚情報。日常の味覚情報は、嗅覚、視覚、温覚、圧覚、触覚などの感覚情報との混合から成るが、味覚受容器によって感ずる感覚情報は、甘味、酸味、苦味、鹹味《かんみ》、うま味を基本味情報とする。舌の味蕾が信号情報を受容し、その信号情報は神経系を刺激して脳へ伝えられる

耳情報（みみじょうほう）＝耳は聴覚と平衡感覚を司る器官で、人間の耳は内耳、中耳、外耳からなる。外耳は、頭について外から情報を集める部分から鼓膜までの部分で、外から見える部分は耳介という。鼓膜の奥は中耳で、鼓膜の振動情報を耳小骨を通じて内耳に伝える。また耳管と呼ばれる細い管で鼻と喉の奥に繋がっている。内耳には聴覚器と平衡感覚器があり、中耳から伝わってきた振動情報を変換し、脳に情報を伝達する

未来情報（みらいじょうほう）＝現在情報や過去情報に対立する概念で、これから先にくるであろう情報。客観的に言い表わす場合に用いられる

無情（むじょう）＝非情・薄情・情理・情義などの情報の言葉で表現されるもので、やりきれない沈痛な悲哀や、情愛がないこと、情け心がないこと／コンピュータメーカー、無情社、無情社長（モデル架空）

黙示情報（もくじじょうほう）＝はっきり言わず、暗黙のうちに意思や考えを示す情報たち

文字情報（もじじょうほう）＝言葉（言語）を伝達して記録するために、線や点を使って形作られた記号の情報。文字情報の起源は、多くの場合ものごとを簡略化して描いた絵文字（ピクトグラム）情報であり、それが転用されたり変形、簡略化されたりして文字情報になった

【や行】

友情（ゆうじょう）＝共感や信頼の情を抱き合ってお互いを肯定しあう人間関係・もしくはそういった感情のこと。友人の間の情愛のこと／真情の友人警察官（モデル架空）

欲情（よくじょう）＝愛欲の情、欲心、性を欲する情報のこと／暴力団恐喝組組長（モデル架空）

欲望情報（よくぼうじょうほう）＝情悪などの情報たちが、欲しいと思うことの情報や、そう感じている状態の情報。欲求などともいう情報である

【ら行】

卵子情報（らんしじょうほう）＝卵子の中に存在するＤＮＡ（デオキシリボ核酸）に基づき、受精を経て親の遺伝形質が子孫に引き継がれる。この卵子情報を育てる袋（卵胞）のもととなる原始卵胞がある。女性は、生まれる時にはこの原始卵胞を卵巣に約二百万個蓄えている。そして、生まれてから月経のはじまる思春期頃には、約百七十万〜百八十万個が自然消滅し、思春期・生殖年齢の頃には約二十〜三十万個まで減少、その後も一回の月経の周期に約千個が減少しており、一日にすると三十〜四十個が砂時計のように減り続ける。

卵情報（らんじょうほう）＝雌情報が産む、殻または膜に包まれた胚のこと。受精した卵情報のこともいう、すなわち胚情報は、卵割《らんかつ》と呼ばれる細胞分裂をしていく

旅情（りょじょう）＝旅人の心情、旅魂のこと／真情夫妻の孫息子（モデル架空）

両親情報（りょうしんじょうほう）＝父親情報と母親情報のふた親情報のこと

累積効果性（加算効果性）情報（るいせきこうかせい（かさんこうかせい）じょうほう）＝情報の規模の経済性が、累積（加

算）効果により、より一層発揮される情報の特性をいう

歴史情報（れきしじょうほう）＝過去から現在までの情報の運搬屋たる人間社会における興亡、移り変わりと、そのできごと

レミゼラブル（Les Misérables）＝ヴィクトル・ユーゴー『悲惨な人々』の和訳小説および映画タイトル『ああ無情』のこと／無情社の子会社名（モデル架空）

老人性頑固情報（ろうじんせいがんこじょうほう）＝過去の自己成功体験に基づく言動を繰り返す情報のこと。教育の場では、未来を創造する阻害要件にもなる

情報の運び屋（上巻）　情報の路
～ 21 世紀の真の豊かさを情報に求めて～

著　者　　大崎 俊彦
発行日　　2023 年 12 月 30 日
発行者　　高橋 範夫
発行所　　青山ライフ出版株式会社
〒 103-0014 東京都中央区日本橋蛎殻町 1-35-2
グレインズビル 5 階 52 号
TEL：03-6845-7133
FAX：03-6845-8087
http://aoyamalife.co.jp
info@aoyamalife.co.jp
発売元　　株式会社星雲社（共同出版社・流通責任出版社）
〒 112-0005 東京都文京区水道 1-3-30
TEL：03-3868-3275
FAX：03-3868-6588

ISBN978-4-434-32880-0